AF373166

Hans Dominik

Atomgewicht 500

e-artnow 2018

Hans Dominik
König Laurins Mantel (Science-Fiction-Klassiker)

Hans Dominik
Der Wettflug der Nationen (Science-Fiction-Klassiker)

Reinhold Eichacker
Der Kampf ums Gold (Science-Fiction-Roman)

Paul Scheerbart
Lesabéndio - Ein Asteroidenroman

A. K. Ruh
Guirlanden um Die Urnen der Zukunft (Science-Fiction-Roman)

Paul Scheerbart
Die wilde Jagd

Alexander A. Bogdanow
Der rote Planet (Dystopie-Klassiker)

Hans Dominik
Befehl aus dem Dunkel

Paul Scheerbart
Die große Revolution (Science-Fiction Klassiker)

Albert Daiber
Die Weltensegler (Science-Fiction-Roman)

Hans Dominik

Atomgewicht 500

Einer der bekanntesten Romane des deutschen Science-Fiction-Pioniers

e-artnow, 2018
Kontakt: info@e-artnow.org

ISBN 978-80-268-8553-5

»In Gottes Namen los!«

Hart und gepreßt kamen die Worte aus dem Munde Robert Slawters, während seine Rechte den großen Stromschalter umlegte. Wohl an fünfzig Augen folgten der Bewegung seiner Hand und hingen an Meßinstrumenten, die hier und dort aus dem grauen Erdreich herausragten. Nur an diesen Instrumenten ließ sich ja die Wirkung der riesenhaften elektrischen Energie ersehen, der Mr. Slawter, der Chefchemiker der Duport Company, durch eine Schalterbewegung soeben den Weg in die Tiefe der Dammgrube freigegeben hatte.

Ein gefährlicher Versuch war es, der hier unternommen wurde, und von größter Wichtigkeit mußte sein Ausgang für die weiteren Arbeiten der Dupont Company, des zweitgrößten amerikanischen Chemietrustes, werden. Deshalb waren auch mehr Zuschauer zugegen, als sich sonst zu derartigen Experimenten einzustellen pflegen. Da stand Direktor James Alden neben dem Chief Manager Lee Dowd und verfolgte ebenso gespannt das Klettern der Zeiger über die Instrumentenskalen wie die Herren Larry und O'Brien, die andere Abteilungen der Company leiteten. Und hinter ihnen drängte sich die Schar der Assistenten und Laboranten, die alle darauf brannten, das große Ereignis in nächster Nähe mitzuerleben.

Würde es glücken? Würde Mr. Slawter die gewaltsame Umänderung der Materie gelingen, die er unter einem Einsatz von Tausenden von Kilowatt anstrebte? Dann mußten sich für den Konzern ganz neue Aussichten und Arbeitsmöglichkeiten eröffnen. Dann hatte die Company mit einem Schlage einen Vorsprung vor ihrer größten Rivalin, der United Chemical, den diese nicht so leicht wieder einholen konnte.

Das waren die Gedanken, die auch Mr. Spinner, den Nachrichtenchef des Konzerns, bewegten, denn kraft seiner Stellung wußte der ja vielleicht am besten von allen Anwesenden, was man bei der Konkurrenz trieb und wie weit man dort mit dem Problem gekommen war. Aber trotz seines Interesses blieb er vorsichtig im Hintergrund und zog sich noch weiter zurück, als die Zeiger der Meßinstrumente sich mit erschreckender Schnelligkeit dem roten Warnungsstrich auf den Skalenscheiben näherten. Jetzt hatten sie ihn erreicht, jetzt schossen sie darüber hinaus.

Slawter sah es, stutzte … zögerte einen Augenblick, hob die Hand zum Stromschalter, wollte ihn zurückreißen … um eine halbe Sekunde zu spät. Von selbst fielen die Zeiger zurück, die eben noch Drücke von vielen Tausenden von Atmosphären und Riesentemperaturen angaben. Ein Zeichen, daß die Energie auf dem Grunde der tiefen Dammgrube sich bereits selber gewaltsam freie Bahn geschaffen hatte.

Während Robert Slawter den Stromhebel herausriß, ging schon ein Beben und Schüttern durch das festgestampfte Erdreich über der Grube. Ein dumpfes Brausen erschütterte die Luft in der mächtigen Halle. Wie ein Krater hob sich der Boden an einer Stelle, und in mächtigem Schwall brach ein weißlichgelbes Gas aus der Tiefe. Alles vernebelnd, den Atem raubend, erfüllte es im Augenblick die große Halle.

Flucht! – der Gedanke, der alle Hirne beherrschte. Durch das offene Tor stürzten die Menschen ins Freie. Hier kam einer zu Fall, dort wurde ein Direktor von einem Assistenten überrannt. Stand und Rang waren in diesen Sekunden der Panik vergessen, Todesfurcht saß allen im Nacken, ließ die Gestürzten sich wieder aufraffen, zwang alle zu rasendem Lauf.

Erst mitten auf dem Werkhof, weitab von der Stätte des Unheils, kam die wilde Flucht zum Stehen. Mit keuchenden Lungen hielten sie an, sogen die frische Luft ein, sahen Sonne und blauen Himmel über sich und wurden sich bewußt, daß sie dem Verderben entronnen waren.

Mit dem Gefühl der Sicherheit kam die Selbstbesinnung wieder.

Direktor Alden packte Slawter bei der Schulter.

»Was war das, Slawter? Ist's mißglückt?«

Robert Slawter riß sich zusammen und zwang seine Gedanken in Reih und Glied.

»Die Stahlbombe ist gesprengt, Alden … der Druck stieg zu schnell … die Gasmasken, Tamblyn«, schrie er seinen Assistenten an. »Schnell mit den Gasmasken her, Grimshaw! Howard, schaffen Sie schnell ein paar Rezipienten heran … wir müssen Gasproben nehmen und untersuchen«, wandte er sich wieder an Alden, »wir müssen feststellen, ob das Gas radioaktiv ist. Erst dann können wir sagen, ob der Versuch ein Erfolg oder ein Fehlschlag war.«

Lee Dowd, der Chief Manager«, hatte die letzten Worte gehört und zuckte die Achseln.

»Ein Erfolg? Diese Explosion? Mr. Slawter, ich möchte es einen krassen Mißerfolg nennen.«

Robert Slawter warf den Kopf in den Nacken. »Die Explosion ist nebensächlich, Sir. War mein Fehler, ich habe zu spät ausgeschaltet. Die Instrumente haben rechtzeitig gewarnt. Das läßt sich bei zweitenmal vermeiden. Für einen zweiten Versuch können wir die Bombe auch später bauen. Nur darauf kommt's an, ob die Materie radioaktiv geworden ist.«

Slawter hatte nicht länger Zeit, sich mit Dr. Dowd zu befassen, denn seine Assistenten kamen mit den Gasmasken und Rezipienten zurück. Er stülpte sich eine Maske über, griff einen der gläsernen luftleer gepumpten Rezipienten und lief wieder auf die Halle zu. Tamblyn und Grimshaw rüsteten sich in gleicher Weise aus und folgten ihm. Howard blieb abwartend stehen.

»Wollen Sie Mr. Slawter nicht folgen?« fragte Direktor Alden mit einer leichten Schärfe im Ton.

Howard stand immer noch überlegend und sagte dann zögernd:

»Ich fürchte, Herr Direktor, gegen radioaktive Gase schützen die Masken nicht.«

»Unsinn, Howard, unsere Masken sind gut gegen jedes Gas.«

Der Unwille Aldens kam voll zum Ausbruch, als er weitersprach. »Los, Mann! Seien Sie kein Feigling! Tun Sie, was Ihnen Mr. Slawter befohlen hat.«

Die Stimme und noch mehr der Blick des Direktors veranlaßten Howard, sich die Maske überzustülpen und sich in Bewegung zu setzen. Aber er ließ sich reichlich Zeit auf dem Wege zur Halle, und kaum war er ein paar Schritte in sie eingedrungen, hatte die ersten Gasschwaden erreicht, als er auch schon den Hahn seines Rezipienten öffnete. Zischend drang die ihn umgebende Atmosphäre in das luftleere Gefäß ein. Schnell schlug er den Hahn zu und machte, daß er mit der so gewonnenen Gasprobe wieder ins Freie kam. –

Auf dem Werkhof standen Alden und Lee Dowd zusammen und warteten die weitere Entwicklung der Dinge ab.

»Wenn Howard recht hätte...« bemerkte Lee Dowd nach einiger Zeit. »Wenn Slawter und seine Leute zu Schaden kämen...es wäre eine böse Geschichte...«

»Ich halte es für ausgeschlossen«, versuchte Alden ihn zu beruhigen. »Ich sah, daß sie unsere Universalmasken hatten. Die schützen gegen jede Art von Gas; machen Sie sich keine unnötigen Sorgen, Mr. Dowd.«

Er hatte den Satz kaum beendet, als Howard zurückkam. In der einen Hand hielt er den Rezipienten, in der anderen die Gasmaske, die er sich vom Kopf gerissen hatte. Sein Gesicht war gerötet; es ließ sich nicht sagen, ob von dem schnellen Laufen oder aus irgendeinem andern Grunde.

»Ein Unglück, Direktor Alden«, keuchte er atemlos, »die andern liegen bewußtlos bei der Dammgrube.«

Lee Dowd preßte die Lippen zusammen und blickte Alden an. Bevor er noch etwas zu sagen vermochte, griff Alden nach der Gasmaske in Howards Hand. Er wollte sie überstülpen, damit zu der Halle eilen, als Larry und O'Brien sich ins Mittel legten und ihn festhielten.

»Keinen Schritt weiter, Mr. Alden! So geht das nicht...«

Mit Gewalt wollte Direktor Alden sich befreien, aber die beiden packten nur um so fester zu.

»Sie würden auch in den Tod laufen«, schrie ihn O'Brien an. Larry aber rief nach Sauerstoffapparaten. Er hetzte seine Assistenten über den Platz, um die Apparate so schnell wie möglich herbeizuschaffen.

»Lauft, was ihr könnt, Jungen«, brüllte er ihnen nach, »ihr rennt um das Leben eurer Kameraden.«

Im Arbeitszimmer des Präsidenten der United Chemical, Henry Chelmesford, fand eine Besprechung statt. Seit fünf Minuten beklagte sich Professor Melton, der Chefchemiker des großen Trusts, bei Chelmesford über die Eigenwilligkeit eines Untergebenen.

»Well, Professor«, unterbrach ihn der Präsident ungeduldig, »werfen Sie den Mann 'raus, wenn er Ihnen Schwierigkeiten macht.«

Professor Melton suchte noch nach Worten für eine Entgegnung, als sich der dritte Mann im Zimmer, Direktor Clayton, einmischte.

»Ich rate dringend davon ab, Chelmesford. Wenn wir Doktor Wandel heut entlassen, tritt er morgen bei den Duponts ein.«

Präsident Chelmesford warf dem Direktor einen scharfen Blick zu, als der Name des Konkurrenzunternehmens fiel. Ärgerlich stieß er die Frage hervor:

»Wie kommen Sie auf die Dupont Company, Clayton?«

»Weil ich weiß, wie scharf die Company hinter Doktor Wandel her ist. Vielleicht erinnern Sie sich daran, daß ich es war, der den Deutschen für unsern Konzern gewann. Nach meiner Meinung ist er der geeignetste Mann für unsere neuen Arbeiten.«

»Was sagen Sie dazu?« fragte Chelmesford den Professor. Stockend antwortete der, während seine Blicke unsicher zwischen den beiden Direktoren hin und her gingen: »Ich kann nicht leugnen, daß Doktor Wandel über hervorragende Kenntnisse verfügt. Aber er widersetzt sich bei jeder Gelegenheit meinen Anordnungen... will alles nach seinem Kopf machen... überwirft sich mit meinen Assistenten...« Wieder mußte Professor Melton nach Worten suchen und konnte sie nicht recht finden. »So kann es mit diesem Doktor unmöglich weitergehn«, schloß er unvermittelt seine Rede.

»Also? Was soll geschehen?« fragte der Präsident.

»Ich werde mir den Doktor kommen lassen, Mr. Chelmesford, und unter vier Augen ein ernstes Wort mit ihm sprechen«, schlug Clayton vor, »ich glaube, ich habe einigen Einfluß auf ihn.«

»Ach ja, Herr Direktor! Tun Sie das«, sagte der Professor. »Hoffentlich gelingt es Ihnen, den überspannten Menschen zur Vernunft zu bringen. Sonst weiß ich nicht, was aus der Sache noch werden soll.«

Während diese Besprechung beim Präsidenten der United Chemical stattfand, stand Dr. Wandel, der Mann, um den es dabei ging, in dem neuen Versuchslaboratorium und überwachte die Aufstellung eines großen Autoklavs. Mammuthaft wirkte das mächtige Stahlgußgebilde, wie es da von den schweren Ketten zweier Deckenkrane langsam Zoll für Zoll auf die vorbereiteten Fundamente abgesenkt wurde. Knirschend nahm das Mauerwerk das gewaltige Gewicht auf, und die Ketten entspannten sich.

Schon bewegten sich die beiden Krane, von ihrer Last befreit, nach der Giebelwand des großen saalartigen Raumes hin, während Dr. Wandel das Fundament langsam umschritt und das kugelförmige Stahlgefäß von allen Seiten betrachtete. Schimmernd und glänzend ruhte es wie ein Sinnbild verhaltener Kraft auf seinen Fundamenten, aber dem Doktor schien es nicht zu gefallen.

Während er es betrachtete, vertieften sich die Falten auf seiner Stirn, und von seinen Lippen fielen halblaut Worte, die für Professor Melton keine Schmeichelei bedeuteten.

»Hallo, Doktor! Ein feines Stück, das die Bedlam-Stahlwerke uns da geliefert haben. Meinen Sie nicht auch?«

Die Worte kamen von einem der Laboratoriumstische her, an dem Phil Wilkin, der Erste Assistent Professor Meltons, mit allerlei Retorten und Reagenzgläsern hantierte. Dr. Wandel konnte den hämischen Zug nicht bemerken, der dabei um Wilkins Lippen spielte. Er war eben auf dem Wege zu der anderen Saalwand, um sich eine Leiter zu holen.

»Ein feines Stück, nicht wahr, Doktor?« wiederholte Wilkin seine Frage, als der Deutsche zurückkam. Ohne dem Assistenten zu antworten, lehnte der die Leiter gegen den Autoklav und stieg auf ihr empor. Oben angekommen, zog er eine Zeichnung aus seinem Rock, verglich sie kopfschüttelnd und achselzuckend mit dem Verschlußdeckel des Autoklavs und stopfte sie mit einer ärgerlichen Bewegung wieder in die Tasche.

»Ein erstklassiges Stück, nicht wahr?« stellte der Assistent die Frage zum drittenmal, als der Doktor von der Leiter herunterkam.

»Eine erstklassige Schweinerei ist's, wenn Sie's genau wissen wollen, Wilkin!« rief Dr. Wandel wütend. »Aber ich werde...«

In seine Worte schrillte das Telephon. Wilkin nahm den Hörer ab, lauschte einen Augenblick, antwortete dann:

»Jawohl, Herr Direktor, Herr Doktor Wandel ist hier. Soll ich ihn an den Apparat rufen?... So, nicht nötig? Danke schön, Schluß!« Er legte den Hörer wieder auf und wandte sich an Dr. Wandel.

»Sie möchten zu Direktor Clayton kommen, er erwartet Sie in seinem Zimmer.«

Der Doktor streifte den weißen Laborantenmantel ab und verließ den Raum. An der Tür prallte er beinahe mit dem irischen Laboratoriumsdiener MacGan zusammen. Verwundert blickte der Sohn der Grünen Insel dem eilig Weiterschreitenden nach.

»Der Deutsche scheint heute schlechte Laune zu haben«, konnte er sich nicht enthalten zu Wilkin zu bemerken.

»Ich vermute, MacGan«, erwiderte ihm der Assistent, »seine Laune wird in der nächsten Viertelstunde noch schlechter werden. Hoffentlich nimmt Direktor Clayton kein Blatt vor den Mund und sagt ihm gehörig die Meinung.«

Leise vor sich hinpfeifend, machte sich Wilkin wieder an seinem Tisch zu schaffen und zeigte keine Neigung, das Gespräch fortzusetzen.

Armer Dutchman, du hast keinen leichten Stand bei den Yankees, dachte der Ire bei sich, während er daranging, die Flaschen und Mensuren in einem Schrank zu ordnen. – –

»Ich habe Sie zu mir gebeten«, empfing Direktor Clayton Dr. Wandel bei seinem Eintritt, »um Mißverständnisse aus dem Wege zu räumen, die offenbar zwischen Ihnen und Professor Melton bestehen.«

Empörung und Verdruß malten sich in den Zügen des Doktors, während er dem Direktor gegenüber Platz nahm.

»Die Ursache dazu liegt nicht bei mir, Mr. Clayton«, erwiderte er mit kurzem Achselzucken. »Es wäre vielleicht richtiger, wenn Sie mit Professor Melton darüber sprächen.«

»Das ist eben geschehen, Herr Doktor. Der Professor hat sich in meiner Gegenwart bei dem Präsidenten über Sie beklagt. Ich habe es darauf übernommen, auch mit Ihnen zu sprechen. Sie wissen, Doktor Wandel, mit welchen Erwartungen und Hoffnungen ich Sie zur United Chemical geholt habe. Es wäre für mich nicht angenehm, wenn ich nachträglich eine Enttäuschung erleben sollte.«

Während Clayton sprach, fand Dr. Wandel Zeit, sich zu sammeln. Die Röte aus seinem Gesicht war gewichen, und sein Atem ging ruhiger, als er antwortete:

»Sie wissen auch, Herr Direktor, mit welchen Ideen und Plänen ich zu Ihrem Konzern gekommen bin. Doch was nutzt das, wenn ich sie nicht nach eigenem Ermessen ausführen kann? Ich weiß nicht, ob ich gegen Unwissenheit oder Böswilligkeit zu kämpfen habe, aber gegen eins von beiden sicherlich. Das steht für mich außer Zweifel.«

Stahlhart traf sein Blick während der letzten Worte den Claytons, bis der die Augen senkte.

»Ich begreife nicht recht, Herr Doktor, wie Sie etwas Derartiges behaupten können,« begann der Direktor von neuem. »Wir sind doch auf ihre Ideen eingegangen. Auf meine Veranlassung wurden die erheblichen Mittel für die Beschaffung des von Ihnen gewünschten Autoklavs zur Verfügung gestellt. Der Apparat wurde nach Ihren Zeichnungen gefertigt. Er ist meines Wissens inzwischen...«

»Er wurde nicht nach meinen Zeichnungen gefertigt«, fiel ihm Dr. Wandel ins Wort, »man ist von meinen Plänen abgewichen, ... in einer Weise abgewichen, Mr. Clayton, daß ein Erfolg der beabsichtigten Versuche von Anfang an in Frage gestellt ist. Ich weiß nicht, auf wessen Veranlassung es geschah. Die Verantwortung dafür hat jedenfalls Professor Melton zu tragen.«

Während er sprach, zog Dr. Wandel einen Plan aus der Tasche und schob ihn dem Direktor hin.

»Das hier ist meine Zeichnung. Gerade jetzt mußte ich mich davon überzeugen, daß man sehr wesentlich von ihr abgewichen ist, ohne mir vorher ein Wort davon zu sagen.«

Clayton blickte unschlüssig auf die Zeichnung.

»Ich werde Professor Melton ersuchen, mir seine Gründe dafür anzugeben«, sagte er beschwichtigend.

»Er wird um Gründe nicht verlegen sein. Ich habe noch nicht erlebt, daß es Professor Melton an Gründen, sagen wir lieber Beschönigungen, für seine verkehrten Maßnahmen gefehlt hätte« brauste Dr. Wandel von neuem auf.

»Beruhigen Sie sich, Doktor!« fiel ihm Clayton ins Wort. »Man kann wissenschaftliche Fragen doch objektiv und in aller Ruhe besprechen.«

Der Doktor lehnte sich in seinen Sessel zurück.

»Also, bleiben wir objektiv, Mr. Clayton! Bei den Besprechungen, die meinem Eintritt in die United Chemical vorausgingen, waren wir beide uns über das Arbeitsprogramm völlig einig: man muß die geeignete Materie ganz außergewöhnlich hohen Drücken und Temperaturen aussetzen, wenn man das gesteckte Ziel erreichen will.«

Clayton nickte. »So ist es, Doktor Wandel, ich habe nicht vergessen, was Sie mir damals über die Forschungsergebnisse unseres berühmten Eddington mitteilten. Doch ich sagte Ihnen auch sofort, daß wir die Milliarden von Atmosphären und Temperaturgraden, die dieser Astronom im Innern der Weltensonnen voraussetzt, in einem irdischen Laboratorium niemals erreichen können.«

»Ihr Einwand ist berechtigt, Mr. Clayton. Aber wir müssen die Drücke und Temperaturen so hoch wie nur irgend möglich treiben. Wir müssen versuchen, im Laboratorium den von Eddington angenommenen Verhältnissen möglichst nahezukommen, wenn wir Erfolg haben wollen. Gerade daraufhin hatte ich den neuen Autoklav konstruiert. Ich muß mich bitter darüber beklagen, daß man hinter meinem Rücken von meinen Plänen abgewichen ist.«

Der Direktor rieb sich die Stirn. »Eine dumme Geschichte, Doktor Wandel. Lassen Sie doch die Dinge während der nächsten Wochen laufen, wie sie wollen. Wenn es Fehlschläge gibt, wird Professor Melton selber einsehen, daß er unrecht hat ...«

»Und dann versuchen, mir seine Fehler mit allen Mitteln in die Schuhe zu schieben. Ich bin aber nicht gewillt, die Suppe auszulöffeln, die er eingebrockt hat.«

»Davor werde ich Sie schützen, Herr Doktor.« Clayton griff nach Bleistift und Papier. »Ich nehme Ihre heutigen Erklärungen zu meinen Akten. Widersprechen Sie einstweilen Professor Melton nicht. Lassen Sie ihn die Versuche nach seinen Anweisungen ausführen. Sollte es so kommen, wie Sie es fürchten, werde ich dies Blatt hier zu Ihrer Entlastung auf den Tisch legen und darauf dringen, daß man dann nach Ihren Vorschlägen arbeitet.«

Direktor Clayton wollte die Besprechung damit beenden, aber Dr. Wandel hatte noch etwas auf dem Herzen.

»Bedenken Sie auch, Mr. Clayton«, erwiderte er, »daß wir auf diese Weise wahrscheinlich Wochen und Monate verlieren werden. Sie könnten uns sehr fehlen, wenn andere Stellen, die an demselben Problem arbeiten, inzwischen Erfolg haben.«

Clayton machte eine beschwichtigende Handbewegung.

»Die Gefahr halte ich nicht für groß. So schnell wird es den andern auch nicht gelingen. Vermeiden Sie jetzt offenen Krach mit Professor Melton. Lassen Sie ihn sich totlaufen, dann wird Ihre Zeit ganz von selber kommen.«

Dr. Wandel erhob sich. »Ich danke Ihnen für Ihre Vermittlung und Ihren Rat, Herr Direktor«, sagte er beim Abschied; »ob meine Nerven allerdings der Geduldsprobe gewachsen sein werden, die Sie mir auferlegen, das kann ich Ihnen nicht mit Sicherheit versprechen.«

Und dann war Direktor Clayton allein in seinem Zimmer. Bedächtig steckte er die Notiz über die soeben beendigte Unterredung in seine Akten. Im Selbstgespräch kamen dabei abgerissene Worte von seinen Lippen. »Vielleicht hat der Deutsche recht ... ich fürchte, Melton ist ein Esel ... hoffentlich muß die United nicht die Zeche bezahlen ...«

Nach dem Lunch kam Professor Melton in das Laboratorium zurück. Er war gespannt darauf, zu erfahren, wie die Unterredung mit Direktor Clayton auf seinen Untergebenen gewirkt hatte. Ob der eigensinnige Doktor nun endlich klein beigeben und sich seinen Anweisungen ohne lästigen Widerspruch fügen würde? Professor Melton wünschte es, aber er gab sich selbst keinen allzu großen Hoffnungen nach dieser Richtung hin. Erwartungsvoll betrat er den Raum und schaute sich nach allen Seiten um. Von dem Deutschen war nichts zu sehen.

»Wo ist Doktor Wandel?« fragte er Wilkin.

»Er ist fortgegangen, Herr Professor. Er bat mich, ihn für den Nachmittag bei Ihnen zu entschuldigen.«

Melton stutzte. Sollte es gar nicht zu der Unterredung gekommen sein, auf deren Ausgang er so neugierig war?

»Wann ist Doktor Wandel fortgegangen?« wollte er weiter wissen.

»Vor einer Viertelstunde, Herr Professor. Er wurde zu Direktor Clayton gerufen. Kam danach zurück, nahm seinen Hut und erklärte kurz, daß er einen Gang in die Stadt machen müßte.«

Eine Weile stand Melton nachdenklich da. Die Besprechung hatte also stattgefunden. Hoffentlich hatte Direktor Clayton dem Deutschen gehörig den Kopf gewaschen. Aber warum war er danach fortgegangen? Das sah nicht gerade nach innerer Zerknirschung und Besserung aus.

»Fiel Ihnen etwas Besonderes an Doktor Wandel auf? War er erregt ... oder schlechter Laune?« fragte Melton vorsichtig weiter. Wilkin beobachtete ihn dabei forschend von der Seite.

»Nichts Besonderes, Herr Professor«, erwiderte er nach kurzem Überlegen. »Schlechter Laune war er eigentlich mehr vorher, ehe er zu Direktor Clayton gerufen wurde, als er sich den Autoklav hier besah. Als er zurückkam, schien er mir ganz ruhig zu sein.«

»So, Mr. Wilkin. Also war der Herr Doktor schlechter Laune. Wie hat sich das denn geäußert?«

Wilkin zauderte.

»Ich weiß nicht, Herr Professor, ob ich recht daran tue, es Ihnen zu sagen ... es handelte sich dabei um den neuen Autoklav ...«

»Bitte, keine falsche Scheu, Mr. Wilkin! Ich möchte einen genauen, möglichst wortgetreuen Bericht von Ihnen.«

Der Assistent zuckte die Achseln.

»Wenn Sie es durchaus wünschen, Herr Professor ... es war nicht gerade fein, was Doktor Wandel über den neuen Apparat sagte ...«

»'Raus mit der Sprache, Wilkin! Was hat Doktor Wandel gesagt?«

»Er nannte es eine erstklassige Schweinerei, Herr Professor.«

Während Wilkin sprach, beobachtete er Melton unter halb gesenkten Lidern und sah, wie der abwechselnd rot und blaß wurde.

»Das war vor der Unterredung mit Direktor Clayton?« fragte er kurz.

»Vor der Unterredung, Herr Professor.«

»Sie können diese Äußerung nötigenfalls auch vor andern bezeugen, Mr. Wilkin?«

»Selbstverständlich, Herr Professor. Ich habe sie deutlich gehört und Wort für Wort im Gedächtnis.«

Wieder arbeitete es in den Zügen Meltons, und er überlegte eine ganze Weile, bevor er seinem Entschluß Ausdruck gab.

»Nun gut, mein lieber Wilkin, dann wollen wir die Konsequenzen daraus ziehen. Wir wollen es Herrn Doktor Wandel nicht zumuten, mit einem Apparat zu arbeiten, den er so absprechend beurteilt. Wir beide werden zusammen die Versuche mit dem neuen Autoklav machen. Gelingen sie so, wie ich es hoffe, dann ...«

Er scheute sich in Gegenwart des Assistenten auszusprechen, was er weiter dachte, nämlich, daß der querköpfige Doktor dann wohl endlich sein Bündel schnüren und sich zum Teufel scheren würde. Und Phil Wilkin bildete für sich auch einen ganz andern Schluß zu dem Satz. Dann werden wir beide den Ruhm und den Gewinn von der Sache haben, dachte der Assistent für sich. Dann kommt die Zeit der fetten Tantiemen und Beteiligungen, und ich werde ein ebenso großes Tier sein wie Professor Melton.

Mit raschem Griff warf George Larry den Sauerstoffapparat über, griff nach einem Ventil und drehte daran. Zischend drang reiner Sauerstoff aus dem stählernen Tornister auf Larrys

Rücken in die luftdichte Gesichtsmaske. Er tat ein paar tiefe Atemzüge, um sich zu überzeugen, daß das Gerät richtig arbeitete, und eilte dann auf die Halle zu. Mochte das Teufelsgas da drinnen sein, von welcher Art es wollte, im Schutz der Sauerstoffmaske fühlte er sich sicher. Nur darauf war sein Sinnen gerichtet, die Verunglückten schnell aus der vergifteten Atmosphäre herauszubringen, denn Sekunden konnten über Leben oder Tod entscheiden.

Noch lagen dichte weißlich-gelbe Schwaden in dem Raum, als er die Halle betrat; nur undeutlich vermochte er die Gestalten der Gesuchten zu erkennen. Hingesunken, wie leblos lagen sie bei der Dammgrube. Er griff nach dem ersten, nächsten – es war der Assistent Grimshaw – und trug ihn ins Freie. Traf dabei auf zwei andere Leute, die sich ebenfalls mit Sauerstoffapparaten ausgerüstet hatten. Einem von ihnen drückte er den hilflosen Körper Grimshaws in die Arme und lief mit dem andern in die Halle zurück. Gleich danach waren auch Slawter und Tamblyn geborgen.

Schon kamen Sanitätsmannschaften des Werkes mit Tragbahren heran. Die Verunglückten wurden darauf gebettet. An vielen Stellen zugleich griffen die geübten Hände der Samariter zu. Die Gasmasken wurden den Regungslosen abgenommen. Hier wurde nach dem Puls gegriffen, dort künstliche Atmung eingeleitet, und nach langen, bangen Minuten machten sich die ersten Lebenszeichen bemerkbar, ein schwacher Pulsschlag bei dem einen, ein leichtes Röcheln bei dem andern, das kaum merkliche Zucken einer Muskel bei dem dritten.

Man brachte sie in das Werklazarett, wo ein Stab von Ärzten sich um die immer noch Bewußtlosen bemühte. In einer merkwürdigen, bisher unbekannten Weise hatte das unheimliche Gas, das beim Bersten der Bombe frei wurde, auf sie gewirkt. Schon, daß es glatt durch die Masken drang, war überraschend, und nicht minder eigenartig seine Auswirkung auf den betroffenen Organismus.

Die ärztliche Untersuchung konnte schnell feststellen, daß alle jene Verbrennungen, Verätzungen und Vergiftungserscheinungen, die sonst wohl von Gasen hervorgerufen wurden, fehlten. Aber der gesamte Nervenapparat der Verunglückten schien in Unordnung geraten zu sein. Bald drohte bei einem der Herzschlag zu stocken, um dann plötzlich wieder in rasendem Tempo zu laufen. Bald setzte bei einem andern die Atmung aus und mußte künstlich wieder in Gang gebracht werden. Dann wieder erschütterten schwere Krämpfe die ganze Muskulatur. Unaufhörlich mußten die Ärzte auf der Wacht sein, um die beängstigenden Symptome sofort mit geeigneten Mitteln zu bekämpfen.

Würde es ihnen gelingen, den Sensenmann zu vertreiben? Viele sorgenvolle Stunden hindurch blieb die Frage unentschieden. Erst nach Tagen begann die rätselhafte Störung, die das unbekannte Gas in den Körpern der Patienten verursacht hatte, zu weichen, und allmählich fing ihr Organismus wieder an normal zu arbeiten. Ein Tag kam dann – es war der siebente, seitdem der Unfall in der Dammgrube geschah –, da war die Krise überwunden. Slawter und seine beiden Assistenten waren dem Leben zurückgegeben und durften zum erstenmal ihr Lager verlassen.

Etwas blaß und schwach noch saß Slawter in einem Lehnstuhl, als ihm George Larry gemeldet wurde. Während der Besucher Worte der Teilnahme und Glückwünsche zur Genesung vorbrachte, hingen die Blicke Slawters an dem Gesicht des anderen. Dann konnte er nicht länger an sich halten und unterbrach dessen Rede jäh mit einer Frage.

»Haben Sie das Gas untersucht, Larry?«

Der nickte. »Wir haben es untersucht und alle wesentlichen Daten festgestellt. Ihr Versuch ist trotz des unglücklichen Zufalls gelungen.«

»Gelungen, Larry? Was haben Sie gefunden?«

In freudiger Bewegung wollte Slawter sich erheben; er war aber noch zu schwach dazu und sank in seinen Stuhl zurück. »Sprechen Sie! Sagen Sie mir, was Sie fanden!« stieß er erregt hervor.

»Das Gas ist stark radioaktiv, Mr. Slawter. Einen Teufelsstoff haben Sie in Ihrer Bombe zusammengebraut. Seine Gammastrahlung schlägt durch zölliges Blei. Ein Glück, daß wir's sofort merkten und uns schützten. Es hätte sonst noch böse Verbrennungen im Laboratorium geben können...es ist kein Wunder, daß dieses Gas Sie trotz Ihrer Maske sofort betäubte und für Tage aufs Krankenlager geworfen hat. Seine Ausstrahlung ist ganz enorm...«

»Weiter, Larry, weiter!« drängte Slawter ungeduldig. »Das Wichtigste! Sie wissen, was ich meine.«

»Das Atomgewicht? Zweihundertzweiundvierzig! Vier Einheiten über dem Uran. Meinen Glückwunsch, Slawter! Es ist Ihnen als erstem gelungen, einen Stoff herzustellen, den es auf der Erde und in irdischen Verhältnissen bisher nicht gab.«

Zum zweitenmal versuchte Slawter aufzustehen, und wiederum zwang ihn die Schwäche zurück.

»Kann ich Ihre Analysen sehen, Larry?« stöhnte er, verzweifelt über sein körperliches Unvermögen.

»Ich habe sie Ihnen mitgebracht«, erwiderte Larry und zog ein Schriftstück aus seiner Mappe. »Hier sind die Protokolle über unsere Untersuchungen. Wie Sie sehen...« er deutete auf Zeitangaben in den Aufzeichnungen, »haben wir uns gleich nach dem Unfall an die Arbeit gemacht. Hier haben Sie alle Strahlungsmessungen, und hier...« er schlug mehrere Seiten um, »finden Sie die Feststellung des Atomgewichtes. Wir haben es nach mehreren Methoden bestimmt und einwandfrei das Resultat ermittelt, das ich Ihnen eben nannte.«

Slawter nahm ihm das Schriftstück aus der Hand. Während er darin blätterte, liefen seine Blicke gespannt über die Zeilen der einzelnen Seiten, als dürfe er sich kein Wort entgehen lassen. Nun war er mit der Durchsicht zu Ende und ließ das Papier sinken.

»Alle Hochachtung, Sie haben fabelhaft schnell und exakt gearbeitet, Larry. In knapp zehn Stunden alles Wichtige festgestellt...aber...« er warf Larry einen fragenden Blick zu, »ist das alles? Haben Sie in der Woche, die wir hier auf der Nase lagen, nicht noch mehr Untersuchungen mit dem Gas angestellt?«

Larry zuckte die Achseln.

»Ich fürchte, Slawter, ich muß Ihnen eine Enttäuschung bereiten. Das neue Element...« er machte einen Versuch zu scherzen »...ich schlage vor, daß wir es zu Ehren seines Schöpfers und Entdeckers ›Slawterium‹ nennen, hat nur eine sehr kurze Lebensdauer. Sein Zerfall in Uran und Helium geht ganz rapide vonstatten. Die ungemein starke Strahlung ließ uns sofort etwas Derartiges vermuten, und schon nach der ersten halben Stunde fanden wir unsern Verdacht bestätigt. Beinahe zusehends nahm die Menge der strahlenden Substanz in den Rezipienten ab. Wir mußten uns mächtig dranhalten, um überhaupt noch die Feststellungen zu treffen, die Sie hier im Protokoll finden« – Larry deutete, während er weitersprach, auf Photos in dem Protokoll –, »das Spektrum konnten wir in der zehnten Stunde eben noch mit Not und Mühe auf die lichtempfindlichste Platte bringen. Dann war die etwa noch vorhandene Menge des neuen Elementes unter die Grenze der Nachweisbarkeit gesunken.«

Slawters Rechte klammerte sich um die Sessellehne.

»Kein Gas mehr in den Rezipienten, Larry? Alles verschwunden, zerfallen? Dann war es doch ein Mißerfolg.«

Larry schüttelte abweisend den Kopf.

»Wie können Sie das behaupten, Slawter! Es liegt doch im Wesen aller strahlenden Materie, daß sie zerfällt und verschwindet.«

»Aber nicht so, Larry! Das habe ich mir ganz anders gedacht...O diese verwünschte Schwäche, wenn ich nur erst wieder Herr meiner Glieder wäre! Wir müssen neue Versuche machen...mit kräftigeren Bomben arbeiten, andere, viel stärkere Stoffe von längerer Lebensdauer herstellen...«

Ein Arzt kam in den Raum. Er hatte die letzten Worte noch gehört und bedeutete Larry, seinen Besuch zu beenden.

»Für heut ist's genug, Mr. Larry. Unser Patient ist eben erst über den Berg und braucht noch Schonung. In acht Tagen vielleicht, mein lieber Slawter, werden Sie das erstemal wieder in Ihr Laboratorium gehen dürfen. Vorläufig gehören Sie noch ins Bett.«

In einem Punkt war dem Assistenten Wilkin bei seinem Bericht an Professor Melton ein Irrtum unterlaufen. Dr. Wandel war keineswegs ruhig, als er von der Unterredung mit Direktor

Clayton in das Laboratorium zurückkam. Es stürmte in seinem Innern, und nur mit Mühe vermochte er äußerlich die Ruhe zu bewahren. 'Raus! Ins Freie! Andere Menschen sehen! waren seine Gedanken, als er nach Hut und Stock griff und das Laboratorium verließ.

Vor dem großen Portal der United Chemical blieb er aufatmend stehen. Das Werk des Konzerns, in dem er tätig war, lag im Südostviertel von Detroit, nicht allzu weit von dem Saint-Clair-See entfernt, den der Detroit River auf seinem Wege zum Eriesee durchfließt. In tiefen Zügen sog Dr. Wandel die kühle klare Luft ein und schritt die Uferpromenade neben dem Fluß entlang Während er weiter durch die parkartigen Anlagen ging, die sich bis zum Saint-Clair-See hinziehen, überdachte er seine Erlebnisse während der letzten Zeit.

... Von einem Vertrauensmann Claytons veranlaßt, aussichtsvolle Verhandlungen mit der Dupont Company abzubrechen und zur U. C. zu kommen... von Direktor Clayton mit turmhohen Versprechungen, von Professor Melton reichlich kühl empfangen... dann die drei Monate Arbeit in dessen Laboratorium. Vom ersten Tage an fühlte er, daß er gegen unsichtbare Widerstände zu kämpfen hatte. Man sagte ja zu allen seinen Vorschlägen und Plänen, aber man verzögerte ihre Ausführung, machte eigenmächtige Abänderungen... und nun endlich dieser letzte Streich mit dem Autoklav. Sollte er der Bande den ganzen Kram einfach hinwerfen?... Die Verhandlungen mit der Dupont Company wiederaufnehmen?... Gründe dafür waren genug vorhanden, doch wer konnte wissen, wie er's dort treffen würde?

Auf jeden Fall bedeutete es, die Arbeit der letzten Monate verloren zu geben und wieder von neuem zu beginnen...

Dr. Wandel blieb stehen und riß den Hut vom Kopf. Sein Blick ging über den sonnenbeschienenen Park und die große Autostraße, die sich hier dem Fluß näherte, ohne daß er sich des schönen landschaftlichen Bildes recht bewußt wurde. Wie zwangsläufig arbeitete sein Gehirn weiter.

Von der United weggehen?... Hieß das nicht vor den Widersachern die Waffen strecken, sich für besiegt erklären?... Nein! So weit war es noch nicht mit ihm. Wenn die andern den Kampf wollten, sollten sie ihn haben. Ein leichtes Ringen würde es nicht sein, selbst wenn Direktor Clayton fest zu ihm hielt, darüber war er sich klar. Trotzdem... so oder so... er wollte es bis zu Ende durchhalten...

Der Weg, auf dem er dahinging, lief jetzt dicht neben der Autostraße entlang. Ein kräftiges Hupen hinter ihm ließ ihn stehenbleiben und sich umschauen. Ein Kraftwagen hielt neben ihm am Straßenrand; der Mann, der am Steuer des Wagens saß, streckte ihm die Rechte entgegen.

»Habe ich mich doch nicht getäuscht, Sie sind's, Doktor? Konnte mir erst nicht recht denken, daß Sie hier spazierengehen, statt zwischen Ihren Retorten und Tiegeln im Labor zu stecken.«

»Wir haben uns lange nicht gesehen, Mr. Schillinger«, sagte Dr. Wandel, während er ihm kräftig die Hand drückte.

»Rund drei Monate, Doktor! Wollte Sie immer schon mal aufsuchen, aber Sie wissen ja...« er lachte und ließ dabei zwei Reihen blendend weißer Zähne sehen. »In den Staaten hat kein Mensch Zeit. Sie sind doch noch bei der United?«

»Immer noch, Mr. Schillinger. Habe ein Vierteljahr unentwegt im Labor gesteckt. Habe mir heut zum erstenmal einen freien Nachmittag genommen.«

»Großartig, Doktor!« Mr. Schillinger öffnete die Wagentür. »Steigen Sie ein und fahren Sie mit! Ich habe einen kleinen Trip zum See vor. Will da mal nach dem Rechten sehen. Ich denke, unser neues Werk wird Sie auch interessieren. Unterwegs können wir gemütlich plaudern. Haben Sie neue Nachrichten von den Verwandten in Deutschland?«

Dr. Wandel folgte der Einladung und nahm neben dem Fahrer Platz. Mit einem Ruck sprang der starke Wagen an und eilte im Hundertkilometertempo über die Autostraße dahin. Mit Behagen ließ der Doktor sich den kräftigen Fahrwind um die heiße Stirn wehen und fühlte, wie seine üble Laune allmählich einer gleichmäßig ruhigen Stimmung wich.

Ein wenig trugen dazu auch die Fragen bei, die Joe Schillinger während der Weiterfahrt an ihn stellte. Der alte Schillinger war in Deutschland mit dem Vater Dr. Wandels eng befreundet gewesen und später nach den Staaten ausgewandert. Das lag jetzt rund ein Menschenalter zurück, aber die Verbindung mit den deutschen Freunden war durch Besuche in der alten Heimat immer wieder aufgefrischt worden und lebendig geblieben. Auch Joe Schillinger, obwohl in den Staaten geboren, sprach fließend Deutsch, und als Dr. Wandel vor etwa einem halben Jahr nach Detroit kam, wurde er in dessen Haus mit offenen Armen empfangen. Jetzt machte er sich fast Vorwürfe, daß er diese Freundschaft so lange vernachlässigt hatte.

»In der Fabrikation wollen wir Mr. Ford keine Konkurrenz machen«, sagte Joe Schillinger, während der Wagen am Ufer des Saint-Clair-Sees entlangrollte, »aber was die Reparaturen betrifft, da können wir ihm schon einiges vormachen. In unserm neuen Werk haben wir sogar Martinöfen und Schmiedepressen aufgestellt. Wenn uns jetzt jemand seinen verbeulten Wagen bringt, brauchen wir nicht erst über tausend Meilen nach Ersatzteilen zu telegraphieren. Wir stellen sie schneller und ebenso billig her.«

Während Schillinger das sagte, ging Dr. Wandel ein Gedanke durch den Kopf. Unbestimmt und verschwommen zuerst noch, doch während der andere weitersprach, nahm die Idee immer festere Formen an.

»Martinöfen und Schmiedepressen«, meinte er, als Schillinger mit seiner Werkschilderung zu Ende war, »das ist interessant, die würde ich gern mal sehen.«

»Kann geschehen, Doktor, da liegt das Werk ja schon vor uns. Zum Kaffee ist's ohnehin noch zu früh. Wenn's Ihnen recht ist, sehen wir uns die Sache gleich mal an.«

Der Wagen hatte inzwischen das Tor erreicht und rollte über den weiten Werkhof. Langgestreckte Schuppen zu beiden Seiten machten weit eher den Eindruck einer großen Fabrik als einer einfachen Reparaturwerkstätte. Mehrere hundert Wagen standen in Reihen ausgerichtet auf dem Hof. Die einen noch in dem bedauernswerten Zustand, in dem sie von ihren Besitzern eingeliefert wurden, die andern schon wieder schmuck und schön, bereit zu neuen Fahrten.

»Ach ja! Gott sei Dank wird allerhand in den Staaten entzweigefahren«, sagte Schillinger mit einem Blick auf die Wagenmengen. »Wir machen ein gutes Geschäft damit.«

Durch endlose Hallen und Werkstätten führte er seinen Gast. Nicht ohne Stolz wies er auf das laufende Band in der Lackiererei, in der ein paar Dutzend Werkleute mit Spritzpistolen arbeiteten. Äußerlich noch unansehnlich kamen die reparierten Wagen an der einen Seite auf das Band. Dann zischten die Pistolen in den Händen der Arbeiter, ein Farbnebel spielte um das einzelne Fahrzeug, hier ein lichtes Grün, dort ein schimmerndes Rot oder ein sattes Blau, und schon wenige Minuten später liefen sie, mit einem neuen, spiegelnden Lackbezug versehen, vom andern Ende des Bandes ab.

Es war gewiß eine technische Leistung ersten Ranges, doch Dr. Wandel folgte den Erklärungen seines Freundes nur mit halbem Ohr. Es drängte ihn, weiterzukommen, und nachdem sie noch zehn andere Hallen durchwandert hatten, erreichten sie auch glücklich die Schmiede.

Gigantisch ragte in der Mitte des hohen Raumes das Gestell einer hydraulischen Presse empor. Joe Schillinger sprach ein paar Worte mit dem Meister und wandte sich dann an Dr. Wandel.

»Wir wollen ein wenig warten, Doktor. Die Leute haben gerade die Kupplung für einen schweren Traktor vor. Das Stück muß gleich aus dem Glühofen kommen.«

Sie brauchten nicht lange darauf zu warten. Schon fuhren Kranzangen in den Ofen und zogen eine schwere, hellrote Stahlmasse aus der Glut. Hitze und Licht durch den Raum verbreitend, schwebte sie am Kran zu der Presse hin, und dann traten die mächtigen Pressebacken in Tätigkeit. Wie weiches Wachs kneteten und formten sie den heißen Stahl, während der Meister, die Zeichnung in der Hand, darüber wachte, daß das Werkstück unter dieser gewaltsamen Behandlung die vorgeschriebene Form annahm.

Schweigend stand Dr. Wandel dabei und verfolgte den Werdegang des großen Schmiedestückes. Wie in Gedanken verloren, griff er in die Tasche, zog eine Zeichnung hervor und ließ den Blick prüfend zwischen ihr und dem Werkstück unter der Presse hin und her wandern. Joe Schillinger schlug ihm auf die Schulter.

»So nachdenklich, Doktor Wandel? Was für ein Papier studieren Sie da? Wollen Sie uns etwa einen Auftrag geben?«

Der Doktor ließ die Zeichnung sinken.

»So etwas fabrizieren Sie hier, Mr. Schillinger? Offen gesagt, das hätte ich nicht erwartet.«

»Oho! Doktor, unterschätzen Sie uns nicht. Solche Sachen schmieden wir hier nicht nur aus einem prima, primissima Stahl; wir bearbeiten sie auch haargenau auf unsern Werkzeugmaschinen.«

Er war währenddessen näher an den Doktor herangetreten und nahm ihm das Papier aus der Hand. Es war die gleiche Zeichnung, die Dr. Wandel noch vor wenigen Stunden dem Direktor Clayton gezeigt hatte. Joe Schillinger deutete auf die obere Ecke, wo der Deckel des Autoklavs dargestellt war, und meinte dabei:

»Sehen Sie, Doktor, solche Stücke wie das da zum Beispiel machen wir Ihnen hier mit Leichtigkeit. Wenn Sie mir jetzt die Zeichnung hierließen, könnten Sie sich's in acht Tagen fix und fertig abholen.«

»Sie sind riesig geschäftstüchtig, mein lieber Schillinger« versuchte der Doktor zu scherzen. »Immerhin«, fuhr er ernster werdend fort, »gerade dieser Teil ist besonders stark beansprucht Es könnte wohl einmal geschehen, daß er schadhaft würde Die Bedlam-Stahlwerke brauchen wenigstens einen Monat Lieferzeit. In solchem Fall würde ich in der Tat auf Ihr Werk zurückgreifen.«

»Mit solchen Sachen kommen Sie wirklich besser zu uns. Es erspart Ihnen unnötige Wartezeit. Aber kommen Sie jetzt in unsern Erfrischungsraum, eine Tasse Kaffee haben wir uns redlich verdient.« – –

»Ihr Kaffee ist vorzüglich, Mr. Schillinger«, sagte Dr. Wandel, während er seine Tasse absetzte, und kam danach auf das Gespräch zurück, das sie in der Schmiede abgebrochen hatten. Er wünschte zu wissen, zu welchem Preis Schillinger den Autoklavdeckel liefern könnte. Der bat sich noch einmal die Zeichnung aus, nahm die Maße ab, überschlug, schrieb ein paar Zahlen nieder und nannte eine Summe, deren geringe Höhe Dr. Wandel angenehm überraschte. Während er langsam seine Tasse leerte, faßte er einen Entschluß.

»Wissen Sie, lieber Schillinger«, sagte er, »es wäre mir doch lieb, wenn ich für das Stück eine Reserve hätte.« Er griff nach einem Messer und trennte die obere Ecke der Zeichnung, die den Autoklavdeckel enthielt, ab. »Ich will Ihnen das gleich hierlassen. Fertigen Sie mir bitte danach ein Ersatzteil an.«

Schillinger nahm das Papier an sich.

»Wird schnellstens gemacht werden, Doktor. Soll ich die Rechnung dafür an die United schicken?«

»Nicht nötig, Mr. Schillinger. Rufen Sie mich im Labor an, wenn das Stück fertig ist. Ich werde es dann selber abholen und bei der Gelegenheit auch gleich bezahlen…Übrigens…« fuhr er nach einer Pause fort, »wäre es mir lieb, wenn möglichst wenig über den Zweck und Bestimmungsort dieses Stückes bekannt würde.«

Joe Schillinger lachte.

»Daß ihr Chemiker die Geheimniskrämerei nicht lassen könnt! Aber meinetwegen; wenn einer von unsern Leuten neugierige Fragen stellt, werde ich ihm irgendwas von einem Autoersatzteil erzählen…na, das würde mir vielleicht doch keiner glauben. Dazu ist der Brocken zu massig. Ich werde lieber sagen, daß er für eine Bleipresse der Kabelfabrik bestimmt ist. Da werden sie schon eher drauf 'reinfallen.«

»Machen Sie es, wie Sie wollen, Mr. Schillinger. Nur daß es für die United Chemical bestimmt ist, braucht nicht gerade bekannt zu werden.«

»All right, Doktor. In acht Tagen können Sie meinen Anruf erwarten«, schloß Schillinger die Unterhaltung und ließ sich dann das Vergnügen nicht nehmen, Dr. Wandel in seinem Wagen nach Detroit zurückzubringen.

Als Phil Wilkin am Abend dieses Tages die Woodward Avenue in Detroit entlangschlenderte, stieß er unversehens auf Thom White, einen alten Bekannten aus früheren Zeiten. In vergangenen Jahren hatten beide einmal zusammen Chemie studiert, sich danach aber aus den Augen verloren. Wilkin legte keinen besonderen Wert auf das Zusammentreffen; um so mehr schien der andere darüber erfreut zu sein, und seiner Einladung in den nächsten Salon konnte Wilkin sich schließlich nicht entziehen.

Beim Bier kam schnell ein Gespräch in Gang, aus dem er erfuhr, daß sein früherer Studiengenosse jetzt auch in Detroit in den großen Farbwerken am oberen River tätig sei. Daß Wilkin bei der United arbeitete, war White bereits bekannt, und im weiteren Verlauf des Gesprächs machte er aus seinem Herzen keine Mördergrube. Mit großem Freimut äußerte er sich über die schlechten Arbeitsbedingungen in den Farbwerken und schimpfte abwechselnd über miserable Bezahlung und engstirnige Vorgesetzte, während er eine Lage Bier nach der anderen anfahren ließ. Zuerst ließ Wilkin ihn reden, dann aber begann er, ganz gegen seine sonstige Art, ebenfalls aus sich herauszugehen, und schließlich kam eine halbe Stunde, in der er fast allein sprach.

Von seiner angenehmen Stellung als Erster Assistent bei Professor Melton erzählte er, und ein Wort gab dabei das andere. Auf den querköpfigen deutschen Doktor kam er zu sprechen. Offenbar ein Protektionskind der Direktion, sei der vor einem Vierteljahr mit ganz verschrobenen Ideen in die Abteilung hineingeschneit, aber sie würden ihn schon bald zahm bekommen. Professor Melton sei der richtige Mann, um solche Leute ablaufen zu lassen.

Tom White hörte aufmerksam zu und warf nur noch hin und wieder ein Wort in die Unterhaltung, wenn Wilkin einmal in seinem Redefluß erlahmte.

»Der deutsche Doktor ist jetzt schon kaltgestellt. Die neue Versuchsreihe werde ich zusammen mit Professor Melton bearbeiten«, beendete Wilkin schließlich seine Ausführungen.

Der andere seufzte. »Sie sind ein Glückspilz, Wilkin. Wer es doch so gut treffen könnte wie Sie! Ließe sich in ihrer Abteilung nicht vielleicht auch ein Plätzchen für mich finden?«

Unter dem Einfluß des Alkohols liefen Wilkins Gedanken anders als sonst. Durch und durch Egoist, hätte er unter andern Umständen die Frage von White wohl mit einer höflich ablehnenden Antwort beiseitegeschoben. Jetzt aber sagte er mit Gönnermiene:

»Man könnte es einmal versuchen. Schicken Sie doch ein Bewerbungsschreiben an Professor Melton, in dem sie unsere Bekanntschaft und gemeinsame Studienzeit erwähnen. Dann wird er mich sicherlich nach Ihrer Person fragen, und ich glaube, mein lieber White, meine Stimme hat bei Professor Melton einiges Gewicht.«

In überschwenglichen Worten sprach Thom White dem Assistenten seinen Dank für den guten Rat und seine Fürsprache aus. Gleich morgen früh wollte er das Schreiben an Professor Melton aufsetzen.

»Sobald die Sache klappt, werde ich Sie anrufen und Ihnen Bescheid sagen«, versprach Wilkin; »unter welcher Nummer kann ich Sie in den Farbwerken erreichen?«

Tom White schien um eine Antwort verlegen zu sein.

»Es wäre mir angenehmer, wenn Sie mich nicht an meiner Arbeitsstelle anriefen«, sagte er nach einigem Zögern. »Bei uns werden die Telephongespräche der Angestellten häufig von der Zentrale belauscht. Schreiben Sie mir lieber ein paar Zeilen in meine Wohnung. Hier haben Sie meine Adresse.«

»Wie Sie wünschen, Mr. White«, sagte Wilkin, während er die Adresse an sich nahm, »ich kann Ihre Bedenken verstehen.« Er warf einen Blick auf seine Uhr. »Großer Gott, wo ist die Zeit geblieben! Für heut wollen wir Schluß machen, morgen ist auch noch ein Tag. Vergessen Sie nicht, Ihr Gesuch einzureichen.«

Während der letzten Worte griff er bereits nach Stock und Hut.

Großzügig ließ er es zu, daß Tom White die ganze Zeche beglich, obwohl dessen Gehalt in den Farbwerken nach seiner eigenen Aussage doch beklagenswert niedrig war. Draußen auf der Straße noch ein kräftiger Händedruck, und die beiden alten Bekannten gingen nach verschiedenen Richtungen auseinander. — —

Von Detroit bis zu dem Städtchen Salisbury in Delaware, in der die Dupont Company ihren Sitz hatte, sind es nur hundert geographische Meilen, und die amerikanische Flugpost arbeitet schnell. Schon am Nachmittag des folgenden Tages hielt Mr. Spinner, der Chef der Nachrichtenabteilung von Dupont, einen Brief in den Händen, in dem die Unterredung zwischen Phil Wilkin und Tom White fast wortgetreu zu lesen stand. Mr. Spinner studierte das Schriftstück sehr gründlich, und die anerkennenden Worte, die dabei gelegentlich von seinen Lippen fielen, hätten Tom White sicherlich erfreut, wenn er sie gehört hätte. Nun ließ Mr. Spinner das Schreiben sinken und fuhr in seinem Selbstgespräch fort.

»Hm, hm! Auf die Manier hat der Junge die Sache gedreht. Soll eine Verbindung mit Doktor Wandel aufnehmen, zieht es aber vor, sich an Wilkin 'ranzumachen; auch nicht übel... kann recht nützlich sein... Geht verflucht hart an den Wind, der Boy... trotzdem, wenn es glückt... eine Stellung im andern Lager, er könnte uns wertvolle Informationen geben... aber verdammt gefährlich. Na, er muß riskieren, dafür wird er bezahlt... aber in die Büroakten darf die Korrespondenz nicht kommen.«

Mr. Spinner erhob sich und trat zu einem großen Bücherschrank. In goldgepreßten Lederbänden leuchteten ihm daraus die englischen Klassiker entgegen. Ein Druck auf einen verborgenen Kontakt, und ein Elektromotor begann zu schnurren. Geräuschlos schob sich der ganze Schrank zur Seite. Eine Stahltür in der Zimmerwand wurde sichtbar, die Mr. Spinner mit einem komplizierten Schlüssel aufschloß, und das Innere eines Tresors lag offen da. Der Nachrichtenchef griff nach einem Aktendeckel und legte den Brief aus Detroit hinein.

»Bericht White – U. C.« schrieb er mit Rotstift auf den Deckel und legte ihn in den Tresor. Dann schnappte die Stahltür wieder zu, und der Bücherschrank rollte an seinen alten Platz zurück. Mr. Spinner ließ sich am Schreibtisch nieder und griff zur Feder, um einen Brief an Tom White zu verfassen. Es wurde ein mehrere Seiten langes Schreiben, und wer den Text so las, wie er auf dem Papier stand, mußte den Eindruck gewinnen, daß ein redseliger alter Onkel seinem Neffen endlose Familiengeschichten auftischte. Das Bild änderte sich aber wesentlich, wenn man sich beim Lesen einer Kartonschablone bediente, die Spinner neben sich liegen hatte. Auf eine Seite dieses wunderlichen Schreibens gelegt, verdeckte sie den größten Teil der Schrift und ließ nur einzelne Worte sichtbar. Dann stand etwas ganz anderes in dem Brief zu lesen. Neue Deckadressen fanden sich darin und eine dringende Mahnung zur größten Vorsicht bei allen weiteren Schritten.

Der letzte Satz, der unter der Schablone zutage trat, lautete:

»Wenn Sie die Stellung bei der U. C. bekommen, versuchen Sie, das Vertrauen Doktor Wandels zu gewinnen. Zu gegebener Zeit lassen Sie durchblicken, daß man ihn bei uns nicht vergessen hat und nicht abgeneigt ist, die Verhandlungen wieder aufzunehmen.«

Mr. Spinner beendete seinen Brief und legte die Schablone in eine Mappe. Unwillkürlich malte er sich dabei aus, wie der Empfänger des Schreibens in Detroit ein Duplikat der Schablone aus seinem Schreibtisch nehmen würde, bevor er sich ans Lesen machte.

Der Briefumschlag, in den der Nachrichtenchef das Schriftstück steckte, trug eine gedruckte Firmenbezeichnung, aber es war nicht diejenige der Dupont Company. Der Aufdruck wies vielmehr auf eine große Konfektionsfirma hin, die durch ihre billige Garderobe in den Staaten bekannt war.

Und schließlich gebrauchte Mr. Spinner noch die Vorsicht, sein Schreiben selbst zum Bahnhof zu bringen und in den Briefkasten des nach dem Westen fälligen Abendzuges zu stecken. Auf diese Weise wurde auch der Poststempel »Salisbury« auf den Briefmarken vermieden, der in einem argwöhnischen Beobachter vielleicht Erinnerungen an die Dupont Company wecken konnte.

Mr. Spinner liebte es, in jeder Hinsicht sicher zu gehen, und vielleicht beruhten seine zweifellosen Erfolge zum Teil mit auf der Sorgfalt, die er auch auf scheinbare Nebensächlichkeiten verwandte.

Professor Melton war über den Gleichmut erstaunt, mit dem Dr. Wandel die Mitteilung entgegennahm, daß der Professor die Versuche mit dem neuen Autoklav ohne ihn durchführen wollte.

»Ganz wie es Ihnen beliebt! Sie haben darüber zu bestimmen«, hatte der Doktor nur kühl und kurz erwidert und war in sein Zimmer zu den theoretischen Berechnungen zurückgekehrt, die ihn schon seit Wochen beschäftigten.

Professor Melton war sich nicht klar darüber, ob die Ruhe Dr. Wandels echt oder nur gemacht sei. Das aber wußte er sicher, daß er selbst sich in einer höchst unruhevollen Stimmung befand, und diese Stimmung wurde nicht besser, wenn sein Blick auf die mächtige dunkelschimmernde Stahlkugel in dem großen Laboratorium fiel. Immer mehr kam's ihm so vor, als ob das nicht ein toter physikalischer Apparat sei, sondern ein lebendiges, unheildräuendes Wesen, das ihn tückisch anfunkelte. Schon kamen gelegentlich Minuten, in denen er es fast bereute, daß er die Versuche mit dem unheimlichen Gerät nicht dem deutschen Doktor überlassen hatte. Doch dann war es immer wieder Phil Wilkin, der ihm mit irgendeiner scheinbar zufällig hingeworfenen Bemerkung den Rücken steifte und die Durchführung der vorbereiteten Arbeiten weitertrieb.

Glücklicherweise hatte Dr. Wandel ein Manuskript in die Akten des Laboratoriums gegeben, in dem alles Wichtige über die geplanten Versuche und die dafür erforderlichen Vorbereitungen enthalten war ... oder doch wenigstens enthalten zu sein schien. An Hand dieser Aufzeichnungen war Wilkin jetzt dabei, eine besonders kräftige Druckpumpenanlage und eine Starkstromquelle an die Autoklavkugel anzuschließen. Das beanspruchte immerhin mehrere Tage, in denen Professor Melton Zeit hatte, sich über die Versuche selbst schlüssig zu werden.

Nach dem Programm des deutschen Doktors sollten extrem hohe Drücke und Temperaturen auf eine geeignete Materie wirken. Über die Drücke ließ sich aus seinen Aufzeichnungen etwas entnehmen. Einer inneren Höchstspannung von hunderttausend Atmosphären durfte der stählerne Hohlkörper des Autoklavs ausgesetzt werden. Ging man darüber hinaus, dann riskierte man, daß der Apparat wie eine Riesengranate explodierte, und dem Professor war bei dem Gedanken an solche Möglichkeit nicht wohl zumute. Schon jetzt war er entschlossen, ein gutes Stück unter dem gefährlichen Höchstdruck zu bleiben.

Höchsttemperaturen sollten außerdem in der Stahlkugel erreicht werden, und dieses Problem machte dem Professor auch einige Kopfschmerzen, denn hier waren die Aufzeichnungen Dr. Wandels lückenhaft. Es war natürlich klar, daß man die Glut auf elektrischem Wege unmittelbar im Innern der Autoklavkugel erzeugen mußte. Aber während der Doktor sich noch mit der Projektierung der dafür erforderlichen Einrichtungen beschäftigte, hatte sein Zerwürfnis mit Melton bereits gröbere Formen angenommen, und verärgert hatte er davon abgesehen, weitere Notizen zu den Akten zu geben.

In verdrießlicher Stimmung ließ der Professor seinen Assistenten kommen, um die Frage mit ihm zu besprechen. Nach seiner Gewohnheit nahm Wilkin die Angelegenheit von der leichten Seite und versuchte die Zweifel seines Vorgesetzten zu zerstreuen.

»Der Heiztransformator mit einer Höchstleistung von tausend Kilowatt wurde nach den Angaben Doktor Wandels gebaut und angeliefert«, sagte er leichthin. »Ich trage kein Bedenken, ihn zu benutzen, und lasse eben jetzt einen dazu passenden Heizkörper wickeln.«

Die Ruhe, mit der Wilkin es sagte, strahlte auch auf Professor Melton über, und im Augenblick schien ihm die Angelegenheit gar nicht mehr so bedenklich, die ihm vor kurzem noch Sorgen machte.

»In etwa fünf bis sechs Tagen wird der neue Heizkörper fertig sein«, fuhr Wilkin in seinem Bericht fort. »Ich möchte vorschlagen, Herr Professor, daß wir dann zunächst einmal eine Reihe von Heizungsversuchen machen, ohne dabei Druck auf den Autoklav zu geben. Wir würden auf diese Weise ein klares Bild über die Hitzeentwicklung in der Kugel gewinnen.«

Bereitwillig stimmte Professor Melton den Worten seines Assistenten bei. Einmal, weil dessen Vorschlag ihm wirklich vernünftig erschien, weiter aber auch, weil sich in seinem Unterbewußtsein der Gedanke regte, daß bei solchem Vorgehen die wirklich gefährlichen Hochdruckversuche noch eine gute Weile Zeit haben würden.

»Übrigens«, meinte er, als Wilkin sich zum Gehen anschickte, »hier ist ein Bewerbungsschreiben von einem Mr. White eingelaufen. Gerade jetzt könnten wir noch eine Hilfskraft brauchen. Der Mann bezieht sich auf die nähere Bekanntschaft mit Ihnen. Können Sie ihn empfehlen?«

Wilkin dachte längst nicht mehr an Tom White. Erst die Worte Meltons brachten ihm jenen feuchtfröhlichen Abend und die Versprechungen, die er dem alten Studienkollegen gegeben hatte, wieder in die Erinnerung. Blitzschnell überlegte er.

Offensichtlich hatte der Chef die Absicht, noch jemand einzustellen. Warum sollte sein Freund White den Platz nicht ebensogut bekommen dürfen wie irgendein anderer? Er würde ihm jedenfalls für seine Empfehlung verpflichtet sein und nicht daran denken, gegen ihn zu arbeiten.

»Ich habe Mr. White zwar einige Zeit aus den Augen verloren«, sagte er mit betonter Objektivität, »aber von früher her kenne ich ihn als einen recht tüchtigen Chemiker und geschickten Laboranten. Ich glaube, Herr Professor, daß Sie keinen schlechten Griff tun, wenn Sie ihn einstellen.«

Der Professor nickte und gab ihm das Bewerbungsschreiben.

»Es ist gut, Mr. Wilkin. Veranlassen Sie, daß der Mann sich bei mir vorstellt. Auf Ihre Empfehlung hin will ich es mit ihm versuchen.«

Drei Tage später hielt Tom White seinen Einzug in die Abteilung Professor Meltons und wurde dem Ersten Assistenten Phil Wilkin zugeteilt. Der Neuling brauchte nicht lange Zeit für die Erkenntnis, daß er sich hier auf einem gefährlichen Boden befand. Es herrschte eine ziemliche Geheimnistuerei, und keiner schien dem andern recht über den Weg zu trauen. Am besten war noch das Verhältnis zwischen Melton und Wilkin. Sehr bald aber fand White heraus, daß der Professor sich von seinem Assistenten in weitgehendem Maß leiten ließ. Freilich machte Wilkin das sehr geschickt, und nach außen hin sah es immer so aus, als ob alle Anordnungen von Melton selber kämen.

Wie es um Dr. Wandel stand, konnte auch ein Blinder merken. Er war bei dem Professor in Ungnade gefallen und einfach kaltgestellt worden. White gewann den Eindruck, daß Melton es nur aus Scheu vor der Direktion unterließ, den Doktor kurzerhand an die Luft zu setzen, und er wunderte sich im stillen nicht wenig, daß der sich diese Behandlung schweigend gefallen ließ.

Einige Aufklärung darüber erlangte er von dem Laboratoriumsdiener MacGan. Während Mr. White jetzt seinem Gönner Wilkin gegenüber ein sehr zurückhaltendes und respektvolles Benehmen zur Schau trug, genierte er sich nicht, mit dem Laboratoriumsdiener nach Schluß der Geschäftsstunden gelegentlich einen Salon aufzusuchen, und sobald er mit ihm erst einmal warm geworden war, redete der Ire sehr frei von der Leber weg.

»Der deutsche Doktor ist der einzige tüchtige Kerl in der ganzen Abteilung«, sagte er beim dritten Soda-Whisky zu White.

»Der neue Autoklav, der große Transformator … die Maschinenanlage für die Herstellung flüssiger Luft, das ist alles sein Werk. Die anderen sind nur neidisch und ihm aufsässig.«

White schüttelte den Kopf. »Aber ich verstehe Professor Melton nicht.«

»Der Professor ist ein Narr«, platzte MacGan heraus und schwieg jäh, selber über seine Offenheit erschreckt. Mit Erleichterung stellte er fest, daß Mr. White seine freimütige Äußerung nicht übelnahm und sogar mit einem leichten Lächeln quittierte. Der Irishman konnte ja die Veranlassung dazu nicht wissen, die in einer gewissen Aktennotiz der Dupont Company zu suchen war. Es war eine Bemerkung, die eine starke Ähnlichkeit mit den Urteilen aufwies, die soeben MacGan und vor einiger Zeit Direktor Clayton über den Professor gefällt hatten.

»Der Chef ist kein großes Kirchenlicht, das habe ich auch schon gemerkt«, setzte White die Unterhaltung fort. »Wie findet sich denn Doktor Wandel damit ab? Bis jetzt habe ich ihn überhaupt nicht zu Gesicht bekommen.«

MacGan nahm einen langen Zug aus seinem Glas, bevor er antwortete.

»Der deutsche Doktor hat sich hinter seine Bücher und Hefte zurückgezogen. Ich komme ja öfters in sein Zimmer, um da aufzuräumen, und habe dabei auch mal einen Blick in seine Schreiberei getan. Wissen Sie, Mr. White, ein bißchen versteht man schließlich auch von dem Kram, obwohl ich nur ein einfacher Laboratoriumsdiener bin. Was der Doktor da macht, das hat mich doch gewundert …«

Tom White sah, daß das Glas von MacGan leer war. Er sorgte für neue Füllung und wollte danach Näheres über die Arbeiten des Doktors hören. MacGan befeuchtete seine Kehle mit dem frischen Trunk und erzählte weiter.

»Der Doktor beschäftigt sich mit Atomkonstruktionen. Viele Seiten in seinen Heften sind mit Atommodellen vollgezeichnet, und daneben stehen dann immer so lange mathematische Formeln, daß einem schon schwarz vor Augen wird, wenn man sie bloß ansieht.«

Tom White zuckte die Achseln.

»Das scheint mir eine ziemlich brotlose Kunst zu sein, mein lieber Mr. MacGan. Damit haben sich schon viele beschäftigt, ohne was Sicheres herauszubekommen. Ich glaube, das tut der deutsche Doktor wohl nur, um auf anständige Weise die Zeit totzuschlagen.«

Der Ire steckte die Nase in sein Glas. Als er sie wieder zum Vorschein brachte, meinte er:

»Darüber kann ich nichts sagen, Mr. White, aber das eine glaube ich sicher zu wissen. Doktor Wandel hat in sein letztes Heft die Modelle von Atomen hineingemalt, die noch schwerer als das Uran-Atom sind, und er hat auch dicke Berechnungen danebengeschrieben.«

Tom White hatte Mühe, seine Erregung zu verbergen. Von unschätzbarem Wert konnte die Mitteilung, die ihm MacGan in seiner Ahnungslosigkeit eben machte, für die Dupont Company werden, wenn es gelang, Näheres über diese Arbeiten des deutschen Doktors in Erfahrung zu bringen. Mit Gewalt unterdrückte er die Flut seiner eigenen Gedanken, um sich kein Wort von dem entgehen zu lassen, was der Laboratoriumsdiener noch weiter vorbrachte.

Das war zwar etwas verworren, denn von atomaren Zustandsgleichungen hatte MacGan nur einen sehr schwachen Schimmer. Aber schon das wenige, das White mit mancherlei Zwischenfragen herausholte, zeigte ihm, daß es sich hier um Dinge von größter Wichtigkeit handelte. Wenn die Mitteilungen des anderen auch nur einigermaßen stimmten, dann hatte der Deutsche das große Problem bereits theoretisch gelöst, mit dem sich die United Chemical jetzt beschäftigen wollte und mit dem Mr. Slawter von der Dupont Company sich bereits seit Monaten befaßte, ohne bisher wirkliche Erfolge erzielen zu können.

Während MacGan weiterplauderte und auf andere Angestellte der Abteilung zu sprechen kam, zerbrach sich Tom White den Kopf darüber, wie er an die Aufzeichnungen Dr. Wandels herankommen und sich Abschriften davon verschaffen könne.

MacGan ins Vertrauen ziehen? Der kam eine Stunde früher als die anderen ins Laboratorium; Gelegenheit und Zeit würde er genügend haben, um Kopien zu machen...

Ebenso schnell, wie ihm der Gedanke kam, verwarf ihn White schon wieder. Er wußte genug um den irischen Charakter. Niemals würde MacGan sich gegen den Deutschen, vor dem er Achtung hatte, gebrauchen lassen. Die Sache mußte anders angefaßt werden. Aber wie? Das war die Frage, die White während der nächsten Stunde, die er mit MacGan noch zusammensaß, unablässig bewegte.

Er war zufrieden, als sie endlich aufbrechen konnten; der Abend hatte sich jedenfalls für ihn gelohnt. Wie er weiter vorgehen mußte, darüber wollte er sich in den kommenden Tagen klar werden.

Ein netter Kerl, der Neue, sinnierte der Laboratoriumsdiener auf dem Wege zu seiner Wohnung; setzt sich mit unsereinem gemütlich an den Biertisch und behandelt einen wie seinesgleichen. Das hätte nicht einmal der deutsche Doktor gemacht. Wenn ich dem Neuen mal irgendwie helfen kann, will ich's gern tun. –

In Professor Meltons Abteilung waren die Werkleute an der Arbeit. Ein Kran hob den schweren Deckel des Autoklavs ab und versenkte den mächtigen elektrischen Heizwiderstand, der nach den Angaben Wilkins hergestellt worden war, in den Bauch des stählernen Ungetüms. Geschäftig stellte Wilkin die elektrischen Anschlüsse her, der Deckel wurde wieder aufgelegt, seine Verschraubungen wurden festgezogen, und für den Beginn der Versuche war damit alles vorbereitet.

Unschlüssig stand Melton da, als Wilkin es ihm meldete. Vorläufig sollten es ja nur – so hatte er es mit seinem Assistenten besprochen – einfache Heizversuche sein, aber allzu lange würde es dabei nicht bleiben dürfen. Über kurz oder lang würden sie außer der Hitze auch noch Drücke von vielen Tausenden von Atmosphären in die Stahlkugel geben, würden die verschiedenen Stoffe diesen außergewöhnlichen physikalischen Verhältnissen aussetzen müssen. Die volle Verantwortung für alle diese Experimente würde er, Professor Melton, ganz allein zu tragen haben.

In diesem Augenblick bedauerte er es doch, daß er der deutschen Doktor so brüsk kaltgestellt hatte. Ob er nicht jetzt noch einlenken und den Doktor unter irgendeinem Vorwand hinzuziehen sollte?

Ein dumpfes, tiefes Brummen riß ihn aus seinen Gedanken Wilkin hatte den großen Transformator eingeschaltet. Elektrische Energie bis zum Betrage von tausend Kilowatt stand bereit, sich auf eine zweite Schalterbewegung hin in die Heizwiderstände zu ergießen und sie im Innern der gewaltigen Stahlkugel hell aufglühen zu lassen. Die Stimme Wilkins drang an sein Ohr.

»Darf ich Strom geben, Herr Professor?«

Der Assistent mußte die Frage noch einmal wiederholen bevor Melton mit einer unbestimmten Bewegung seine Einwilligung gab. Wilkin legte den zweiten Stromschalter um; tausend Kilowatt arbeiteten in dem Stahlkörper. Schnell stiegen die Thermometerzeiger, welche die Temperatur in seinem Innern meldeten.

Mehr im Hintergrund des Laboratoriums hatte sich Mr. White einen Platz gesucht, von dem er aus dem Halbdunkel heraus die Vorgänge am Autoklav gut beobachten konnte, ohne selber besonders in die Augen zu fallen. Verstohlen notierte er Zeiten und Temperaturen auf seiner linken Manschette und konnte dabei ein gelegentliches Kopfschütteln nicht unterlassen. Ein leichtes Geräusch ließ ihn zusammenfahren. Er wandte sich um, erkannte den Laboratoriumsdiener und winkte ihm, näherzutreten. Mit gedämpfter Stimme begann er eine Unterhaltung mit ihm.

»Ein schönes Experiment, nicht wahr, Mr. MacGan?«

»Ich kann nichts Besonderes daran finden, Mr. White«, erwiderte der Ire ebenso leise; »wenn man einen elektrischen Ofen einschaltet, wird's warm. Das hätten die Herren auch ohne den Versuch wissen können. Wenn Dr. Wandel dabei wäre, hätte er die Sache bestimmt ganz anders gemacht.«

Tom White dachte daran, in welcher Weise Slawter bei der Dupon Company Versuche, die das gleiche bezweckten, durchgeführt hatte, und mußte MacGan innerlich recht geben. Nach außen spielte er weiter den Naiven.

»Es kommt Professor Melton sicher darauf an, die Erhitzung der Kugelwand festzustellen«, meinte er. »Ich vermisse allerdings Thermometer an der Außenseite der Kugel, die dafür doch notwendig wären.«

»Falsch, Herrschaften! Dazu braucht man keine Thermometer! Eine einfache Rechnung genügt.«

Die Worte kamen aus dem Munde Dr. Wandels, der durch eine Seitentür in das Laboratorium gekommen und zu ihnen getreten war. Tom White hatte den Doktor bisher nur einmal bei der offiziellen Vorstellung gesehen. Mit Interesse versuchte er jetzt dessen Züge zu studieren, soweit das Halbdunkel, in dem sie standen, es zuließ. Ein Gemisch von Spott und Verachtung glaubte er darin zu erkennen, und schroffe Ablehnung sprach aus den weiteren Worten des Deutschen.

»Das ist ein überflüssiger und törichter Versuch, mit dem Professor Melton höchstens den Apparat ruinieren kann.«

Während er weitersprach, schlug er eine Seite in seinem Notizbuch auf. »Die Rechnung ist so einfach, daß jeder technische Anfänger sie aufstellen kann. Wir kennen das Gewicht des Autoklavs, hundert Tonnen Stahl. Wir kennen die zugeführte elektrische Energie. Daraus ergibt sich die Erwärmung mit Leichtigkeit.«

»Ich hörte zufällig, Herr Doktor, wie Mr. Wilkin dem Professor riet, mit einfachen Heizversuchen zu beginnen«, warf MacGan ein.

Großer Gott! Was für Schaumschläger und Angsthasen sind die beiden da drüben! dachte Tom White mit einem Seitenblick auf Melton und seinen Assistenten.

In Dr. Wandel kämpften Ärger und Empörung, und, hingerissen von diesen Stimmungen, sagte er mehr, als hier in Gegenwart von Mr. White ratsam war.

»Ein kompletter Irrsinn ist dieser Versuch. Diese Menschen haben ja den Kernpunkt der Sache überhaupt noch nicht erkannt. Die Stahlwände sollen und dürfen ja gar nicht heiß werden. Nur einen Druck von hunderttausend Atmosphären müssen sie aufnehmen. Die Hitze von möglichst vielen tausend Grad soll in der Mitte der Kugel konzentriert bleiben...Ah bah!...Was rede ich noch darüber? Bald wird das Narrenspiel ja doch ein Ende haben. Dann werde ich die Versuche machen, dann wird's anders gehen. Na, viel Vergnügen einstweilen, gentlemen...«

Ebenso unbemerkt, wie er hereingekommen war, verließ der Doktor wieder den Raum.

»Schade, sehr schade«, sagte MacGan bedauernd, »der Deutsche würde andern Schwung in die Sache bringen. Der kennt keine Furcht. Er weiß genau, was er will und was er dem Apparat zumuten darf. Der würde wahrscheinlich sehr bald Erfolg haben.«

Vergeblich wartete er auf eine Antwort. Tom White zog es vor, zu schweigen, denn allzu sehr ging ihm die letzte Äußerung des Doktors durch den Kopf. In seinem Unmut hatte der Deutsche mit ein paar Worten klar ausgesprochen, worum es sich bei dem großen Problem in Wirklichkeit drehte. Blitzschnell hatte White das verstanden und im gleichen Augenblick auch begriffen, daß Slawter diesen Kernpunkt bei seinen Versuchen außer acht gelassen hatte... Der Einbau der Stahlkugel in die Dammgrube in Salisbury...keine Wärmeabfuhr durch die festgestampfte Erde möglich...Überhitzung, Bersten der Bombe...Fast hellseherisch erkannte er in diesen Sekunden den Hergang der Katastrophe, die Slawter und seine Leute fast ums Leben gebracht hatte. Den Bericht Spinners darüber hatte er am vergangenen Abend erhalten. Es war wieder einer jener langen und weitschweifigen Familienbriefe, äußerlich anscheinend ganz unverfänglich. Aber als Wilkin seine Schablone benutzte, las er viel Sorge und Bestürzung heraus und ein dringendes Ansuchen zum Schluß, schleunigst in Erfahrung zu bringen, wie die Leute bei der United die Sache anfassen wollten.

Mechanisch wiederholte er in Gedanken noch einmal die Worte des Doktors, um sie sich unvergeßlich einzuprägen. »Die Stahlwand soll nur den Druck tragen, die Hitze muß im Mittelpunkt der Kugel konzentriert bleiben.« Gleich über Mittag wollte er das – in der üblichen Weise verschlüsselt – zu Papier bringen und an seinen Auftraggeber absenden.

Als er aufblickte, war MacGan nicht mehr da. Dem Iren war die schweigsame Gesellschaft zu langweilig geworden, er hatte seinen Platz verlassen und machte sich in der Nähe des Professors zu schaffen. So konnte Mr. White sich weiter seinen Gedanken hingeben...Wie würden die Dinge in der Abteilung weitergehen? Einige Tage, vielleicht sogar Wochen mochten Melton und seine Leute noch ihre brotlosen Künste treiben. Dann würde Clayton sicherlich die Sache zu dumm werden, er würde als Direktor ein Machtwort sprechen. Dr. Wandel würde mit der Durchführung der Versuche betraut werden, und dann...dann waren vielleicht in kürzester Zeit Erfolge zu erwarten, durch die alle Arbeiten der Dupont Company überholt würden. Wenn irgend möglich, mußte er versuchen, das zu verhindern...

Nicht ohne guten Grund hatte ihn Mr. Spinner auf seinen Posten berufen. Tom White verfügte über ein gut Teil Intelligenz und Erfindungskraft, und in dem Augenblick, in dem er sich jetzt die Aufgabe stellte, sah er auch schon eine Möglichkeit, sie zu lösen. Langsam verließ er seinen dunklen Winkel; als ob ihn der Versuch Meltons stark interessierte, kam er immer näher an den Autoklav heran, bis er schließlich dicht neben dem Professor und Phil Wilkin stand. Mit Aufmerksamkeit verfolgte er den Gang der Thermometer, warf hin und wieder eine anerkennende Bemerkung hin, für die Professor Melton nicht unempfänglich war, und erreichte es so, mit ihm ins Gespräch zu kommen.

Rückhaltlos bewunderte er dabei dessen Anordnungen und ließ auch dem Heizwiderstand, den Wilkin gebaut hatte, uneingeschränktes Lob zuteil werden. Wie die Kater, die man streichelt, schnurren die beiden, dachte er bei sich, während er seine Schmeicheleien immer dicker auftrug und ihre wohlwollenden Erwiderungen dafür entgegennahm. So lange, bis ihm die Frucht schließlich reif zu sein schien.

»In einem Punkt möchte ich mir, wenn Herr Professor es gestatten, erlauben, ein Bedenken auszusprechen«, meinte er.

Melton warf ihm einen verwunderten Blick zu. Was hatte der Neuling, der bisher alles gut fand, plötzlich auszusetzen?

»Bitte, sprechen Sie, Mr. White«, sagte er mit einem etwas säuerlichen Lächeln, »was scheint Ihnen bedenklich?«

»Sie haben den Autoklav frei stehen. Durch einen Zufall erhielt ich Kenntnis davon, daß man das bei der Dupont Company anders macht.«

»Bei der Dupont Company?« Fast gleichzeitig kamen die Worte aus Meltons und Wilkins Mund.

Bisher war es der Company gelungen, ihre Versuche vollständig geheimzuhalten. Nur ein dunkles Gerücht war den Leuten in Detroit zu Ohren gekommen, daß man in Salisbury etwas Ähnliches vorhätte wie bei der United Chemical. Etwas Näheres hatten ihre Agenten nicht in Erfahrung bringen können. Kein Wort über die Versuche Slawters und den Unfall, der ihn betroffen, war in die Öffentlichkeit gedrungen. Und jetzt wollte dieser hier frisch hereingeschneite Neuling etwas Genaueres darüber wissen.

Wilkin faßte sich zuerst.

»Reden Sie weiter!« rief er seinem Schützling zu. »Was macht man bei der Company anders?«

Tom White zögerte, stockte und machte recht naturgetreu den Eindruck, als bereute er es schon, überhaupt etwas gesagt zu haben. Im gegebenen Falle war Mr. White ein vorzüglicher Schauspieler.

»Raus mit der Sprache!« ermunterte ihn Melton. »Wie wird es bei der Dupont gemacht? Es kann recht wichtig für uns sein das zu wissen.«

»Ich hörte, Herr Professor, daß man dort das Stahlgefäß für die Versuche fest in eine Dammgrube eingestampft hat. Es soll aus Sicherheitsgründen geschehen sein…Falls der Stahl doch nachgibt…falls die Bombe explodiert…dann wäre…«

Tom White verhedderte sich endgültig und schwieg. Er brauchte auch nicht weiterzusprechen. Das wenige, das er gesagt hatte, genügte vollständig, um Melton scharfzumachen. Ein schneller Blickwechsel zwischen ihm und Wilkin, dann griff der Professor seinen Assistenten am Arm und zog ihn beiseite, wo White sie nicht mehr hören konnte.

»Das ist eine glänzende Idee, mein lieber Wilkin«, fing Melton an. »Ich war von Anfang an nicht damit einverstanden, daß der neue Autoklav hier so frei und offen im Labor aufgebaut würde.«

»Ich weiß, Herr Professor, es geschah auf Veranlassung von Doktor Wandel«, bestätigte Wilkin die Meinung seines Chefs. »Jetzt darf ich's wohl offen sagen, die Sache war mir gleich etwas unheimlich. Hier im Laboratorium etwa eine Explosion…die Folgen müßten grauenhaft sein. Keiner von uns würde mit dem Leben davonkommen.«

»Ganz meine Meinung, Wilkin. Sehen Sie, ich hatte gleich so ein instinktives Gefühl, daß hier leicht etwas schiefgehen könnte. Wie gut, daß Ihr Freund uns diesen Tip gab.« –

Tom White hatte sich inzwischen so hinter die große Stahlkugel gestellt, daß er die beiden unauffällig beobachten konnte. Er bemerkte, wie sie erst zusammen tuschelten, dann lauter miteinander sprachen, und vermochte schließlich einzelne ihrer letzten Worte aufzufangen. Mit Vergnügen entnahm er daraus, daß sie schon entschlossen waren, seinem Hinweis zu folgen, und mit innerlichem Behagen malte er sich aus, was fast naturnotwendig daraus entstehen mußte. Eine Überhitzung des Stahles, ein Bersten des Autoklavs…die Notwendigkeit, einen neuen zu beschaffen. Monate würde das in Anspruch nehmen…Monate, wo jede Woche bei diesem Wettlauf der beiden großen Konzerne wertvoll war.

Gespannt versuchte er, noch mehr von der Unterhaltung zwischen Melton und Wilkin zu erlauschen, doch deren Stimmen waren jetzt wieder leiser geworden. –

»Was hindert uns, Herr Professor, es ebenso wie die Dupont-Leute zu machen?« fragte Wilkin. »Eine Dammgrube läßt sich schnell ausheben. Zehn Meter tief können wir hier bequem gehen, bevor wir auf Grundwasser stoßen…«

»Je tiefer, desto besser, mein lieber Wilkin«, unterbrach ihn Melton.

»Wir können es hier an Ort und Stelle machen«, fuhr der Assistent in seinen Vorschlägen fort, »unser Labor ist nicht unterkellert. Nur eine schwache Betondecke trennt uns hier vom Erdboden, die sich leicht aufbrechen läßt...«

»Großartig, Wilkin! Dann wollen wir's so machen. Eigentlich war das von Anfang an meine Idee.«

»Allerdings, Herr Professor«, fuhr er geschmeidig fort, »macht die Durchführung Ihres ursprünglichen Planes ein paar Abänderungen notwendig, die etwas Zeit kosten werden.«

»Was für Abänderungen?« fragte Melton mit einem leichten Anflug von Verstimmung.

»Wir werden die Leitungen zwischen dem Autoklav und den Meßinstrumenten verlängern müssen, damit wir ihre Angaben außerhalb der Grube ablesen können.«

Melton machte eine wegwerfende Bewegung.

»Wenn es weiter nichts ist, Mr. Wilkin! Der Aushub der Grube wird mehrere Tage in Anspruch nehmen. Inzwischen können die Leitungsverlängerungen bequem gemacht werden.«

»Ganz recht, Herr Professor«, beeilte Wilkin sich seinem Chef beizupflichten. Der Gesprächsstoff schien damit erschöpft zu sein, aber Melton hatte noch etwas auf dem Herzen.

»Wissen Sie, mein lieber Wilkin«, hub er wieder an, »es würde mich doch interessieren, auf welche Weise unser Neuer seine Informationen bekommen hat. Sie wissen ja auch, daß unsere Leute nicht das geringste über die Arbeiten in Salisbury in Erfahrung bringen konnten. Holen Sie ihn doch mal bei nächster Gelegenheit unter vier Augen vorsichtig darüber aus. Vielleicht hat er zufällig irgendwelche Beziehungen, durch die man noch mehr über die Arbeiten der Dupont Company erfahren kann.«

»Eine ganz vorzügliche Idee, Herr Professor«, versicherte Wilkin dienstbeflissen. »Ich will es gleich heute abend versuchen. Mr. White ist ja ein alter Bekannter von mir. Ich glaube, es wird nicht schwerfallen, bei einem Glas Bier alles Wissenswerte von ihm zu erfahren.«

»Tun Sie das, mein lieber Wilkin. Nutzen Sie Ihre Bekanntschaft nach besten Kräften aus... und jetzt wollen wir unseren Versuch unterbrechen und den Strom wieder abschalten. Ich bin doch dafür, daß wir die Arbeiten erst fortsetzen, wenn der Autoklav in der Grube steht.«

»Sehr wohl, Herr Professor«, stimmte der Assistent zu und ging zur Schalttafel, um den Strom zu unterbrechen.

Von dem letzten Teil der Unterhaltung zwischen Melton und Wilkin hatte Tom White leider nichts mehr vernehmen können, weil sie zu leise sprachen. Er brannte darauf, Näheres darüber zu erfahren, am besten vielleicht wieder am Biertisch. Nur der Zweifel drückte ihn, ob der Erste Assistent der Abteilung jetzt noch eine Einladung dazu von ihm annehmen würde.

Das Geheul, mit dem die Sirenen in den Schiffswerften am Detroit River die Mittagsstunde ankündeten, war eben verklungen, als MacGan in das Zimmer von Dr. Wandel kam, um ihm eine Postmappe zu bringen.

»Na, Mac, sind die Herren draußen immer noch bei ihrem Versuch?« fragte der Doktor, während er die Mappe aufschlug.

»Nein, Herr Doktor, sie haben den Versuch abgebrochen, die Herren wollen nämlich...« der Ire konnte ein Lachen nicht unterdrücken »...ganz was Neues wollen die Herren jetzt machen.«

Dr. Wandel lehnte sich in seinen Stuhl zurück und blickte MacGan fragend an.

»Was Neues, Mac? Hoffentlich ist's auch etwas Gutes. Können Sie mir verraten, was Professor Melton vorhat?«

»Ja, Herr Doktor. Ich stand nahe dabei, als der Professor es mit Mr. Wilkin besprach. Sie wollen im Laboratorium eine Grube ausheben...Dammgrube nannte Mr. Wilkin das Ding... und den neuen Autoklav da hineinstecken. Die Herren scheinen Angst um ihr Leben zu haben und wollen sich auf die Manier schützen. Komisch, Herr Doktor, was?« schloß er seine Rede und lachte laut heraus.

Er stockte plötzlich, als er die veränderte Miene Dr. Wandels bemerkte. Der saß da, die Lippen zusammengepreßt, tiefe Falten auf der Stirn. Mechanisch spielte seine Rechte mit einem Bleistift, während die Finger seiner linken Hand auf der Postmappe trommelten. Ein Blick genügte MacGan, um zu erkennen, daß der Deutsche seine Mitteilung alles andere eher als spaßig fand. Und weil der Ire große Hochachtung von Dr. Wandel hegte und auch wußte, mit welcher Gegnerschaft der zu kämpfen hatte, und weil er schließlich den Professor ebensowenig leiden mochte wie dessen Ersten Assistenten, so bereute er die Wirkung seiner Mitteilung.

»Verzeihen Sie, Herr Doktor«, begann er etwas verlegen, »wenn meine Worte Ihnen nicht gefallen... aber ich habe die Wahrheit gesagt. Ich hab's ja mit meinen eigenen Ohren gehört. Morgen, spätestens übermorgen soll schon mit dem Ausheben der vertrackten Grube angefangen werden.«

»Morgen schon?«

Dr. Wandel streckte beide Hände weit von sich auf den Tisch und ließ den Kopf nach vorn sinken.

»Verzeihung, Herr Doktor, brauchen Sie mich noch?« Vergeblich wartete MacGan auf eine Antwort. Er schickte sich an, den Raum zu verlassen, als der Deutsche plötzlich den Kopf zurückwarf.

»Bleiben Sie hier, Mac. Setzen Sie sich bitte, ich habe mit Ihnen zu reden.«

Ein wenig verwundert zog sich MacGan einen Stuhl heran und nahm Platz. Erwartungsvoll schaute er den Doktor an, aber bald mußte er die Augen wieder senken. Forschend, scharf prüfend ruhte der Blick Dr. Wandels auf seinem Gesicht. Viele Sekunden verstrichen, bevor der zu sprechen begann.

»Kann ich mich auf Ihre Verschwiegenheit verlassen, Mac?«

»Jawohl, Herr Doktor. Was Sie mir sagen, ist bei mir begraben.«

»Ihre Hand darauf, Mac!«

Dr. Wandel streckte dem Laboratoriumsdiener die Rechte hin, ohne Zögern schlug der ein.

Dr. Wandel sprach weiter. »Sie fragten, ob ich Sie noch brauche. Ja, Mac! Ich brauche Sie heute nacht noch... zu einer Sache, die nicht ganz einfach und nicht ganz ungefährlich ist. Überlegen Sie es sich. Sie können jetzt noch nein sagen. Ich werde Ihnen keinen Vorwurf machen.«

MacGan sprang auf. »Sie haben mein Wort. Herr Doktor. Der Ire steht zu seinem Wort. Sagen Sie mir, was ich tun soll, und ich werde es tun.«

»Auch wenn es gegen den Willen von Professor Melton geschieht?«

Das Lachen kehrte in die Züge MacGans zurück. »Dann gerade! Dann macht's mir erst recht Spaß, Herr Doktor.«

»Ich habe es nicht anders von Ihnen erwartet, Mac.«

Wieder griff Dr. Wandel nach der Rechten des andern und drückte sie kräftig. »Erwarten Sie mich heute abend um zehn Uhr an der Ecke der Woodward Avenue und der Lake Street, und noch einmal, Mac... kein Wort darüber zu irgendeinem anderem.«

»Kein Wort, Herr Doktor. Sie können sich auf mich verlassen.«

Eine kurze grüßende Handbewegung Dr. Wandels, MacGan griff nach den erledigten Mappen und ging. –

Scheinbar zufällig machte es sich, daß Wilkin und White nach Werkschluß dicht hintereinander durch das große Portal auf die Straße traten; dort blieb Phil Wilkin einen Augenblick stehen, so daß White dicht an ihm vorüber mußte. Im Vorbeigehen zog er den Hut und grüßte den Ersten Assistenten Professor Meltons mit der Ergebenheit, die ein einflußreicher Vorgesetzter wohl von einem Untergebenen erwarten durfte. Zu seiner Überraschung erwiderte Wilkin den Gruß in der vertraulich lässigen Form, die in vergangenen Zeiten zwischen den beiden einmal üblich war, und sprach ihn an.

»Hallo, White! Wo geht Ihr Weg lang, rechts oder links?«

»Nach links 'runter, Mr. Wilkin. Ich wohne in der Lake Street.«

»Da haben wir ja ein Stück Weg gemeinsam. Lassen Sie uns zusammengehen. Jetzt sind Sie schon eine Woche bei der United. Ich möchte mal hören, wie es Ihnen bei uns gefällt?«

»Gut, ganz vorzüglich«, beeilte sich White zu erwidern, während sie langsam die Straße weitergingen. »Ohne zu schmeicheln, Mr. Wilkin – es ist eine Freude für mich, unter der Leitung so hervorragender Wissenschaftler, wie Professor Melton und Sie es sind, wirken zu dürfen. Doppelt erfreulich ist es nach der unerquicklichen Arbeit in den Farbwerken.«

Während der nächsten Minuten erschöpfte Tom White sich in Danksagungen dafür, daß Wilkin ihm die Stellung bei der United verschafft hatte, bis der Assistent schließlich den Redefluß seines Schützlings unterbrach.

»Lassen Sie es gut sein, lieber White. Sie haben in der kurzen Zeit gezeigt, daß ich mich für keinen Unwürdigen eingesetzt habe. Seit heute haben Sie auch bei Professor Melton einen Stein im Brett. Ihre Mitteilung über die Arbeitsweise bei der Dupont Company war uns recht wertvoll.«

»Oh, eine Kleinigkeit, Mr. Wilkin! Durch einen reinen Zufall hörte ich es und hielt es für richtig, Sie davon in Kenntnis zu setzen.«

Tom White schwieg, aber seine Gedanken liefen weiter. Verflucht, wenn er mich jetzt fragte, woher ich die Nachricht habe! Während er sich anstrengte, eine glaubhafte Geschichte dafür auszudenken, verhielt Wilkin den Schritt.

»Wissen Sie, Mr. White«, sagte er unvermittelt, »ich bin Ihnen immer noch Revanche für unser neuliches Zusammensein schuldig. Haben Sie Zeit? Da drüben an der Ecke ist ein guter Salon.«

Tom White hatte Zeit. Aber während sie die Straße überquerten und auf den Ausschank zuschritten, strömte ihm eine Flut von Fragen und Gedanken durch den Kopf... Was bezweckte der Assistent mit dieser Einladung?... Hatte er etwa einen Verdacht gefaßt?... Vielleicht bei den Farbwerken nachgefragt und herausbekommen, daß ein Mann namens Tom White dort niemals in Stellung war?... Mit dem Gefühl, daß er jetzt jedes Wort auf die Goldwaage legen und äußerste Vorsicht walten lassen müsse, folgte er Wilkin in das Lokal, entschlossen, möglichst viel zu hören und selber möglichst wenig zu sagen.

Dann standen ein paar Gläser schäumenden Bieres vor ihnen, und nach einem kurzen Zutrunk rückte Wilkin mit dem heraus, was er auf dem Herzen hatte... Die Geheimnistuerei bei der Company... die vergeblichen Versuche, über die dortigen Arbeiten etwas zu erfahren... und dann kam die lang erwartete Frage, woher der andere seine Kenntnis habe.

Tom White hatte genügend Zeit gehabt, sich auf die Antwort vorzubereiten, und merkwürdigerweise entsprach sie bis auf einige Kleinigkeiten sogar der Wahrheit.

Von einem alten, schon etwas senilen Onkel, einem gewissen Joshua Higgins, wollte White die Nachricht bekommen haben. Wenn man berücksichtigt, daß Mr. Spinner seine weitschweifigen Familienbriefe mit Onkel Joshua zu unterzeichnen pflegte, war die Eröffnung Whites kaum eine Lüge zu nennen. Und wenn er den Assistenten Professor Meltons weiter wissen ließ, daß dieser Onkel eine etwas dunkle Stellung bei der Company innehatte und in den Briefen an seinen Neffen bisweilen Dinge vorbrachte, die ihm wohl infolge dieser Stellung zu Ohren gekommen waren, so ließ sich auch das noch als ziemlich wahrheitsgemäß vertreten. Daß alle diese Mitteilungen außerdem noch einen fetten Köder enthielten und daß Phil Wilkin sofort darauf anbiß, war von White wohlüberlegt und beabsichtigt.

»Hören Sie, lieber White, das ist ja großartig!« rief er und bestellte inzwischen eine neue Lage. »So einen alten Onkel... Sie sagen selber, daß er etwas senil, wohl schon ein bißchen vertrottelt ist... so einen Mann mitten im feindlichen Lager... wenn Sie das richtig ausnutzen, White... den Alten ordentlich ausholen, natürlich, ohne daß er merken darf, was gespielt wird... da könnten Sie Ihr Glück bei der United machen, mein lieber White.«

Während der nächsten Viertelstunde führte Wilkin die Unterhaltung in der Hauptsache allein. Nur selten, daß ihm White hin und wieder einmal ein Stichwort zuwarf, wie man den alten Mann am besten auspumpen könnte.

Die Stunden verrannen während ihrer Besprechung. Die Zeit für das Abendbrot war längst gekommen. Auf einen Ruf von Wilkin baute der Barkeeper eine stattliche Platte mit Sandwiches auf ihrem Tisch auf, und während sie zugriffen und frisches Bier bekamen, floß die Unterhaltung fort.

Wilkin legte die Richtlinien für das weitere Vorgehen fest. Erst mal eine etwas lebhaftere Korrespondenz mit dem guten alten Onkel Joshua. Recht vorsichtig natürlich, damit der nicht etwa doch bei aller Ahnungslosigkeit etwas witterte. Die Fragen, die dabei zu stellen wären, wollte

Wilkin selber zu Papier bringen und Tom White in den nächsten Tagen übergeben. Und dann...
das hatte sich Wilkin als den Schlußstein des ganzen Unternehmens ausgedacht...ein Besuch
des braven Neffen White bei dem Onkel in Salisbury, wobei er ihn noch einmal persönlich
ganz gründlich ausholen sollte.

Es ging schon stark auf die zehnte Stunde, als die beiden zum Aufbruch rüsteten, und obwohl
White zu widersprechen versuchte, ließ es sich Wilkin nicht nehmen, diesmal die ganze Zeche
zu begleichen. Vor dem Lokal trennten sie sich. Wilkin ging nach dem Innern der Stadt zu, Tom
White schlenderte weiter die Lake Street hinab und überschlug dabei das Ergebnis des Abends.

In einer Hinsicht konnte er zufrieden sein. Die neue Verbindung mit Wilkin würde ihm die
Möglichkeit geben, die weiteren Arbeiten in der Abteilung Melton durch zweckmäßig fabrizierte
Nachrichten im Sinne seiner Auftraggeber zu beeinflussen. Auf der andern Seite aber war es ihm
immer noch nicht gelungen, an Dr. Wandel heranzukommen. Jene theoretischen Arbeiten des
Doktors, von denen ihm MacGan gesprochen hatte, gingen ihm stark im Kopfe herum. Daß es
seine nächste Aufgabe sein müsse, sich Kenntnis davon zu verschaffen, stand bei ihm fest. Nur
über das Wie und das Wo war er sich noch nicht klar.

Im Weiterschreiten näherte er sich der Stelle, wo die Lake Street von der Woodward Ave-
nue gekreuzt wird. Die Straßen waren um diese Zeit schon ziemlich menschenleer. In einiger
Entfernung bemerkte er eine einsame Gestalt, die ihm irgendwie bekannt schien, unter der
Ecklaterne. Beim Näherkommen sah er, daß es der Laboratoriumsdiener MacGan war.

Einen Augenblick blieb Tom White überlegend stehen. Ein angerissener Abend war es heut
nun doch einmal. Eigentlich eine ganz gute Idee, mit MacGan noch in einen anderen Salon
zu gehen. Vielleicht ließ sich auch dabei noch allerlei Wissenswertes in Erfahrung bringen. Ja,
so wollte er's machen.

Er näherte sich dem Iren. Der wandte ihm jetzt den Rücken zu und blickte wie suchend in die
Woodward Avenue. Tom White wollte ihn anrufen, als aus der andern Straße ein Hupensignal
ertönte. Im nächsten Augenblick hielt ein Kraftwagen an der Straßenecke.

MacGan wurde von einem der Insassen angerufen. Tom White blickte schärfer hin; die Stimme hatte ihn nicht getäuscht. Es war Dr. Wandel, der neben dem Fahrer des Wagens saß.

Auf den Ruf sprang MacGan zu dem Wagen heran. Der Doktor sprach ein paar Worte mit
ihm, die White aus der Entfernung nicht verstehen konnte; dann stieg der Ire ein, und der
Wagen rollte weiter. Kopfschüttelnd blickte ihm White nach. Was hatte es mit diesem merkwürdigen Zusammentreffen des deutschen Doktors und dieses Laboratoriumsdieners auf sich?
Offensichtlich lag eine Verabredung vor. White hatte ja selbst beobachtet, wie MacGan wartend
an der Ecke stand. Was führte die beiden zusammen? Was hatten sie zu so später Abendstunde
gemeinsam vor?

White vermochte sich keine Antwort auf diese Fragen zu geben, aber er hatte das Gefühl,
einem Geheimnis auf der Spur zu sein, das vielleicht wichtiger und viel schwerwiegender war
als alles andere, was er bisher im Betrieb der United in Erfahrung gebracht hatte.

Gern wäre er dem Wagen Dr. Wandels gefolgt, doch weit und breit war kein anderes Auto
zu sehen, und als er endlich doch eins entdeckte, lohnte es sich nicht mehr; da war der Wagen
des Doktors längst über alle Berge. – –

Von der Woodward Avenue bog das Fahrzeug in eine Seitenstraße ein, fuhr aus dieser in eine
dritte und nahm den Weg auf das Werk der United Chemical zu.

»Wie weit können wir fahren, Doktor?« fragte der Mann am Steuer, als in einiger Entfernung
die Umrisse der großen Fabrikhallen sichtbar wurden.

»Haben Sie Ihren Werkausweis bei sich, Mac?« wandte Dr. Wandel sich an MacGan. Der
bejahte. Der Doktor fuhr fort:

»Ich auch. Drei Mann und zwei Ausweise, das wird wohl genügen, um mit der Karre ins
Werk zu kommen. Jedenfalls wollen wir's versuchen, mein lieber Schillinger. Der Brocken ist
verdammt schwer. Je weiter wir ihn fahren können, desto weniger Umstände haben wir damit.«

»All right, Doc!« nickte Joe Schillinger und hielt auf das Portal zu.

Der Nachtportier kam aus seiner Bude. Nach einem Blick auf die beiden Ausweise riß er das Tor auf und ließ den Wagen passieren. Ein kurzes Stück Fahrt noch, und das Auto hielt vor dem Laboratorium.

Auf einen Wink Dr. Wandels sprang MacGan vom Wagen und öffnete eine weite Schiebetür. Der Wagen konnte in die Halle hinein und bis unter einen Deckenkran fahren. MacGan beeilte sich, das Schiebetor wieder zu schließen und ein paar schwache Lampen einzuschalten. Inzwischen machte sich Dr. Wandel bereits an den Steuerhebeln eines Deckenkrans zu schaffen. Klirrend begann sich eine Kette zu bewegen, und der schwere Kranhaken schwebte herab, bis er im Inneren des offenen Wagenkastens verschwand.

Joe Schillinger war von seinem Platz aus in den Wagenkasten geklettert und betätigte sich dort. Es klang, wie wenn Eisen an Eisen klirrt, danach ein Ruf von ihm zu Dr. Wandel hin. Der Kran zog wieder an, an seinem Haken hing ein stählernes Schmiedestück, das schätzungsweise seine vier bis fünf Tonnen Gewicht haben mochte.

Es war das Ersatzstück, das Dr. Wandel damals bei seinem Besuch in Schillingers Werk am Saint-Clair-See bestellt hatte. Bis dicht an den Autoklav heran ließ der Doktor den Kran damit fahren, dann setzte er ihn still und begann zusammen mit MacGan auf dem Oberteil der gewaltigen Autoklavkugel zu arbeiten.

Mit Schlüsseln, die wie Riesenspielzeuge aussahen, lösten sie mächtige Schraubenmuttern, der zweite Kran wurde in Betrieb genommen, griff zu und hob das alte Verschlußstück von dem Autoklav ab. Der Kranhaken mußte ein gutes Stück damit in die Höhe gehen, um den Deckel völlig freizubekommen, denn an seiner unteren Seite hing noch ein eigenartiges, undefinierbares Gebilde, jener Heizwiderstand, den Phil Wilkin konstruiert hatte.

Dr. Wandel konnte beim Anblick dieses Monstrums ein Kopfschütteln nicht unterdrücken, während der zweite Kran mit dem alten Deckel sich entfernte. Dafür kam jetzt der erste Kran mit dem neuen Verschlußstück heran. Schon hing es senkrecht über dem Autoklav. Jetzt war auch an seiner Unterseite eine elektrische Einrichtung zu bemerken, die sich recht bedeutend von dem Machwerk Phil Wilkins unterschied.

Sie bestand aus zwei Metallstangen, die ziemlich genau bis in die Mitte der Autoklavkugel reichen mochten, wenn das Verschlußstück richtig aufgesetzt war.

Vorläufig fingerte der Doktor noch an ihnen herum. Er griff in die Brusttasche, brachte zwei kurze Zylinder aus einem fremdartigen, dunkel schimmernden Metall zum Vorschein und fügte sie in die Enden der beiden Stangen ein, wie man etwa Kohlen in eine Bogenlampe einsetzt.

Noch einmal prüfte und regelte er die Entfernung der beiden Stücke voneinander. Danach ein Wink zu Schillinger, der die Kranbedienung übernommen hatte. Das neue Verschlußstück senkte sich, glitt über den Bolzen der Befestigungsschrauben und legte sich fest auf. Schon waren der Doktor und MacGan wieder bei der Arbeit, die Schraubenmuttern aufzusetzen und mit den Riesenschlüsseln festzuziehen.

»Saubere Arbeit, Sir!« rief Dr. Wandel Joe Schillinger anerkennend zu. »Das neue Stück paßt haargenau.«

»Wird sich auch so gehören«, rief der vergnügt zurück.

Es herrschte nur ein schwaches Licht in der großen Laboratoriumshalle. Nur wenige kleine Lampen in der nächsten Nähe des Autoklavs brannten. Dr. Wandel legte keinen Wert darauf, durch eine Festbeleuchtung etwa die Aufmerksamkeit der nächtlichen Werkkontrollen zu erregen. In der Stille wollte er den Versuch durchführen, von dem so unendlich viel abhing. Die Entscheidung sollte er ihm ja bringen, ob seine Voraussetzungen und Theorien richtig... oder ob er vielleicht doch in die Irre gegangen und alle bisherigen Arbeiten vergeblich waren. Eigenartige Helfer hatte er sich notgedrungen dafür wählen müssen, den einfachen Laboratoriumsdiener und seinen Freund Schillinger, der zwar mit Automobilen und allerlei Maschinen umzugehen verstand, aber von den chemischen Atomen und all den andern Dingen, um die es bei diesem Versuch gehen würde, nur wenig Ahnung hatte.

Jetzt stand er zusammen mit ihnen vor dem Autoklav und gab ihnen mit gedämpfter Stimme die letzten Anweisungen. MacGan sollte die Höchstdruckpumpen bedienen, die Heliumgas in den Autoklav zu pressen hatten. Der Doktor selbst übernahm die Steuerung der elektrischen Energie, deren Spannung sich nach dem Druck in der Autoklavkugel richten mußte.

Schillinger hatte die Aufgabe, später mit den Kältemaschinen einzusetzen. Er nickte und ließ seine weißen Zahnreihen sehen.

»Weiß Bescheid damit, Doktor! Kenne den Kram, Gott sei Dank, aus dem Effeff. Sie brauchen nur zu winken, und das stählerne Biest da drüben kriegt eine gehörige Dusche flüssiger Luft auf den Bauch.«

In seine letzten Worte klang der Ton einer Werkuhr. Zwölf lange Schläge.

»Huhu, wie schaurig!« lachte Schillinger. »Gerade in der Geisterstunde fangen wir an. Na, abergläubisch ist ja wohl keiner von uns. Wenn's spuken sollte, gibt's kalte Luft aus den Linde-Maschinen. Das beruhigt die wildesten Gespenster.«

»Schon recht, Schillinger!« winkte Dr. Wandel ab. »Zwölf Uhr, das heißt für mich, ein neuer Tag beginnt... und ein neues Werk. Hallo, Mac, lassen Sie die Druckpumpen laufen!«

Elektrische Schalter bewegten sich in den Händen des Iren, und die Pumpen gingen an. Mit jedem Kolbenspiel saugten sie Heliumgas aus den großen Vorratsbehältern und warfen es unter Druck in die Autoklavkugel. Fast gleichzeitig blinkten Schalter in den Händen des Doktors, Transformatorbrummen dröhnte auf, zuckend schlug ein Stromzeiger aus.

»Der Lichtbogen hat gezündet, gebe Gott, daß er nicht abreißt«, murmelte Dr. Wandel vor sich hin. Wie gebannt hingen seine Blicke an den Skalen der Strom- und Druckmesser, fest lag seine Hand an dem Griff des Regelschalters, durch den er die Spannung der elektrischen Energie dem steigenden Gasdruck in der großen Stahlkugel anpaßte. Starr stand er so lange, lange Zeit. Hätte sich nicht hin und wieder seine Hand am Regelschalter leicht bewegt, man hätte ihn für eine Statue halten können.

Unablässig ging das Spiel der Gaspumpen weiter. Klingend mischten sich die Schläge ihrer Ventile in das tiefe Summen des großen Transformators. Immer höher krochen die Zeiger der Druckmesser auf ihren Skalen.

Schon stand das Heliumgas in der Autoklavkugel unter einem Druck von fünfzigtausend Atmosphären. Schon jagte der Transformator die elektrische Energie mit einer Spannung von zwanzigtausend Volt in den stählernen Kerker hinein. Was sonst noch in seinem Innern vorgehen mochte, verbargen seine Wände den Augen der Außenstehenden.

Im Geiste aber blickte Dr. Wandel durch den meterstarken Stahl wie durch klares Glas hindurch. Vor seinen geistiger Augen brannte im Mittelpunkt der Autoklavkugel eine elektrische Sonne, tobten sich dort auf einem Raum nicht größer als die Faust eines Kindes tausend elektrische Pferdekräfte aus und schmiedeten unter dem gigantischen Druck – nicht anders konnte es sein, so forderten es ja seine Theorie und seine Berechnung – die Atome des Heliumgases mit denen der stromführenden Metallstifte in Sonnenglut und unter Sonnendruck zu einem neuen Stoff zusammen.

Schwerer ging das Spiel der Pumpen, ächzend und keuchend trieben ihre Kolben immer neues Gas in den Autoklav... siebzigtausend... achtzigtausend... neunzigtausend Atmosphären... da hörten die Zeiger der Druckmesser auf, noch höher zu steigen. Als ob der mächtige Stahlpanzer nur ein Sieb wäre, drang jetzt ebensoviel Gas durch ihn hindurch ins Freie hinaus, wie die Pumpen unter diesem unvorstellbar hohen Druck in ihn hineinpreßten.

Die Druckmesser hielten ein in ihrem Lauf, um so stärker stiegen die Zeiger der Wärmemesser, welche die Temperatur an der Innenseite der Stahlwand angaben. Der Doktor wandte den Kopf zu Schillinger. Ihre Blicke trafen sich, ohne ein Wort verstand ihn der und griff in die Schalthebel einer Marmortafel. Ein dritter Maschinensatz begann zu arbeiten. Kolben und Kurbeln hüben an zu spielen, wie Reif und Rauhfrost legte es sich um starke Rohrleitungen. Und dann ergoß es sich plötzlich aus vielen Brausen wie ein Platzregen über die Autoklavkugel, zischte auf und nebelte.

In dichten Wolken verschwanden der Autoklav und seine Umgebung. Im milchigen Dunst der verdampfenden flüssigen Luft stand Dr. Wandel mit seinen beiden Helfern. So stark wurde der eisige Nebel, daß keiner den andern mehr sehen konnte, daß auch das Licht der wenigen Lampen den Nebel nicht mehr zu durchdringen vermochte.

Der Doktor schloß die Augen und erblickte doch wie in einer Vision alles, was da im wirbelnden Dampf und Gischt geschah. Flüssige Luft, fast zweihundert Grad kalt, traf auf den heißen Stahl der Autoklavwand, und während sie im Augenblick versprühte und vernebelte, drang der grimmige Frost in den Stahl ein. In Weltraumkälte erstarrten dessen Moleküle, der Autoklav wurde wieder gasdicht, während in seinem Mittelpunkt Sonnenglut strahlte.

Ein scharfes Zischen riß Dr. Wandel aus seinem Sinnen. Die Sicherheitsventile der Gaspumpen fingen an abzublasen, ein Zeichen, daß der Höchstdruck von einhunderttausend Atmosphären erreicht war. Durch den dichten Nebel tastete er dem Geräusch nach und stieß auf eine Gestalt. Es war Schillinger.

»Kältemaschinen stillsetzen!« rief er ihm ins Ohr. Der griff nach einem Schalter. Die Linde-Maschinen kamen zur Ruhe, der prasselnde Regen der flüssigen Luft hörte auf.

Langsam verzogen sich die Nebelschwaden. Erst unsicher, dann klarer und deutlicher wurden die Lampen wieder sichtbar. Sie beleuchteten ein verändertes Bild. Nicht mehr düster schimmernd, sondern schlohweiß wie frisch gefallener Schnee stand der Autoklav da, und auch größer war er geworden. Ein schwerer Eispanzer umgab die Stahlkugel. Immer noch herrschte der Riesendruck von hunderttausend Atmosphären in ihr, immer noch arbeiteten tausend elektrische Pferde in ihrem Zentrum.

Wie lange würde es noch dauern, bis sie das letzte Atom jener rätselhaften Metallkiste gefressen und umgewandelt hatten? Wann würde der Sonnenlichtbogen abreißen und der Versuch zu Ende sein?

Die Werkuhr holte zu neuem Schlagen aus. Drei Stunden waren sie nun schon am Werk, doch wie im Traum, wie im Flug war ihnen die Zeit verstrichen. In glänzenden Streifen begann es jetzt von dem Autoklav zu tropfen, zu rieseln und zu fließen. Zusehends schmolz der Eismantel ab, schon schimmerte hier und dort wieder der dunkle Stahl hindurch. Da plötzlich eine hellere Note im tiefen Brummen des Transformators. Der Lichtbogen riß ab, der Stromzeiger fiel auf Null. Das Experiment war beendet. War es geglückt? War es mißlungen? Das mußte sich nun bald erweisen.

Mißmutig suchte Tom White seine Wohnung in der Lake Street auf, nachdem er den Wagen Dr. Wandels aus den Augen verloren hatte. Das merkwürdige Zusammentreffen des Doktors mit MacGan wollte ihm nicht aus dem Sinn. Immer neue Kombinationen und Möglichkeiten gingen ihm durch den Kopf, je länger er darüber nachdachte. Obwohl es längst Zeit war, zur Ruhe zu gehen, spürte er, daß er diese Nacht so bald keinen Schlaf finden würde.

Eine Stunde etwa lief er schon ruhelos in seinem Zimmer hin und her, sinnierte und überlegte, ohne doch dadurch der Lösung des Rätsels einen Schritt näherzukommen. Verdrossen setzte er sich an seinen Schreibtisch und stützte den Kopf in die Hand, machte endlich eine Bewegung, als wolle er etwas Lästiges verjagen...Fort mit all den zwecklosen, unnützen Gedanken...Ablenkung durch irgendwelche Arbeit...Vielleicht würde er dann später klarer sehen... Halb mechanisch griff er nach Feder und Papier, um an Mr. Spinner zu schreiben.

Eigentlich wollte er diese Korrespondenz erst am nächsten Tage erledigen, doch jetzt war sie ihm als eine Ablenkung von seinen anderen Sorgen willkommen. Zwang sie ihn doch, sich scharf zu konzentrieren und alle Vorkommnisse dieses so ereignisreichen Tages noch einmal im Geiste vorüberziehen zu lassen. Angefangen mit dem eigenartigen Versuch – er vermied es absichtlich, einen schärferen Ausdruck dafür zu verwenden – Professor Meltons am frühen Morgen, dann das Erscheinen Dr. Wandels und sein Urteil über Melton und so weiter bis zu seiner Unterhaltung mit Wilkin in dem Salon. Und dann?...

Unschlüssig stockte er. Hatte es überhaupt einen Zweck, jetzt schon von seinen Beobachtungen an der Ecke der Lake Street und der Woodward Avenue an den Nachrichtenchef der Company zu berichten? Nein! Dafür war die Angelegenheit noch nicht spruchreif. Mr. Spinner wünschte Tatsachen und keine leeren Vermutungen in den Briefen seiner Agenten zu finden.

Tom White ließ den Bericht mit seiner Trennung von Wilkin enden. Auch so war das Schreiben schon ziemlich lang ausgefallen, und noch sehr viel länger wurde es, als er nun daranging, es mit Hilfe der Kartonschablone zu verschlüsseln.

Nur etwa ein Dutzend Worte des wirklichen Textes kamen dabei auf eine Briefseite. Den weißen Raum zwischen ihnen mußte er mit frei erfundenen Geschichten derart ausfüllen, daß die zuerst geschriebenen Worte sich unauffällig einfügten. Das war eine Arbeit, die nicht nur Phantasie, sondern auch Zeit verlangte, und obwohl Tom White kein Neuling in dieser Art von Korrespondenz war, ging doch manche Stunde darüber hin. Als er das Schriftstück endlich unterzeichnete... mit einem Namen, um den außer ihm nur Mr. Spinner wußte... schlug eine Uhr in der Nähe die dritte Morgenstunde. Bei der nächtlichen Arbeit war ihm die Zeit ebenso schnell verflogen wie Dr. Wandel und seinen Gefährten bei ihrem Experiment.

Tom White steckte sein Machwerk in einen Umschlag, versah es mit einer Anschrift, die auch keineswegs auf Mr. Spinner lautete, und griff nach Stock und Hut. Wenn er jetzt auf der Straße ein Auto erwischte, würde der Brief noch zum Frühzug zurechtkommen.

Er hatte das Glück, bald eins zu finden, und fuhr zum Bahnhof. Das Schreiben fiel in den Postkasten eines Zuges, und Tom White kehrte zu seinem Wagen zurück. Jetzt zur Lake Street und schnell noch ein paar Stunden Schlaf genommen, dachte er, als er ihn bestieg. Doch schon nach wenigen Minuten überfielen ihn die Gedanken, denen er durch seine Schlüsselkorrespondenz für einige Zeit entronnen war, wieder von neuem und ließen ihn nicht mehr los. Als das Auto in der Lake Street vor seiner Wohnung hielt, hatten sie sich zu einem Entschluß verdichtet, und er befahl dem Chauffeur, weiter zu dem Werk der United zu fahren.

Folgendermaßen war ungefähr der Ideengang, der ihn zu dieser Fahrt veranlaßte: Entweder der deutsche Doktor und dieser verdächtige Laboratoriumsdiener stecken jetzt irgendwo in der Stadt zusammen, dann ist die Luft im Werk rein, und es bietet sich vielleicht die Gelegenheit, an die Papiere des Deutscher heranzukommen. Oder sie haben gemeinschaftlich etwas im Werk vor... der Verdacht, daß es so sein könnte, regte sich immer stärker bei White... dann wäre es gut, wenn ich auch irgendwie dabeisein könnte.

Durch seinen nicht immer ungefährlichen Beruf war Tom White auf logisches Denken eingestellt, und gegen die Folgerichtigkeit der Schlußkette, die ihn jetzt veranlaßte, das Werk der United aufzusuchen, ließ sich kaum etwas einwenden.

Im Gegensatz zu Dr. Wandel verließ White sein Auto bereits auf der Straße und lohnte es ab. Der Nachtportier blickte kaum mit einem halben Auge auf den Ausweis, den White ihm im Vorbeigehen hinhielt.

Er überschritt schnell den Werkhof, dessen Beleuchtung ihm wenig sympathisch war, und tauchte in dem Dunkel zwischen zwei Fabrikbauten unter. Auf Nebenwegen pirschte er sich an den Gebäudekomplex heran, in dem sich die Laboratorien und Büroräume der Abteilung Melton befanden.

Auf diese Weise vermied er zwar die Gefahr, einem Wächter in die Hände zu laufen, aber dafür hatte er auch keine Gelegenheit, einen Blick auf die große Laboratoriumshalle zu werfen. Sonst wäre ihm sicherlich der schwache Lichtschein, der aus ihren Fenstern drang, verdächtig gewesen, und er hätte vielleicht sofort recht interessante Entdeckungen machen können.

Jetzt stand er vor einer Außentür. Sie war verschlossen, doch für solche Fälle hatte Tom White beizeiten vorgesorgt. Längst befanden sich Duplikate von Schlüsseln zu den Türen, die ihn vielleicht einmal interessieren konnten, in seinem Besitz. Geräuschlos schloß er auf und versperrte das Schloß ebenso leise wieder hinter sich. Mochte jetzt irgendein Wächter kommen und pflichtgetreu an der Tür rütteln, er würde nichts Verdächtiges bemerken.

Durch einen Gang schritt der nächtliche Besucher weiter. Nur hin und wieder ließ er auf Sekunden vorsichtig eine Taschenlampe aufblitzen, bis er gefunden hatte, was er suchte: die Tür zum Zimmer des deutschen Doktors. Auch hier tat ein Nachschlüssel seine Schuldigkeit, und Tom White stand in dem Arbeitsraum Dr. Wandels.

Er hatte ihn bisher noch niemals betreten und brauchte unter Benutzung seiner Taschenlampe einige Zeit, sich zu orientieren. Da stand ein Schreibtisch, der sauber aufgeräumt war.

Nur einige wissenschaftliche Werke und ein Schreibblock lagen auf seiner Platte. Mit einem Blick überzeugte sich White, daß der Block unbeschrieben war. Er griff nach den Schubladen des Tisches. Sie waren unverschlossen und ließen sich leicht aufziehen. Aber auch in ihnen befand sich nichts Handschriftliches, nur die neueste Literatur über Atomchemie lag darin. Seine Hoffnung, mitnehmenswerte Notizen zu finden, bekam den ersten Stoß.

Wieder ließ er die Lampe suchend nach den Wänden hin aufblitzen, und was er dabei bemerken mußte, machte ihm wenig Freude. Dem Schreibtisch gegenüber stand ein solider Tresor, nicht allzu groß, aber geräumig genug, um alle Aufzeichnungen und Berechnungen sicher zu bergen, die der Doktor in der Zeit seiner unfreiwilligen Muße hier angefertigt haben mochte. Dieser Panzerschrank aber war verschlossen, und für einen derartigen Fall reichten die Hilfsmittel des Eindringlings natürlich nicht aus.

Enttäuscht wollte er den Raum bereits verlassen. Ohne bestimmte Absicht, fast mechanisch, ließ er die Lampe in seiner Rechten noch ein paarmal aufblitzen und erblickte in ihrem Schein den Papierkorb. Ob in dem vielleicht etwas zu finden war? Ausgeschlossen schien's ihm nicht, denn die Frauen, denen die Säuberung der Büroräume oblag, traten ihren Dienst erst des Morgens vor Werkbeginn an.

Er trat näher heran und leuchtete in den Korb. Auf dessen Boden lagen mehrere zusammengeknüllte Papierballen. Einen davon ergriff er, faltete ihn auseinander, glättete ihn. Das Blatt stammte zweifellos von dem Schreibblock auf dem Tisch. Beim Schein der Lampe erkannte er, daß es mit Zeichnungen und Formeln bedeckt war, ganz ähnlich denjenigen, von denen MacGan ihm erzählt hatte.

Ganz vergeblich war sein Besuch also doch nicht, und mit neu erwachtem Eifer machte er sich über den Papierkorb her. Noch ein Dutzend Blätter ähnlicher Art entdeckte er darin, säuberlich glättete er sie und faltete sie zusammen. Mit einer genaueren Untersuchung wollte er sich hier nicht aufhalten. Dazu war später Zeit, und schließlich konnten sich auch die gelehrten Herren in Salisbury ihre Köpfe über diese Aufzeichnungen zerbrechen.

Er schob seinen Fund in die Brusttasche, schlüpfte aus dem Zimmer und schlug auf dem Gang den Weg zu der Außentür ein, durch die er gekommen war. Eben wollte er sie aufschließen, als ein zischendes, pfeifendes Geräusch ihn veranlaßte, stehenzubleiben. Wenn er sich nicht sehr irrte, kam das Geräusch aus der Richtung der großen Laboratoriumshalle.

Tom White überlegte. Wer konnte jetzt im Laboratorium sein?...Professor Melton oder Wilkin?...Ausgeschlossen! Die waren nicht so tatendurstig. Aber was sonst konnte die Ursache des Geräusches sein?...Irgendein Schaden an den Apparaturen, an den Gasbehältern etwa?...Wie das Ausströmen eines unter hohem Druck stehenden Gases klang es ja beinahe...

Während White die Möglichkeit erwog, kam der alte Verdacht wieder, den er am vergangenen Abend beim Anblick Dr. Wandels und MacGans gefaßt hatte. Sollten sich die beiden am Ende im Laboratorium zu schaffen machen?...Sollte der Doktor etwa hinter dem Rücken Meltons noch schnell einen Versuch wagen, bevor der Autoklav in der Versenkung verschwand, aus der er – das hoffte White zuversichtlich – nicht wieder heil herauskommen würde?

Tom White beschloß, sich Gewißheit zu verschaffen. Von der Stelle, an der er sich jetzt befand, konnte er bequem jene Schlupftür erreichen, durch die kürzlich auch Dr. Wandel unbemerkt in die Halle gekommen war. Er machte sich auf den Weg. So was nennt man beim Film eine gewendete Situation, dachte er und mußte bei dem Gedanken fast lächeln. Gestern standen Sie im Hintergrund, mein verehrter Herr Doktor, und schauten Ihrem Freund Melton zu. Vielleicht kann ich jetzt Ihre Rolle spielen, während Sie beim Experimentieren sind.

Schon auf dem Wege wurde es White zur Gewißheit, daß der Lärm tatsächlich aus dem großen Laboratorium kam. Als er die Schlupftür erreichte, war das Geräusch so stark, daß er sie ohne besondere Vorsicht öffnen konnte. Die Temperatur eines Eiskellers schlug ihm entgegen. Dann war er in der Halle, und obwohl er auf allerlei gefaßt war, verschlug ihm das, was er hier erblickte, doch fast den Atem. Schnell nahm, er Deckung hinter einem Pfeiler, um ungesehen beobachten zu können.

Drei Männer waren am Werk. Zwei davon hatte er hier zu finden erwartet, den Doktor und MacGan, der dritte war ihm unbekannt. Was sie trieben, war mehr als eigenartig. Was es nur an Decken und Tüchern in der großen Halle zu finden gab, hatten sie zusammengesucht und bemühten sich, damit das Geräusch eines Gasstrahls zu dämpfen, der einem winzigen Ablaßhahn an der großen Stahlkugel entströmte.

Eben jetzt drückten Dr. Wandel und der dritte eine starke Wolldecke gegen diese Stelle des Autoklavs, und es machte den Eindruck, als ob sie ihnen allmählich zu schwer würde. Dann hörte White den Doktor rufen.

»Mac, eine andere Decke!«

Der Ire ging zu einem Transportauto, das Tom White erst jetzt bemerkte, da es fast im Dunkeln stand, und kehrte mit einem starken Woilach zurück. Geschickt schob er ihn nach, während die beiden andern ihr Tuch fortzogen. Nur für den Bruchteil einer Sekunde schwoll das Pfeifen des ausströmenden Gases stärker an. Dann erstickte es wieder in dem starken Wollstoff.

Nicht übel, ging es Tom White durch den Sinn; ohne dieses Aushilfsmittel hätten sie schon längst das ganze Werk alarmiert. Das Gas in dem Autoklav muß ja unter einem Riesendruck stehen. Andere Kerle als der traurige Melton und Wilkin sind die drei da vorn doch…

Er unterbrach seine Betrachtungen und riß die Augen weit auf. Aus dem Tuch, das Dr. Wandel und der dritte Mann jetzt kräftig ausschüttelten, fiel ein weißer Pulverschnee und verdampfte zum größten Teil bereits in der Luft, bevor er den Boden erreichte.

Heliumschnee!

Tom White preßte die Hand auf den Mund, um das Wort nicht laut herauszuschreien. Bei Gott, das war Heliumschnee! Nichts anderes als in unvorstellbarem Frost erstarrtes Heliumgas konnte das Weiße sein, das die beiden dort wie einen lästigen Abfallstoff aus dem Tuch schüttelten. Was hätten wohl die berühmtesten Kältelaboratorien der Welt für eine Messerspitze dieses Stoffes bezahlt, um dessen Herstellung sie sich seit Jahrzehnten vergeblich bemühten!

Und noch ein anderer Gedanke kam White, während er das Schauspiel beobachtete. Unter welchem phantastischen, über alle Vorstellungsmöglichkeit riesenhaften Druck mußte das Gas in der Stahlkugel stehen, wenn er sich hier beim einfachen Ausströmen bis zur Erstarrung abkühlte. Er schauderte. War es der Frost, der immer stärker auf ihn eindrang, oder war es die kaum bewußte Furcht, daß die Kugel auch jetzt noch unter diesem Riesendruck wie eine Granate bersten, daß sie die ganze Halle mit allem, was drin und drum war, zerschmettern könnte?

Zusehends nahm der Druck in dem Autoklav ab. Schon seit längerer Zeit zeigte sich in den Tüchern kein Schnee mehr, schwach und immer schwächer wurde das Geräusch des ausströmenden Gases. Nun hörte es völlig auf, der Druck war ausgeglichen.

Schon standen MacGan und der Doktor wieder auf der Kugel, während der dritte… niemand anders als Joe Schillinger war es ja… einen Kran heranfuhr. In umgekehrter Reihenfolge verrichteten sie dieselbe Arbeit, mit der sie ihren Versuch vor vielen Stunden begonnen hatten. Das neue Verschlußstück wurde abgenommen, das alte Stück wurde herangebracht und wieder an seine Stelle gesetzt.

Und dann geschah etwas, das den stillen Beobachter im Hintergrund veranlaßte, sich fast die Augen zu verrenken. Während der Kran mit dem neuen Deckel sich langsam von dem Autoklav entfernte, bemerkte Tom White am Unterteil dieses Verschlußstückes zwei kurze Stangen und zwischen ihren Enden einen Körper von der Größe eines kleinen Apfels etwa. Eigenartig gezackt war dessen Oberfläche, als ob Kristalle nach allen Seiten strahlenförmig aus ihm herauswüchsen. In dunklem Grau schimmerte die Oberfläche dieses Gebildes, solange das Licht der Lampen es traf…

Doch jetzt fiel der Schlagschatten eines Pfeilers darauf, und in der Dunkelheit leuchtete es in eigenem, tiefgrünem Licht auf. In ein Konglomerat von märchenhaft schönen Smaragden schien es sich zu verwandeln. Nur einen kurzen Moment dauerte das wundersame Schauspiel, dann hatte der Kran mit seiner Last den Schlagschatten passiert und machte in vollem Lampenlicht halt. Da war aus dem rätselhaften Gebilde wieder eine schlichte graue Kristalldruse geworden.

Tom White hörte den Doktor gedämpft ein paar Worte zu MacGan sprechen, ohne sie über die Entfernung recht verstehen zu können, und sah ihn dann auf sich zukommen. Erschreckt verbarg er sich in einem dunklen Winkel neben einem Retortenschrank. Dr. Wandel bemerkte ihn nicht. Wie ein Traumwandler starr vor sich hinblickend, ging er direkt auf die Schlupftür zu und verließ durch sie die Halle.

Regungslos verharrte White in seinem Versteck. Er brauchte nicht lange zu warten, denn schon nach wenigen Minuten kam Dr. Wandel zurück. Mit beiden Armen trug er einen Bleiblock; seine Haltung verriet, daß der Block ein ziemliches Gewicht haben mußte.

Wieder sprach er zu MacGan.

»Merkwürdig, Mac – mein Zimmer war nicht verschlossen...« White strengte sich vergeblich an, noch mehr zu verstehen, aber die beiden entfernten sich schon wieder nach dem Kran hin. Schwer fiel White seine Unterlassungssünde aufs Gewissen. Er erinnerte sich, daß er tatsächlich vergessen hatte, die Tür zum Büro des Doktors wieder zu verschließen. Doch lange Zeit blieb ihm nicht, darüber nachzudenken, denn schon nahm das, was die andern dort taten, wieder sein volles Interesse in Anspruch.

MacGan und jener dritte mußten den ausgehöhlten Bleiblock unter die graue Kristallkugel halten, während Dr. Wandel versuchte, sie mit einer starken Beißzange von den Stangenenden abzukneifen. Doch diamanthart schien das Metall der Stangen zu sein, und vergeblich mühte der Doktor sich ab. Nur tiefe Scharten in den Zangenbacken erzielte er mit seiner Arbeit. Mißmutig ließ er davon ab und führte von oben her einen scharfen Schlag mit der Zange auf die Kugel.

Sein Vorgehen hatte Erfolg. Unter der Wucht des Schlages zersplitterte sie in viele einzelne Kristalle, die in die Höhlung des Bleiblockes fielen... so, wie Dr. Wandel und seine Gefährten es sahen. White sah von seinem Platz aus noch etwas anderes. Er sah, daß ein größerer Kristallbrocken seitlich fortsprang und unmittelbar neben einem Pfeiler zu Boden fiel. Sorgsam prägte er sich die Stelle ein, um sie später wiederfinden zu können.

Dr. Wandel verschloß die Höhlung des Blockes, in dem die seltsamen Kristalle ruhten, mit einem starken Bleideckel. Zu dritt trugen sie das Ganze zu dem Auto, und auch das neue Verschlußstück brachte der Kran dorthin. Ein paar schnelle Aufräumungsarbeiten dann noch. Alle Decken und Tücher wieder an ihren Platz, alle Schalter auf Nullstellung, und schon rollte der Wagen ins Freie. Das Licht erlosch, das Schiebetor schloß sich, Tom White war allein in der großen dunklen Halle.

Einige Zeit blieb er noch still in seinem Versteck, bis das Geräusch des wegfahrenden Autos sich in der Ferne verlor. Seine Augen hatten sich inzwischen an die Dunkelheit gewöhnt, und wie er nun schärfer hinblickte, sah er es an einer Stelle aus dem Finstern tiefgrün aufleuchten.

Er vermochte dorthin zu gehen, ohne Licht zu machen, und ließ sich auf die Knie nieder, um die wunderbare Erscheinung aus nächster Nähe zu betrachten. Da sah er, daß dieses magische Licht nicht stetig und ruhig strahlte. Wie in Wellen lief es bald heller, bald dunkler über die leuchtende Fläche. Dabei erschienen die Umrisse des Kristalles verschwommen, wie von einer fortwährend bewegten, grün brennenden Gasschicht.

Er streckte die Hand vor, um nach dem Kristall zu greifen. Im Augenblick, da er ihn berührte, durchfuhr es ihn wie ein elektrischer Schlag. Er zuckte zusammen, riß die Hand zurück und rieb die Fingerspitzen. Sie schmerzten in einem unbestimmten Gefühl. Er vermochte in der Dunkelheit nicht zu unterscheiden, ob er sie sich verbrannt hatte oder ob die Empfindung durch eine starke elektrische Entladung hervorgerufen war. Das aber begriff er sicher, daß es nicht ratsam war, diesen Teufelsstoff mit bloßen Händen anzugreifen, und er erinnerte sich, wie vorsichtig Dr. Wandel damit umgegangen war. Mit Hilfe seiner Taschenlampe tastete er sich zu einem Regal hin, in dem außer verschiedenem Werkzeug auch Bleiblech lag.

Er suchte sich heraus, was er brauchte, und kehrte damit zu der alten Stelle zurück. Mit einem Holzstab schob er den gefährlichen Kristall auf das Blech und wickelte es mehrmals um ihn herum, bis er von einer starkwandigen Bleirolle umgeben war. Mit einem Hammer klopfte er die beiden offenen Enden dieses Rohres zusammen, dann steckte er es kurz entschlossen ein. Es knisterte in seiner Tasche, als das Bleipaket hineinglitt. Das waren die Papiere aus dem Arbeitszimmer Dr. Wandels, neben die der strahlende Kristall zu liegen kam.

Für White gab es nun nichts mehr in der Halle zu schaffen. Ebenso vorsichtig, wie er hereingekommen war, verließ er sie wieder. Draußen dämmerte bereits der Morgen herauf. Der Gedanke, in dem immer heller werdenden Tageslicht durch das große Portal aus dem Werk zu gehen, erschien ihm wenig ratsam. Wer konnte wissen, was für Untersuchungen und sonstige Folgen die nächtlichen Ereignisse in Meltons Abteilung noch nach sich ziehen mochten. Für ihn war es jedenfalls besser, unbeteiligt zu bleiben.

An Schuppen und Hallen vorbei und über weitläufige Lagerplätze hin suchte er sich einen Weg, der ihn immer weiter von dem Hauptportal fortführte. Nun hatte er den entgegengesetzten Teil des Werkgeländes erreicht. Bis dicht an die hohe Umfassungsmauer lagerten hier Stapel von Baustoffen und allerlei Fabrikationsmaterial. Er erkletterte einen davon und blickte über die Mauer. Weit und breit kein Mensch zu sehen; gewandt schwang er sich über die Mauerkrone, ließ sich an der andern Seite zu Boden gleiten und landete in einer stillen Seitenstraße. Schleunigst machte er, daß er weiterkam, und fühlte sich erst ganz in Sicherheit, als die Tür seiner Wohnung hinter ihm ins Schloß fiel.

Schon auf dem Heimweg hatte er ein Wärmegefühl auf der rechten Brustseite gespürt, doch in der Aufregung und Eile nicht sonderlich darauf geachtet. Als er jetzt in die Brusttasche griff, um die Beutestücke seines nächtlichen Streifzuges herauszunehmen, hätte er sich beinahe die Hand verbrannt, so warm war das Bleirohr inzwischen geworden.

Neben die Aufzeichnungen Dr. Wandels legte er es auf seinen Schreibtisch und betrachtete das verdächtige Stück mit besorgten Blicken. Wie sollte er es seinem Auftraggeber in Salisbury zustellen?... Als Postsendung, einfach in ein Kästchen verpackt, mit Papier oder Holzwolle umgeben, wie er es ursprünglich vorhatte?... Je länger er überlegte, um so schwerere Bedenken kamen ihm.

Daß der Kristall, der in der Bleipackung steckte, kräftig radioaktiv erstrahlte – wahrscheinlich vieltausendmal stärker als alle bisher bekannten Stoffe –, darüber war Tom White sich klar. Wenn nun die Erhitzung der Bleihülle unter der Wirkung der Strahlung immer weiterging, wenn das Blei zum Schmelzen kam...? Im Geiste sah er bereits, wie der Postwagen, der das Paket von Detroit nach Salisbury bringen sollte, in Flammen aufging... oder... das konnte fast noch schlimmer auslaufen... er malte sich eine andere Möglichkeit aus. Wie die Postbeamten während der Fahrt auf einen Brandgeruch aufmerksam würden. Wie sie ein qualmendes Paket entdeckten und den Absender und den Empfänger festzustellen versuchten. Beim Absender würde es ihnen ja schwerlich gelingen, aber den Empfänger würden sie bald 'rausbekommen; einen unbedeutenden Mittelsmann zwischen White und Spinner. Ob der bei einem amtlichen Verhör dichthalten würde, war mindestens zweifelhaft. Unabsehbare und für ihn sicherlich recht unangenehme Folgen würde das haben, denen er sich auf keinen Fall aussetzen durfte. Das gefährliche Paket mußte auf eine andere Weise Mr. Spinner übermittelt werden. Die Post durfte er dafür nicht bemühen.

Zwischen seine Überlegungen fielen die ersten Sonnenstrahlen in das Zimmer. In einer guten Stunde begann sein Dienst, es lohnte sich nicht mehr, zu Bett zu gehen. Er benutzte die Zeit zu einem Schreiben an den bewußten Onkel in Salisbury. Gleichzeitig mit dem Brief ging eine Drucksache ab, ein reichlich trockenes Buch über die Entwicklung der Quäkergemeinden im Staate Iowa. Zwischen seinen Seiten lagen jene Blätter, die aus dem Papierkorb Dr. Wandels stammten. Dann war es für Tom White Zeit, ins Werk zu gehen.

Die nächsten Tage brachten viel Unruhe in Meltons Abteilung. In der großen Halle war ein Dutzend Werkleute damit beschäftigt, an dem Platz für die neue Dammgrube den Betonboden aufzuschlagen und das Erdreich auszuheben. Das ohrenbetäubende Rattern der Preßluftmeißel und der mit dem Erdaushub verbundene Schmutz und Lärm machten die Arbeit an den Labortischen im ganzen Raum unmöglich. Jede andere Tätigkeit mußte ruhen, solange die Erdarbeiter nicht abgezogen waren.

Auf der Suche nach dem Laboratoriumsdiener kam Dr. Wandel in die Halle und warf einen kurzen, vielsagenden Blick auf die Stätte der Verwüstung. MacGan hatte es sich in einem Winkel bequem gemacht und las in der letzten Nummer der »Detroit Post«. Der Doktor rief ihn an.

»Hallo, Mac! Sie haben hier doch nichts Vernünftiges zu tun. Kommen Sie, helfen Sie mir ein bißchen.«

Der Ire sprang auf und warf die Zeitung zur Seite. »Gern, Herr Doktor. Ich wollte Sie immer schon fragen, was denn...«

»...bei unserm nächtlichen Experiment herausgekommen ist, meinen Sie«, vollendete Dr. Wandel den Satz. »Ich bin gerade dabei, es festzustellen.«

Neben seinem Arbeitszimmer hatte Dr. Wandel sich gleich nach seinem Eintritt in die United Chemical ein Speziallaboratorium einrichten lassen, in das er sich nun mit MacGan begab. Auf einem Tisch lag der schwere Bleiblock, der die strahlenden Kristalle barg. Gut ein halbes Hundert Mensuren standen daneben. Sie enthielten Lösungen, die in allen Farben des Regenbogens schimmerten.

MacGan besah sich die Blockseiten, die zwischen den Gläsern lagen und mit den charakteristischen Schriftzügen Dr. Wandels bedeckt waren. Sehr schnell erkannte er, daß der Doktor hier schon eine gewaltige Arbeit geleistet hatte, und seine Kenntnisse reichten auch hin, den Sinn der Formeln zu verstehen, die auf dem Papier standen. In den paar Tagen, die seit dem nächtlichen Versuch verstrichen waren, hatte Dr. Wandel bereits die wichtigsten chemischen Verbindungen des neuen unbekannten Stoffes hergestellt und gründlich studiert. Das Ergebnis dieser Untersuchungen waren eben jene Formeln. In allen kehrte die gleiche Zahl wieder: zweihundertfünfzig.

Erst leise, dann lauter las MacGan die Zahl von den verschiedenen Blättern ab. Fragend und kopfschüttelnd blickte er dabei den Doktor an. Der lachte.

»Kein Grund zur Verwunderung, Mac. Das hat schon seine Richtigkeit. Der neue Stoff hat das Atomgewicht zweihundertfünfzig. Unter Druck und Hitze haben wir vier Helium-Atome an das Uran-Atom geschmiedet.«

MacGan riß die Augen auf und vergaß den Mund zu schließen. Er brauchte Zeit, die unerwartete Mitteilung zu verdauen, dann brach er los.

»Großartig, Herr Doktor!...Wer hätte das für möglich gehalten! Professor Melton wird platzen, wenn er das sieht...Wissen Sie, Herr Doktor, ich würde ihm überhaupt nichts sagen. An Ihrer Stelle würde ich damit gleich zum Präsidenten gehen und einfach sagen: ›Da, Mr. Chelmesford, hier ist die Geschichte. Ich hab's geschafft.‹ Sie sollen mal sehen, wie dann alles schnell anders wird. Dann jagt die United den Professor zum Teufel, und Sie bekommen die Abteilung.«

Mit erhobenen Händen suchte der Doktor dem Redefluß des Iren zu wehren.

»Stop! Stop, Mac. So weit sind wir noch nicht. Atomgewicht zweihundertfünfzig. Ganz schön, aber noch längst nicht alles, was ich will. Ein doppelt so großes Atomgewicht wäre mir lieber. Nach der Theorie müßte man's mit unsern heutigen technischen Mitteln auch erreichen können, wenn...ja, mein lieber Mac, daran wird's wohl hapern. Die United müßte tief in den Beutel greifen und noch viel stärkere Apparaturen zur Verfügung stellen...Na, überlassen wir das der Zukunft und untersuchen erst mal, was wir jetzt haben.«

Er näherte die Hand dem Bleiblock. MacGan wollte ihm behilflich sein, Dr. Wandel hielt ihn zurück.

»Hände davon, Mac! Die Sache ist schon wieder reichlich heiß.«

Er drehte an einem Ventil. Flüssige Luft strömte auf den Block, wallte auf, zog in Nebelschwaden durch das Zimmer und kühlte die Bleimasse wieder. Er stellte die flüssige Luft ab, und wieder näherte sich der Ire dem Block, um den Deckel abzuheben.

»Stop, Mac!« Zum zweitenmal hielt ihn der Doktor zurück und zog ihn zu einem Schrank hin. »Erst den Schutz anlegen. Wir könnten uns sonst in fünf Minuten einen Knacks fürs ganze Leben holen. Das Zeug strahlt wie Gift.«

Eine merkwürdige Art von Garderobe enthielt der Schrank. Schurzfelle, die zentnerschwer wogen, weil starkes Bleiblech in sie eingenäht war. Handschuhe ähnlicher Art und geschlossene Kopfmasken, aus denen nur zwei dicke Bleigläser den Durchblick ermöglichten. Bis zur Unkenntlichkeit vermummt kehrten sie zu dem Tisch zurück.

»Jetzt können wir's wagen«, sagte Dr. Wandel und hob den Deckel ab, mit einer Pinzette nahm er ein Körnchen des neuen Stoffes, von der Größe etwa eines Stecknadelkopfes, aus dem Block und ließ es in eine kleinere Bleibüchse fallen. Dann legte er den Deckel wieder auf den Block und verschloß auch die Büchse. MacGan fragte mit enttäuschtem Gesicht: »Mit dem Krümelchen wollen Sie arbeiten? Wo wir doch eine so große Menge von dem Stoff haben.«

»Seid mal wieder der echte Irishman, Mac. Ihr denkt auch immer: Viel hilft viel. Mit einem einzigen Teil von diesem Krümelchen wollen wir nachher unsere elektrischen Untersuchungen im Nebenraum anstellen. Hier will ich Ihnen nur mal zeigen, was das Krümelchen vermag.«

Er rieb einen Hartgummistab und berührte damit den Knopf eines Elektroskops; die beiden Goldblättchen des Apparates spreizten sich weit voneinander.

»Sehen Sie, Mac, das Ding ist geladen. Und nun...« er nahm den Deckel von dem kleinen Bleibüchschen ab, und im selben Moment fielen die Blättchen des Elektroskops wieder zusammen. Der geringe Teil der Strahlung, der von der Büchse her bis zum Elektroskop gelangte, hatte es in Bruchteilen einer Sekunde entladen.

MacGan staunte über die unerwartete Wirkung, aber er sollte in der nächsten Stunde Gelegenheit haben, sich des öfteren noch viel stärker zu wundern. Ein winziges Partikelchen, für das Auge kaum noch sichtbar, spaltete Dr. Wandel von dem kleinen Körnchen des neuen Stoffes ab und tat es in ein anderes Bleigefäß. Damit gingen sie nun zu den Apparaturen im Nebenraum.

Auf einer chemischen Waage, die in der Hauptsache nur aus einem federnden Quarzfaden bestand, stellte der Doktor das Gewicht des Stäubchens fest – es wog nur einige Millionstelgramm –, und dann begann er mit dieser unvorstellbar geringen Menge zu operieren, daß MacGan Hören und Sehen verging.

Strahlungsarten und Strahlungsintensitäten, die von diesem winzigen Stäubchen ausgingen, wurden untersucht. Temperaturen mit Elektrothermometern gemessen, die noch auf den millionstel Teil eines Celsiusgrades reagierten, und unermüdlich bedeckte der Doktor dabei die Seiten seines Schreibblockes mit immer neuen Formeln und Zahlen.

Nach vier Stunden war die Arbeit getan. Der Doktor verschloß das Stäubchen, dem alle diese Bemühungen gegolten hatten, wieder in sein bleiernes Gefängnis.

»So, mein lieber Mac«, sagte er, während er seine Aufzeichnungen zusammenlegte, »jetzt haben wir auch die elektrischen Daten. Nun will ich das alles mal erst richtig zu Papier bringen.«

Er griff nach einer Tasche, um MacGan für seine Hilfe mit ein paar Zigarren zu belohnen, als es an die Tür klopfte. – Tom White war von Phil Wilkin ausgeschickt worden, um den Laboratoriumsdiener zu suchen. Der Auftrag kam ihm recht gelegen, bot er ihm doch die Möglichkeit, die Räume Dr. Wandels unter einem schicklichen Vorwand zu betreten und – wenn das Glück ihm günstig, der Doktor vielleicht gar nicht da war – weitere interessante Entdeckungen zu machen. Schnurstracks begab er sich deshalb dorthin.

In dem Arbeitszimmer des Doktors befand sich niemand. Durch einen Blick auf den abgeräumten Schreibtisch überzeugte sich White davon, daß hier für ihn nichts zu holen sei. Die Tür zu dem Nebengemach war nur angelehnt. Geräuschlos drückte er sie weiter auf, und das erste, was er erblickte, war der Bleiblock, den er von jener Nacht her gut kannte, in der er den Doktor mit seinen Gehilfen belauscht hatte. Gläser und Aufzeichnungen standen daneben.

Seine Augen starrten darauf, seine Hände suchten in den Taschen nach Bleistift und Papier. Und wenn's um sein Leben ging, diese Formeln mußte er haben; aber Stimmen, die vom nächsten Raum her hörbar waren, zwangen ihn zur Vorsicht.

Er unterschied das klare, ruhige Organ Dr. Wandels und den unverkennbaren Tonfall MacGans. Während er in fliegender Hast von den Formeln des Doktors notierte, was er in der Eile erwischen konnte, horchte er gleichzeitig auf das, was die beiden nebenan sprachen.

Es drehte sich um die Ergebnisse elektrischer Messungen, Strahlungsstärken und Ähnliches mehr. Nun gingen Arbeit und Gespräch nebenan zu Ende. Schnell ließ er Bleistift und Papier verschwinden und klopfte an die Tür. Auf das Herein des Doktors trat er ein.

»Was wollen Sie hier?« fragte der befremdet.

»Verzeihung, Herr Doktor, wenn ich störe. Mr. Wilkin gab mir den Auftrag, MacGan zu suchen. Ich bin schon durch die ganze Abteilung gelaufen. Zuletzt dachte ich, daß er vielleicht bei Ihnen sein könne.«

Während White dies Gemisch von Wahrheit und Dichtung vorbrachte, versuchte er, sich soviel wie möglich von den Apparaturen ringsumher einzuprägen. Er tat es unauffällig, aber für den scharfen Blick des Doktors nicht unauffällig genug.

»Es ist gut«, sagte Dr. Wandel kurz. »Sie können MacGan mitnehmen, wir sind hier ohnehin fertig. Hier, Mac, nehmen Sie!«

Er drückte MacGan die Zigarren, die er ihm zugedacht hatte, in die Hand.

Während die beiden sich entfernten, kehrte er nachdenklich in sein Arbeitszimmer zurück. Die Art und Weise, wie Tom White sich in dem elektrischen Laboratorium umgesehen hatte, wollte ihm nicht aus dem Kopf.

Auch White hatte mancherlei zu denken, während er Seite an Seite mit MacGan durch die langen Korridore der Abteilung ging. Der Doktor nahm MacGan bei seinen Arbeiten zu Hilfe. An und für sich eine ganz unverdächtige Angelegenheit, denn schließlich war der Laboratoriumsdiener dazu da. Aber recht auffällig für Tom White, der ja wußte, um was für Arbeiten und um was für einen Stoff es sich dabei handelte, der mit seinen eigenen Augen gesehen hatte, wie diese so wunderbar strahlende Materie ebenfalls unter Mitwirkung MacGans hergestellt wurde.

Von Zeit zu Zeit warf Tom White einen Seitenblick auf MacGan. Dieser hinterhältige Kerl trottete so harmlos und einfältig neben ihm her, als ob er kein Wässerchen trüben könnte; und dabei wußte der Mensch um geheime Dinge, die für die United Chemical von größter Wichtigkeit waren und für deren Kenntnis die Dupont Company jeden Augenblick eine Summe auf den Tisch gelegt hätte, die für einen einfachen Laboratoriumsdiener ein Vermögen bedeutete.

Immer wieder kämpfte White mit dem Gedanken, alles auf eine Karte zu setzen und dem Iren einfach zu sagen: Das und das weiß ich schon. Jetzt will ich auch noch das übrige wissen. Doch jedesmal, wenn er dazu ansetzen wollte, ließ ihn ein Blick auf MacGans Gesicht wieder stocken. Ein merkwürdiger, verschlossener Ausdruck in dessen Zügen hielt ihn davon ab, auszusprechen, was ihm auf den Lippen lag. Ein unbestimmtes Gefühl – fast schon Furcht – war es, daß die Antwort des anderen auf seine Frage eine schwere Niederlage für ihn bedeuten könnte.

Niederlagen aber wünschte Tom White gerade jetzt zu vermeiden, denn der letzte Brief aus Salisbury war ihm schwer auf die Nerven gegangen. So gelangte MacGan ungefragt in das Laboratorium Wilkins. White zog sich an seinen Arbeitstisch zurück, aber seine Gedanken waren nicht bei den Untersuchungen, die er hier machen sollte. Immer wieder kehrten sie zu dem letzten Brief Mr. Spinners zurück, den ihm die Frühpost gebracht hatte.

Was da mit Hilfe der Schablone aus dem Familienbrief von Onkel Joshua herauskam, war ein unverhüllter Tadel des Nachrichtenchefs. Eine scharfe Aufforderung an White, die Zeit nicht mit unnützen Vorbereitungen zu vertrödeln, sondern endlich Tatsachen und positives Material zu liefern. White rief sich die Vorgänge in die Erinnerung zurück. Dieser ihm so unsympathische Brief war die Antwort auf den Bericht, der mit seinem Zusammensein mit Wilkin endete. Aber wenige Stunden später hatte er ja schon wieder berichtet…über das nächtliche Experiment…hatte Aufzeichnungen Dr. Wandels gesandt. Das waren doch Leistungen, die ihm ein anderer erst mal nachmachen sollte…Mit Ungeduld erwartete er die Mittagspause, um in seine Wohnung zu eilen und nach seiner Post zu sehen. Vielleicht, daß die Antwort auf seinen letzten Bericht schon da war. – –

Achtlos legte Professor Melton ein Schreiben beiseite, das ein Bote aus der Stadt gebracht hatte.

»Mr. White bittet, ihn für heute nachmittag zu entschuldigen«, sagte er zu Wilkin, »er hat starke Kopfschmerzen.«

»Wird hoffentlich bald vorübergehen«, meinte der Assistent und warf den Brief in den Papierkorb, »ist doch sonst ein ganz tüchtiger Mensch. Es wäre gut, wenn wir ihn bald mal nach Salisbury schicken könnten.« – –

Während dieses Gesprächs befand sich Tom White nicht in seiner Wohnung, und er hatte auch keine Kopfschmerzen. Vielleicht aber hätten Professor Melton und Wilkin welche bekommen, wenn sie um seine Korrespondenz und sein augenblickliches Tun gewußt hätten.

White saß im Restaurant des Flugplatzes von Detroit und blickte unentwegt nach dem Horizont, obwohl zu dieser Zeit kein Verkehrsflugzeug fällig war.

Ungeduldig zog er von Zeit zu Zeit die Uhr … ein Viertel auf zwei … einhalb zwei … Fern im Südosten wurde ein schimmerndes Pünktchen am Himmel sichtbar, wurde schnell größer, kam immer näher und war nun ein schnittiger Eindecker, der über dem Flughafen kreiste. Im Gleitflug kam die Maschine herab, setzte auf und rollte aus.

Nur ein einziger Mann entstieg dem Flugzeug und schritt auf das Restaurant zu. Ein langer, bis zu den Füßen reichender Staubmantel verhüllte seine Gestalt, Autokappe und Schutzbrille verdeckten den größten Teil seines Gesichtes. Am Ausgang des Flugplatzes empfing ihn White.

»Mein Auto wartet draußen, Mr. Slawter, wir können gleich zu mir fahren.«

Auf der Fahrt vom Flugplatz zur Stadt fiel kaum ein Wort im Wagen. Die Blätter mit den letzten Formeln Dr. Wandels, die White ihm gleich zu Beginn übergeben hatte, nahmen Slawter vollständig in Anspruch. Wie aus einem Traum erwachte er, als das Auto vor dem Hause Tom Whites hielt.

»Soll der Wagen warten?« fragte White.

»Nein … ja … nein …«

Robert Slawter war unschlüssig.

»Ich verstand, daß Sie den Stoff sofort im Flugzeug mit nach Salisbury nehmen wollten«, versuchte ihm White nachzuhelfen. Slawter fuhr sich über die Stirn, als wolle er Ordnung in seine widerstreitenden Gedanken bringen. Nach geraumer Zeit antwortete er. »Sie haben recht, Mr. White. Lassen Sie den Wagen warten.«

White schloß die Tür zur Wohnung auf und ließ seinen Gast eintreten.

»Wo haben Sie die Probe?« fragte der, als sie im Wohnzimmer standen.

»Nebenan im Baderaum!« Eine leichte Verlegenheit zeigte sich in den Zügen Whites, während er weitersprach. »Ich wußte mir nicht anders zu helfen, Mr. Slawter. Die Bleihülle wird zu heiß. Ich konnte es nicht riskieren, sie hier stundenlang auf dem Tisch liegenzulassen, während ich im Werk war. Ich habe das Rohr in ein Waschbecken getan und lasse ständig kaltes Wasser darüberlaufen. So hat sich die Erwärmung bis jetzt in erträglichen Grenzen gehalten.«

»Kommen Sie! Zeigen Sie!« drängte Slawter.

White führte ihn in das Badezimmer. In dem Waschbecken lag eine Bleirolle von der Dicke eines Handgelenkes etwa und eine knappe Spanne lang. Aus einem Hahn fiel kaltes Wasser in stetem Strahl darauf und lief durch die Abflußöffnung ab. Slawter steckte die Hand in das Becken. Das abfließende Wasser war reichlich warm. Kopfschüttelnd zog er sie wieder zurück.

»Wunderbar, Mr. White, ganz wunderbar! Sie schrieben uns, daß das Stückchen kaum die Größe einer Kirsche habe.«

»Kleiner noch, Mr. Slawter. Der Kristall ist kaum größer als eine Bohne. Eine recht praktische Heizvorrichtung müßte das Ganze abgeben. Seit mehr als fünfzig Stunden läuft das Wasser so heiß ab, mehrere hundert Wannen voll müssen es schon sein. Eine Abnahme der Temperatur ist noch nicht zu merken.«

Vergeblich wartete White auf eine Antwort. Wie geistesabwesend stand Slawter da und starrte auf die Bleirolle, ohne ein Wort zu sprechen.

»Ich fürchte, Mr. Slawter«, hub er nach einer Weile wieder an, »der Transport wird nicht einfach sein. Im Flugzeug können Sie nicht ständig mit Wasser kühlen. Der Bleimantel wird sich gefährlich erhitzen.«

Er mußte sein Bedenken wiederholen, bevor die Erstarrung von Slawter abfiel.

»Darum keine Sorgen, lieber White. Das Flugzeug macht achthundert Stundenkilometer. Der Fahrwind wird das Blei noch stärker kühlen als das Wasser hier, und den kurzen Weg zum Flugplatz werden wir wohl gesund überstehen.«

Tom White unterdrückte die Zweifel, die in ihm aufstiegen.

»Wollen wir jetzt fahren?« fragte er.

»Ja, brechen wir auf, Mr. White.«

Zögernd stand White vor dem Becken. Offensichtlich scheute er sich, zuzufassen und das gefährliche Bleipaket herauszuholen. Slawter nahm ihm die Sorge ab. Aus seiner Aktentasche zog er ein größeres Stück starken Asbestgewebes hervor, breitete es aus, packte das Bleirohr und wickelte es in das feuerfeste Tuch ein.

Im Wagen bat er White, auf dem Rücksitz Platz zu nehmen, und legte das Bündel neben sich auf das Polster. Vergeblich wartete White während der Rückfahrt zum Flugplatz auf ein Wort der Anerkennung für seine Leistungen, Slawter blieb stumm wie ein Fisch. Minutenlang grübelte er vor sich hin, dann zog er einen Schreibblock heraus und brachte Zeile um Zeile zu Papier. Erst als der Wagen am Eingang zum Flugplatz hielt, kam er damit zu Ende und faltete das beschriebene Blatt zusammen. Tom White lohnte den Chauffeur ab; aber als der wegfahren wollte, rief ihn Slawter an und befahl ihm zu warten.

Gott sei Dank – ganz hat er die Sprache doch noch nicht verloren, dachte Tom White, während er neben ihm über den Flugplatz ging. Vielleicht sagt er vor dem Abflug noch wenigstens good-bye zu mir. Er brauchte nicht lange zu warten. Slawter begann jetzt zu ihm zu sprechen.

»Ich habe es mir überlegt, Mr. White…« Habe ich gemerkt. Hat lange genug gedauert, old chap, ging es White durch den Kopf. Doch schon im nächsten Augenblick liefen seine Gedanken ganz anders, denn Slawter fuhr fort:

»Ich habe noch etwas in Detroit zu erledigen. Sie werden für mich nach Salisbury fliegen und das Paket bei meinem Assistenten Grimshaw abgeben. Ich habe hier alles für ihn aufgeschrieben.«

»Aber… aber, Mr. Slawter…« Tom White kam ins Stottern. »Ich muß morgen früh wieder im Werk sein…«

»Können Sie auch ganz bequem, lieber White… das Flugzeug bleibt zu Ihrer Verfügung. Es wird Sie in der Nacht nach Detroit zurückbringen. Das steht hier alles genau drin.« Er reichte White den zusammengefalteten Blockzettel. »Stecken Sie das in Ihre Brieftasche und geben Sie es in Salisbury Mr. Grimshaw. Dann wird schon alles in Ordnung gehen. Selbstverständlich müssen Sie morgen früh hier Ihren Dienst pünktlich antreten.«

Während White das Blatt an sich nahm, bewegten ihn widerstreitende Gefühle. Einerseits erfreute ihn der Auftrag, den Slawter ihm erteilte, denn einem Mann, mit dem die Dupont Company unzufrieden war, würde er ihn nicht gegeben haben. Andererseits beunruhigte ihn die Aussicht, daß er den Flug nach Salisbury mit dem gefährlichen Paket machen sollte, denn vor diesem Bleirohr empfand er nachgerade ein stilles Grauen. Kaum begriff er noch, daß er es vor nicht allzu langer Zeit einfach in seiner Brusttasche aus Meltons Abteilung in seine Wohnung gebracht hatte.

Von Tag zu Tag, ja fast von Stunde zu Stunde schien der kleine Kristall, der in der Bleihülle steckte, immer wirksamer und lebendiger zu werden. Immer stärker nahm die Wärmeenergie zu, die er ausstrahlte, immer gefährlicher stieg die Temperatur der Bleihülle an.

Hätte White etwas mehr von den Strahlungsmessungen aufgeschnappt, die Dr. Wandel zusammen mit MacGan machte, während er selber im Nebenraum lauschte, so wäre ihm die Erscheinung weniger wunderbar vorgekommen. Er hätte gewußt, daß sie mit der Zerfallskurve des neuen, so ungeheuer radioaktiven Stoffes zusammenhing. So aber hatte er das unangenehme Empfinden eines Mannes, der eine gestohlene Dynamitpatrone bei sich trägt und fürchtet, daß sie jeden Augenblick explodieren könnte.

Unter derart sorgenvollen Gedanken kam er zusammen mit Slawter zu dem Eindecker, und hier geschah etwas, das ihn wieder leichter atmen ließ. Unter einer der Flugzeugschwingen war ein Behälter aus weitmaschigem Drahtgeflecht befestigt, in seinem Äußeren einem kleinen

Vogelbauer nicht unähnlich. Slawter öffnete den Behälter, ließ das Bleirohr aus dem Asbesttuch hineinrollen und verschloß ihn wieder sorgfältig. Das Tuch gab er White.

»Stecken Sie das ein, Mr. White. Sie werden es in Salisbury noch brauchen, und jetzt los! Instruktionen, Geld und was Sie sonst noch nötig haben, wird man Ihnen in Salisbury geben.«

Ein kurzer Händedruck. Tom White kletterte über die Schwinge in die Flugzeugkabine. Die beiden Motoren brüllten auf, so daß White das Good-bye nicht mehr hören konnte, das Slawter ihm nachrief. Schon rollte die Maschine über den Rasen, löste sich vom Boden und stieg empor. Früher, als Professor Melton und Wilkin es ahnten und beabsichtigten, hatte Tom White die Reise nach Salisbury angetreten.

Dr. Wandel legte den Hörer auf die Gabel zurück und ging unschlüssig in seinem Wohnzimmer hin und her. Ein Mr. Slawter hatte telephonisch gebeten, ihn in einer privaten Angelegenheit zu empfangen. Mr. Slawter? Der Name sagte dem Doktor nichts. Vermutlich wieder irgendein verkannter Erfinder oder Projektemacher, wie sie zu Tausenden in den Staaten umherliefen.

Der Doktor bedauerte es jetzt, daß er den Mann nicht gleich am Telephon abgewiesen hatte. Mit Unbehagen sah er dem Besuch entgegen. Wenigstens eine halbe Stunde seiner Zeit würde der Mensch in Anspruch nehmen, bevor es gelang, ihn auf gute Manier wieder loszuwerden. Nun war nichts mehr daran zu ändern. Er hatte zugestimmt und mußte die Sache über sich ergehen lassen. Mißmutig schob er seine Papiere zusammen, als es klingelte.

Während Dr. Wandel seinem Besuch einen Platz anbot, betrachtete er ihn prüfend. Ein paar klare, klug blickende Augen unter einer hohen Stirn; regelmäßige Gesichtszüge; ein Mund und ein Kinn, die von verhaltener Willenskraft zeugten.

Der Eindruck war so, daß Dr. Wandel die Unterhaltung mit mehr Entgegenkommen begann, als er ursprünglich beabsichtigte, aber er wurde in seiner Meinung wieder schwankend, als der Fremde damit herauskam, daß er auf demselben Gebiete wie der Doktor tätig sei.

»Ich glaube nicht, Mr. Slawter, daß über die Art meiner Arbeiten bisher irgend etwas in die Öffentlichkeit gedrungen ist«, sagte er mit deutlicher Zurückhaltung.

»Vielleicht doch, Herr Doktor Wandel. Ich weiß, daß Sie mir um acht Punkte voraus sind.«

»Wie soll ich das verstehen, Mr. Slawter?« fragte der Doktor überrascht.

»Sehr einfach. Es gelang mir, ein Gas zu erzeugen, das mit einem Atomgewicht von zweihundertzweiundvierzig das Uran um vier Einheiten übertrifft. Sie, Herr Doktor, haben bereits einen Stoff mit dem Atomgewicht zweihundertfünfzig hergestellt. Das ist Ihr Vorsprung, von dem ich eben sprach.«

Der Doktor blickte seinen Besuch entgeistert an. Wie konnte dieser fremde Mensch um Dinge wissen, die bisher sein ureigenstes Geheimnis waren? Möglichkeiten und Namen wirbelten in einer Sekunde durch sein Gehirn. Atomgewicht zweihundertfünfzig... außer ihm kannte nur MacGan diese Zahl... Sollte der etwa...

Der Fremde schien ein guter Gedankenleser zu sein.

»Geben Sie sich keine Mühe, Herr Doktor, die Quelle zu suchen, aus der ich meine Kenntnisse habe. Es wäre ein vergebliches Unterfangen. Lassen Sie sich an der Tatsache genügen, daß meine Informationen zutreffend sind.«

Dr. Wandel gab das fruchtlose Grübeln auf.

»Gut, Mr. Slawter«, erwiderte er kurz, »ich habe einen solchen Stoff hergestellt. Was nun weiter?«

»Das hängt von Ihnen ab. Ich will Ihnen einen Vorschlag machen, Herr Doktor Wandel, doch vorher möchte ich noch etwas vorausschicken.«

»Meinetwegen, Mr. Slawter. Schießen Sie in Gottes Namen los!«

Der Doktor legte sich weit in seinen Sessel zurück und ließ die Lider halb über die Augen sinken. Er bemühte sich, äußerlich gelassen zu erscheinen, doch es wurde ihm immer schwerer, seine innere Erregung zu verbergen, als Mr. Slawter nun weitersprach.

»Sie sind in Detroit nicht am richtigen Platz, Herr Doktor. Sie haben es hier mit unwissenden und böswilligen Vorgesetzten zu tun, die Ihre Arbeiten systematisch sabotieren...«

Der Doktor öffnete den Mund und schloß ihn wieder, ohne zu sprechen.

Fast wörtlich brachte der Fremde das gleiche vor, das er selbst vor kurzem Direktor Clayton gegenüber geäußert hatte. Slawter sah seine Bewegung und fuhr fort:

»Versuchen Sie nicht, zu widersprechen, es wäre zwecklos, denn ich bin genau unterrichtet. Die Dinge sind bereits so weit gediehen, daß Sie Ihre Arbeiten heimlich zur Nachtzeit ausführen mußten...«

Der Doktor richtete sich jäh auf. »Sind Sie des Teufels, Herr!« brach es von seinen Lippen. »Wie können Sie das wissen?«

»Ich weiß noch mehr, Herr Doktor. Ihr famoser Professor Melton« – während Slawter den Namen aussprach, spielte ein ironisches Lächeln um seine Lippen – »dürfte den neuen Autoklav, der auf Ihre Veranlassung beschafft wurde, in den nächsten Tagen in Grund und Boden verderben.«

Wieder wollte der Doktor etwas sagen, und wiederum verschlug es ihm die Stimme. Slawter fuhr unbewegt fort:

»Sie haben das vorausgesehen, Herr Doktor Wandel, aber Sie waren außerstande, diese Torheit zu verhindern. Deshalb haben Sie noch schnell in der Nacht von Dienstag auf Mittwoch einen Versuch gemacht, der Ihnen einen großen Erfolg brachte...«

Dr. Wandel fand die Sprache wieder.

»Gestatten Sie, Mr. Slawter«, sagte er, »daß ich mich etwas wundere.« Er sprach mit gekünstelter Ruhe, aber je weiter er kam, um so mehr brach seine Erregung durch. Es hielt ihn nicht länger an seinem Platz, er sprang auf und lief im Raum hin und her, während er weitersprach.

»Was soll das alles? Wozu erzählen Sie mir diese Dinge, die Sie – der Himmel mag wissen, wie – erfahren haben?«

»Ich mußte sie Ihnen mitteilen, Herr Doktor, um Sie auf meinen Vorschlag vorzubereiten. Werfen Sie der United den ganzen Krempel vor die Füße und kommen Sie zu uns. Man wird Sie mit offenen Armen empfangen.«

Der Doktor blieb stehen und sah Slawter groß an.

»Zu uns? Sie reden plötzlich in der Mehrzahl... für wen sprechen Sie?«

»Oh, Verzeihung, Doktor Wandel! Gestatten Sie, daß ich das Versäumnis nachhole. Ich gehöre zum Stab der Dupont Company und spreche im Auftrage der Company zu Ihnen.«

Der Doktor pfiff durch die Zähne.

»Ach, so ist das, Mr. Slawter! Daher stammen Ihre fast unheimlichen Kenntnisse über Geheimvorgänge bei der United. Alle Achtung vor dem Nachrichtendienst der Company! Nach den Proben, die Sie mir gaben, muß er bewundernswert sein.«

»Besser jedenfalls als der der United, Herr Doktor. Auch sonst werden Sie bei der Company alles besser antreffen. Wie denken Sie über meinen Vorschlag?«

»Ich bedaure, ihn ablehnen zu müssen, Mr. Slawter. Ich habe mich der United für die Durchführung bestimmter Arbeiten verpflichtet und nicht die Absicht, vertragsbrüchig zu werden.«

Slawter wiegte den Kopf leicht hin und her.

»Das brauchen Sie auch nicht, Doktor Wandel. Die United wird Ihnen gegenüber vertragsbrüchig werden. Sie ist es, genau genommen, schon geworden.«

»Darüber müssen Sie mir die Entscheidung überlassen«, wehrte der Doktor ab. Slawter nickte.

»Deutsche Gewissenhaftigkeit. Ich konnte es mir fast denken. Aber trotz aller Gewissenhaftigkeit werden Sie doch sehr bald gezwungen sein, Ihre Entscheidung zu treffen. Ich kann Ihnen jetzt schon sagen, wie die Dinge weitergehen werden. Professor Melton – um diese Akquisition ist die United wirklich nicht zu beneiden – wird den Autoklav verderben, und Monate werden vergehen, bevor ein anderer beschafft wird – falls er überhaupt noch beschafft wird. Legen Sie inzwischen das, was Sie erreicht haben, der Leitung der United vor, so werden Sie auch wenig Freude davon haben. Auf jede mögliche Weise wird dieser von allen guten Geistern verlassene Professor dann versuchen, den verdorbenen Autoklav auf Ihr Konto zu bringen, und über Ihren Erfolg mit einem Achselzucken hinweggehen.«

Der Doktor ließ den Kopf sinken. Sosehr er sich auch zu sträuben versuchte, jeden Satz, den der andere sprach, mußte er als richtig anerkennen. Slawter beobachtete die Wirkung seiner Worte und stand auf.

»Ich will Sie heute zu keiner Entscheidung drängen, Herr Doktor«, beendete er die Unterredung; »was ich Ihnen sagen wollte, habe ich Ihnen gesagt. Wir sind bereit, jeden Tag mit Ihnen abzuschließen. Hier ist der Vertrag, den die Company Ihnen bietet.«

Er nahm ein Schriftstück aus seiner Aktentasche und legte es auf den Tisch. Dr. Wandel schob es beiseite.

»Ich kann nicht, Mr. Slawter. Ich bin der United verpflichtet.«

»Vielleicht noch heute und morgen, Herr Doktor. In einer Woche wohl kaum noch. Dann geben Sie mir Nachricht nach Salisbury.«

Robert Slawter verabschiedete sich, Dr. Wandel blieb allein mit seinen Gedanken, die immer quälender wurden. Jedem Wort, das der Abgesandte der Dupont Company gesprochen hatte, mußte er innerlich beipflichten. Bis in die letzten Einzelheiten war alles richtig, was Slawter gesagt hatte. Warum sollte er die Chance nicht ausnutzen, die das Schicksal ihm bot? Er griff nach dem Vertrag, blätterte darin und begann ihn zu lesen.

Die Bedingungen waren verlockend... Volle Selbständigkeit und Unabhängigkeit bei seiner Tätigkeit garantiert... Zusicherung eines hohen Anteils an den wirtschaftlichen Erträgnissen seiner Arbeiten... Bereitstellung fast unbeschränkter Mittel für die erforderlichen Versuche...

Mit Unmut erinnerte er sich daran, wie er bei der United hatte kämpfen müssen, um den neuen Autoklav bewilligt zu bekommen... Wenn die Company wirklich hielt, was sie ihm anbot, durfte er sich die Möglichkeit nicht verscherzen... Aber würde sie es auch halten? Wie war es denn bei der United gewesen? Erst die bergehohen Versprechungen Claytons und dann eine Enttäuschung nach der anderen. Würde es bei der Company ebenso gehen, wenn er wirklich zugriff?...

Zergrübelt, von Zweifeln zermürbt, erhob er sich und verschloß den Vertrag in seinem Schreibtisch.

»In einer Woche wird die Sache spruchreif sein«, hatte Slawter beim Abschied gesagt. Warten wir ab, was die kommende Woche bringen wird, dachte Dr. Wandel, während er das Schloß zuschnappen ließ. – –

Die nächsten Tage brachten dem Doktor noch keine Entscheidung, aber Tom White brachten sie in gewisser Hinsicht eine Enttäuschung. Der findige Agent Mr. Spinners hatte den Unternehmungsgeist Meltons beträchtlich überschätzt. Auch nachdem der neue Autoklav sicher in die Dammgrube eingebaut war, ging der Professor nur ganz allmählich Schritt für Schritt mit den Versuchen weiter, und Wilkin bestärkte ihn in seiner Vorsicht.

Da gab es erst ein paar Heizversuche, aber Melton hütete sich wohlweislich, die Erwärmung so weit zu treiben, daß die stählerne Kugel in der Grube dadurch gefährdet werden konnte. Die Hoffnung Whites, daß der Autoklav schnell zum Teufel sein würde, erfüllte sich nicht. Dann kamen andere Versuche unter gleichzeitiger Anwendung von Hitze und Druck, aber auch dabei gingen Melton und sein Assistent so behutsam vor, daß Tom White als stiller Zuschauer nicht recht wußte, ob er sich ärgern oder ob er lachen sollte.

Aus einem stillen Winkel beobachtete er das Spiel der Pumpen, die das Heliumgas in den Autoklav preßten, und sah, wie Melton die Maschinen sofort wieder stillsetzen ließ, als der Druck in der Kugel dreitausend Atmosphären erreichte. Und mit dem Strom gingen die beiden so sparsam um, als ob sie die Rechnung dafür aus eigener Tasche bezahlen sollten.

Unwillkürlich mußte White jenes andere, nächtliche Experiment in Gedanken damit vergleichen. Was war der deutsche Doktor doch für ein anderer Kerl! Der hatte Druck und elektrische Energie bis an die Grenze der errechneten Möglichkeit in die Stahlkugel gejagt. Der hätte es unbekümmert gewagt, daß der Autoklav in die Luft flog und ihn bei seiner Himmelfahrt mitnahm. Aber der hatte auch einen Erfolg gehabt, der die Leute in Salisbury nicht mehr schlafen ließ. Dagegen die beiden hier...

Die konnten noch monatelang so weitermachen und würden doch nichts Brauchbares herausbekommen... Richtig! Da waren sie schon wieder mit ihrer Kunst zu Ende. Der Strom wurde abgestellt und das heiße Gas aus dem Autoklav abgeblasen. Und dann hörte White, wie Professor Melton zu Phil Wilkin sagte:

»Bis morgen früh wollen wir die Sache verkühlen lassen. Dann werden wir mal nachsehen, was der Versuch erbracht hat.«

Oh, was seid ihr beide für Idioten! dachte White bei sich und beschloß, noch am gleichen Abend über diese Komödie an Mr. Spinner zu berichten.

Taktmäßig fuhren die Werkleute mit ihren Schaufeln in den Boden der großen Halle, hoben das Erdreich aus und warfen es mit kräftigem Schwung beiseite. Es gab wieder viel Staub und Schmutz dabei, aber die Arbeit näherte sich schnell ihrem Ende. Handelte es sich diesmal doch nur darum, eine schmale Grube etwa fünf Meter tief bis zum Oberteil des Autoklavs auszuschachten. Lange bevor es Mittag schlug, trafen die Spaten der Arbeitenden bereits klirrend auf das stählerne Verschlußstück, und in kurzer Zeit war es vollständig freigelegt.

Tom White ließ es sich nicht nehmen, mit einem mächtigen Schraubenschlüssel bewaffnet, als erster hinunterzusteigen, und Wilkin überließ ihm neidlos den Vortritt, weil er dem Frieden noch nicht völlig traute. Dessen Vorsicht – bei sich nannte White es Feigheit – war nicht einmal ganz unberechtigt, denn der Autoklav war noch reichlich warm. So schnell, wie Professor Melton sich das gedacht hatte, gab die mächtige Stahlmasse von hundert Tonnen in der Tiefe der Dammgrube ihre Wärme doch nicht ab. Öfter als einmal mußte White sich den Schweiß von der Stirn wischen, während er die schweren Schrauben mit dem Schlüssel löste.

Doch endlich war auch das geschafft. Ein Kran rollte heran, faßte den schweren Deckel mit seinem Haken und hob ihn aus der Grube heraus. Schleunigst kletterte auch White wieder nach oben, denn um keinen Preis wollte er sich etwas von dem Schauspiel entgehen lassen, über das er sich im stillen köstlich amüsierte.

Da hing etwa in Augenhöhe der Heizwiderstand unter dem Deckel, jener Widerstand, der sein Dasein dem Erfindungsgeist Wilkins verdankte und über den sich Dr. Wandel so schwer geärgert hatte. Professor Melton und Wilkin standen dicht davor. Durch mächtige Lupen beäugten sie die Metalldrähte, aus denen der Widerstand zusammengebaut war, und suchten sie sorgsam Zoll um Zoll ab.

Ein unbeteiligter Beobachter hätte meinen können, daß es etwas ungeheuer Interessantes an diesem Drahtgewirr zu sehen gab, so sehr waren die beiden in ihre Untersuchung vertieft. Doch je weiter die Zeit verstrich, desto länger wurden ihre Gesichter; und dann ließ Melton seine Lupe sinken.

»Merkwürdig, Wilkin!« sagte er zu seinem Assistenten. »Ich hatte mit Bestimmtheit eine Kristallbildung auf den Drähten erwartet. Wir hatten eine Hitze von zweitausend Grad in dem Drahtmetall um die Drähte herum und das Heliumgas unter hohem Druck. Nach meiner Meinung waren eigentlich alle Vorbedingungen für die Entstehung einer neuen, schwereren Verbindung gegeben.«

Aber uneigentlich nicht, ihr Dummköpfe! dachte White, der die Worte hörte. Der Klang der Werksirenen, welche die Mittagspause anzeigten, machte seinen respektlosen Betrachtungen über Melton und Wilkin ein Ende. Zusammen mit den andern Angestellten verließ er die Halle. Nur der Professor und Wilkin blieben entgegen ihren sonstigen Gewohnheiten zurück.

»So, wie wir's uns dachten, Herr Professor, ist es leider nicht gegangen«, sagte Wilkin, als sie unter sich waren. Melton machte eine unmutige Bewegung.

»Das habe ich schon selber gesehen, Mr. Wilkin. Wenn Sie nichts Besseres wissen, dann wollen wir den Autoklav wieder schließen und einen neuen Versuch ansetzen.«

Er wollte sich zum Gehen wenden, als Wilkin ihn zurückhielt.

»Noch einen Augenblick, Herr Professor. Es wäre vielleicht möglich, daß sich Verbindungen in der Nähe der Drähte gebildet haben und zu Boden gefallen sind. Man müßte die Autoklavkugel daraufhin einmal untersuchen.«

Melton schüttelte unwillig den Kopf.

»Wie haben Sie sich das gedacht, Wilkin? Dazu müßte man ja den ganzen Apparat wieder aus der Grube herausholen. Man müßte ihn mit dem Kran erst auf den Kopf stellen und sehen, ob etwas herausfällt. Das ist ausgeschlossen, das können wir nicht machen.«

Die Ungeduld des Professors war unverkennbar. Sein Magen meldete sich, und er dachte in diesem Augenblick mehr an ein saftiges Steak als an chemische Verbindungen, die sich vielleicht in der Stahlkugel gebildet haben könnten. Aber Wilkin ließ noch nicht locker.

»Wenn Sie noch eine Minute Zeit hätten, Herr Professor. Ich möchte wenigstens einen Blick in das Innere des Autoklavs werfen. Es wäre doch vielleicht nicht ganz ausgeschlossen, daß ...«

»Meinetwegen«, unterbrach ihn Melton, »aber machen Sie bitte etwas schnell! Meine Zeit ist bemessen.«

Er zog seine Uhr und blickte wartend auf das Zifferblatt, während Wilkin zu der Grube eilte und die Leiter hinabstieg.

Einmal ... zweimal schon hatte der Sekundenzeiger, von Meltons Blicken gefolgt, seinen Kreislauf beendet. Ungeduldig trat der Professor von einem Fuß auf den andern. Schließlich hielt es ihn nicht länger. Er ging zu der Grube hin, um Wilkin zu sagen, daß er keine Lust habe, länger zu warten.

Vom Rande des Schachtes aus sah er seinen Assistenten zusammengekauert über den Autoklav hocken, das Gesicht dicht gegen die Öffnung gepreßt.

»Unsinn«, brummte Melton verdrießlich vor sich hin, »wie kann er etwas sehen, wenn er keine Lampe in die Kugel hineinhängt.«

Eben wollte er seinem Unmut Luft machen, als Wilkin sich aufrichtete und ihm lebhaft zuwinkte.

»Ich habe etwas entdeckt, Herr Professor, kommen Sie bitte, sehen Sie selbst!«

Melton schickte sich an, die Leiter hinabzusteigen, doch auf halbem Wege machte er wieder halt und fragte: »Haben Sie sich auch nicht geirrt, Wilkin? In der Finsternis läßt sich doch nichts erkennen.«

»Doch, Herr Professor. An einer Stelle des Kugelbodens liegt etwas Leuchtendes. Man kann es gut unterscheiden, sobald die Augen sich an die Dunkelheit gewöhnt haben.«

Auf diese Mitteilung Wilkins hin kletterte Melton die letzten Leitersprossen hinab und bequemte sich dazu, sich ebenfalls in den Sand und Staub niederzukauern und sein Gesicht dicht an die Autoklavöffnung zu bringen.

»Schirmen Sie alles Seitenlicht mit den Händen ab, Herr Professor«, rief ihm Wilkin zu, »dann werden Sie es bald erkennen.«

Wieder verstrichen Minuten, dann richtete Melton sich auf, Sein Gesicht war gerötet. Vielleicht kam es von der unbequemen Stellung, in der er so lange verharrt hatte, vielleicht auch war es die Erregung, die ihm das Blut in die Wangen trieb.

»Sie haben recht, Wilkin«, sagte er, während er sich den Staub von der Kleidung klopfte. »Dort unten leuchtet etwas. Ein Stückchen irgendeiner stark strahlenden Substanz muß es sein, die sich bei dem letzten Versuch gebildet hat.«

»Ein vielversprechender Anfang. Gestatten Sie mir, Herr Professor, daß ich Ihnen als erster meinen Glückwunsch dazu ausspreche«, sagte Wilkin geschmeidig.

»Sehr schön, mein lieber Wilkin. Ich danke Ihnen«, erwiderte Melton herablassend. »Ich wußte es ja, daß wir auf dem richtigen Wege sind. Aber ... wie bekommen wir die Substanz aus der Kugel heraus?« Er blickte sich in der menschenleeren Halle um. »Es wäre mir lieb, Mr. Wilkin, wenn wir das jetzt gleich ohne unnötige Zuschauer bewerkstelligen könnten.«

Nach kurzer Überlegung sagte Wilkin: »Einen Augenblick, Herr Professor! Wenn der Stoff nicht an der Kugelwand festgebrannt ist, wird es sich schnell machen lassen.«

Er ging zu einem Regal und kramte zwischen Gläsern und Schachteln. Mit einer Blechbüchse und einer hölzernen Latte kam er zurück. Die Büchse enthielt einen klebrigen Kitt, der von den Laboranten bei ihren Versuchen benutzt wurde, um Rohrleitungen abzudichten.

Wilkin bestrich das eine Ende der Latte damit, dann hockte er sich wieder über die Autoklavöffnung nieder und begann mit dem so präparierten Stab in dem Inneren der Kugel zu tasten und zu suchen. Es dauerte nicht allzu lange, bis er ihn wieder herauszog. In der klebrigen Masse haftete ein dunkelgrauer Kristall von der Größe etwa einer Kirsche.

Mit enttäuschter Miene betrachtete Melton den unscheinbaren Fund. Er schien etwas anderes erwartet zu haben, doch Wilkin ließ sich nicht irremachen.

»Das ist der Stoff«, erwiderte er auf alle Einwände Meltons, »wir wollen damit in die Dunkelkammer gehen, und Sie werden sehen, Herr Professor, wie er leuchtet.«

Willig folgte Melton ihm in den Dunkelraum. Über den Ereignissen der letzten zehn Minuten waren ihm die Gedanken an seinen Lunch vergangen. In erregter Erwartung stand er neben Wilkin an dem Tisch, auf den der Assistent den Kristall gelegt hatte. Er brauchte nicht lange zu warten. In dem Maße, in dem sich seine Augen an die Dunkelheit gewöhnten, begann der Kristall zu schimmern und zu leuchten, bis er schließlich in einem tiefgrünen, hin und her wallenden Licht erstrahlte.

Professor Melton konnte nicht länger an sich halten. Er streckte die Hand nach dem leuchtenden Gebilde aus, aber mit einem Aufschrei zog er sie zurück. Im Moment der Berührung hatte er einen elektrischen Schlag bekommen und einen Brandschmerz verspürt, vielmals stärker als Tom White in jener Nacht, da er einen Kristall Dr. Wandels an sich nehmen wollte.

»Machen Sie Licht, Wilkin«, rief Melton, während er die schmerzende Hand hin und her schlenkerte. Die Beleuchtung flammte auf, grau und unscheinbar lag der Kristall auf seinem Platz.

»Haben Sie sich verletzt, Herr Professor?« fragte der Assistent besorgt.

»Der Kristall, Wilkin. Das Zeug ist gefährlich… Vorsicht, Wilkin! Fassen Sie es nicht…«

Die Warnung kam zu spät. Auch Wilkin war dem strahlenden Stoff mit den Fingern zu nahe gekommen und hatte seinen Schlag weg.

»Verflucht! Das Ding ist geladen. Mit dem Zeug ist nicht zu spaßen.« Wilkin sprang von einem Fuß auf den andern und rieb sich seine Hand. Melton warf ihm einen mißbilligenden Blick zu. Derartige Gefühlsausbrüche seiner Untergebenen waren nicht nach seinem Geschmack.

»Wenn Sie wieder zu sich gekommen sind, Mr. Wilkin«, meinte er ironisch, »haben Sie vielleicht die Güte, eine Bleibüchse zu holen… eine starkwandige, Mr. Wilkin!« rief er dem Assistenten nach, der bereits davoneilte, um den Auftrag auszuführen.

»So, lieber Wilkin. Die ist gut«, fuhr er besänftigt fort, als der Assistent ein Büchslein mit zollstarken Wänden auf den Tisch stellte. Vorsichtig faßte Melton den Kristall mit einer gläsernen Pinzette, ließ ihn in die Büchse fallen und setzte den Deckel darauf.

»Tragen Sie es in mein Laboratorium, Wilkin, wir werden heut nachmittag an die Untersuchung gehen.« – –

Als Tom White nach der Mittagspause in die große Halle zurückkam, fand er alles unverändert. Der Autoklav stand noch ebenso da, wie er ihn verlassen hatte, und der schwere Deckel hing nach wie vor an dem Kranhaken. Er fand reichlich Zeit und Gelegenheit, sich den Heizwiderstand ganz genau anzusehen und eine Drahtprobe beiseitezuschaffen, denn Melton und Wilkin waren nirgends zu sehen.

Die beiden steckten in dem Laboratorium des Professors und waren eifrig an der Arbeit, das Atomgewicht des neuen Stoffes festzustellen. In unangenehmer Weise störte sie dabei die starke Wärmeentwicklung des merkwürdigen Kristalls. Ganz ähnlich wie Dr. Wandel und White mußten sie kräftige Kühlungsmittel anwenden, um zu verhindern, daß ihnen die Bleihülle zerschmolz. Trotz dieser Schwierigkeiten gelang es ihnen aber doch, Feststellungen zu machen. –

In der großen Halle steckte Tom White das erbeutete Drahtstückchen sorgsam in seine Brieftasche. Wer weiß, zu was es gut ist, dachte er sich dabei. Vielleicht kann es Slawter nützen. Bei Mr. Spinner wird's mir auf keinen Fall schaden.

Sein Tatendrang regte sich von neuem. Hier in der Halle war für ihn im Augenblick nichts mehr zu holen. Er verließ sie und begann in den Korridoren herumzuschnüffeln.

Geräuschlos näherte er sich der Tür von Meltons Laboratorium. Vorsichtig brachte er sein Auge an das Schlüsselloch. Der Schlüssel steckte von innen so, daß er hineinsehen konnte, und ein Blick ließ ihn erkennen, daß der Professor und sein Assistent sich eifrig mit chemischen Analysen beschäftigten.

Dabei schienen die beiden sich über das Ergebnis ihrer Arbeit nicht recht einig zu sein. Er sah, wie Melton Zahlen, die Wilkin ihm zurief, niederschrieb und dann ärgerlich den Bleistift hinwarf. Und dann vermochte er auch Worte zu verstehen, weil die Stimme des Professors in der Erregung laut aufklang.

»Sie müssen sich geirrt haben, Wilkin. Zweihundertfünfzig?…Ich halte das für ausgeschlossen.«

Wie ein elektrischer Schlag durchzuckte es White, als er die Zahl zweihundertfünfzig vernahm. Abwechselnd drückte er Ohr und Auge dicht an die Tür, um weiter zu hören und zu sehen. Er konnte beobachten, wie Wilkin seine eigenen Aufzeichnungen noch einmal mit den Zeigerstellungen verschiedener Meßinstrumente verglich, und hörte ihn danach sagen:

»Die Zahlen, die ich Ihnen angab, Herr Professor, stimmen genau mit unsern Messungen überein. Es liegt kein Grund vor, an ihrer Richtigkeit zu zweifeln.«

»Aber…aber, mein lieber Wilkin…« Professor Melton überprüfte noch einmal seine eigenen Berechnungen »…das ist doch kaum denkbar…Atomgewicht zweihundertfünfzig…es wäre ja ein großartiger Erfolg für mich…auch für Sie, Wilkin, wenn es tatsächlich so ist.«

»Warum soll es nicht so sein, Herr Professor? Nach der Theorie müssen Druck und Hitze…« Wilkin stockte, lauschte einen Moment und stürzte auf die Tür zu.

In seiner Erregung hatte Tom White den Kopf immer stärker gegen die Tür gepreßt und dabei ein Geräusch verursacht, das den scharfen Ohren des Assistenten nicht entgangen war. Mit jähem Ruck wollte der die Tür aufreißen und stieß auf Widerstand. Er selbst hatte den Schlüssel ja vor dem Beginn ihrer Untersuchungen zweimal herumgeschlossen. Bis er ihn zurückdrehte, verging eine Sekunde, und Tom White verstand es, sie zu nützen.

Als Wilkin die Tür aufriß, kam White aus einiger Entfernung den Korridor entlanggeschlendert und blieb mit harmloser Miene stehen, als er den Assistenten plötzlich auftauchen sah.

»Was haben Sie hier zu tun, Mr. White?« herrschte Wilkin ihn in gereiztem Ton an.

»Verzeihung, wenn ich störe, Mr. Wilkin. Ich war auf der Suche nach Ihnen.«

»Warum denn? Können Sie ohne mich nicht fertig werden?«

White schien die schlechte Laune des andern nicht zu merken. »Ich wollte Sie um Anweisungen bitten«, sagte er in seiner gewohnten unterwürfigen Weise. »Soll ich den Autoklav schließen lassen? Der Deckel hängt noch am Kran…«

Professor Melton war inzwischen herangetreten. Er zog Wilkin zur Seite, sprach leise einige Worte mit ihm und wandte sich dann direkt an White.

»Jawohl, hängen Sie den Deckel ein und sorgen Sie dafür, daß die Dammgrube morgen vormittag wieder zugeschaufelt wird.«

»Sehr wohl, Herr Professor. Ich werde sofort alles veranlassen«, sagte White und empfahl sich.

Erst hinter der zweiten Biegung des Korridors machte er halt und ließ sich auf eine Bank fallen. Das Herz schlug ihm bis an den Hals, und er brauchte Zeit, sich zu beruhigen. Das hätte ja um ein Haar schiefgehen können. Nur der Zufall mit dem Schlüssel hatte ihn gerettet…aber was faselten die beiden in ihrem Laboratorium von einem Atomgewicht zweihundertfünfzig?… Wie sollten sie zu einem solchen Stoff gekommen sein?…Durch den lachhaften Versuch vom heutigen Vormittag ganz gewiß nicht…

Oder doch?…Während White sich noch einmal vergegenwärtigte, was er während der paar Sekunden in Meltons Laboratorium erblickt hatte, kam ihm auch eine Bleibüchse in die Erinnerung. Das Geräusch fließenden Wassers hatte seine Aufmerksamkeit darauf gelenkt, und deutlich stand ihm das Bild jetzt wieder vor Augen. Der Professor oder sein Assistent hatte die Büchse auf zwei Glasstäbe unter einen Hydranten gestellt, der sie kräftig mit kaltem Wasser überbrauste.

Tom White versuchte seine Schlüsse aus dem Erschauten zu ziehen. Die Büchse wurde stark gekühlt, also mußte etwas darin sein, das sie ständig erhitzte. Nach seinem Wissen konnte das nur eine ungemein stark strahlende Substanz sein...er schloß die Augen, um schärfer nachdenken zu können...derselbe Stoff vielleicht, den Dr. Wandel bei seinem nächtlichen Experiment erzeugte, dann würde es mit dem hohen Atomgewicht seine Richtigkeit haben. Aber...White preßte beide Fäuste gegen die Stirn...das war ja vollständig ausgeschlossen, daß sie das erreicht hatten...

Er ließ die Hände sinken und riß die Augen weit auf. Ein anderer Gedanke zuckte durch sein Hirn. Er entsann sich, wie Dr. Wandel in jener Nacht die Kristallkugel durch einen Schlag in viele Einzelteile auseinandergesprengt hatte. Er selber war ja dadurch in den Besitz eines Kristalls gelangt...War es nicht denkbar, daß ein anderes Stück der wunderbaren Substanz bei der Zertrümmerung in den Autoklav gefallen und später Melton und seinem Assistenten in die Hände geraten war?

White sprang auf und atmete tief. Nicht anders konnte es sein. Jetzt glaubte er, die einzig mögliche Lösung dieses auf andere Weise nicht lösbaren Rätsels gefunden zu haben. Wenn es aber so war, wenn er wirklich recht mit seiner Vermutung hatte, dann mußte der alte Widerstreit zwischen Professor Melton und dem deutschen Doktor jetzt in ein neues Stadium treten. Dann würden die nächsten Tage und Wochen sicherlich wichtige Entscheidungen bringen.

Während er gemächlich nach der Halle zurückkehrte, um den Auftrag Meltons zu erledigen, überkam ihn ein übermütiges Gefühl. Wie stand er, der kleine, unbedeutende Angestellte, jetzt da! Dinge von größter Tragweite wußte er von den beiden widerstreitenden Parteien, zwischen denen es nun bald zum Entscheidungskampf kommen mußte, und – der Gedanke bereitete ihm das größte Vergnügen – keine der beiden Gruppen hatte die leiseste Ahnung davon, daß ihm das alles bekannt war.

Unwillkürlich spitzte er die Lippen und schnalzte mit der Zunge. Wie ein Feinschmecker wollte er die spannenden Situationen genießen, welche die kommenden Tage bringen mußten.

Auch Wilkin war in rosiger Laune, als er am Abend das Werk verließ. War doch der Erfolg, den sie gleich bei dem ersten Druckversuch gehabt hatten, über alles Erwarten günstig. Schon morgen, spätestens übermorgen, würde Melton zu Direktor Clayton gehen, um ihm die Ergebnisse vorzulegen, und dann gab's sicher auch für ihn eine Belobigung, eine Gehaltsaufbesserung und vielleicht noch manches andere Erfreuliche.

In dieser Stimmung empfand Phil Wilkin, sonst verschlossen und eingefleischter Egoist, das Bedürfnis, seinem Herzen irgendwie Luft zu machen. Am Werkportal wartete White auf ihn, um ihm zu melden, daß er den Wünschen Professor Meltons entsprechend alles angeordnet habe. Der kam ihm jetzt gerade gelegen; dem gegenüber durfte er es wohl wagen, das eine oder andere Wort fallen zu lassen, ohne Indiskretionen fürchten zu müssen.

»Recht so, mein lieber White«, beantwortete er dessen Mitteilung. »Sehr gut, daß Sie alles Nötige veranlaßt haben; wir werden wahrscheinlich schon morgen nachmittag den nächsten Versuch machen.«

»Ich wünsche Ihnen von Herzen guten Erfolg«, beeilte sich Tom White zu erwidern. »Gestatten Sie mir eine Frage, Mr. Wilkin: Mit dem Ergebnis des heutigen Experiments schienen Sie nicht ganz zufrieden zu sein?«

Wilkin biß sich auf die Lippen, um seine Worte zurückzuhalten.

Mensch, wenn du wüßtest...! schoß es ihm durch den Sinn, während sein Drang, dem andern ein paar Brocken hinzuwerfen, immer stärker wurde, und dann fragte er unvermittelt:

»Hätten Sie Lust, White, mal wieder ein Glas Bier mit mir zu trinken?«

White wußte die Ehre der Einladung nach Gebühr zu schätzen, und bald danach saßen sie in dem gleichen Ausschank, in dem sie schon einmal zusammen Pläne geschmiedet hatten.

White verfügte über genügend Menschenkenntnis, um Wilkins augenblickliche Gemütsverfassung zu durchschauen. Er möchte das Ei legen und weiß doch nicht recht, wie er es loswerden soll, dachte er mit einem schnellen Blick auf den Assistenten; ich will ihm ein wenig auf die Sprünge helfen.

Vorsichtig begann er. »Ich bin neugierig, wie sich Doktor Wandel zu Ihren Arbeiten stellen wird.«

Der Anstoß genügte, um Wilkin die Zunge zu lösen. »Der deutsche Doktor«, sprudelte er los, »dürfte wohl ein für allemal kaltgestellt sein. Was der kann, können wir auch... mein lieber White.«

White markierte den Erstaunten. »Oh, Mr. Wilkin, das freut mich aufrichtig für Sie. Aber gestatten Sie mir eine Frage... verzeihen Sie, wenn sie vielleicht ungehörig ist... heut mittag... ich erwähnte es bereits... schienen Sie mir etwas enttäuscht zu sein.«

»Das war doch Diplomatie, mein lieber White. Nehmen Sie einmal an, wir hätten einen kleinen Erfolg gehabt. Selbstverständlich durften wir in der großen Halle in Gegenwart von einem Dutzend Angestellter doch davon nichts merken lassen.«

White nickte verständnisvoll. »Mein Kompliment, Mr. Wilkin, Sie und auch Professor Melton haben Ihre Rolle großartig gespielt. Die Enttäuschung in Ihren Gesichtern heute mittag wirkte unbedingt echt. Kein Mensch in der Halle konnte auf den Gedanken kommen, daß Sie Erfolg hatten. Ist es Ihnen denn wirklich gelungen, die widerwilligen Atome zusammenzuzwingen?«

Wilkin nahm einen Schluck aus dem Glas, bevor er antwortete. »Sie werden es begreifen, Mr. White, daß ich über Einzelheiten nicht sprechen darf. Aber das eine kann ich Ihnen wohl verraten, das natürliche Radium ist überflüssig geworden. Man braucht sich in Zukunft nicht mehr die Mühe zu machen, es mit riesigen Unkosten aus der Pechblende herauszuziehen. Wir sind jetzt in der Lage, mit unsern Laboratoriumsmitteln einen Stoff herzustellen, der unendlich viel wirksamer und tausendmal billiger als das Radium ist. Die Welt wird staunen, wenn wir mit unsern Entdeckungen vor die Öffentlichkeit treten...«

Phil Wilkin begann sich warm zu reden. Mit immer stärkeren Worten malte er White allerlei Zukunftsmöglichkeiten aus und achtete dabei nicht mehr auf seine Umgebung, sonst wäre es ihm aufgefallen, daß ein einzelner Gast, der am übernächsten Tisch saß, dem Gespräch mit steigender Aufmerksamkeit zuhörte und jetzt sogar in fliegender Hast Wort für Wort mitstenographierte. Er bemerkte es nicht, und Tom White konnte es nicht sehen, weil er mit dem Rücken gegen diesen Zuhörer saß.

Als Wilkin mit seiner Schilderung zu Ende war, trank der Fremde sein Bier aus und verließ den Salon. Auf der Straße stieg er in seinen Wagen und fuhr in scharfem Tempo zum Gebäude der »Detroit Post«.

»Hallo, Jones. Bringen Sie uns noch etwas Besonderes?« empfing ihn der Redakteur vom Dienst.

»Großartige Sache, Teale. Muß unbedingt auf die erste Seite der Morgennummer...«

Der Redakteur schüttelte den Kopf. »Wird sich schlecht machen lassen, Jones. Die erste Seite soll in zehn Minuten in die Maschine gehen.«

»Muß 'rein, Mr. Teale! Muß unter allen Umständen mit dicken Schlagzeilen auf die erste Seite. Eine phänomenale Sache, sage ich Ihnen. Künstliches Radium, Teale! Entdeckung eines amerikanischen Gelehrten. Professor Melton von der United Chemical hat es entdeckt. Hunderttausendmal kräftiger, tausendmal billiger als natürliches Radium. Das gibt Schlagzeilen, sage ich Ihnen. Die Konkurrenz wird platzen, wenn wir morgen als die ersten damit herauskommen...«

Der Redakteur griff zum Telephon und gab Anweisung, den Satz der ersten Seite noch nicht in die Maschine zu heben. Jones hatte sich inzwischen bereits an eine Schreibmaschine gesetzt und ließ die Tasten knattern. Seite um Seite, wie sie eben fertig wurde, zog ihm Teale fort und schickte sie in die Setzerei. Als Jones eine Stunde später die Redaktion verließ, waren die Rotationspressen der »Detroit Post« bereits in vollem Lauf. Zu hohen Stapeln häuften sich neben ihnen Exemplare der Morgenausgabe, die auf der ersten Seite sein Machwerk enthielt. — —

Am nächsten Morgen war Professor Melton mit Wilkin in seinem Laboratorium zusammen. Sie wollten weitere Untersuchungen mit der strahlenden Substanz anstellen, als das Telephon sich meldete.

»Ich will ungestört bleiben«, sagte Melton mit einem ärgerlichen Blick auf den Apparat. Wilkin nahm den Hörer ab, lauschte und bedeckte dann das Mikrophon mit der Hand.

»Herr Direktor Clayton ist am Apparat, Herr Professor. Er läßt Sie bitten, zu ihm zu kommen.«

Verdrießlich streifte Melton seinen weißen Kittel ab. »Sagen Sie, daß ich komme!« rief er dem Assistenten zu und eilte aus dem Raum.

Die Aufforderung Claytons kam ihm ungelegen, denn er wollte erst am nächsten Tage zu ihm gehen und ihm dann von seiner Entdeckung Kenntnis geben. Während er jetzt zum Verwaltungsgebäude ging, überlegte er sich, ob er heute schon davon sprechen sollte. Triftige Gründe, es noch zu verschweigen, ließen sich kaum finden. Die hauptsächlichsten Untersuchungen waren ja gemacht, und das Atomgewicht des neuen Stoffes war zuverlässig festgestellt. Als er das Zimmer Claytons erreichte, war sein Entschluß gefaßt. Er wollte sofort mit seiner Entdeckung herauskommen, doch die Unterredung mit Clayton nahm zunächst einen andern Verlauf.

»Ich muß mich außerordentlich wundern, Herr Professor«, empfing ihn der Direktor. Der Tonfall, in dem er es sagte, klang gereizt, und seine Züge zeigten unverhüllten Unmut.

»Ich verstehe nicht, was Sie meinen, Mr. Clayton«, sagte Melton unsicher.

»Das hier meine ich, Herr Professor!« Clayton hielt ihm die Morgennummer der »Detroit Post« hin. In mächtigen Lettern blinkten dem Professor die Schlagzeilen der ersten Seite entgegen. Seinen eigenen Namen las er, dann andere Worte...»United Chemical«...»Epochemachende Entdeckung«...»Künstliches Radium«...

Wie ist das möglich? dachte Melton entsetzt. Im gleichen Moment sagte Clayton dieselben Worte zu ihm.

»Wie ist das möglich? Wie konnte so etwas geschehen?«

Bis jetzt hatte der Direktor gegen seine sonstige Gewohnheit Melton noch keinen Stuhl angeboten. Der Professor fühlte seine Knie schwach werden und ließ sich in den nächsten Sessel fallen. »Ich habe keine Ahnung, Mr. Clayton«, brachte er stockend hervor. »Es ist mir völlig unerklärlich, wie die Zeitung davon erfuhr.«

Clayton riß das Blatt wieder an sich und schlug mit der Hand darauf.

»Ja, stimmt denn das? Das Ganze ist doch Schwindel?...Eine fette Ente?« fragte er ärgerlich.

Melton raffte sich zusammen. »Es stimmt, Herr Direktor. Das ist ja das Rätselhafte dabei. Ich habe diese Entdeckung tatsächlich gemacht. Gestern vormittag gelang es mir, einen Stoff herzustellen, von dem die Zeitung da ziemlich zutreffend berichtet. Ich wollte heute noch einige Analysen machen, um Ihnen dann morgen Kenntnis von der Entdeckung zu geben.«

In den Zügen Claytons ging eine Veränderung vor. Seine Stirn glättete sich, und der verbissene Zug um sein Kinn verschwand. »Sie haben die Entdeckung wirklich gemacht, Herr Professor?« fragte er in umgänglicherem Ton.

»Ich habe sie gemacht, Herr Direktor. Bei dem gestrigen Versuch bildeten sich einige Gramm einer ungemein stark strahlenden Substanz mit einem außergewöhnlich hohen Atomgewicht. Der Erfolg steht außer Zweifel, aber wie konnte die Zeitung davon erfahren? Vor allen Dingen so schnell davon erfahren? Das will mir nicht in den Kopf.«

Direktor Clay hatte einen Teil seiner guten Laune wiedergefunden.

»Das ist eine andere Frage, Herr Professor, der wir natürlich mit allen Mitteln unseres Werkdienstes nachgehen werden. Jetzt interessiert mich nur Ihre Entdeckung. Wollen Sie mir bitte darüber berichten.«

Und nun kam Melton doch dazu, seinen Vortrag zu halten, so wie er es sich vorgenommen hatte. Mit Aufmerksamkeit hörte Clayton ihn an und fand des öfteren anerkennende Bemerkungen dazu.

»Ich beglückwünsche Sie zu Ihrem schönen Erfolg«, sagte er, als Melton mit seinen Ausführungen fertig war. »Bei dieser Sachlage ist der Artikel der ›Detroit Post‹ kein großes Unglück. Trotzdem müssen wir die Angelegenheit untersuchen. Ich bitte Sie, zunächst genau festzustellen, wer von den Leuten Ihrer Abteilung um die Erfindung gewußt hat, denn einer von ihnen muß ja geplaudert haben. Im übrigen halte ich es für wichtig, mein lieber Herr Professor, daß Sie möglichst bald weitere Versuche machen und mehr von der neuen Substanz herstellen. Ich möchte unserm Aufsichtsrat nicht nur ein paar Gramm, sondern ein paar Kilogramm davon vorlegen.«

»Gewiß, Herr Direktor«, erwiderte Melton, »ich hatte diese Absicht ohnehin. Es steht schon alles für den nächsten Versuch bereit.«

»Dann wünsche ich Ihnen viel Glück dazu und guten Erfolg, Herr Professor«, rief ihm Clayton noch nach, als er das Zimmer verließ.

Nach Meltons Fortgang griff er wieder nach dem Zeitungsblatt, und seine Miene wurde nachdenklich, während er den Aufsatz auf der ersten Seite ansah.

Für bare Erfindung und blanken Schwindel hatte er das Ganze gehalten, als er es heute morgen las. Und nun war es doch nicht gelogen. Diesem Professor Melton, dem er es kaum zugetraut hatte, war eine epochemachende Entdeckung geglückt, eine Sache, die für die United eine Goldgrube werden mußte.

Hatte es noch einen Zweck, daß er sich weiter für Dr. Wandel einsetzte? Waren die Klagen und Beschwerden über Melton, mit denen der Deutsche ihn öfter als einmal behelligt hatte, überhaupt berechtigt? Wie sollte er sich künftig zu ihm stellen?

Während Clayton sich mit diesen Fragen beschäftigte, wurde ihm Dr. Wandel gemeldet. Was mochte der jetzt wieder auf dem Herzen haben?

Wohl oder übel mußte er den Doktor empfangen. In scharfen Worten verwahrte sich Dr. Wandel dagegen, daß ihm der neue, auf seine Veranlassung beschaffte Apparat durch Melton entzogen werde. Mit einem Achselzucken begleite er die Schilderung der Versuche, die Melton und sein Assistent damit anstellten. Nach seiner Meinung seien sie nicht nur zwecklos, sondern müßten den teuren Apparat auch in kürzester Zeit verderben.

»Ich kann Ihrer Ansicht nicht ohne weiteres beipflichten«, unterbrach ihn Clayton kühl. Seine reservierte Haltung brachte den Doktor noch mehr in Harnisch.

»Ansicht hin, Ansicht her!« rief er in hellem Ärger. »Bei seiner Art zu arbeiten wird Professor Melton niemals einen Erfolg haben.«

»Auch darin kann ich Ihnen nicht beistimmen«, unterbrach ihn Clayton, und offene Abweisung klang jetzt aus seinen Worten.

»Ich sehe, daß mein Besuch keinen Zweck hat. Ich werde die Konsequenzen daraus ziehen, Mr. Clayton.«

Dr. Wandel erhob sich und wollte das Zimmer verlassen, als der Direktor ihn mit einer Frage zurückhielt.

»Lesen Sie keine Zeitung?«

Dr. Wandel machte eine verneinende Bewegung. »Ich habe Besseres zu tun, Mr. Clayton.«

»Merkwürdig, merkwürdig«, Clayton wiegte den Kopf hin und her, »meine Herren Chemiker scheinen grundsätzlich keine Zeitungen zu lesen. Das ist aber verkehrt, Herr Doktor. Es entgeht Ihnen dadurch doch manches Wichtige.«

Während Dr. Wandel ihn zweifelnd ansah, griff Direktor Clayton nach der Nummer der »Detroit Post« und reichte sie ihm hin.

»Lesen Sie das, Herr Doktor. Bitte nehmen Sie wieder Platz und lesen Sie es sorgfältig durch. Sie werden Ihre Meinung über Professor Melton danach wesentlich ändern müssen.«

Minuten verstrichen. Das Zeitungsblatt in der Hand Dr. Wandels zitterte, während er den Aufsatz Zeile um Zeile las. Jetzt faltete er es wieder sorgfältig zusammen, erhob sich und gab es Clayton zurück.

»Nun?« fragte der. »Was sagen Sie dazu, Herr Doktor?«

»Ich sage, daß es unmöglich ist, Mr. Clayton.«

»Sie sind im Irrtum, Doktor. Der Professor war eben bei mir und hat mir über seine großartige Entdeckung Bericht erstattet. Bei seinem letzten Versuch hat sich radioaktive Substanz mit dem Atomgewicht zweihundertfünfzig gebildet ...«

»Wieviel, Herr Direktor?« Knapp und scharf fuhr die Stimme Dr. Wandels dazwischen.

»Professor Melton hat einen Kristall im Gewicht von einigen Gramm hergestellt.«

»In dem neuen Autoklav?«

»Allerdings, Herr Doktor.«

»Bei seinem letzten Versuch am gestrigen Vormittag?«

»Ich sagte es Ihnen bereits, Doktor Wandel.«

Ein eigenartiger Zug spielte um den Mund des Doktors. Er öffnete die Lippen, als ob er sprechen wollte, und preßte sie dann wieder fest zusammen.

Clayton sah die Bewegung. »Ich kann es verstehen, daß der Erfolg Meltons Ihnen nahegeht«, sagte er. »Er hat Ihnen durch seine Entdeckung den Wind aus den Segeln genommen. Daran ist nichts mehr zu ändern, das ist Erfinderschicksal, Herr Doktor. Jeder, der wissenschaftlich arbeitet, muß schließlich damit rechnen, daß ein anderer glücklicher ist und den Erfolg vor ihm einheimst.«

Der Ausdruck in den Mienen des Doktors wurde unergründlich, während er antwortete.

»Rechnen Sie nicht zu fest damit, Mr. Clayton. Sie werden eine schwere Enttäuschung erleben. Denken Sie an mich, wenn es so weit ist. Für den Augenblick darf ich wohl annehmen, daß die United meine Dienste nicht mehr benötigt.«

Clayton machte eine unschlüssige Bewegung, die ebenso gut ja wie nein bedeuten konnte. Ein inneres Gefühl warnte ihn, den Doktor jetzt einfach gehen zu lassen, aber sein Verstand lehnte sich dagegen auf. Melton hatte die große Entdeckung gemacht. Das war für ihn außer Zweifel, und wenn Dr. Wandel es nicht wahrhaben wollte, so war das eine Querköpfigkeit, die er sich nicht länger bieten zu lassen brauchte.

»Mit Ihrem Einverständnis scheide ich am heutigen Tage aus dem Betrieb der United aus, Herr Direktor Clayton«, sagte Dr. Wandel und machte eine kurze Verbeugung. Clayton wollte ihn noch einmal zurückrufen, ihn bitten, wenigstens den nächsten Versuch des Professors abzuwarten, doch bevor er die Worte dafür finden konnte, war die Tür hinter dem Doktor bereits ins Schloß gefallen.

Dr. Wandel kehrte in sein Büro zurück und war für die nächste Stunde damit beschäftigt, seine Papiere zu ordnen. Zu Stapeln häuften sich auf dem Schreibtisch die Hefte mit den endlosen Berechnungen, die er dem Wandtresor entnahm. Nur einen kleinen Teil davon, der die Endergebnisse enthielt, legte er in die Aktentasche. Das Übrige trug er in sein Laboratorium hinüber, warf es in ein Becken aus feuerfester Schamotte und ließ die zischende Flamme eines Knallgasbrenners darüber hinspielen. Es währte nicht lange, und nur noch ein wenig leichte Asche war von dem übrig, was er in monatelanger Arbeit errechnet und zu Papier gebracht hatte.

Er warf einen Blick auf die Uhr. Die Zeiger wiesen auf ein Viertel vor elf. Noch lange Zeit bis zur Mittagspause. Er beschloß, seine Aufzeichnungen sofort in einen Banksafe zu bringen.

Die Aktentasche unter dem Arm verließ er das Werk und fuhr zu seiner Bank im Innern der Stadt. –

Zu der gleichen Zeit war Professor Melton wieder bei Clayton. Von einer inneren Unruhe getrieben, hatte der Direktor ihn noch einmal gerufen und gebeten, mit möglichst vielen Unterlagen zu ihm zu kommen.

Der Professor leistete dem Wunsch Claytons umgehend Folge. Er erschien in dessen Zimmer mit allerlei Instrumenten in den Taschen und einem Protokollbuch in den Händen, auf dem er eine kleine Bleibüchse trug.

»Die Strahlung ist ungemein stark, Herr Direktor. Das Blei erhitzt sich sofort, wenn wir nicht dauernd stark kühlen«, sagte er, während er die Büchse auf einen Tisch stellte und ihren Deckel abhob. Mit einer gläsernen Pinzette nahm er den strahlenden Kristall heraus.

»Das ist die Substanz, Mr. Clayton«, fuhr er erklärend fort. »Fühlen Sie nur, wie warm das Blei schon wieder auf dem Wege bis hierher geworden ist. Hüten Sie sich, den Kristall zu berühren. Er teilt empfindliche elektrische Schläge aus...«

»Also eine Sorte Zitteraal«, versuchte Clayton zu scherzen.

»Wesentlich stärker, Herr Direktor. Es ist nicht gut, dem Stoff zu nahe zu kommen. Wenn es Ihnen recht ist, wollen wir damit hinter den Vorhang gehen. In der Dunkelheit können Sie ihn leuchten sehen.«

Als Melton den Kristall nach geraumer Zeit wieder in die Büchse tat, war Clayton von dem Erfolg des Professors restlos überzeugt.

»Ganz vorzüglich, mein lieber Professor. Einfach verblüffend«, sagte er beim Abschied zu ihm. »Übrigens ist Ihre Entdeckung Doktor Wandel schwer auf die Nerven gefallen. In seinem Ärger über Ihren Erfolg hat er uns die Freundschaft gekündigt. Er wird uns verlassen.«

Professor Melton quittierte diese Nachricht mit einem schiefen Lächeln und konnte es sich nicht versagen, sie nach der Rückkehr in sein Laboratorium Phil Wilkin mitzuteilen. Auch der war außerstande, die Neuigkeit lange für sich zu behalten, und benutzte die nächste Gelegenheit, sie seinem Schützling White zuzuflüstern.

»Oh, Doktor Wandel will die United Chemical verlassen?« Tom White sagte es in gleichmütigem Tonfall, während er bei sich die Folgen überschlug, die sich für seine eigene Stellung daraus ergeben könnten. Wohin würde der Doktor gehen, wenn er Detroit verließ? White wußte von den früheren vergeblichen Bemühungen der Dupont Company um den Doktor. Natürlich würde man es jetzt erneut versuchen, ihn für den Konzern zu gewinnen, und nach menschlichem Ermessen blieb Dr. Wandel auch kaum etwas anderes übrig, als nach Salisbury zu gehen.

Hatte es dann noch Zweck, daß er selber hier in Detroit blieb? Die Entscheidung darüber lag bei Mr. Spinner. Vielleicht rief ihn der schon in den nächsten Tagen zurück. Unter irgendeinem Vorwand würde er dann kündigen und aus Detroit verschwinden. Jedenfalls aber war es gut, wenn er dann nicht mit leeren Händen nach Salisbury zurückkehrte. Fast zwangsläufig kam Tom White zu dem Entschluß, in den seine Überlegungen so oft ausliefen: vor dem Verschwinden hier noch auskundschaften und mitnehmen, was sich irgendwie lohnte. Und kaum war der Entschluß gefaßt, als er auch schon zu handeln begann.

Wo steckte der Doktor augenblicklich? Für einen Mann von Whites Qualitäten war es eine Kleinigkeit, das sehr schnell herauszubekommen. Schon fünf Minuten später wußte er, daß Dr. Wandel vor kurzem das Werk verlassen hatte und mit einem Auto in die Stadt gefahren war. Nach abermals fünf Minuten stand er in dessen Räumen. Sorgfältig durchsuchte er sie und mußte dabei zu seinem Leidwesen feststellen, daß er um weniges zu spät gekommen war.

In dem Wandtresor steckte der Schlüssel. White konnte den Safe mit Leichtigkeit öffnen, aber er war leer. Die Aschenreste in dem Laboratorium nebenan sagten ihm, wo die Papiere geblieben waren, nach denen er suchte. Leer und sauber ausgewaschen waren auch die Mensuren, in denen bei seinem neulichen Versuch noch die chemischen Verbindungen des neuen Stoffes in den mannigfachsten Farben schimmerten. Dr. Wandel hatte vor seinem Fortgang gründlich aufgeräumt. Ein einziges Stück nur noch zeugte von seiner früheren Tätigkeit hier. Der schwere Bleibehälter mit der radioaktiven Substanz. Der stand in einem Spülbecken und wurde von einem ständig laufenden Wasserstrahl überbraust.

Nachdenklich blieb Tom White vor dem Becken stehen. Er erinnerte sich der Schwierigkeiten, die ihm selbst schon der Transport eines kleinen Kristalles dieser strahlenden Materie bereitet hatte. Ein Vielfaches davon mußte ja in diesem großen Bleibehälter hier vorhanden sein. Wie wollte der Doktor das fortbringen... wenn er überhaupt die Absicht hatte, es mitzunehmen.

White sah keine Möglichkeit dafür, aber eine andere Idee kam ihm, während er vor dem Becken stand. Er erschaute für sich eine Gelegenheit, noch einmal handelnd in die Komödie Melton-Wilkin einzugreifen und sie zur Groteske zu machen, Der Gedanke belustigte ihn so, daß er laut auflachen mußte, Wenn das so glückte, wie er's sich jetzt ausmalte, dann standen ihm in Detroit noch einige vergnügte Tage bevor.

Tom White verließ den Raum, aber er kehrte noch einmal für kurze Zeit zurück, und als er die Tür zum zweiten Male hinter sich verschloß, trug er ein schweres Päckchen unter dem Arm. Als die Mittagspause kam, verstand er es, unauffällig im Werk zu bleiben, und machte sich in der großen Halle zu schaffen. Es traf sich günstig für ihn, daß die Erdarbeiter welche die Dammgrube wieder zuschaufeln sollten, erst für den Nachmittag verfügbar waren. Vollständig in der Ordnung war es auch, daß er als gewissenhaftes Mitglied der Abteilung Melton den Verschluß des Autoklavs noch einmal gründlich überprüfte und dabei geraume Zeit in der Grube verweilte. Selbst wenn über Mittag eine Werkkontrolle gekommen wäre, hätte sie dabei nichts Verdächtiges finden können. – –

Nach Tisch kam Dr. Wandel noch einmal in sein Büro zurück. Wie White richtig vermutete, machte die strahlende Substanz dem Doktor einige Sorge. Sollte er sie einfach hierlassen? Dann brauchte nur irgendwer das laufende Wasser abzustellen, und die Erhitzung würde leicht gefährliche Formen annehmen. Das Blei würde bald schmelzen, vielleicht sogar verspritzen und verdampfen. Die Wahrscheinlichkeit eines Brandes lag dann bedenklich nahe... oder sollte er den gefährlichen Stoff doch lieber mitnehmen?... So einfach würde sich das nicht machen lassen, und späterhin würde er dann mit der dauernden Sorge belastet sein.

Er zerbrach sich den Kopf, um einen Ausweg aus dem Dilemma zu finden. Natürlich würde er jetzt die Verhandlungen mit Mr. Slawter aufnehmen. Da war es vielleicht doch gut, wenn er den Leuten von der Dupont Company den strahlenden Stoff gleich als Beweisstück für seine bisherigen Leistungen auf den Tisch legen konnte. Doch wohin vorläufig damit? Sein Freund Schillinger und das Werk am Saint-Clair-See kamen ihm in den Sinn. Wenn er's dorthin bringen konnte, war einstweilen vorgesorgt.

Irgendwo konnte er den unbequemen Bleiblock da in einen Kanal oder Teich stecken und beruhigt nach Salisbury fahren. Schillinger würde den Mund halten und das Geheimnis über die kurze Zeit bis zum Abschluß mit der Dupont Company sicher bewahren.

Der Ausweg schien dem Doktor der richtige zu sein. Er stellte das laufende Wasser ab und streckte die Hand nach dem Blei aus. Mit einer gewissen Befriedigung stellte er fest, daß die Erhitzung nicht mehr so stark wie bisher war. Für die halbe Stunde, welche die Fahrt bis zum Saint-Clair-See beanspruchte, würde es wohl ohne Wasserkühlung gehen, wenn er einen offenen Wagen nahm und den Luftzug auf das Blei wirken ließ. Kurz entschlossen griff er zum Telephon und ließ sich mit Schillinger verbinden. – –

Am Morgen des nächsten Tages machte Melton einen neuen Versuch, bei dem Wilkin ihn unterstützte.

»Haben Sie das Protokollbuch zur Hand?« fragte der Professor seinen Assistenten. »Wir wollen uns mit dem Druck und der Temperatur genau an die Werte halten, mit denen wir vorgestern gearbeitet haben.«

Wilkin hatte das Buch. Er schlug die betreffende Seite auf und erlaubte sich dabei eine Bemerkung.

»Verzeihung, Herr Professor, ich dachte, wir wollten heut mit den Werten etwas höher gehen. Vielleicht, daß dann die Ausbeute...«

»Ausgeschlossen, Mr. Wilkin«, unterbrach ihn Melton mit Entschiedenheit, »wir dürfen nicht sinnlos drauflos experimentieren, erst müssen wir uns an das halten, was wir bereits sicher haben. Die nächsten Versuche wollen wir genau unter den gleichen Bedingungen anstellen wie das letztemal. Ich will zufrieden sein, wenn wir dabei jedesmal ein paar Gramm unseres Stoffes erzeugen.«

»Ganz wie Sie wünschen, Herr Professor«, sagte Wilkin und bemühte sich danach, stillschweigend die Apparatur nach den Aufzeichnungen des Protokollbuches einzuregeln. Auch Tom White, der ihm dabei zur Hand ging, sprach nur das Notwendigste. Um so mehr dachte er sich freilich, aber seine Gedanken waren ganz und gar nicht dazu geeignet, ausgesprochen zu werden.

Genau auf die Sekunde nach den Aufzeichnungen des Protokollbuches schaltete Wilkin den Druck und die Energie wieder ab. Die Uhr in der Hand nickte ihm Melton zu.

»So, mein lieber Wilkin. Jetzt noch eine knappe Stunde. Dann werden wir sehen, was wir zustande gebracht haben.« – –

Noch einmal war Dr. Wandel bei Clayton. Er war gekommen, um sich von dem Direktor zu verabschieden, der ihn zu der United Chemical geholt und all die Monate hindurch in seinen Arbeiten gefördert hatte. Nun war auch der irre an ihm geworden und hatte Meltons Partei ergriffen, aber der Doktor wollte es ihm nicht nachtragen. Er wünschte in Frieden und Freundschaft von dem Manne zu scheiden, dem er sich trotz alledem zu manchem Dank verpflichtet fühlte.

Auch Clayton war heute in einer versöhnlicheren Stimmung als am vergangenen Tage.

»Es tut mir leid, Herr Doktor, daß Sie uns verlassen wollen«, sagte er bei Beginn der Unterhaltung. »Es wäre mir lieber, wenn Sie Ihre Arbeiten hier bei uns zu einem guten Ende brächten. Der Erfolg von Professor Melton... er kam uns allen unerwartet... hat die Lage zu Ihren Ungunsten verschoben. Trotzdem möchte ich Ihnen vorschlagen, Herr Doktor Wandel, daß Sie sich die Sache noch einmal überlegen. Ich habe Ihren Entschluß dem Präsidenten noch nicht mitgeteilt. Noch könnten Sie bei uns bleiben und neben Professor Melton weiterarbeiten. Ich könnte veranlassen, daß der Autoklav Ihnen an bestimmten Tagen zur Verfügung steht.« Clayton mußte einige Zeit auf eine Antwort warten. Dr. Wandel saß da, den Kopf gesenkt, den Blick auf den Teppich gerichtet, und er blieb in dieser Haltung, während die Worte langsam von seinen Lippen kamen.

»Mit dem alten Autoklav wäre es nicht getan, Mr. Clayton. Ein neuer, viel schwererer und stärkerer müßte beschafft werden, wenn wir wirklich das Ziel erreichen wollen, das mir vorschwebt.«

Clayton fuhr auf. »Ich verstehe Sie nicht. Sie haben mit dem Apparat ja noch gar nicht gearbeitet und verlangen schon einen anderen?«

»Sie irren sich, Herr Direktor. Ich habe mit dem Autoklav gearbeitet, bevor Professor Melton ihn für sich mit Beschlag belegte. Ich weiß genau, was sich mit ihm erreichen läßt und habe es auch erreicht.«

Clayton sah ihn verwundert an. »Davon höre ich jetzt zum erstenmal, Herr Doktor. Ich will Ihren Worten glauben, aber Sie haben nichts darüber berichtet. Jetzt steht Professor Melton in der Öffentlichkeit als der Entdecker da. Das haben Sie sich selber zuzuschreiben. Wie kann ich Ihnen jetzt noch helfen? Präsident Chelmesford ist natürlich von den Erfolgen des Professors begeistert. Für die Beschaffung neuer kostspieliger Apparaturen wird er im Augenblick nicht zu haben sein.«

Dr. Wandel hob den Kopf wieder empor. Er warf Clayton einen eigentümlichen Blick zu, während er sagte:

»Über die Erfolge von Professor Melton habe ich meine eigene Ansicht.«

Clayton zuckte die Achseln.

»Die Erfolge sind da, Herr Doktor. Nur ein Blinder oder ein Narr kann sie leugnen.«

Ohne den Einwand zu beachten, fuhr Dr. Wandel fort: »Von heut auf morgen werde ich kaum eine andere Stellung annehmen. Ich möchte Ihnen meine Adresse hierlassen.«

Die Haltung Claytons wurde abweisend. »Ich kann den Zweck nicht recht einsehen, Herr Doktor, wenn Sie doch entschlossen sind, uns zu verlassen.«

»Ich möchte sie Ihnen für den Fall hierlassen, Mr. Clayton, daß Sie den Wunsch haben, mich wiederzuholen.«

Der Doktor zog eine Besuchskarte hervor, schrieb unter seinen Namen die Adresse Schillingers am Saint-Clair-See und schob das Blatt Clayton hin. Der sah es unschlüssig an, als das Telephon auf seinem Tisch sich meldete. Er nahm den Hörer ab. Dr. Wandel hörte ihn sprechen.

»Was sagen Sie, Herr Professor? Der heutige Versuch hat wieder dasselbe Ergebnis gehabt?... Noch ein besseres sogar?... Zehn Gramm radioaktive Substanz... Es ist recht, Herr Professor. Im Augenblick bin ich noch besetzt. Kommen Sie bitte in fünf Minuten zu mir.«

Er legte den Hörer wieder auf und sah Dr. Wandel schweigend an. Der erhob sich und reichte ihm die Rechte. »Leben Sie wohl, Mr. Clayton. Für heute will ich mich von Ihnen verabschieden.«

Clayton ergriff lässig die dargebotene Hand. Seine Gedanken waren bei dem neuen Erfolg Meltons. »Leben Sie wohl, Herr Doktor«, sagte er zerstreut, »und hier, vergessen Sie Ihre Karte nicht.«

Dr. Wandel schob sie ihm wieder hin. »Behalten Sie sie, Herr Direktor, Sie werden sie noch brauchen.«

Kopfschüttelnd sah ihm Clayton nach, als er den Raum verließ. Dann zerriß er die Besuchskarte und warf sie in den Papierkorb.

»Kommen Sie mit in den Garten, Doktor«, begrüßte Joe Schillinger seinen Freund, »das Wetter ist heut prachtvoll. Wir wollen draußen zusammen Kaffee trinken.«

Das Landhaus Schillingers lag neben dem Werk am Saint-Clair-See, und der Garten dahinter erstreckte sich bis an das Seeufer.

Es war ein lauschiges Plätzchen, zu dem er den Doktor führte. Nach Norden hin hatten sie einen Ausblick auf eine bewaldete Hügelkette, vor ihnen dehnte sich die weite Wasserfläche.

Interessiert hörte Joe Schillinger an, was ihm Dr. Wandel über die Ereignisse der letzten Tage erzählte, aber er zog die Brauen hoch, als er die letzte Neuigkeit erfuhr.

»Oh, Doktor, das tut mir leid um Sie«, meinte er besorgt, »es war doch ein feiner Job bei der United. Warum haben Sie sich die Stellung nicht gehalten?«

»Weil es nicht weiter ging, mein lieber Schillinger. Sie waren ja neulich selber mit dabei. Ist das noch ein haltbarer Zustand, wenn man seine Versuche heimlich bei Nacht und Nebel wie ein Dieb machen muß?«

»War nicht schön, Doktor. Ich will's Ihnen zugeben, aber Sie haben damals Erfolg gehabt. Danach hätte doch alles gut werden müssen...«

»Sie unterschätzen die Niedertracht Ihrer lieben Mitmenschen. Zur Zeit spielt sich bei der United etwas ab, ich weiß nicht, ob ich's ein Trauerspiel oder eine Posse nennen soll. Jedenfalls habe ich keine Lust, dabei mitzuwirken. Ich ziehe es vor, mir die Dinge mal von draußen anzusehen.«

Schillinger schüttelte den Kopf. »Draußen sind heut viele in den Staaten, mein lieber Doktor, die brennend gern einen Job hätten. Haben Sie wenigstens was anderes in Aussicht? Sie erwähnten früher mal Verhandlungen mit der Dupont Company.«

Dr. Wandel zog ein Schriftstück hervor. »Bitte sehr, Mr. Schillinger, Sie dürfen den Vertrag lesen, den die Dupont-Leute mir bieten. Es hängt nur von mir ab, ob ich ihn annehmen will.«

Schillinger griff danach und begann ihn durchzulesen. Mit jeder Seite, die er las, wurde er vergnügter.

»Großartig ist das! Ganz famos haben Sie das gemacht, Doktor«, sagte er, als er damit zu Ende war. »Sie passen in die Staaten.«

»Das ist noch nicht so ganz 'raus, mein lieber Schillinger«, meinte Dr. Wandel nachdenklich. »Der Vertrag da...« er deutete auf das Schriftstück in Schillingers Hand, »liest sich ganz gut, aber für mich hat er doch einige Schönheitsfehler.«

Schillinger las den Vertrag noch einmal durch und warf ihn auf den Tisch.

»Ich kann nichts Bedenkliches oder gar für Sie Nachteiliges finden, Doktor. Die Company will Sie sofort mit einem sehr anständigen Gehalt einstellen und sichert Ihnen einen hohen Anteil an den wirtschaftlichen Erträgnissen Ihrer Entdeckungen zu. Was wollen Sie noch mehr?«

»Dasselbe, was ich bei der United hatte, Mr. Schillinger. Alle Patente, die auf meine Entdeckungen genommen werden, sollen mir gehören.«

Schillinger schüttelte den Kopf. »Ich fürchte, mein lieber Doktor, das werden Sie bei der Company nicht durchsetzen.«

»Ich werde es bei der Company auch durchsetzen oder auf den Vertrag verzichten, Mr. Schillinger. Die Welt ist groß genug.«

Joe Schillinger griff nach seiner Kaffeetasse. Als er sie wieder absetzte, fragte er unvermittelt:

»Erinnern Sie sich noch unserer ersten Unterredung, Doktor, als Sie vor einem guten halben Jahr nach Detroit kamen? In großen Umrissen sprachen Sie mir von Ihren Absichten. Ich fragte Sie, weshalb Sie es nicht lieber versuchten, Ihre Pläne in Deutschland zu verwirklichen. Sie wichen meiner Frage damals aus, heute möchte ich sie wiederholen.«

»Und ich, mein lieber Schillinger, will versuchen, Ihnen darauf so gut zu antworten, wie es mir heut möglich ist. Der Autoklav, den Sie bei der United gesehen haben, ist erst ein bescheidener Anfang...«

»Na, ich danke, Doktor!« unterbrach ihn Schillinger. »Das stählerne Ungeheuer... an dreihundert Tonnen hatte der Apparat wohl... das nennen Sie bescheiden?«

»Bescheiden klein und kümmerlich im Vergleich zu dem, was noch kommen muß, mein Lieber. Was sind vierzigtausend Grad Wärme und hunderttausend Atmosphären gegenüber den Verhältnissen, unter denen sich die Materie im Innern der Sonne befindet. Verzehnfachen... vielleicht verhundertfachen muß ich die Werte, wenn ich mein Ziel erreichen will.«

»Sie schweifen ab, Doktor«, unterbrach ihn Schillinger, »warum machen Sie das alles nicht in Deutschland?«

»Ihre Frage ist schnell beantwortet, Mr. Schillinger. Weil ich die großen für meine Versuche erforderlichen Mittel in Deutschland viel schwerer auftreiben könnte als hier in den Staaten. Es dreht sich dabei um Dollarmillionen. Die amerikanische Industrie ist eher in der Lage, solche Summen für Versuche aufzubringen als die deutsche. Das ist der einfache Grund dafür, daß ich meine praktischen Arbeiten hier in den Staaten begonnen habe und nicht in der Heimat.«

Ein Schein des Verständnisses lief über Schillingers Züge, ging in ein Lächeln und schließlich in ein behagliches Lachen über.

»Doktor! Doktor!« rief er und schlug mit der Hand auf den Tisch. »Das ist ja köstlich! Unsere Industrie soll das hohe Lehrgeld für Sie zahlen, und hinterher dampfen Sie mit Ihren Entdeckungen einfach ab.«

Während Schillinger sprach, blickte ihn Dr. Wandel ernst an, und schroff fuhr seine Antwort in dessen Lachen:

»Sie irren sich, Mr. Schillinger. Ich bin kein Betrüger! Ihre Industrie soll einen vollen Anteil an meinen Entdeckungen haben. Sie wird ihre Auslagen hundertfach wieder hereinbekommen. Nur mein gutes Recht lasse ich mir nicht nehmen. Fair play für beide Teile. Danach werde ich handeln.«

»Aber die United, Doktor Wandel?« wollte Schillinger einwenden. »Wie sind Sie mit der auseinandergekommen?«

»Die eigene Schuld der Leute, Mr. Schillinger. Wer ein faules Spiel mit mir versucht, muß die Folgen tragen.«

Auch Schillingers Miene wurde ernst, während er weitersprach. »Die United hat einen langen Arm, Doktor. Wenn Sie Ihnen übelwill, wird sie Sie zu erreichen wissen, wo immer in den Staaten Sie sich auch aufhalten mögen. Davor würde Sie auch die Dupont Company nicht schützen können.«

Dr. Wandel lehnte sich in seinen Stuhl zurück und griff nach einer Zigarette. »Ihre Andeutungen interessieren mich, Mr. Schillinger«, sagte er zwischen zwei Rauchwolken. »Würden Sie die Liebenswürdigkeit haben, sich etwas genauer zu erklären?«

»Was ist da viel zu erklären, Doktor? Daß die United Chemical die... sagen wir mal, schärfsten Rechtsanwälte in ihren Diensten hat, wissen Sie wohl selber.«

Der Doktor nickte. »Das ist mir nicht unbekannt, aber ich denke, ich brauche sie nicht zu fürchten.«

Schillinger zuckte die Achseln. »Bei euch in Deutschland vielleicht. Bei uns in den Staaten denkt man anders darüber. Wir kennen die Methoden unserer großen Konzerne. Doch wozu reden wir überhaupt über diese Dinge? Bei Ihnen liegt die Sache ja, Gott sei Dank, sehr harmlos. Professor Melton hat die Erfindung gemacht, die eigentlich Sie machen sollten. Danach hat's einen Krach gegeben, und die United hat Ihnen den Stuhl vor die Tür gesetzt. So ist es doch gewesen, Doktor Wandel, wenn ich Sie recht verstanden habe?«

Der Doktor ließ sich Zeit, bevor er antwortete.

»Ganz recht, Mr. Schillinger. So ist es gewesen... Jetzt möchte ich nach Detroit zurückkehren und alles für meine Fahrt nach Salisbury vorbereiten.«

Schillinger schüttelte ihm zum Abschied die Hand.

»Recht so, Doktor. Frische Fische, gute Fische. Machen Sie einen verständigen Kontrakt mit den Dupont-Leuten und lassen Sie mich bald wissen, wie die Sache ausgelaufen ist.« –

Der junge Werkchauffeur, der Dr. Wandel in die Stadt zurückbrachte, wunderte sich über die Schweigsamkeit seines Fahrgastes.

Vergeblich versuchte er ein Gespräch mit ihm anzufangen. In sich gekehrt saß der Doktor im Wagen, allzusehr beschäftigte ihn das Gehörte.

An einen wirklichen Erfolg Meltons vermochte er nicht zu glauben. Nur noch um Tage konnte es sich nach seiner Meinung handeln, dann mußte das Kartenhaus dieses Professors in sich zusammenfallen … und dann? … Wenn die United danach doch zu dem Entschluß kam, auf ihn zurückzugreifen? … Er bereute es jetzt, daß er in der Erregung Clayton gegenüber von seinen Arbeiten mit dem neuen Apparat gesprochen hatte Der Direktor brauchte dieser Spur nur nachzugehen, der biedere MacGan nur eine unvorsichtige Äußerung fallen zu lassen, und das Unglück war da.

Unablässig beschäftigten sich seine Gedanken mit dieser Möglichkeit. – –

Am folgenden Tage, als er die Reise nach Salisbury antrat und der Zug ihn durch die Fluren von Virginien und die Berge von Kentucky zur atlantischen Küste trug, gelang es ihm, den Druck abzuschütteln. Er war entschlossen, auf dem Wege weiterzugehen, den er sich vorgezeichnet hatte.

Elf Tage waren verflossen, seitdem Dr. Wandel nach Salisbury gefahren war. In dem Detroiter Werk der United Chemical gingen die Dinge ihren alten Gang weiter. Jeden zweiten oder dritten Tag setzte Melton, von Phil Wilkin assistiert, einen neuen Versuch an, und stets fand sich zum Schluß ein wenig von dem strahlenden Stoff in der Stahlkugel.

Aber der Professor wurde nicht recht froh darüber, denn die letzten Male war die Ausbeute zusehends geringer geworden, obwohl er sich immer noch peinlich genau an die Bedingungen seines ersten Versuches hielt.

Vergeblich hatte er mit Wilkin hinter verschlossenen Türen stundenlange Beratungen, um die Ursachen dafür zu ergründen. Vergeblich begann er auf den Rat seines Assistenten die Bedingungen ein wenig zu verändern, immer spärlicher bildeten sich dabei die strahlenden Kristalle in dem Autoklav. Der einzige Mann im Werk, der ihm wohl Auskunft hätte geben können, Tom White, hatte triftige Gründe zu schweigen.

Mit Besorgnis sah White, daß die Kristallmenge, die er bei seinem letzten Aufenthalt in Dr. Wandels Zimmer mitgehen ließ, während dieser letzten elf Tage doch verhältnismäßig schnell abnahm. Notgedrungen mußte er seinen Vorrat strecken, wenn er sein altes Spiel weitertreiben und Melton noch eine Weile länger nasführen wollte. So kam es, daß die Mengen des strahlenden Stoffes, die er vor jedem Versuch in den Autoklav hineinschmuggelte, immer kleiner wurden und daß der Professor immer geringere Ausbeute feststellen mußte.

Sorgfältig hielt Melton alle Kristalle, die er bisher auf diese Weise erhalten hatte, in seinem Laboratorium unter Verschluß. Dort lagen sie in einer schweren Bleibüchse, die ständig von einem Wasserstrom gekühlt wurde. Er hatte keine Ahnung, daß Tom White an einer anderen Stelle des Werkes eine ähnliche Büchse verborgen hielt, mit deren Inhalt er ihn noch über die nächsten Wochen am Narrenseil führen wollte.

Ein drittes, sehr viel kleineres Büchschen stand schließlich noch auf dem Schreibtisch von Direktor Clayton. Es enthielt nur eine winzige Probe des neuen kostbaren Stoffes, kaum viel größer als ein starker Stecknadelkopf. So war eine Wasserkühlung hier nicht erforderlich, obwohl auch diese winzige Menge hinreichte, um den Bleibehälter recht fühlbar zu erwärmen.

Direktor Clayton war stolz auf dieses Stück. Selten nur unterließ er es, wenn Besucher bei ihm waren, den kleinen Kristall mit einer Glaspinzette herauszunehmen und dem einen oder anderen Neugierigen elektrische Schläge damit zu versetzen. – –

Es war um die zehnte Vormittagsstunde des zwölften Tages. Clayton saß an seinem Schreibtisch, hatte ein Aktenstück vor und arbeitete darin. Halb unbewußt sog er ein paarmal schärfer die Luft ein, weil er irgendeinen fremdartigen Geruch zu spüren glaubte, doch er war zu sehr in seine Tätigkeit versunken, um weiter darauf zu achten. Jetzt aber ließ er die Feder doch sinken, weil ihm ein scharfer Brandgeruch in die Nase stieg. Er blickte auf und sah, daß Qualm von der Stelle aufstieg, wo die kleine Büchse stand. Rings um die Büchse herum kräuselte sich die Lackpolitur der Tischplatte in Blasen, war das Holz bereits zum Teil verkohlt.

Er lief zum Nebentisch und griff nach einer gefüllten Wasserkaraffe. Eilte damit zurück, um das Wasser über die Brandstelle auszugießen, doch bevor er sie erreichte, ging das Verhängnis schon weiter. Die Büchse verlor plötzlich ihre Form. Geschmolzen floß das Blei auseinander und breitete sich auf der Tischplatte aus. Im nächsten Augenblick stand der Tisch in hellen Flammen. Es war vergeblich, daß er den Inhalt der Karaffe darüber ausgoß. Nichts anderes blieb ihm mehr übrig, als auf den Korridor zu stürzen und Feueralarm zu geben. – –

Mr. Dowd, der General Manager der Dupont Company, war zähe, aber Dr. Wandel war noch zäher. Er setzte seinen Vertrag mit der Company so durch, wie er ihn haben wollte, und sobald die Unterschriften unter dem Abkommen standen, begannen seine Besprechungen mit Robert Slawter.

Um ganz neue, völlig unbekannte Stoffe handelte es sich dabei, um Erscheinungsformen der Materie, die eines Menschen Auge noch niemals erblickt hatte, die auf der Erde überhaupt nicht vorkamen. Mit schwindelndem Kopf versuchte Slawter den Ausführungen des Doktors zu folgen und sah aus dessen Feder endlose Formeln auf das Papier fließen. Und wenn er es eben als hoffnungslos aufgeben wollte, den verwickelten Ableitungen noch weiter zu folgen, dann gab es plötzlich eine knappe, kurze Berechnung, und mit einer fast nachtwandlerischen Sicherheit schrieb der Doktor die Drücke und Temperaturen nieder, bei denen dieser oder jener Stoff sich bilden mußte. – –

Nur langsam gewöhnte sich Robert Slawter im Laufe der nächsten Tage an die außergewöhnlichen Zahlen und Verhältnisse, mit denen Dr. Wandel operierte. Dann aber kam die Reihe zu erstaunen an den Doktor. Im Eifer des Gesprächs kam Slawter wieder auf jenen nächtlichen Versuch in Detroit und den Erfolg, der dabei erreicht worden war, zu sprechen, und jetzt ließ Dr. Wandel nicht locker.

Wort für Wort preßte er aus Slawter alles heraus, was der wußte, und erfuhr schließlich auch, daß Slawter einen strahlenden Kristall von jenem Versuch her im Besitz habe.

»Ich wäre schon glücklich, Herr Doktor«, versuchte Slawter dem Gespräch eine andere Wendung zu geben, »wenn es uns nur gelänge, bei uns hier das gleiche zu erreichen. Es ist ein vollwertiger Radiumersatz. Es wäre ein Millionengeschäft für unsern Konzern.«

Dr. Wandel schüttelte den Kopf. »Das ist es eben leider nicht, mein Lieber. Ich fürchte, wir werden mit den wenigen Proben, die wir davon haben, sehr bald unliebsame Überraschungen erleben. Wo bewahren Sie den Kristall auf?«

Erst nach längerem Zögern öffnete Slawter die Tür zum Nebenraum und deutete auf eine kleine Bleibüchse, die dort in einem Spülbecken unter einem rauschenden Wasserstrom stand. Sie enthielt den einzigen Kristall, den Tom White bei dem nächtlichen Experiment in Detroit gefunden und in Slawters Auftrag nach Salisbury gebracht hatte.

»Was verstehen Sie unter unliebsamen Überraschungen?« fragte Slawter unsicher.

Dr. Wandel warf wieder eine seiner mathematischen Entwicklungen auf das Papier. »Hier haben Sie die Formel für die Zerfallskurve des neuen Stoffes in Abhängigkeit von der Zeit. Sie sehen...« er setzte Zeitangaben in die Formel und machte ein paar Stichproben. »Sie sehen, Mr. Slawter, daß der Zerfall intensiv heftiger wird, bis es schließlich zu einer Explosion der Kristallatome kommt.«

Noch einmal überprüfte Dr. Wandel seine Formel, warf einen Blick auf die Uhr und sprang jäh auf.

»Was haben Sie, Doktor?« fragte Slawter beunruhigt.

»Noch zwölf Minuten, Mr. Slawter. Die Wärmeentwicklung wird enorm sein. Hier im Laboratorium können wir den Stoff nicht lassen. Kommen Sie schnell!«

Mit einer Zange packte der Doktor die Büchse, eilte damit ins Freie und lief über den weiten Vorhof. Slawter hatte Mühe, ihm zu folgen.

Am Ende des Hofes, wo eine Mauer ihn gegen das freie Feld abschloß, befand sich eine ziemlich hohe Halde. Sie enthielt in der Hauptsache erdige Rückstände aus der Leichtmetallfabrikation, die sich nicht weiter verwerten ließen. Dort angekommen, schleuderte Dr. Wandel das Büchschen auf den Haldenhang hinauf.

»Was machen Sie, Doktor?« keuchte Slawter, vom Laufen noch außer Atem. »Es ist die einzige Probe, die wir haben.«

Der Doktor faßte ihn am Arm und zog ihn ein gutes Stück zurück.

»Sie werden sie nicht mehr lange besitzen«, sagte er mit einem Blick auf die Uhr. »Noch etwa fünf Minuten, mein lieber Slawter, dann dürfte das Feuerwerk losgehen.« Während er das sagte, ließ er seinen Blick prüfend in die Runde gehen »Gut dreihundert Meter von hier bis zu den nächsten Werkbauten. Das dürfte genügen, die werden nicht Feuer fangen Aber wir stehen noch zu dicht dabei. Kommen Sie, Mr. Slawter! Vorsicht ist das bessere Teil der Tapferkeit.«

Er ergriff Slawter beim Arm und zog den Widerstrebenden über die halbe Länge des Werkhofes mit sich. »So, mein Lieber, hier können wir meinetwegen stehenbleiben und die Dinge abwarten.«

»Ich begreife nicht, was Sie wollen, Doktor Wandel«, stieß Slawter unwillig heraus und wollte wieder zu der Halde zurückkehren. Rein mechanisch faßte der Doktor seinen Arm und hielt ihn zurück, ohne seine Frage zu beantworten. Er schien plötzlich in Gedanken versunken zu sein. Wie im Selbstgespräch bewegten sich seine Lippen und formten Worte.

»Wie wird Melton das überstehen?...Zu spät, jetzt noch zu warnen...« er griff wieder nach der Uhr, »noch eine Minute, dann wird's hier brennen...und in Detroit auch...«

»Lassen Sie mich endlich los, Doktor!« rief Slawter jetzt in offenem Ärger und versuchte seinen Ärmel aus der Hand des Doktors freizubekommen. »Was soll denn der...«

»Unsinn« wollte er sagen, stockte plötzlich und starrte zu der Halde hinüber. An der Stelle, wo Dr. Wandel das Büchschen hingeworfen hatte, flammte es plötzlich hell auf, stand einen kurzen Moment wie ein weißglühender Fleck und wurde schnell größer. Jetzt schon so groß wie ein Wagenrad, jetzt doppelt und dreimal so groß. Jetzt deckte die Glut schon den halben Haldenhang. Jetzt begannen die erdigen Massen zu fließen und in feurigen Bächen hinabzurieseln. So stark wurde der Glanz der hellen Weißglut, daß sie den Blick senken mußten; so gewaltig wurde die strahlende Hitze, die von der Brandstelle ausging, daß sie sich weiter und immer weiter zurückziehen mußten. Erst als sie den Werkbau erreichten, machten sie halt.

Robert Slawter war leichenblaß. Unfähig, ein Wort hervorzubringen, blickte er auf das Glutmeer und blieb auch stumm, als nun Werkleute, durch den Feuerschein alarmiert, aus den Hallen und Schuppen auf den Hof stürzten, als Sirenen aufheulten und die Feuerwehr der Company mit Löschgeräten anrückte.

Der Gedanke an die fürchterliche Gefahr, der er nur durch einen Zufall entronnen war, verschlug ihm die Sprache. Ein einziges Feuermeer wäre jetzt seine ganze Abteilung, wenn er nicht – gegen seinen Willen eigentlich – Dr. Wandel gegenüber das nächtliche Experiment in Detroit wieder erwähnt und von dem unheimlichen Kristall gesprochen hätte. Weder er selber noch der Doktor und wohl auch keiner von seinen Leuten hätten sich retten können, wenn dieser Atombrand im Laboratorium zum Ausbruch gekommen wäre...

Er schöpfte ein paarmal tief Atem und versuchte der Erstarrung Herr zu werden, in die der nachträgliche Schreck ihn versetzt hatte; nur allmählich wurde seine Brust freier. Er hörte, daß Dr. Wandel auf die Feuerwehrleute einsprach, und erfaßte auch endlich den Sinn seiner Worte.

»Stehenbleiben! Nicht weitergehen!« schrie der Doktor die Mannschaften an. »Löschen ist zwecklos! Ihr riskiert unnötig eure Haut dabei. Die Sache da drüben wird ganz von allein aufhören. Hiergeblieben, zum Donnerwetter!« Seine Stimme überschlug sich bei den letzten Worten.

Der größte Teil der Leute folgte seiner Weisung und blieb stehen, aber eine kleine Gruppe vermochte ihren Tatendrang nicht zu zügeln. Im Vertrauen auf ihre feuerfesten Asbestanzüge näherte diese Mannschaft sich der Brandstelle, rollte Schläuche aus und ließ ihre Motorspritzen angehen.

»Zurück, Leute! Deckung nehmen!« schrie der Doktor die Nächststehenden an, packte Slawter beim Arm und zog ihn mit sich in die nächste Halle. Sie sahen noch, wie sich ein halbes Dutzend armstarker Wasserstrahlen in den Glutherd ergoß, und dann sahen sie nichts mehr. In wenigen Sekunden war der ganze weite Hof in undurchdringliche Dampfschwaden gehüllt. In dem Augenblick, in dem die gewaltigen Wassermassen in die Glut fielen, verzischten und versprühten sie auch schon zu dichtem Dampf.

»Bei Gott, Doktor Wandel, was ist das?« stammelte Slawter, der endlich die Sprache wiedergefunden hatte.

»Ein höchst törichter und gefährlicher Versuch Ihrer Feuerwehr«, knurrte Dr. Wandel unwillig. »Hoffentlich sehen die Dummköpfe es bald ein und kommen glimpflich davon.«

»Aber, Doktor, warum soll unsere Wehr nicht löschen?« fragte Slawter verwirrt.

»Weil's Unsinn ist, Mr. Slawter«, erwiderte Dr. Wandel gereizt. »Der Kristall, der jetzt da drüben im Atombrand zerpufft, liefert ungefähr die gleiche Hitzemenge, wie wenn man im Zeitraum weniger Minuten fünfhundert Tonnen Steinkohle abbrennen wollte. Was soll das bißchen Wasser dabei nutzen? So was muß man sich einfach austoben lassen, bis es von selber zu Ende geht. Etwas Brennbares, das dabei Feuer fangen könnte, ist ja in der alten Halde, Gott sei Dank, nicht vorhanden...« Der Doktor schwieg eine kurze Weile, blickte durch die Hallenfenster ins Freie und sprach dann weiter. »Na, wie's scheint, sehen die Herrschaften schon ein, daß sie Unfug treiben, und nehmen allmählich Vernunft an.«

In der Tat wurden die Dampfschwaden jetzt lichter und verzogen sich allmählich. Es ließ sich erkennen, daß die Löschmannschaft die Pumpen abgestellt hatte und sich nach der Halle hin zurückzog; aber die Verfassung, in der die Leute hier ankamen, ließ mancherlei zu wünschen übrig. Fast jeder von ihnen hatte mehr oder weniger starke Verbrühungen durch den heißen Dampf abbekommen.

»Ist euch ganz gesund«, brummte der Doktor vor sich hin. »Warum habt ihr nicht auf mich gehört? Hätte noch viel schlimmer kommen können.«

»Sie wollen das jetzt einfach so weiterbrennen lassen, Doktor Wandel?« riß ihn eine Stimme aus seinem Selbstgespräch.

Es war Lee Dowd, der auf den Feueralarm herbeigeeilt war und die Frage an ihn richtete. Er mußte sie ein zweites Mal stellen, bevor Dr. Wandel antwortete.

»Weiterbrennen?«... Sie irren sich, Mr. Dowd. Es ist nichts Brennbares in der Halde vorhanden. Es stecken nur ein paar Milliarden Kalorien in den Erdmassen, die ein strahlender Stoff bei seinem plötzlichen Zerfall zurückgelassen hat. Das wird vielleicht noch einige Tage glühen und Hitze ausstrahlen und dann von selber zur Ruhe kommen.«

Lee Dowd machte eine abwehrende Bewegung. »Wie denken Sie sich das, Doktor? Es ist ausgeschlossen, daß wir die glühenden Massen hier tagelang in der Nähe unserer Werkbauten dulden können. Wenn unsere eigenen Mannschaften nicht damit fertig werden, wird uns die Stadtverwaltung die Feuerwehr von Salisbury auf den Hals schicken.«

Dr. Wandel zuckte die Achseln. »Dann kann ich Ihnen nur empfehlen, Mr. Dowd, diese unerbetene Hilfe wieder nach Hause zu schicken. Es genügt vollständig, wenn unsere Werkfeuerwehr ein paar Brandwachen aufstellt, solange das Zeug da drüben noch glüht. Ich schätze, daß der ganze Spuk in achtundvierzig Stunden zu Ende ist. Entschuldigen Sie mich jetzt, Mr. Dowd. Wir haben wichtigere Dinge zu tun. Kommen Sie, Mr. Slawter, wir wollen in Ihr Büro gehen.«

Verdutzt blickte Dowd den beiden nach, und kopfschüttelnd kehrte er in das Direktionsgebäude zurück. Wenn dieser Doktor so weiter feuerwerkt, dann kann es hier ja noch ganz lustig werden, ging es ihm durch den Kopf. Er kannte den wahren Zusammenhang der Dinge ja nicht und hielt das Ganze für ein verunglücktes Experiment Dr. Wandels.

Erst gewisse Nachrichten in den Abendzeitungen sollten ihn in dieser Meinung schwankend machen.

Um die gleiche Zeit ungefähr, zu der Dr. Wandel, von Slawter gefolgt, über den Werkhof in Salisbury lief und das Büchschen mit dem strahlenden Kristall auf die Halde warf, ging Joe Schillinger von seinem Landhaus am Saint-Clair-See zum Autowerk hinüber. Weithin glänzte die Seefläche im Licht des sonnigen Frühlingstages. Bis zum Horizont hin, wo Wasser und Himmel zusammentrafen, war die Sicht klar. Als er den Stichkanal erreichte, der vom See her in das Werkgebäude einschnitt, verhielt er den Schritt. Was war das? Weiße Nebel stiegen von der Wasserfläche des Kanals auf, ballten sich dichter und immer dichter zusammen. Schon waren die Werkbauten jenseits des Kanals nicht mehr zu sehen... und jetzt wallte das Wasser im Kanal empor, als ob es zum Kochen käme.

Schillinger spürte, wie die Nebelmassen, die auf ihn zuströmten, erst warm, dann heiß wurden und hatte plötzlich das Gefühl einer großen Gefahr. Mit jähem Ruck wandte er sich um, lief den Weg zurück, auf dem er gekommen war, und merkte bald, daß er um sein Leben rannte. Längst war es kein Nebel mehr, sondern siedend heißer Dampf, der hinter ihm herströmte. Er stolperte, stürzte, raffte sich wieder auf und jagte mit keuchender Lunge weiter, bis endlich – er wußte nicht, ob Minuten oder Stunden vergangen waren – die heißen Schwaden um ihn herum lichter wurden, bis er endlich wieder frei atmen konnte und blauen Himmel sah. Da blieb er stehen, schaute zurück und erblickte hinter sich, dort wo etwa einen halben Kilometer entfernt der Kanal lag, ein überwältigendes Schauspiel. Wie der Ausbruch eines mächtigen Dampfvulkans war es anzuschauen, wie ein wallendes Wolkengebirge ragte es dort von der Erde bis hoch in den Himmel hinein, und in tausend Reflexen spielte das Sonnenlicht darauf.

Wie gebannt hingen die Blicke Schillingers an dem bizarren Spiel der Dampfmassen, die ihre Gestalt in jeder Sekunde wechselten, in jedem Augenblick neue Formen bildeten und sich nun in schwindelnder Höhe loslösten und als Wolken langsam über den See dahinzogen. Immer mehr verhüllten sie das Blau des Himmels und dämpften das Sonnenlicht, während die Minuten verrannen.

Eine Viertelstunde mochte vergangen sein. Schon lag eine schwere Wolkendecke bis zum Horizont über dem See, da wurde das Kochen und Brodeln in dem Kanal allmählich schwächer. Weniger wild stiegen die Dämpfe zum Himmel empor.

Ebenso plötzlich, wie der Ausbruch einer elementaren Naturkraft dort eingesetzt hatte, schien er auch wieder abzuebben. Immer lichter wurde die Nebelbank über der Kanalbrücke, schon schimmerten hier und dort wieder die Umrisse der Werkbauten vom andern Ufer her durch.

Was war das? Immer wieder legte Joe Schillinger sich die Frage vor, und immer wieder liefen seine Gedanken bei dem Versuch, eine Antwort darauf zu finden, zu jenem Nachmittag zurück, an dem er mit Dr. Wandel vor dessen Abreise nach Salisbury auf dieser Kanalbrücke stand. Des langen und breiten erkundigte sich der Doktor damals über die Schiffahrt in dem Stichkanal. Dann ging er zu seinem Auto und kam mit einem kleinen Paket zurück, band es an einen Draht und versenkte es kurzerhand neben einem Brückenpfeiler in den Kanal.

Auf seine Frage hatte Schillinger damals nur eine knappe Antwort von dem Doktor bekommen. »Es sind die strahlenden Kristalle, lieber Schillinger, die wir neulich zusammen in Detroit fabriziert haben«, hatte er gesagt, »das Zeug muß dauernd gekühlt werden. Auf die Reise möchte ich es jetzt nicht mitnehmen. Sie haben doch nichts dagegen, wenn ich es vorläufig bei Ihnen ins Wasser stecke? Später, wenn in Salisbury alles in Ordnung ist, werde ich's mir gelegentlich mal holen.«

Lachend hatte Schillinger ihm damals den Vorschlag gemacht, das Päckchen doch lieber in einen Dampfkessel des Werkes zu stecken, wo die Wärme gleich nützliche Verwendung finden könne, aber der Doktor war auf den Scherz nicht eingegangen. Jetzt, wo er sich das alles noch einmal vergegenwärtigte, kamen Schillinger auch wieder die Worte in die Erinnerung, mit denen Dr. Wandel den Vorschlag damals ablehnte.

»Später vielleicht, mein lieber Schillinger«, hatte er gemeint, »wenn wir erst etwas weiter sind; heut könnte das Experiment Ihrem Kessel vielleicht übel bekommen. Vorläufig liegt die Geschichte besser im Kanal.«

»Bei Gott, der Doktor hat recht!« Unwillkürlich sprach Schillinger laut aus, was ihn in diesem Augenblick bewegte. Kein Dampfkessel der Welt, und wäre es der beste und festeste, hätte diesem plötzlichen riesenhaften Dampfausbruch widerstehen können. Zerfetzt und zerrissen wären seine stählernen Wände in alle Winde verstreut worden.

Aber konnte Dr. Wandel einen derartig jähen Energieausbruch voraussehen? Wußte er damals schon um die unheimlichen Eigenschaften seiner strahlenden Kristalle? Lag von Anfang an ein tieferer Sinn in den scheinbar ganz unverfänglichen Worten, die er damals sprach? Das waren Fragen, die Joe Schillinger beschäftigten, während er sich dem Werk näherte.

Schon auf halbem Wege traf er auf Gruppen seiner Werkleute. Durch das unerklärliche Naturereignis erschreckt und verstört, hatten sie ihre Arbeitsplätze verlassen, besprachen es unter sich und bestürmten jetzt auch ihn mit Fragen. Was er wirklich wußte, mochte er ihnen nicht sagen. So äußerte er sich nur sehr unbestimmt über einen Dampfausbruch vulkanischer Art, der schon wieder vorüber wäre, und ermahnte die Leute, wieder an ihre Arbeit zu gehen.

Seine Worte hatten auch den gewünschten Erfolg, aber er vermochte es nicht zu verhindern, daß das Telephon in Betrieb genommen wurde. Mehr als einen im Werk drängte es, Freunden und Bekannten in Detroit von dem aufregenden Vorkommnis Mitteilung zu machen, und es lag im Laufe der Dinge, daß unter denen, die vom Saint-Clair-See her angerufen wurden, sich auch Vertreter der Presse befanden.

Zu jeder andern Zeit wäre die Nachricht für die Redaktionen in Detroit ein Schlager ersten Ranges gewesen und dementsprechend aufgenommen worden. Heute erregte sie jedoch nur verhältnismäßig geringes Interesse, denn ein anderes, wichtigeres Ereignis nahm im Augenblick die öffentliche Meinung von Detroit in Anspruch, das Großfeuer in den Werken der United Chemical. – –

Mit dem verhältnismäßig harmlosen Brand auf dem Schreibtisch Claytons begann es, der den Direktor veranlaßte, aus seinem Zimmer zu eilen und den Feuermelder in Bewegung zu setzen. Er stand noch auf dem Korridor und beobachtete besorgt, wie immer dichterer Qualm aus der Tür seines Zimmers drang, als auch in dem hinteren Teil des Werkes, wo Professor Melton seine Abteilung hatte, die Alarmsirenen aufheulten.

Mit einer unheimlichen Pünktlichkeit explodierten die Kristalle Dr. Wandels, wo immer sie sich auch befinden mochten. Genau zu der gleichen Minute, in der die Erdhalde in Salisbury aufglühte und der Stichkanal am Saint-Clair-See ins Kochen geriet, erfolgten auch an zwei Stellen in der Abteilung Melton gewaltige Ausbrüche atomarer Energie.

Zu dieser Zeit waren Professor Melton und Phil Wilkin in der großen Halle dabei, einen neuen Versuch mit dem Autoklav zu machen. Unzufrieden mit der immer geringer werdenden Ausbeute hatte der Professor sich zu dem Entschluß aufgerafft, mit den Drücken und Temperaturen ein kräftiges Stück weiterzugehen. Auf seine Anweisung mußte Wilkin immer stärkeren Strom in die Dammgrube geben. Tom White hatte die Pumpenanlage zu bedienen.

Da sah Professor Melton, daß die Zeiger der Druckmesser plötzlich sprunghaft in die Höhe gingen. Er glaubte, daß White einen Bedienungsfehler gemacht hätte, und wollte ihm etwas sagen, als ein Ruf Wilkins ihn auf die Thermometer blicken ließ. Auch diese waren in den letzten Sekunden jäh gestiegen und zeigten eine Temperatur von mehr als zehntausend Grad an.

Ohne erst einen Befehl des Professors abzuwarten, schaltete der Assistent den Strom aus. Aber die Wärmeentwicklung in dem Autoklav hörte damit nicht auf, und auch der Druck stieg weiter, obwohl Tom White jetzt auch die Pumpen stillsetzte. Voller Unruhe standen die drei Männer noch vor der Dammgrube und starrten auf die Meßinstrumente, als schriller Feueralarm von den Büros her erschallte. – –

MacGan war im Privatlaboratorium Meltons eben damit beschäftigt, Gläser und Mensuren in einen Schrank einzuräumen, als ein heller Feuerschein von dem Spülbecken her ihn aufblicken ließ. Im nächsten Augenblick schlug wabernde Lohe bis zur Zimmerdecke empor, während schwere Dampfwolken sich durch den Raum wälzten. Mit einem Sprung brachte MacGan sich in Sicherheit, warf die Tür des Laboratoriums hinter sich ins Schloß und stürzte zum Feuermelder. Ein Griff, ein Zug, und der ohrenbetäubende Lärm der Alarmglocken und Sirenen erfüllte die langen Korridore des Werkes.

Noch stand der Ire neben dem Melder, als auch an einer anderen Stelle des Flurs, wenige Meter von ihm entfernt, greller Feuerschein aufglänzte. Er kam aus einer offenen Tür, die in das Zimmer von Tom White führte.

Die herbeieilenden Feuerwehrleute rissen MacGan aus seiner Erstarrung. Er sah sie Schläuche auslegen, Hydranten aufschrauben, sah, wie sich Wassermassen in das Zimmer von White ergossen, wie schwere Dampfmassen aus ihm herausströmten und im Augenblick den langen Korridor erfüllten Er wollte die Wehrleute auch auf den anderen Brandherd in Meltons Zimmer aufmerksam machen, aber es war ihm nicht mehr möglich. Der dichte warme Dampf verhinderte jede Sicht und Verständigung. Er mußte sich an den Wänden entlangtasten, um überhaupt vorwärts zu kommen, und atmete auf als er endlich eine Tür fand, die ins Freie führte.

Aus mutigen und disziplinierten Männern setzte sich die Feuerwehr der United Chemical zusammen, und mit manchem gefährlichen Brand waren sie im Laufe der letzten Jahre fertig geworden. Aber diese Flammen hier waren schlimmer als jedes andere Feuer, das sie bisher bekämpft hatten. Sie spotteten jedes Löschversuchs und schienen nur um so wilder aufzuglühen wenn mit Wasserfluten gegen sie vorgegangen wurde.

Was sollte nun werden? Was sollte man jetzt gegen das rasende Element unternehmen? Nur vom Freien, vom Hof her, war ein Angriff überhaupt noch möglich. Die Wehrleute gingen daran, ihn vorzubereiten. Sie legten Schlauchleitungen und waren dabei, Motorspritzen in Stellung zu bringen, als die Fenster der ganzen Gebäudefront nach dem Hof zu zersprangen. Klirrend fielen die Scherben zur Erde, beizender Qualm drang aus den Fensterhöhlen, vermischt mit rot züngelnden Flammen.

Da waren die Pumpen klar und warfen die ersten Wassermassen durch die Fensteröffnungen in das Haus. Für einen Augenblick schien es, als könnte das Wasser des Feuers Herr werden, doch nur für einen kurzen Augenblick. Dann brach die Lohe flackernd und wabernd aus dem Dachgebälk heraus. Zu Hunderten prasselten die glühenden Dachsteine auf den Hof, und dann war das ganze Gebäude, welches die Büros der Abteilung Melton enthielt, nur noch ein einziges Feuermeer. Auch die städtische Feuerwehr von Detroit, deren erste Löschzüge jetzt auf dem Werkgelände ankamen, vermochte nichts mehr zu retten. Sie mußte sich darauf beschränken, den Brand einzukreisen und ein Überspringen auf andere Gebäude zu verhindern. – –

Als der zweite Feueralarm aufkam, stand Melton mit seinen beiden Gehilfen in der großen Halle und beobachtete das unerklärliche Ansteigen des Druckes und der Temperatur in dem Autoklav. Daß einer jener Kristalle Dr. Wandels die Ursache davon war, den Tom White in die Stahlkugel hineingeschmuggelt hatte, konnte der Professor ja nicht ahnen. Vergeblich ließ er das Heliumgas aus dem Autoklav abblasen, der Druck ließ daraufhin wohl nach, nicht aber die Gluthitze. Längst hatten die Zeiger des Fernthermometers das Skalenende erreicht; eine genaue Ablesung war nicht mehr möglich, aber das eine stand außer Zweifel, daß eine unvorstellbare Höllenglut in der Dammgrube und dem Autoklav herrschen mußte.

Professor Melton wollte neue Anweisungen geben, da brach von der Seite her, wo die Büroräume an die große Versuchshalle grenzten, heller Feuerschein herein. Glasscheiben zerplatzten, dichter Qualm drang auch hier in den Raum. Es blieb Professor Melton und seinen Leuten nichts anderes übrig, als ins Freie zu flüchten und den Autoklav seinem Schicksal zu überlassen. – –

Drei Tage und drei Nächte hindurch loderten die Flammen hier und dort immer wieder auf, obwohl die Brandwachen mit Wasser nicht sparten. Erst gegen Morgen des vierten Tages war die Macht des Feuers gebrochen. Die riesigen Mengen atomarer Energie, die so lange jeden Löschversuch vereitelten, hatten sich in die Atmosphäre zerstreut, und schnell gelang es jetzt, die letzten Brandherde zu löschen. Nur noch verkohltes Gebälk und von der Glut zersprengtes Gemäuer zeugten von der Katastrophe, die einen Teil des Detroit-Werkes der United Chemical betroffen hatte.

In der großen Halle war es ziemlich glimpflich abgegangen. Wie der erste Augenschein erkennen ließ, war nur ein Teil der Verglasung durch das Feuer zerstört worden. Aber eine böse Überraschung gab es, als Professor Melton die Dammgrube aufschaufeln ließ, um den Autoklav freizulegen. Von der mächtigen Kugel war nichts mehr vorhanden. Nur eine formlose, in der ungeheuerlichen Glut auseinandergeflossene Stahlmasse fand sich in dem Sand, mit dem die Grube gefüllt war.

Der mächtige Autoklav war restlos zerstört. Unter den geschickten Händen seines Schöpfers hatte der Apparat geleistet, wozu er bestimmt war. Einen ganz neuen, auf der Erde bisher unbekannten strahlenden Stoff hatte er in ihm herstellen können.

Während auf dem Gelände der United viele Dutzende von Händen noch beschäftigt waren, die Brandstelle aufzuräumen, fing der behördliche Apparat an zu arbeiten. Jeden Tag fanden Vernehmungen im Werk statt, und besonderen Wert legten die Polizeibeamten dabei auf die Aussage des Laboratoriumsdieners MacGan. Er war ja der einzige, der den Ausbruch des Brandes wirklich gesehen hatte, und in mehrfachen Kreuzverhören mußte er die einzelnen Vorgänge so, wie sie ihm im Gedächtnis haftengeblieben waren, immer wieder schildern. Wie das Feuer erst in Professor Meltons Zimmer und ganz kurze Zeit darauf auch in dem Raum von Tom White zum Ausbruch gekommen war. Merkwürdigerweise fast auf die Minute genau zur selben Zeit, zu der es auch im Direktionsgebäude bei Clayton brannte.

Und dann fiel, erst leise und bald darauf auch lauter und sehr bestimmt ausgesprochen, das Wort: Brandstiftung. Verdenken konnte man es den Kriminalisten, welche die Untersuchung führten, nicht, daß sie diesen Verdacht faßten, denn das gleichzeitige Aufkommen des Feuers an drei verschiedenen Stellen im Werk ließ sich auf unverfängliche Weise kaum erklären.

Direktor Clayton aber, der wohl imstande gewesen wäre, eine Erklärung zu geben, zog es vor, zu schweigen, um nicht wertvolle Betriebs- und Fabrikationsgeheimnisse des Werkes der Öffentlichkeit preiszugeben. Seine Aussage beschränkte sich auf die Mitteilung, daß zu der bewußten Zeit ein neues chemisches Präparat auf seinem Schreibtisch ohne äußeren Anlaß plötzlich in Flammen aufgegangen sei.

»Wie hatten Sie den Stoff aufbewahrt, Mr. Clayton?« wollte Polizeiinspektor MacAndrew von ihm wissen.

»Er lag in einer Bleibüchse, die auf meinem Schreibtisch stand.«

»Er war also Ihren Blicken entzogen?« fragte MacAndrew weiter.

Clayton wurde ungeduldig. »Selbstverständlich, Mr. MacAndrew. Durch zollstarkes Blei kann man nicht hindurchsehen.«

Der Inspektor nickte. »Da wäre es immerhin denkbar, Mr. Clayton, daß Ihnen jemand irgend etwas anderes in den Bleibehälter hineinpraktiziert hat, ohne daß Sie es merkten.«

»Denkbar gewiß, Inspektor, aber wenig wahrscheinlich.«

Clayton wollte weitersprechen, wollte gegen seine ursprüngliche Absicht die Möglichkeit eines plötzlichen Ausbruches von atomarer Energie andeuten, als MacAndrew schon fortfuhr:

»Ich bin anderer Meinung als Sie. Ich halte es nicht für ausgeschlossen, daß ein Unbekannter, den wir finden müssen, in Ihrer Abwesenheit einen Brandstoff mit einer Zeitzündung in den Behälter gesteckt hat.«

»Ich kann mich Ihrer Ansicht nicht anschließen, Sir«, meinte Clayton und zog es vor, seine eigenen Gedanken unausgesprochen zu lassen. – –

Inspektor MacAndrew kehrte in sein Büro im Polizeihauptquartier zurück und legte ein neues Aktenstück an, auf dessen Deckel zu lesen stand: »Untersuchung gegen Unbekannt in Sachen Brandstiftung bei der United Chemical.«

Vierundzwanzig Stunden später nahm der Inspektor noch einmal Tom White ins Verhör, und Mr. White hatte eine Stunde durchzumachen, in der ihm reichlich schwül zumute war.

»Durch die Aussage des Laboratoriumsdieners MacGan steht fest«, begann MacAndrew die Vernehmung, »daß ein Brandherd sich in Ihrem Zimmer befunden hat. Es ist für die Untersuchung wichtig, zu wissen, ob Sie feuergefährliche chemische Präparate in dem Raum aufbewahrten.«

Unwillkürlich hatte der Inspektor nach dem Wort »Untersuchung« gestockt. Es war ihm eigentlich gegen seinen Willen entfahren. Als White es hörte, zog sich sein Herz zusammen. Eine Untersuchung…von dem gewiegtesten Kriminalisten des Polizeihauptquartiers geführt…

das war das, was er am wenigsten brauchen konnte. Durch irgendeine kleine Unvorsichtigkeit konnten dabei Dinge zutage kommen, die zu verbergen er dringenden Grund hatte.

»Beantworten Sie meine Frage, Mr. White!« Die Worte des Inspektors rissen ihn aus der wirbelnden Flut seiner Gedanken. Er zwang sich zur Ruhe und antwortete:

»Ich hatte in meinem Raum nur die für die üblichen Analysen erforderlichen Reagenzien, Säuren, Laugen und einige Salze. Etwas Feuergefährliches war nicht darunter.« Tom White sprach weiter. Er gab dem Inspektor die einzelnen Chemikalien namentlich an, verbreitete sich über ihre Eigenschaften, beschrieb die Gefäße, in denen er die Stoffe aufbewahrte, und fand, während er so dahinredete, seine volle Fassung wieder. Eine Weile ließ MacAndrew ihn sprechen, dann unterbrach er ihn mit einer neuen Frage:

»Hatten Sie auch einen bestimmten Stoff in Ihrem Zimmer, der in einer Bleibüchse aufbewahrt wurde?«

White fühlte seine Knie schwach werden. Wie kam der Polizeimensch zu dieser Frage? Wußte er etwas von den Kristallen Dr. Wandels? Hatte er eine Ahnung von der zweideutigen Rolle, die er, White, in dieser Angelegenheit spielte?

»In einer Bleibüchse aufbewahrt?... In einer Bleibüchse, Herr Inspektor?...« Er wiederholte die letzten Worte des andern, um Zeit zu gewinnen und sich zusammenzureißen. »Nein, Sir. In Bleibüchsen wurden nur die radioaktiven Stoffe aufbewahrt, die Professor Melton nach einem neuen Verfahren herstellte. Davon befand sich nichts in meinem Zimmer. Das bewahrte der Professor alles in seinem Privatlaboratorium auf.«

Er warf einen schnellen Blick auf MacAndrew und sah, wie der, über das Schreibblatt gebeugt, seine letzte Aussage protokollierte. Friß die Lüge oder sticke daran! dachte er und fuhr sich mit dem Taschentuch verstohlen über die Stirn.

Der Inspektor war mit der Niederschrift fertig und kam nun auch hier mit seiner alten Theorie von einem Brandstoff mit Zeitzündung heraus. Ob Whites Zimmer immer verschlossen gewesen wäre, wer alles Zutritt dazu gehabt hätte und Ähnliches mehr wünschte er noch zu wissen. Da konnte ihm White nun mit der Aussage dienen, daß die Zimmer der unteren Angestellten stets offengestanden hätten. Wenn irgend jemand etwas Derartiges hätte machen wollen, wäre es ohne Schwierigkeiten möglich gewesen.

»Es ist gut, Mr. White«, beendete der Inspektor die Vernehmung. »Ich denke, wir werden der Sache schon auf den Grund kommen. Auf jeden Fall müssen Sie sich weiter zur Verfügung der Untersuchungsbehörde halten. Sie haben auch wohl nicht die Absicht, Detroit zu verlassen?«

»Im Gegenteil, Herr Inspektor«, beeilte sich Tom White zu erwidern, »ich bin froh, daß ich den guten Job bei der United habe.«

»Kann ich Ihnen nachfühlen, Mr. White«, meinte MacAndrew. Damit hatte Tom White für diesmal die Qual überstanden, aber neue Unruhe überkam ihn, als er am Abend dieses Tages in seiner Wohnung ein Schreiben von Mr. Spinner vorfand. Nachdem Dr. Wandel nach Salisbury gegangen war, hielt es der Nachrichtenchef der Dupont Company nicht mehr für notwendig, in Detroit einen Agenten zu unterhalten. Tom White sollte in den nächsten Tagen seine Stellung bei der United unter irgendeinem Vorwand aufgeben und nach Salisbury zurückkehren, wo bereits andere Aufgaben seiner harrten.

Mr. Whites Gesicht verzog sich in sorgenvolle Falten, während er den Brief mit Hilfe seiner Schablone entschlüsselte und daranging, ihn zu beantworten. Aber fast noch verdrossener schaute Mr. Spinner drein, als er am nächsten Tage diese Antwort las. »...Unmöglich, jetzt von der United fortzugehen, ohne sofortige Verhaftung zu riskieren...Befehl, sich zur Verfügung der Polizei zu halten...Untersuchung wegen Brandstiftung im Gange...alle Personen, in deren Räumen das Feuer aufgekommen war, der Polizei verdächtig...«

Mit einem unterdrückten Fluch schob Mr. Spinner das Schriftstück zur Seite. Das konnte ihm gerade noch fehlen, daß sein Agent in eine Kriminaluntersuchung verwickelt wurde. Der Nachrichtenchef kannte die Methoden der amerikanischen Polizei zur Genüge. Eine geraume Weile war er unschlüssig. Bestand er jetzt darauf, Tom White aus Detroit abzuberufen, dann mußte er ihn für längere Zeit irgendwo spurlos untertauchen lassen, um ihn den Nachforschungen der Polizei zu entziehen. Aber mit einem Agenten, der sich sorgfältig verborgen halten mußte, war ihm auch nicht gedient, und wohl oder übel entschloß er sich, ihn vorläufig bei der United zu lassen.

Tom White erhielt davon durch ein Schreiben Kenntnis, in dem ihm gleichzeitig allergrößte Vorsicht bei den weiteren polizeilichen Vernehmungen ans Herz gelegt wurde und das ihn außerdem noch anwies, über alle weiteren Schritte von Professor Melton ausführlich Bericht zu erstatten. Er las diese Anordnungen mit gemischten Empfindungen, denn sein eigenes Gefühl sagte ihm, daß der Boden, auf dem er nun weiterarbeiten sollte, jetzt doppelt gefährlich geworden war. Aber andererseits reizte ihn die Gefahr wieder, und er war entschlossen, alles zu tun, um seinen Auftraggeber in Salisbury zufriedenzustellen. – –

Die Laune des Präsidenten Chelmesford war nach dem Werkbrand alles andere als rosig, und sie wurde durch die Besprechungen, die er deswegen mit Direktor Clayton hatte, nicht besser. Da waren erst einmal Schwierigkeiten mit der Versicherungsgesellschaft, die sich weigerte, für den Feuerschaden aufzukommen, ehe die Frage der Brandstiftung geklärt sei.

»Es ist nur ein Trick, Mr. Chelmesford«, meinte Clayton, »um die Auszahlung hinauszuzögern. Ob Brandstiftung oder nicht, auf jeden Fall wird die Gesellschaft zahlen müssen. Wenn sie es auf einen Prozeß ankommen läßt, wird sie ihn verlieren.«

»Mag sein, Clayton«, knurrte Chelmesford verdrießlich, »aber erst haben wir mal die Scherereien, und für den zerstörten Autoklav braucht die Versicherung bestimmt nicht aufzukommen.«

Diese letztere Behauptung vermochte Clayton nicht zu bestreiten. Zwangsläufig kam das Gespräch danach auf die Abteilung Melton und was weiter mit ihr geschehen solle, und die Bilanz, die Clayton dem Präsidenten hier aufmachen mußte, war wenig erfreulich.

»Es ist natürlich ein heller Unsinn von der Polizei, Mr. Chelmesford«, sagte Direktor Clayton, »daß sie eine Untersuchung auf Brandstiftung führt. Darüber wissen wir ja besser Bescheid. Das Feuer ist auf Ausbrüche atomarer Energie zurückzuführen. Professor Melton hat bei seinen ersten Arbeiten keine glückliche Hand gehabt. Er hat einen strahlenden Stoff hergestellt, dessen Atome nach einiger Zeit explosionsartig zerfallen. Wir wollen hoffen, daß es ihm bei weiteren Versuchen gelingt, stabilere Substanzen aufzubauen.«

»Stop, Clayton!« unterbrach ihn der Präsident. »Ob der Verdacht der Polizei begründet ist, weiß ich nicht. Aber darin stimme ich mit Inspektor MacAndrew überein, daß es sich hier um Dinge handelt, deren Klärung tatsächlich dringend erwünscht ist.«

»Ich glaube, die Sache ist vollständig klar«, suchte Clayton zu widersprechen. Chelmesford wies den Einwurf zurück und schlug ein Aktenstück auf, während er weitersprach: »Ich habe mir die einzelnen Tatsachen, die mir Kopfzerbrechen machen, hier der Reihe nach notiert. Vormittags um zehn Uhr zwölf Minuten geht auf Ihrem Tisch eine Probe des Stoffes in Flammen auf, und genau auf dieselbe Minute explodiert der Vorrat in Meltons Zimmer...«

Clayton nickte. »Das ist richtig, Herr Präsident.«

»Aber schon etwas wunderbar, Mr. Clayton, daß es an beiden Stellen zur selben Minute passierte. Professor Melton hatte den Stoff doch an verschiedenen Tagen hergestellt. Die Probe auf Ihrem Tisch war wesentlich älter als der Vorrat in seinem Raum.«

Clayton versuchte, eine etwas gezwungene Erklärung für den Vorgang zu geben, aber Chelmesford schob sie mit einer Handbewegung zur Seite.

»Sie können sagen, was Sie wollen, das ist und bleibt verdächtig. Und nun kommt drittens wieder genau um zehn Uhr zwölf Minuten der Ausbruch des Feuers in dem Zimmer von White. Es gibt nur eine einzige Erklärung: er muß auch etwas von diesem Teufelsstoff in Verwahrung gehabt haben. Ja, sehen Sie, Clayton, jetzt wissen Sie nichts mehr zu sagen. Sie müssen mir recht geben. Wir werden uns diesen Mr. White einmal etwas genauer unter die Lupe nehmen. Vielleicht stoßen wir da schon auf eine brauchbare Spur. Und nun weiter zu Punkt vier, mein lieber Clayton. Der unerklärliche Dampfausbruch am Saint-Clair-See. Die Zeitungen haben nicht viel darüber gebracht, denn sie brauchten ihre Spalten für unser Großfeuer. Immerhin habe ich hier eine Notiz...«

Er schob das Aktenstück Clayton zu. »Da steht es schwarz auf weiß. Ein Mr. Schillinger berichtet, daß der Ausbruch um zehn Uhr zwölf Minuten erfolgte. Was schließen Sie daraus?«

Direktor Clayton starrte schweigend auf die Zahlen in dem Zeitungsartikel.

»Nur ein Schluß ist möglich, Clayton«, Chelmesfords Stimme wurde lauter, »auch in dem Kanal am Saint-Clair-See muß etwas von dem niederträchtigen Zeug gelegen haben. Eine ganz gehörige Portion sogar, denn sonst hätte der Dampfausbruch nicht so mächtig sein können.«

Clayton fuhr sich über die Stirn. »Das ist in der Tat merkwürdig, Mr. Chelmesford. Diese Zeitangabe war mir bisher nicht bekannt.«

Der Präsident zog das Aktenstück wieder zu sich heran und sprach weiter. »Für mich wird sie jedenfalls Veranlassung sein, unsern Sicherheitsdienst auch auf die Spur dieses Mr. Schillinger zu setzen. Er hat dort am See ein größeres Autowerk, und der Stichkanal, in dem der Ausbruch erfolgte, liegt auf seinem Gelände. Derjenige, der den Stoff in den Kanal warf, muß also mit ihm oder mit seinen Werkleuten bekannt sein. Das wäre Spur Nummer zwei, die wir zu verfolgen hätten.«

»Ich werde unsern Sicherheitsdienst dementsprechend informieren«, sagte Clayton. Er glaubte, daß der Präsident jetzt mit seinen Ausführungen zu Ende sei, aber der war noch nicht fertig. Während er die letzte Seite des Aktenstückes aufschlug, fuhr er fort:

»Jetzt kommen wir zur Tatsache Nummer fünf, Mr. Clayton. Der Bericht darüber ging mir erst vor einer Stunde von einem unserer Agenten in Salisbury zu. Hören Sie, was hier steht. Um zehn Uhr zwölf Minuten geriet eine große Erdhalde auf dem Hof der Dupont Company plötzlich in helle Glut. Löschversuche erwiesen sich als zwecklos. Im Laufe des nächsten Tages kühlte sich die Halde von selbst wieder ab... Haben Sie gehört, Mr. Clayton? Können Sie sich denken, was auch hier wieder im Spiele gewesen sein muß?«

Clayton stützte den Kopf in die Hände.

»Die Kristalle! Professor Meltons Kristalle! Herr Gott im Himmel, wie kommen die nach Salisbury?«

Ein kurzes Lachen Chelmesfords unterbrach ihn. »Hören Sie weiter, Clayton, hier steht noch mehr. Der Haldenbrand wurde zuerst von Mr. Slawter und einem Doktor Wandel entdeckt, der vor kurzem in die Dienste der Dupont Company getreten ist.«

»Doktor Wandel bei der Dupont Company! So hat mich meine Ahnung nicht getäuscht. Erinnern Sie sich noch an unsere Unterredung vor drei Wochen? Die Company nimmt den Doktor mit offenen Armen auf, wenn er von uns fortgeht, sagte ich damals.«

»In der Tat, Clayton, Sie sagten es damals, als wir die ersten Schwierigkeiten mit dem Doktor hatten. Aber wichtiger ist jetzt eine andere Frage. Hat Doktor Wandel den Stoff, der in Salisbury explodierte, selber hergestellt oder hat er ihn vor seinem Fortgang in unserm Werk gestohlen?«

Clayton fuhr auf. »Das halte ich für ganz ausgeschlossen, Mr. Chelmesford! Der Deutsche war kein bequemer Mitarbeiter... ein eigenwilliger Kopf, doch für seine Ehrenhaftigkeit lege ich meine Hand ins Feuer. Eher glaube ich alles andere, als daß Doktor Wandel...«

»Die andere Möglichkeit«, unterbrach ihn der Präsident, »wenigstens theoretisch wäre sie denkbar, Clayton... die andere Möglichkeit wäre die, daß der Doktor den Stoff noch in unserm Werk hergestellt hätte und daß Professor Melton... ich spreche rein theoretisch..., daß Professor Melton sich etwas davon angeeignet hat.«

Clayton atmete schwer und brauchte Zeit, bis er Worte fand. »Er hat ein halbes Menschenalter hindurch für uns gearbeitet und erfolgreich geschafft. Wie sollte ein Mann wie der Professor dazu kommen, sein Leben durch solche Tat zu schänden?«

»Ich beschuldige ihn nicht«, während der Präsident weitersprach, bewegte er den Kopf nachdenklich hin und her, »ich gehe mit Ihnen nur alle überhaupt denkbaren Möglichkeiten durch... es ist und bleibt merkwürdig, Clayton... gerade diese letzte so unwahrscheinliche Annahme könnte für die verschiedenen Vorkommnisse eine plausible Erklärung liefern.«

»Wie meinen Sie das, Mr. Chelmesford?« fragte Clayton.

Der Präsident antwortete, langsam sprechend, die Worte sorgfältig wählend. »Es könnte so gewesen sein. Doktor Wandel hat, bevor man ihm den Autoklav entzog, doch noch einen Versuch machen können, bei dem ... sagten Sie etwas Clayton?« unterbrach er sich.

»Ja, Mr. Chelmesford. Es ist richtig, der Doktor hat noch einen Versuch gemacht. Er sprach mir bei unserer letzten Unterredung davon.«

»So, so!« Chelmesford pfiff leise vor sich hin. »Das würde meine Annahme unterstützen. Er hat noch einen Versuch gemacht und dabei eine große Menge dieses Stoffes hergestellt, der die unangenehme Eigenschaft besitzt, nach einer bestimmten Zeit explosiv zu werden. Etwas davon hat er nach Salisbury mitgenommen, daher der Haldenbrand, Clayton. Etwas hat er am Saint-Clair-See ins Wasser gesteckt, daher der Dampfausbruch. Wir werden feststellen müssen, ob dieser Mr. Schillinger und der Doktor miteinander bekannt sind. Ein anderer Teil ist ihm von Melton oder sonst jemand im Werk ... vielleicht sogar von diesem Mr. White weggenommen worden und hat hier das Feuer verursacht. Ist es nicht auffällig, Clayton, wie sich eins ans andere fügt, wenn wir von dieser Annahme ausgehen?«

Clayton schüttelte den Kopf. »Nein, Mr. Chelmesford, es bleiben Lücken und Widersprüche. Professor Melton hat doch auch Versuche gemacht und jedesmal etwas von dem strahlenden Stoff hergestellt. Wie verträgt sich das mit Ihrer Annahme?«

Der Präsident trommelte mit den Fingern nervös auf der Tischplatte. »Sie haben recht, Clayton. Das paßt schlecht zu dem übrigen ... aber nein! Es wäre doch denkbar. Professor Melton könnte bei seinen eigenen Versuchen alles mögliche hergestellt haben, und alle diese Feuerwerkerei an den verschiedensten Stellen könnte doch durch das Präparat Wandels verursacht worden sein.«

»Ja, aber wie wollen Sie das herausbekommen, Mr. Chelmesford? Wie sollen wir jetzt überhaupt weiter verfahren?«

»Der Professor soll unter allen Umständen weiterarbeiten, Mr. Clayton. Er soll jetzt zeigen, was er kann. Seine Abteilung muß schleunigst wieder aufgebaut werden. In Tag- und Nachtschichten, Clayton. Die Kosten dürfen keine Rolle spielen. Ein neuer Autoklav ist nach den vorhandenen Zeichnungen sofort zu bestellen. Daneben laufen die Aufgaben unseres Sicherheitsdienstes weiter. Besonders wichtig ist es jetzt, die Beziehungen Mr. Schillingers zu Doktor Wandel oder zu Werkangehörigen von uns festzustellen. Setzen Sie die letzten Kräfte dahinter und ordnen Sie auch alles Erforderliche für den Neubau an.«

Gedankenvoll kehrte Clayton in das Zimmer zurück, das er nach dem Brand als Arbeitsstelle benutzte. Die Vermutungen und Kombinationen des Präsidenten bewegten ihn stärker, als er selbst wahrhaben wollte. An ein schuldhaftes Handeln Meltons vermochte er ebensowenig zu glauben wie an ein solches Dr. Wandels. Aber immer stärker wurde seine Überzeugung, daß ein Geheimnis über all diesen Vorgängen waltete. Immer stärker auch sein Bedauern, daß es ihm nicht gelungen war, den Doktor bei der United zu halten. Er machte sich jetzt Vorwürfe, daß er Melton gegenüber seine Autorität als Direktor nicht genügend zur Geltung gebracht habe, und während der folgenden Tage und Wochen bekam der Professor diese Stimmung Claytons öfter als einmal zu spüren.

Während in Detroit die Maurer und Zimmerleute noch an der Arbeit waren, die niedergebrannten Teile des Werkes wiederaufzubauen, kam in Salisbury bereits ein neuer Autoklav an. Die Zeichnungen dazu hatte Dr. Wandel gleich nach seinem Eintritt in die Company geliefert, und schon wenige Tage später gab Chief Manager Lee Dowd den Apparat in Auftrag. Er tat es auf seine eigene Verantwortung trotz der Bedenken, die Robert Slawter äußerte, und obwohl einige Direktoren der Company offen widersprachen.

Auch hier war es nicht ohne Kämpfe abgegangen, bevor Dr. Wandel seinen Willen durchsetzte. In den Besprechungen mit Mr. Slawter hatte er ihm seine Pläne entwickelt, und Slawter war dabei von einem Staunen ins andere gefallen. War dieser Deutsche ein Genie oder ein Wahnsinniger? Immer wieder mußte Slawter sich die Frage vorlegen, wenn der Doktor seine mathematischen Ableitungen plötzlich in Drücke und Temperaturen von phantastischer Größe auslaufen ließ.

»Es ist unmöglich, Dr. Wandel«, rief Slawter verzweifelt, »einen Apparat zu bauen, der das aushält!«

»Jedes gute Stahlwerk kann ihn nach meinen Zeichnungen bauen«, erwiderte der Doktor ruhig.

»Und wenn er unter dem ungeheuren Druck explodiert?« schrie Slawter dazwischen. »Wenn er mit einer halben Million Atmosphären in die Luft geht, Mann? Kein Stein von unserm Werk bleibt dabei auf dem andern... Ach, was sage ich von unserm Werk, von ganz Salisbury! Die ganze Stadt wäre im Augenblick ein Trümmerhaufen...«

»Er wird nicht in die Luft gehen«, unterbrach Dr. Wandel ihn mit unerschütterlicher Ruhe. »Er wird ebensowenig explodieren wie der Autoklav in Detroit. Er wird den Druck aushalten, für den ich ihn berechnet habe.«

»Aber warum gleich so hoch gehen, Doktor? Man könnte doch erst mit geringeren Drücken...« versuchte Slawter einzulenken.

»Es wäre unklug, Mr. Slawter«, unterbrach Dr. Wandel ihn. »Wir würden dann wieder explosive Atome bekommen, wie ich sie in Detroit erhielt. Hier haben Sie die Theorie.« Er schob Slawter das Heft mit den endlosen Formeln hin, vor denen der schon ein Grauen hatte, und schlug eine Seite darin auf. »Hier haben Sie es klipp und klar, Mr. Slawter. Erst bei diesem Druck und dieser Temperatur... man könnte hier fast von kritischen Drücken und Temperaturen sprechen... bekommen wir den Stoff, den wir haben wollen.« Und nun überschüttete der Doktor Mr. Slawter eine Weile mit seinen Formeln, bis der klein beigab. – –

Robert Slawter war ein Mann der Praxis, der sich bei seinen Versuchen mehr auf sein instinktives Gefühl als auf langwierige Berechnungen verließ. Die verwickelten theoretischen Ableitungen Dr. Wandels gingen über seinen Horizont; das mußte er immer wieder feststellen, sooft er versuchte, dessen Ausführungen zu folgen. Aber die Bestimmtheit, mit der der Doktor seine Anschauungen vortrug, riß ihn mit. Von Tag zu Tag unterlag er immer mehr der zwingenden Gewalt, die von der Persönlichkeit des deutschen Forschers ausging, und war zuletzt entschlossen, ihm durch dick und dünn zu folgen. –

Wohltätig empfand Dr. Wandel den Unterschied zwischen den Verhältnissen in Detroit und hier. Jetzt, bei der Company, nicht mehr ein Vorgesetzter, sondern ein wirklicher Kamerad, der seinen persönlichen Mut bei früheren Versuchen bereits bewiesen hatte.

Mächtig wirkte sich das auf die Spannkraft und Arbeitsfreudigkeit Dr. Wandels aus. Vom frühen Morgen bis in die sinkende Nacht steckte er im Werk, um die Aufstellung des neuen Autoklavs und die Montage der dazugehörigen Maschinen und Apparate zu überwachen. Erwartungsvoll sah er dem Tag entgegen, an dem die Anlage zum erstenmal arbeiten würde. Slawter stand neben ihm und rieb sich vergnügt die Hände. Ja, das war eine andere Apparatur hier als jene, die ihm damals in der Dammgrube explodierte. Mit der hier konnte man das Ungeheuerliche, bisher noch niemals Versuchte wohl wagen.

Der Autoklav war ein Meisterstück moderner Stahlgußtechnik, fünfmal so groß wie der andere in Detroit, mit seiner Massigkeit alles andere in der Halle weit überragend. Waren es doch in Wirklichkeit fünf Kugeln, die ineinandersteckten und auf die sich der enorme, in der innersten Kugel herrschende Druck stufenartig nach außen hin verteilen sollte. Auch gab es keine Dammgrube mehr, die schützen sollte und in Wahrheit doch nur gefährdete. Frei stand das mächtige Gebilde in der Halle, und von allen Seiten reckten sich ihm Stahlrohre entgegen, bereit, es mit ungezählten Kubikmetern flüssiger Luft zu überrieseln und den zähen Edelstahl bis zur innersten Kugel hin auf 150 Grad Kälte abzukühlen.

»Werden wir's damit schaffen, Doktor?« fragte Slawter, während sein Blick noch einmal die ganze Apparatur umfing. »Ich denke, wir werden es«, gab er sich selber Antwort auf seine Frage, denn Dr. Wandel war bereits dabei, die Maschinen der Anlage probelaufen zu lassen und die drei Assistenten Slawters auf jeden Schaltergriff und jede Ventildrehung einzuexerzieren. Wieder und immer wieder ließ er die Maschinen anlaufen, stillsetzen und wieder von neuem angehen, bis die Sirenen den Werkschluß ankündeten. Dann erst gab es Ruhe in der großen Halle, und zusammen mit Slawter ging der Doktor zu dessen Arbeitszimmer.

Slawter warf sich in seinen Sessel und griff nach einer Zigarre.

»Ihnen wage ich erst gar keine anzubieten, mein lieber Doktor. Sie rauchen ja nicht«, meinte er dabei und wollte die Kiste beiseiteschieben.

»Doch, Mr. Slawter, Sie können mir eine geben; ich glaube, heute habe ich sie verdient«, sagte Dr. Wandel, während er sich an der andern Seite des Tisches niederließ. »Wir sind in den letzten Tagen gut vorwärtsgekommen.«

»Das will ich auch meinen, Doktor. Der Probelauf heute hat großartig geklappt. Ich denke, die Sache kann bald losgehen.«

Der Doktor blickte schweigend einem Rauchring nach und nahm das Gespräch erst nach einer Weile wieder auf.

»Ich kenne Ihre Assistenten erst seit kurzem, Mr. Slawter. Ich hörte, daß Sie schon länger mit ihnen arbeiten.«

Slawter nickte. »Stimmt, Doktor Wandel. Tamblyn und Grimshaw sind seit zwei Jahren bei mir. Howard kam vor sechs Monaten in unsere Abteilung.«

»Dann hatten Sie Gelegenheit, Ihre Gehilfen gründlich kennenzulernen. Ich möchte Sie fragen, Mr. Slawter, ob Sie sich für die unbedingte Zuverlässigkeit der Herren verbürgen können?«

Slawter warf ihm einen verwunderten Blick zu. »Meine Assistenten sind mir unbedingt ergeben. Ich verstehe nicht recht, wie Sie zu Ihrer Frage kommen.«

»Mein verehrter Mr. Slawter, ich habe während meiner Tätigkeit bei der United Beobachtungen gemacht, die mir zu denken geben. Herr Professor Melton wäre nach meiner Überzeugung nicht in der Lage, sich bedingungslos für seine Mitarbeiter zu verbürgen. Es sind da reichlich dunkle Sachen vorgekommen.«

»Herr Doktor, es mag vielleicht übertrieben klingen, aber meine Assistenten gehen für mich durchs Feuer.«

»Es ist mir lieb, daß Sie das sagen, Mr. Slawter. Wir werden aber nicht nur auf eine weitgehende Arbeitswilligkeit, sondern auch auf die unbedingte Verschwiegenheit Ihrer Herren angewiesen sein. Stehen Sie so mit ihnen, daß Sie sie darauf noch besonders verpflichten können?«

»Gewiß, Doktor. Wenn Sie es für erforderlich halten, kann ich das tun; aber wollen Sie sich bitte nicht näher erklären?«

»Gern, Mr. Slawter. Sie sagten eben, daß der Probelauf schon gut geklappt hat. Ich sage Ihnen, daß es erst ein Anfang war. So wie wir heut nachmittag mit den Maschinen ein paar Stunden geübt haben, werden wir nach meiner Schätzung noch etwa eine Woche üben müssen, bis die einzelnen Griffe den Herren wirklich in Fleisch und Blut übergegangen sind. Das wird nicht leicht und nicht immer erfreulich sein, bis die Bedienung auf Bruchteile von Sekunden richtig wird. Das könnte leicht zu Mißstimmungen führen, wenn die Leute nicht mit Leib und Seele bei der Sache sind.«

»Ich werde mit meinen Assistenten offen reden, Doktor, und sie werden danach tun, was Sie verlangen.«

»Vergessen Sie nicht, Mr. Slawter, Ihren Herren dabei zu sagen, daß es bei der Ausführung der Manöver wirklich auf Bruchteile von Sekunden ankommt. Hätten Sie seinerzeit bei Ihrem Versuch den Strom eine Fünftelsekunde früher ausgeschaltet, so hätten Sie die Katastrophe vermeiden können.«

»Was, Doktor! Das wissen Sie? Woher wollen Sie das erfahren haben?«

»Ich weiß es, Mr. Slawter, ebenso, wie Sie um meinen nächtlichen Versuch in Detroit wußten. Es spinnen sich unterirdische Verbindungen zwischen den beiden Werken hin und her, daher meine zweite Forderung unbedingter Verschwiegenheit an Ihre Herren. Von dem, was wir in nächster Zeit in der großen Halle machen werden, darf auch nicht ein Wort nach außen hin verlauten. Wir müssen uns auf den Standpunkt stellen, daß jeder Mensch, und wäre er noch so unverdächtig, ein Spion sein könnte. Jeder, Mr. Slawter, nicht nur die Hilfskräfte in Ihrer Abteilung, die wir sowieso für die nächste Zeit von der Halle fernhalten werden. Auch allen Freunden und Bekannten gegenüber müssen Ihre Herren größte Zurückhaltung wahren. Prägen Sie das Ihren drei Gehilfen auf das eindringlichste ein, Mr. Slawter, und wenn es Ihnen recht ist, will ich danach noch selber mit ihnen sprechen. Wir können in der nächsten Zeit nicht vorsichtig genug sein.«

Die Worte des Doktors verfehlten ihren Eindruck auf Slawter nicht. »Ich werde in Ihrem Sinne handeln, Doktor Wandel«, erwiderte er, »aber wie soll es nachher bei den Versuchen selbst werden? Da wird sich doch wieder die ganze Korona einfinden. Dr. Dowd und Direktor Alden werden es sich kaum nehmen lassen, dabeizusein, und die andern Abteilungsleiter brennen natürlich auch vor Neugierde.«

Über die Züge Dr. Wandels glitt ein leichtes Lächeln.

»Das wird sich finden, wenn es so weit ist, mein lieber Slawter. Sie wissen ja«, sein Lächeln verstärkte sich, »ich bin ein Freund von nächtlichen Versuchen unter Ausschluß der Öffentlichkeit ...«

»Das würde Mr. Dowd Ihnen sehr übelnehmen«, fiel ihm Slawter ins Wort.

»Wir werden es so machen, Slawter, daß Mr. Dowd keinen Grund dazu findet. Vorläufig ist das andere wichtiger«, er sah nach der Uhr, »Ihre Assistenten werden jetzt nicht mehr im Werk sein, aber morgen früh wollen wir sie vornehmen und gründlich instruieren.«

Joe Schillinger ließ den Federhalter sinken und blickte von seiner Arbeit auf. Ein Postbote stand vor ihm, der einen eingeschriebenen Brief in der Hand hielt.

»Geben Sie her und machen Sie, daß Sie weiterkommen«, sagte er unwillig wegen der Störung.

»Sind Sie Herr Doktor Wandel?« fragte der Bote, ohne den Brief abzugeben. Erst jetzt sah Schillinger sich den Mann genauer an. Es war nicht der alte Briefträger, der die Post schon seit Jahren in das Werk brachte. Wahrscheinlich eine jüngere, neu eingestellte Hilfskraft.

»Ach so, Sie kennen mich noch nicht«, meinte er ein wenig belustigt. »Mein Name ist Schillinger, ich bin der Besitzer des Werkes. Merken Sie sich's fürs nächste Mal. Wer hat Sie überhaupt zu mir geschickt?«

Der Postbote fingerte verlegen mit dem Brief hin und her, während er antwortete.

»Ich habe ein Einschreiben an einen Herrn Doktor Wandel, per Adresse Schillinger-Werk am Saint-Clair-See. Der Portier hat mich hierhergeschickt. Er meinte, daß Sie den Herrn vielleicht kennen.«

»Was ich für einen schlauen Portier habe«, brummte Schillinger vor sich, »Doktor Wandel ist nicht mehr hier. Ändern Sie mal die Anschrift auf Ihrem Brief. Schreiben Sie: Per Adresse Dupont Company in Salisbury, dann wird der Doktor ihn schon richtig bekommen.«

Der Postbote bedankte sich für die Auskunft und zog wieder ab.

Ist eigentlich merkwürdig, ging es Schillinger durch den Sinn. Wer mag das wohl sein, der einen Brief für den Doktor an meine Werkadresse schickt? Dann wandte er sich wieder seiner Arbeit zu. – –

Im Garten des Landhauses am Saint-Clair-See war der Hausmeister damit beschäftigt, den Rasen zu schneiden, als es klingelte. Ein Postbote stand am Zaun und hielt einen Brief in der Hand. Der Postbote war derselbe, der eben bei Joe Schillinger im Werk vorgesprochen hatte, aber der Brief war ein anderer.

Der Hausmeister ließ seine Mähmaschine stehen, kam an das Gitter und fragte: »Was bringen Sie?«

Der Bote wies seinen Brief vor. »Ich habe hier ein Einschreiben an einen Doktor Wandel, zur Zeit Landhaus Schillinger am Saint-Clair-See ...«

»Wohnt hier nicht«, unterbrach ihn der Hausmeister, sah sich dabei die Adresse an und schien sich zu erinnern.

»Doktor Wandel? ... Ist ein Bekannter von Mr. Schillinger ... war ein paarmal zu Besuch hier ... hat sich seit vierzehn Tagen nicht mehr sehen lassen. Wird am besten sein, Sie gehen zum Werk 'rüber und fragen da mal nach.«

Der Briefträger nahm seine Mütze ab und kratzte sich den Kopf. »Dumme Geschichte, Mister. Da drüben bin ich schon gewesen, hatte da andere Post abzugeben. Habe bei der Gelegenheit schon gefragt. Niemand konnte mir Bescheid geben, wo der Doktor Wandel zu finden ist.«

Das konnte der Hausmeister dem Boten nun zwar auch nicht sagen, aber der Vormittag war heiß, und es war ihm nicht unlieb, seine Arbeit auf ein Viertelstündchen im Stich lassen zu können. Auch der Briefträger schien es nicht besonders eilig zu haben. Ein Wort gab das andere, und über den Zaun hinweg entwickelte sich ein ganz netter kleiner Plausch. Wenn der Hausmeister auch die Adresse Dr. Wandels nicht kannte, so wußte er doch mancherlei von ihm zu erzählen. Das mochte wohl daher kommen, daß zu seinen Obliegenheiten nicht nur die Gartenunterhaltung, sondern auch die Bedienung gehörte, wenn Gäste zu Besuch in das Landhaus kamen. – –

»Smith soll kommen und mir berichten«, sagte Direktor Clayton und legte den Telephonhörer wieder auf. Kurz darauf trat ein jüngerer Mann ins Zimmer, der sich von dem Briefträger am Saint-Clair-See nur dadurch unterschied, daß er keine Postuniform trug. Clayton wies auf einen Stuhl.

»Nehmen Sie Platz, Mr. Smith, und schießen Sie los. Was haben Sie in Erfahrung gebracht?«

»Doktor Wandel arbeitet bei der Dupont Company in Salisbury.«

»Das wußten wir schon vorher, Mr. Smith«, meinte Clayton enttäuscht, »sonst nichts Neues?«

Mr. Smith vom Sicherheitsdienst der United zog sein Notizbuch hervor, begann auszukramen, und je länger er sprach, um so interessierter hörte ihm Clayton zu... Dr. Wandel und Schillinger schon seit Jahren bekannt... gemeinsame Verwandte in Deutschland... der Doktor, bevor er in die United eintrat, schon oft bei Schillinger zu Besuch... hatte eine Zeitlang sogar bei ihm gewohnt... das letztemal vor zwei Wochen draußen... damals Zukunftspläne mit Schillinger besprochen... und ein Paket in den Stichkanal geworfen...

Die Unterhaltung mit Schillingers Hausmeister war doch recht inhaltsreich gewesen. Mr. Smith fühlte ihre volle Bedeutung erst jetzt, während er Direktor Clayton darüber berichtete, und auch dem gab sie schwer zu denken.

Der Doktor hatte also tatsächlich einen Versuch mit dem Autoklav gemacht. Zur Nachtzeit... mit Unterstützung Schillingers und eines dritten, dessen Namen der Hausmeister nicht wußte... einen erfolgreichen Versuch, wie der Doktor bei seinem letzten Aufenthalt am Saint-Clair-See Schillinger gegenüber ausdrücklich betont hatte.

Clayton begann an Professor Melton irre zu werden. Wer von den beiden, zum Teufel, hatte denn nun gestohlen? Der Doktor oder der Professor? Wenn dem Doktor der Versuch geglückt war, lag für ihn kein Grund vor, Melton etwas wegzunehmen. Also wurde die andere Frage brennend, ob Melton dem Doktor etwas entwendet hatte. Der Direktor rief sich noch einmal die Schlußfolgerungen des Präsidenten Chelmesford ins Gedächtnis zurück. Der gleichzeitige Ausbruch des Feuers an den verschiedenen Stellen zwang zu der Annahme, daß alle strahlende Materie, die dabei explodierte, aus ein und demselben Versuch stammte. Also mußte sich Melton an dem Präparat des Doktors vergriffen haben. Aber warum?

Nur *eine* Antwort fand Clayton darauf: weil dem Professor selbst nichts Richtiges geglückt war.

Mr. Smith steckte sein Notizbuch wieder ein und räusperte sich ein paarmal. Das Geräusch brachte Clayton in die Gegenwart zurück.

»Eine vorzügliche Leistung, mein lieber Smith. Arbeiten Sie ihren Bericht aus und schicken Sie mir eine Abschrift. Und dann... ja, Mr. Smith, da wäre noch etwas anderes. Es ist schwierig, aber wenn es Ihnen gelingt, wird die United es dankbar anerkennen. Es liegt uns viel daran, Näheres über das nächtliche Experiment der Herren Schillinger und Doktor Wandel zu wissen. Sie müssen versuchen, noch mehr darüber in Erfahrung zu bringen. Wenn irgend möglich, auch den Namen des dritten Mannes, der dabei war. Kommen Sie wieder zu mir, sobald Sie etwas haben.«

Der Angestellte des Sicherheitsdienstes verließ das Zimmer, und Clayton war mit seinen Gedanken allein, die wild durcheinanderwirbelten. War Melton wirklich der Scharlatan, als den Dr. Wandel ihn immer hingestellt hatte? Fast wollte es Clayton jetzt selber so scheinen. Auf jeden Fall mußte das schleunigst festgestellt werden. So schnell wie möglich mußten dem Professor die Mittel in die Hand gegeben werden, um weiterzuarbeiten. Dann würde es sich schnell zeigen, ob er etwas zustande brachte... Und wenn nicht? Dann mußte die United auf die Person dieses deutschen Doktors zurückgreifen, denn der hatte ja sicher schon etwas zustande gebracht.

Aber der Doktor war in Unfrieden von Detroit geschieden und saß jetzt bei den Duponts. Es würde nicht so einfach sein, die Verbindung mit ihm wiederherzustellen...

Schon überlegte sich Clayton, welche Handhabe der nächtliche Versuch in diesem Falle der United bieten könnte. Allerlei andere Möglichkeiten gingen ihm daneben durch den Kopf. Vielleicht eine Anklage wegen Brandstiftung... wenigstens die Drohung mit einer solchen, um den Deutschen mürbe zu machen...

Die Glocke des Tischtelephons riß ihn aus seinem Grübeln. Chelmesford war am Apparat und bat ihn zu sich. Der Präsident wünschte zu wissen, was der Sicherheitsdienst bisher ermittelt hätte.

Durch den Brand war die Abteilung Melton obdachlos geworden. Ein Teil der Angestellten wurde vorübergehend in anderen Abteilungen beschäftigt. Professor Melton und seinem engeren Stab hatte Direktor Clayton einige Zimmer im Verwaltungsgebäude, die zur Not entbehrlich waren, zugewiesen. Sie waren nicht besonders geräumig, doch bis zur Wiederherstellung der niedergebrannten Baulichkeiten mußte man damit vorliebnehmen.

Der Professor und Wilkin hausten in einem Zimmer, das eigentlich als Warteraum für Besucher gedacht war. Dort saßen sie zusammen über den Autoklavzeichnungen Dr. Wandels, berieten hin und her und konnten sich nicht einig werden. Es ging dabei um die Frage, ob man den neuen Apparat nach den ursprünglichen Plänen des Doktors bestellen sollte oder mit dem von Wilkin veränderten Verschlußstück. Der Professor hatte Bedenken bekommen und wollte sich jetzt strikt an die Zeichnungen Dr. Wandels halten, Wilkin verteidigte seinen eigenen Entwurf, und in ihre Streitereien platzten immer dringlichere Mahnungen Claytons hinein, endlich zu einem Entschluß zu gelangen und den neuen Autoklav in Auftrag zu geben. – –

Tom White steckte in einem Stübchen, das noch erheblich kleiner war als das Zimmer des Professors und seines Assistenten. Der Raum war ursprünglich für einen Bürodiener bestimmt, aber Direktor Clayton hatte den Mann mit Stuhl und Tisch kurzerhand auf den Korridor gesetzt und White darin untergebracht.

In ziemlich verdrossener Stimmung hatte Tom White sein neues Quartier bezogen, aber sehr bald begann er ihm Geschmack abzugewinnen, denn dieses Loch von einem Zimmer lag in nächster Nähe der Räume des Präsidenten Chelmesford und des Direktors Clayton. Bei angelehnter Tür war es ihm ein leichtes, zu beobachten, wer bei den beiden aus und ein ging, und von dieser Möglichkeit machte er fleißig Gebrauch, denn recht was zu tun gab es für ihn in der Übergangszeit kaum.

Um so mehr bemühte er sich, den Weisungen Mr. Spinners gerecht zu werden und möglichst viel zu beobachten, das für den Nachrichtenchef in Salisbury von Wichtigkeit sein konnte; aber seinen Bestrebungen war leider eine enge Grenze gezogen. Sowohl das Zimmer Chelmesfords als auch das Claytons war mit doppelten Türen versehen, durch die kein Laut von dem, was drinnen verhandelt wurde, herausdrang. Er konnte eben nur sehen, wer zu dem einen oder anderen hineinging, dann fielen die Türen ins Schloß.

Ins Schloß. Das war für einen Mann wie Tom White kein Hindernis. Ein Abdruck war schnell genommen und ein Schlüssel danach angefertigt, aber viel weiter kam er dadurch nicht. Wohl konnte er jetzt in Zeiten, zu denen er ihre Bewohner fern wußte, diese Räume betreten, doch viel zu entdecken gab es dabei auch nicht, denn sowohl Chelmesford als auch Clayton pflegte seine wichtigeren Schriftstücke in Stahlschränken aufzubewahren, die den Schlosserkünsten von Mr. White gewachsen waren. Außerdem blieb die Sache auch reichlich gefährlich. Kam doch einmal einer der beiden, Chelmesford oder Clayton, unvermutet zurück, so mußte das für den unerwünschten Beobachter natürlich die schwerwiegendsten Folgen haben.

Man müßte dabeisein und alles hören können, wenn sie ihre Besprechungen abhalten, sagte Tom White sich ein über das andere Mal, und er war auch der Mann dazu, diesen Wunsch zu verwirklichen.

Es war schon nach Werkschluß, als er sich noch auf dem Korridor zu schaffen machte. Ein Schlüssel in seiner Hand öffnete die doppelten Türen von Chelmesfords Zimmer. Er schob eine Streichholzschachtel hinter die Bücherreihen eines Regals, der äußerlich nicht anzusehen war, daß sie ein empfindliches Mikrophon enthielt. Eine fadendünne isolierte Leitung brachte er sorgfältig zwischen Tapete und Scheuerleiste unter, und dann war er wieder draußen. Die Leitung aber führte er weiter bis zu seinem Raum und in den Kleiderschrank, in dem sich eine elektrische Batterie und einige andere Apparate befanden.

Noch einmal das gleiche Spiel im Zimmer Claytons, und mit einem Gefühl der Erleichterung kehrte Tom White in den eigenen Raum zurück. In Zukunft würde er es nicht mehr nötig haben, sich in Gefahr zu begeben. In voller Ruhe und Sicherheit würde er durch das Telephon in seinem Schrank mithören können, was die Leiter der United hinter doppelt gesicherten Türen sprachen. Jetzt sollte Mr. Spinner Berichte nach seinem Herzen bekommen, und der Lohn der Dupont Company für solche Tüchtigkeit würde nicht ausbleiben. In der Tat bekamen die Briefe aus Detroit, die der Nachrichtenchef in Salisbury mit einer gewissen Schablone entziffern mußte, von diesem Zeitpunkt an einen derartig reichen Inhalt, daß er öfter als einmal geneigt war, Tom White für einen Zauberkünstler zu halten. – –

Sehr viel weniger war die Nachrichtenabteilung der United mit ihren Agenten in Salisbury zufrieden, denn trotz aller Bemühungen wollte es denen nicht mehr gelingen, irgend etwas Wichtiges und Wissenswertes über die Arbeiten in der Abteilung Slawter in Erfahrung zu bringen. Nur das war noch gemeldet worden, daß ein neuer, riesenhafter Autoklav angekommen und unter der Leitung des deutschen Doktors aufgestellt worden sei. Dann wurden die Berichte spärlich und mangelhaft und wollten auch trotz ernstlicher Ermahnung aus Detroit nicht wieder in Fluß kommen.

Das Verhältnis des Doktors zu seinen Mitarbeitern konnte als vorbildlich gelten. Wenn er sie auch alle, Slawter nicht ausgenommen, bei den fortgesetzten Probeläufen der neuen Anlage scharf herannehmen mußte, so geschah das doch in einer so kameradschaftlichen Weise, und er selber schonte sich dabei so wenig, daß alle mit Lust und Liebe bei der Sache waren. Jeder von ihnen gewann dabei die Überzeugung, unentbehrlich zu sein und das volle Vertrauen des deutschen Doktors zu genießen, und blieb um so mehr bemüht, sein bestes Können zu zeigen.

Das geschah, nachdem Dr. Wandel die drei Assistenten Slawters gründlich ins Gebet genommen und alles überflüssige Volk aus der Abteilung entfernt hatte. Wohl ließen sich die Herren Tamblyn und Grimshaw noch von ihren Freunden Brown und Miller im Klub freihalten, und Mr. Howard verkehrte nach wie vor in seinem Baseballverein und schlug es Mr. Jefferson nicht ab, ein Glas mit ihm zu trinken, aber weder dort noch hier kam dabei etwas Wissenswertes heraus. Wenn aber die Assistenten Slawters doch einmal ihre Zurückhaltung aufgaben und zwanglos plauderten, so erwiesen sich ihre Mitteilungen später als irreführend, und das war für die Leute der United fast noch unangenehmer. Die Anweisungen Dr. Wandels waren auf einen fruchtbaren Boden gefallen, und der Nachrichtendienst von Detroit hatte darunter zu leiden. – –

Aber Dr. Wandel hatte doch noch seine Heimlichkeiten. Als die Woche anstrengender Probeläufe sich ihrem Ende zuneigte, wußte selbst Robert Slawter noch nichts davon, daß in der innersten Kugel des großen Autoklavs bereits zwei Stifte aus einem schweren, dunklen Metall von der gleichen Art steckten, wie sie seinerzeit auch bei dem nächtlichen Versuch in Detroit benutzt worden waren. – –

Ein Uhr mittags. In Salisbury schrillten die Sirenen auf und gaben heute, am Sonnabend, das Signal für den Arbeitsschluß. Die Büros und Werkstätten der Company begannen sich zu leeren. In hellen Scharen strömte die Belegschaft aus Hallen und Häusern auf die Werkhöfe und ergoß sich durch die großen Tore auf die Straße. Nur in der Abteilung Slawter blieben fünf Männer zurück. »Wie steht's, Doktor Wandel?« fragte Slawter, »können wir der Werkleitung nächste Woche die Bereitschaft unserer Abteilung melden?«

Der Doktor ließ seine Blicke über die schimmernden Maschinenanlagen in der großen Halle wandern und schien etwas zu überlegen, bevor er nach kurzem Zögern antwortete.

»Ich denke, Slawter; wenn wir jetzt noch eine Generalprobe veranstalten, können wir Montag die Meldung machen. Allerdings müßten die Herren dann etwas von ihrem freien Nachmittag opfern. Ein paar Stunden würde uns eine letzte Probe unter vollem Druck und Strom in Anspruch nehmen.«

Er sah sich fragend um und brauchte nicht weiter zu fragen. Zustimmung, Entschlossenheit und Tatendurst leuchteten ihm aus den Mienen seiner Mitarbeiter entgegen. Klar kamen die Worte von seinen Lippen.

»Fertig zur letzten Probe!«

Kurz und scharf fielen die nächsten Kommandos.

»Pumpe eins läuft an, Pumpe zwei … drei, vier … fünf!«

Mit voller Tourenzahl arbeiteten die mächtigen Gaspumpen, klingend dröhnten die Schläge ihrer Ventile durch die Halle.

»Luft auf!« kam das nächste Kommando, und in endlosen Strömen ergoß sich die flüssige Luft über die Autoklavkugel. Mächtige Schwaden wallten auf und vernebelten die Halle. Für Minuten konnte keiner der fünf den andern sehen, so dicht wogten die Dunstmassen daher. Dann wurden sie lichter, die Sicht kam wieder. Der gewaltige Stahlbau des Autoklavs war durch und durch auf Weltraumkühle niedergekühlt.

Der Doktor gab sich das Kommando selbst und bewegte im gleichen Moment den Stromschalter. Transformatoren brummten auf, und zehntausend elektrische Pferde rasten im Herzen der innersten Stahlkugel.

Dr. Wandel ließ die Hand nicht vom Schalter, während seine Augen den Gang von zehn Meßinstrumenten gleichzeitig verfolgten. Unablässig kamen dabei neue Befehle aus seinem Munde.

»Slawter, Pumpe fünf mehr Druck! … Grishaw, Pumpe drei weniger Druck! … Howard, Luft stärker auf! Tamblyn, Pumpe vier schwächer! …«

Wie ein Automat kommandierte Dr. Wandel, und wie Automaten führten die andern seine Befehle in Bruchteilen von Sekunden aus. Lange genug hatten sie ja geübt, bevor sie diese letzte, schwerste Probe wagten, und freudig fühlten sie jetzt, wie nützlich und notwendig die lange Vorübung gewesen war. Unwillkürlich mußte Robert Slawter jenes früheren Versuches gedenken, der beinahe mit einer Katastrophe geendet hatte. Fast leichtfertig erschien ihm nun sein damaliges Vorgehen. Jetzt würde es anders klappen. Wenn sie heute diesen letzten Probelauf unter vollem Druck und Strom glücklich zu Ende geführt hatten, dann mochten übermorgen Mr. Dowd, Direktor Alden und alle die andern kommen. Man würde ihnen etwas zeigen, das ihr Staunen erregen sollte. Hielt die Anlage heut die riesenhafte Beanspruchung aus, dann würde sie zuverlässig auch übermorgen standhalten.

»Pumpe fünf stärkeren Druck!«

Das Kommando Dr. Wandels riß Slawter aus seinen Gedanken. Während er die Maschine stärker laufen ließ, blickte er auf das Manometer und erschrak. Der volle Druck von einer halben Million Atmosphären stand in der innersten Kugel. Bis zu dem berechneten Wert hin war der Autoklav jetzt beansprucht. Wenn ein Fehler in der Stahlmasse war, irgendein winziger Riß irgendwo … wenn die Riesenspannung sich gewaltsam Bahn brach … im Augenblick mußten sie dann alle, die hier standen und dem Element nach ihrem Willen Fesseln anlegten, zerschmettert, zerrissen, vernichtet werden. Wie ein Sturmwind würde die Katastrophe weitertoben … über das Werk, über die Stadt hin. Nur noch ein riesiger Trümmerhaufen und ein gewaltiges Leichenfeld würden Zeugnis ablegen von diesem Versuch … und von denen, die ihn gewagt hatten.

Ruhiger wurde der Lauf der Maschinen, seltener fielen Kommandos, die neue Regelung verlangten. In stetem Takt pochten die Pumpenventile, in stetem Strom ergoß sich die flüssige Luft aus den Brauserohren über die Stahlkugel, und traumhaft wurde der stete Fluß der Zeit für Robert Slawter. Wie aus einer andern Welt klang ein Kommando Dr. Wandels an sein Ohr.

»Pumpe fünf schwächeren Druck!« Noch während er es ausführte, erschallte schon das nächste: »Pumpe vier Druck schwächer!« Schritt um Schritt wurde die Leistung der mächtigen

Gaspumpen gemindert, während der Doktor die elektrische Energie zurückdrosselte. Der Augenblick kam, da alle Maschinen wieder stillstanden. Fast unwahrscheinlich wirkte die Ruhe in der großen Halle auf die fünf Männer, nachdem so lange Zeit das Dröhnen der Maschinen, das dumpfe Brausen der Transformatoren und das schneidende Zischen der flüssigen Luft ihre Ohren betäubt hatten.

Die Stimme Dr. Wandels klang durch die Stille. »Die Generalprobe ist zu Ende! Montag große Vorstellung vor geladenem Publikum. Für heut Feierabend, meine Herren.«

Langsam verließen die drei Assistenten die Halle, Slawter und Dr. Wandel blieben allein zurück. Nur ein leises Knistern und Knacken hier und dort unterbrach die Stille in dem großen Raum. Die Geräusche kamen von der Maschinenanlage her, deren heiße Teile sich allmählich abkühlten.

»Nun wären wir also glücklich soweit, Doktor. Montag müssen wir zeigen, was wir können«, brach Slawter das Schweigen. »Hoffentlich lohnt der Erfolg unsere Bemühungen.«

»Ich erwarte es bestimmt, Slawter. Wir hatten heute eine halbe Million Atmosphären in der Kugel, die Temperatur... unsere Pyrometer sind bei der Riesenglut nicht mehr mitgekommen... das muß bei späteren Versuchen noch verbessert werden... aber rechnungsmäßig schätze ich, daß wir im Energiezentrum beträchtlich über eine Million Grad hinausgekommen sind. Nach der Theorie ist daher zu erwarten...«

Während der letzten Worte griff Dr. Wandel nach jenem Formelheft, das Slawter so gar nicht liebte, und während der nächsten Viertelstunde mußte er eine Fülle von mathematischen Ableitungen und chemischen Schlußfolgerungen über sich ergehen lassen, bis ihm der Kopf brummte. Vergeblich versuchte er verschiedentlich, den Doktor zu unterbrechen. Der ließ sich in seinen Erklärungen und Berechnungen nicht stören, bis er zum Endergebnis kam.

»So dürfen wir unter den genannten Verhältnissen mit großer Bestimmtheit die Entstehung eines neuen Elements mit dem Atomgewicht fünfhundert erwarten...«

»Fünfhundert, Doktor Wandel?« Fast wie ein Schrei kam es von den Lippen Slawters. »Fünfhundert, Doktor? Ein Riesenerfolg wäre das! Ein neues Zeitalter der Chemie... der ganzen Technik müßte es bedeuten, wenn... Sie sich nicht irren, Doktor Wandel.«

»Ich halte einen Irrtum für ausgeschlossen, Slawter. Ein neues Element mit dem Atomgewicht fünfhundert muß sich bilden, das nicht strahlt, sondern stabil ist.«

»Nicht strahlt?« Slawter sah ihn enttäuscht an. »Damit ist uns nicht viel gedient. Wir wollen doch strahlende Materie herstellen...«

»Sie sind unverbesserlich, Slawter! Lassen Sie mich doch endlich ausreden. Ein neues Element muß entstehen, das unter normalen Verhältnissen stabil ist, aber äußerst mobil wird, sobald man es mit Wasser auflöst...«

»Ah, Doktor!« Slawter vergaß vor Staunen beinahe, seinen Mund wieder zu schließen. Dr. Wandel fuhr in seinen Auseinandersetzungen fort, wobei er zum Leidwesen Slawters wieder seine Formeln zu Hilfe nahm.

»Das verhält sich nämlich so, mein lieber Slawter. Normalerweise bleiben die Atome dieses neuen Stoffes ruhig. Erst wenn er in Wasser aufgelöst wird – Sie wissen ja, Dissoziation und Ionenbildung –, dann setzt der Zerfall ein, dann, aber auch ganz gehörig.«

Wieder suchte der Doktor zwischen seinen Formeln. »Halbe Zerfallszeit vierundzwanzig Stunden – noch etwas zu explosiv. Das Ideal ist es noch nicht, Slawter, aber für den Anfang mag es genügen.«

»Wenn wir's nur erst hätten, Doktor! Bei Gott, ich wäre damit zufrieden. Solch ein Stoff... er ginge über alles hinaus, was ich jemals erwartet und erhofft habe, aber ich fürchte, Doktor Wandel, Ihre Theorien eilen den Tatsachen weit voraus.«

»Das wollen wir gleich sehen, Slawter.«

Ein leichtes, rätselhaftes Lächeln glitt über das Gesicht Dr. Wandels, während er die Worte sprach.

»Gleich sehen, Doktor? Was wollen Sie? Was haben Sie vor? Wollen Sie etwa jetzt den Versuch machen? Ohne unsere Assistenten? Ohne die Werkleitung zu benachrichtigen? Das ist unmöglich!«

»Und überflüssig, Mr. Slawter. Der Versuch wurde bereits gemacht...«

»Wurde bereits gemacht?« kam es wie ein Echo von Slawters Lippen. Dr. Wandel nickte.

»Ganz richtig, Mr. Slawter. Wir haben ihn vorhin gemacht, Sie, ich und Ihre Assistenten... wir alle fünf zusammen. Jetzt wollen wir beide den Autoklav öffnen und sehn, was wir darin finden.«

Slawter hörte die Worte des Doktors, ohne ihren vollen Sinn zu begreifen, und als er ihn erfaßt hatte, saß er eine Weile stumm in sich zusammengesunken. Die Überraschung war zu groß, die Erschütterung zu gewaltig. Es bedurfte einiger Zeit, bis seine Erstarrung sich löste. Seine Stimme klang verändert, als er wieder sprach.

»Sie haben den Versuch gemacht, Doktor Wandel? Die Würfel sind gefallen... Erfolg oder Mißerfolg? Kommen Sie, wir wollen sehen, was in der Kugel ist.«

Es war keine leichte Aufgabe für die beiden Männer, den neuen Autoklav zu öffnen und bis zum Zentrum des mächtigen Stahlbaues vorzudringen. Fünf kugelförmige Hüllen steckten ja hier ineinander. Fünfmal mußten sie mit Maschinenkraft schwere Verschlußstücke herausdrehen, die durch den Druck und die Hitze des letzten Versuches fast untrennbar mit dem Apparatkörper verbunden waren. Bis endlich knirschend und krachend das fünfte, innerste Stück sich unter dem wuchtigen Angriff einer Maschinenzange zu drehen begann, von seiner Verschraubung freikam und am Kranhaken hing. Der hob es empor, und am Kran fuhr das Deckelstück durch die Halle, bis es in der Nähe des Fensters über einem Laboriertisch hing. Durch eine Schalterbewegung ließ Dr. Wandel den Haken wieder nach unten. Fast in Augenhöhe hatten sie das Stück jetzt vor sich.

»Da ist es, Slawter«, sagte der Doktor und trocknete sich die Stirn mit einem Tuch. Wie gebannt starrte Robert Slawter auf ein Kristallgebilde, das unter dem Deckel an zwei Elektroden hing.

»Da ist es! Da ist es!« wiederholte er mechanisch die Worte des Doktors und streckte die Hand danach aus. Etwa die Größe und Gestalt eines Apfels hatte das Gebilde, kühl und glatt fühlte es sich an, als seine Finger es berührten. Anders verhielt sich dieser Stoff als jener, der bei dem Versuch in Detroit entstand. Keine elektrischen Schläge teilte er aus. Kein Brennen und keine Erschütterung empfand Slawter, während er ihn betastete. Mit stiller Befriedigung sah es Dr. Wandel und nickte leicht vor sich hin.

»Keine Strahlung. Es ist, wie ich's erwartete. Die Theorie hat recht behalten. Bis hierher wenigstens. Wir wollen weitersehen, Slawter.«

Slawter erschauerte leicht und zog seine Hand zurück.

»Unheimlich ist das, Doktor Wandel. Man könnte sich davor fürchten. Wie düster die Kristalle schimmern. Sie sind nicht schwärzer als Kohle und wirken doch viel schwärzer. Unheimlich und wunderbar zugleich. Man spürt es fast greifbar, daß jeden Augenblick etwas Ungeheures aus diesen Kristallen herausbrechen könnte.«

»Nur mit unserem Willen, Slawter, wenn wir der gefesselten Energie den Weg freigeben. Wir sind die Herren des Stoffes, den wir schufen. Wir wissen ihn zu meistern. In den Händen von Toren freilich könnte dieser kleine Ball fürchterliche Wirkungen haben. Diesmal muß ich den Stoff unter besserem Verschluß halten als damals in Detroit. Zu schlimm wäre das Unheil, das sonst entstehen könnte.«

Dr. Wandel schwieg und griff nach einer Metallsäge. Mit kräftigen Strichen begann er das Elektrodengestänge an den Stellen zu durchschneiden, wo es in den Kristallball hineinragte. Als das Sägeblatt auch die zweite Elektrode zur Hälfte abgetrennt hatte, unterbrach er seine Arbeit, griff nach einem trockenen Wolltuch und drückte es Slawter in die Hand.

»Fangen Sie die Kugel damit auf, wenn sie sich von der Elektrode löst.«

Slawter legte das Tuch um das Kristallgebilde und hielt es mit einer Hand. »Sie werden beide Hände nehmen müssen, mein lieber Slawter«, sagte der Doktor und setzte die Säge wieder an.

Etwas ungläubig folgte Slawter der Weisung. Ein dutzendmal zog Dr. Wandel die Säge noch hin und her, dann fiel das Gebilde in Slawters Hände, so massig und schwer, daß es ihn nach vorn hinüberriß, daß er die Ellbogen auf den Tisch stützen mußte, um nicht zu fallen. Verwundert starrte er auf die kleine Kugel, die mit einer so unbegreiflichen Last auf seine Hände drückte.

»Nach der Theorie, mein Lieber...« hub der Doktor an. Mit einem Laut der Ungeduld ließ Slawter die Kristallkugel auf den Tisch gleiten. Einen mathematischen Vortrag anzuhören und gleichzeitig noch ein Zentnergewicht zu halten, ging über seine Kräfte. Aber der Doktor verzichtete diesmal auf lange Formeln. Er sagte nur kurz und bündig:

»Nach der Theorie muß der neue Stoff etwa doppelt so schwer wie Platin sein. Ich schätze das Gewicht auf etwa neunzig bis hundert Pfund.«

Slawter rieb seine Finger. »Wunderbar, Doktor Wandel! Ein merkwürdiger Stoff! Das kleine Ding wiegt einen Zentner. Ich würde es nicht glauben, wenn ich es nicht jetzt noch an meinen Händen spürte.«

Der Doktor hatte sich auf einen Schemel vor dem Tisch niedergelassen. Er stützte den Kopf in die Arme und blickte nachdenklich auf die Kristallkugel. Langsam und versonnen kamen die Worte von seinen Lippen.

»Sie haben recht, Slawter, es ist ein wunderbarer Stoff; wunderbar in jeder Hinsicht. Es könnte wohl ein neues Zeitalter der Technik damit beginnen, wenn er auch das letzte erfüllt, das die Theorie von ihm fordert. Nun, auch darüber werden wir bald Gewißheit haben.«

Während er die Worte sprach, griff er wieder zu der Säge und ließ sie ganz leicht über die Kugel gleiten. Ein Splitterchen, winzig nur, dem Auge kaum sichtbar, löste sich dabei von ihr und verfing sich zwischen zwei Sägezähnen. Dr. Wandel griff nach einer Pinzette und klemmte sich eine Lupe ins Auge. Wie er da am Tisch hockte, das Sägeblatt vorm Gesicht, und mit der feinen Pinzette nach dem Kristallstäubchen fischte, ähnelte er einem Uhrmacher bei seiner Arbeit. Jetzt hatte er das Stäubchen gefaßt, ließ es in eine Glasschale fallen und erhob sich.

»Entschuldigen Sie mich einen Augenblick, Slawter.« Er verließ die Halle und ging nach seinem Arbeitsraum. Als er zurückkam, trug er in der Rechten eine blinkende Stahlkassette, in der Linken ein feines Gerät, das er vorsichtig auf den Tisch stellte.

Mit einem vielfach gezackten Schlüssel öffnete er die Kassette. In das Flanelltuch gehüllt, kam die Kristallkugel hinein. Als der Doktor den Deckel wieder zuschlug, konnte Slawter beobachten, daß der Deckel sich mit zahlreichen Falzen in die Wände des Behälters einfügte. Die Kassette schloß vollständig luftdicht.

»So«, sagte der Doktor, während er den Schlüssel in seine Brieftasche steckte, »da drinnen ist unser Stoff vor aller Feuchtigkeit sicher. Jetzt wollen wir mal sehen, was er leistet.«

Dabei machte er sich an dem andern Apparat, den er mitgebracht hatte, zu schaffen. Im Grunde war das ein recht einfaches Gerät, in der Hauptsache nur eine Skala, vor der sich waagerecht ein haarfeiner Glasfaden befand. Wieder nahm der Doktor die Lupe zur Hilfe, holte das Kristallstäubchen mit der Pinzette aus der Glasschale und legte es behutsam auf das freie Ende des gläsernen Fadens.

Äußerst gering war die Masse des Stäubchens, aber unendlich empfindlich war auch der feine Faden, der es tragen mußte. Ein wenig bog er sich doch unter der Belastung. Um vier Teilstriche tiefer stand sein freies Ende jetzt vor der Skala.

»Wir haben es ganz gut getroffen. Ziemlich genau vier Tausendstel eines Milligramms. Für ein Vollbad wird es nicht zuviel sein.«

Er ließ das Stäubchen wieder in die Glasschale fallen und legte einen Deckel darauf, während er weitersprach.

»Kommen Sie mit, Slawter. Wir wollen in Ihr Laboratorium gehen. Das Becken dort faßt zweihundertfünfzig Liter. Da wollen wir versuchen, was unser Stoff kann.«

Rauschend strömte das Wasser in das große Steingutbecken und füllte es allmählich bis zum Rand.

»Das wird's tun«, sagte Dr. Wandel. Slawter drehte den Hahn wieder zu und blickte auf ein Thermometer, das in der Wanne schwamm.

»Ein etwas kühles Vergnügen, Doktor«, meinte er, »nur acht Grad Celsius; man merkt, daß unser Leitungswasser aus den Bergen kommt.«

»Es wird nicht lange so bleiben«, erwiderte Dr. Wandel, nahm den Deckel von der kleinen Glasschale ab und ließ sie in das Wasser gleiten. Wenn etwas in der Schale war, so mußte es sich jetzt in dem Wasser befinden.

»Sie meinen, Doktor Wandel«, fragte Slawter, »daß dieses fast unsichtbare Stäubchen die Wassermenge hier – es ist ja wirklich ein richtiges Vollbad – merklich erwärmen kann?«

»Ich erwarte, mein lieber Slawter, daß das Wasser in zwei Stunden zum Kochen kommt. Es ist eben fünf Uhr; um viertel sechs spätestens werden wir schon merken, wie unser Stoff arbeitet.«

Er zog sich einen Stuhl an das Becken heran und setzte sich. Slawter folgte seinem Beispiel.

»Sie nannten das Stäubchen winzig; ja, das ist richtig«, nahm der Doktor die Unterhaltung wieder auf, »aber wir wollen nicht vergessen, daß immerhin ein paar Trillionen Atome in ihm enthalten sind. Die gehen jetzt in Lösung.«

Er schaute wie gebannt auf das Wasser in dem Becken, als ob er die Vorgänge, so wie er sie Slawter weiter schilderte, körperlich sähe. »Die strahlenden Atome schießen zwischen den Molekülen des Wassers dahin und prallen milliardenfach von ihnen ab. Aber trotz alledem verfolgen sie ihren Weg unverdrossen weiter, denn der Lösungsdruck treibt sie ja von dem Stäubchen fort. Ich möchte wohl wissen, wie viele Milliarden von ihnen jetzt bereits die Wände des Beckens erreicht haben. Es wäre übrigens eine interessante Aufgabe, es zu berechnen. Mit der Wahrscheinlichkeitsrechnung läßt es sich ohne große Schwierigkeiten machen...« Er zog sein Formelheft aus der Tasche und sah sich suchend nach einem Bleistift um.

Slawter wehrte ab.

»Mein Bedarf an mathematischen Ableitungen ist reichlich gedeckt. Tun Sie mir den Gefallen, bester Doktor, und verschonen Sie mich damit. Können wir über das Schicksal dieser Atome nicht ein wenig philosophieren, ohne dabei die Integralrechnung zu bemühen?«

Dr. Wandel lächelte und steckte das Heft wieder ein.

»Wie Sie wollen, Slawter. Wissen Sie, daß letzte philosophische Fragen, welche die Menschheit seit Jahrhunderten bewegten, in der Badewanne hier vor uns ihre physikalische Lösung finden?«

»Keine Ahnung, Doktor, was Sie meinen.«

»Ich meine die so stark umstrittene Frage der Prädestination.«

Slawter rieb sich die Stirn. »Prädestination, Doktor? Vorausbestimmung? Es gibt da in Oswego eine etwas verschrobene Sekte. Die Leutchen behaupten, daß es jedem Menschen schon bei seiner Geburt vorausbestimmt ist, ob er in die Hölle oder in den Himmel kommt. Und wenn er sich auf den Kopf stellt, er kann an seinem vorausbestimmten Schicksal nichts ändern. Meinen Sie das mit Prädestination? Mir scheint es ein ziemlicher Irrsinn zu sein. Der anständigste Lebenswandel ist zwecklos, wenn doch alles vorausbestimmt ist.«

»Stop, Slawter«, unterbrach ihn Dr. Wandel, »hier bekommt Ihre Logik einen Knick. Halten wir uns an das physikalische Geschehen, dann werden wir klarer sehen. Den Trillionen Atomen unseres Stäubchens, die sich hier im Wasser vor uns tummeln, ist nach dem Gesetz der großen Zahlen als unentrinnbares Schicksal vorausbestimmt, daß die Hälfte von ihnen in vierundzwanzig Stunden zerfallen muß. Das ist die Prädestination in der Physik. Unabwendbar geht der Zerfallstod unter ihnen um und wird die Hälfte von ihnen in vierundzwanzig Stunden vernichten. Doch welche Atome nun wirklich von ihm ereilt werden, das hängt durchaus von dem Verhalten jedes einzelnen Atomindividuums ab. Das atomare Einzelwesen – ich will bei dem von Ihnen gewählten Bild bleiben – hat immer noch die Möglichkeit, sich für den Himmel oder die Hölle zu entscheiden... Klar beantwortet die Physik hier die uralte Frage der Vorausbestimmung, auf welche die Philosophie bisher keine bündige Antwort zu finden vermochte.«

»Uff, Doktor«, stöhnte Slawter, »Ihre physikalische Philosophie... oder meinetwegen auch philosophische Physik scheint mir ebenso zähe zu sein wie ihre Mathematik... Aber sehen Sie mal das da! Unser Thermometer ist ja ganz tüchtig gestiegen. Achtzehn Grad. Das Wasser hat sich tatsächlich recht bedeutend erwärmt.«

»Es wird sich noch weiter erwärmen, Slawter. Seine Temperatur wird bis auf neunzig... nein, bis auf siebenundachtzig Grad steigen...«

Und nun konnte Slawter es doch nicht verhindern, daß der Doktor wieder sein Heft herausholte und eine Seite darin aufschlug, auf der er die Erwärmungsvorgänge in dem Becken bereits vorausberechnet hatte. »Da haben Sie's«, sagte er und wies mit dem Finger auf eine Zahlenreihe. »Nach neun Minuten eine Erwärmung um zehn Grad. Stimmt auf die Sekunde genau. Hier sehen Sie, wie es weitergeht. Ziemlich genau um Mitternacht wird mit siebenundachtzig Komma fünf Grad die Höchsttemperatur erreicht sein. Für eine Woche herrscht danach Gleichgewicht. Die Atome unseres Stäubchens liefern während dieser Zeit ebensoviel Wärme in das Wasser, wie durch die Wände der Wanne nach außen wegstrahlt. Dann wird die Wassertemperatur langsam absinken, aber es geht sehr allmählich damit voran.«

Slawter kam näher herangerückt und schaute über die Schulter Dr. Wandels in die Zahlenreihe.

»Stimmt das wirklich?« fragte er. »Nach Ihrer Aufstellung muß das Wasser nach einem halben Jahr noch um mehrere Grad wärmer sein als seine Umgebung?«

»Selbstverständlich, mein Lieber! Mit empfindlichen Instrumenten würden Sie sogar noch nach zehn Jahren eine geringe Überwärme nachweisen können. So ganz normal... so wie es früher gewesen ist, wird das Wasser hier überhaupt nicht wieder werden.«

Slawter hatte einen plötzlichen Einfall. »Wie wäre es, Doktor«, meinte er und mußte selber darüber lachen, »wenn wir Ihrem Freund Melton eine Flasche von dem Zauberwasser nach Detroit schickten? Vielleicht würde es seinen Geist etwas befruchten!«

Der Doktor schüttelte den Kopf. Die Erinnerung an Melton war ihm sichtlich unangenehm.

»Lieber nicht, Slawter! Je weniger die United von unsern Arbeiten hört und sieht, um so besser wird es sein. Das Wasser hier mag vorläufig noch in der Wanne stehenbleiben. Ich möchte am Montag noch Temperaturmessungen machen, dann aber wollen wir es durch die Abwässerleitung fortlaufen lassen.«

»Eigentlich schade darum«, warf Slawter bedauernd ein.

»Glauben Sie mir, es ist besser so«, sagte der Doktor und stand auf. »Kommen Sie mit, Slawter, für heut haben wir bei der Company unser Geld redlich verdient, wir wollen zum Essen gehen.«

Im Detroit-Werk der United stand das Barometer auf schlecht Wetter, und es hatte sehr den Anschein, daß es demnächst noch weiter auf Sturm fallen könnte. Seit zehn Tagen war die neue Autoklavanlage fertig. Tag für Tag sah Direktor Clayton mit steigender Erwartung den Berichten Professor Meltons entgegen, und jeden Abend mußte er das gleiche nichtssagende Ergebnis hören: es haben sich noch keine strahlenden Substanzen gebildet... Mit wachsendem Verdruß nahm Clayton davon Kenntnis, und Präsident Chelmesford begann Zeichen von Ungeduld zu zeigen.

Auch noch ein dritter verfolgte den Gang der Ereignisse mit Unbehagen: das war Tom White. Während der Vormittagsstunden war er genötigt, Professor Melton und Wilkin bei den Versuchen zu helfen, von deren Aussichtslosigkeit er von vornherein überzeugt war. Am Nachmittag saß er in seinem Zimmerchen im Verwaltungsgebäude, denn Melton und Wilkin hatten ihm mit genügender Deutlichkeit zu verstehen gegeben, daß ihnen seine Gegenwart bei der Feststellung der Versuchsergebnisse unerwünscht sei.

In diesen Stunden fand er hinreichend Gelegenheit, sein Geheimtelephon zu gebrauchen. Bisher hatte ihm diese sinnreiche Einrichtung manchen Spaß bereitet. Mit stillem Vergnügen hatte er durch sie vernommen, daß die Werkleitung vorübergehend einen leichten Verdacht auf ihn geworfen hatte, ihn jetzt aber wieder als einen vollkommenen Ehrenmann und vertrauenswürdigen Beamten der United schätzte.

Was der verborgene Draht aber in den letzten Tagen aus dem Zimmer Chelmesfords an seine Ohren getragen hatte, war nicht geeignet gewesen, ihn heiter zu stimmen. Immer mehr drehten sich die Besprechungen des Präsidenten mit Clayton um die Dupont Company und die Person des deutschen Doktors.

»Es war ein Fehler, daß wir ihn gehen ließen«, meinte Clayton auf eine unwirsche Bemerkung des Präsidenten. »Jetzt sitzt er bei der Konkurrenz, und wir wissen nicht, was er treibt.«

»Darüber wollte ich auch mit Ihnen sprechen«, sagte Chelmesford mit einem Blick auf seinen Notizblock; »unsere Nachrichtenabteilung ist keinen Schuß Pulver mehr wert. Warum versagt die Berichterstattung aus Salisbury vollständig?«

»Ich habe bereits durchgegriffen«, erwiderte Direktor Clayton. »Miller, Brown und Jefferson haben Briefe bekommen, die sie sich nicht hinter den Spiegel stecken werden.«

»Miller, Brown und Jefferson«, murmelte Tom White in seinen Kleiderschrank hinein. »Die Namen will ich mir merken, den Leuten muß Spinner auf die Sprünge kommen.«

Die Unterredung im Zimmer des Präsidenten ging weiter und entwickelte sich in einer solchen Weise, daß Mr. White es für geraten hielt, nach Block und Bleistift zu greifen und sie mitzustenographieren. Wenn Chelmesford im Ernst daran dachte, eine der mannigfachen Möglichkeiten, die er jetzt mit Clayton erörterte, wirklich in die Tat umzusetzen, dann konnte die Lage für Dr. Wandel bedenklich werden. Auch für die Company war sie dann wenig erfreulich.

Während er die Worte des Präsidenten und Claytons in Eile mitschrieb, drängte sich ihm die Frage auf: Wie ließ sich die Gefahr von dem Doktor abwenden? Auf irgendeine Weise mußte man Melton scheinbar zu einem Erfolg verhelfen. Sobald der in seinem Autoklav etwas auch nur halbwegs Brauchbares zustande brachte, würde die United vorläufig Ruhe halten, und Dr. Wandel konnte bei der Company ungestört weiterarbeiten. Wenn der Deutsche doch nur schon einen Erfolg hätte! Wenn man ihm, Tom White, ein paar Proben nach Detroit schicken könnte! Mit Wonne würde er sie dem Professor in seinen Autoklav schmuggeln und ihn weiter zum besten halten. Aber neue strahlende Substanz mußte er dazu haben. – –

Es war ein langer, inhaltsreicher Bericht, den Tom White am Abend dieses Tages für Mr. Spinner verfaßte. So umfangreich wurde das Schreiben, daß er davon absehen mußte, es zu verschlüsseln, und eine andere Art der Beförderung wählte. Diesmal ging über die übliche Deckadresse eine einfache Drucksache an Onkel Joshua in Salisbury ab. Sie enthielt, wie unter dem Kreuzband deutlich ersichtlich war, die neueste Ausgabe eines illustrierten Magazins. Daß zwischen den Druckseiten der Sendung die Blätter des Berichtes steckten, war dagegen nicht zu sehen, und ohne Zwischenfall erreichten sie auf diese Weise ihren Bestimmungsort.

Mr. Spinner las sie mit größtem Interesse. Mit Befriedigung nahm er davon Kenntnis, daß der Dienst der Company gut arbeitete und die Agenten der United lahmgelegt hatte. Da er von den Maßnahmen Dr. Wandels nichts wußte, schrieb er den Erfolg natürlich seiner eigenen Abteilung zu. Aber je weiter er beim Lesen kam, desto mehr vertieften sich die Falten auf seiner Stirn. – –

Achtundvierzig Stunden bevor Tom White seinen Bericht an Mr. Spinner zur Post gab, waren jene Briefe abgegangen, von denen Tom White Clayton zu Chelmesford hatte sprechen hören, und sie verfehlten ihre Wirkung nicht.

So war die Lage, als Jefferson seinen Brief aus Detroit bekam, in dem ihm mit nicht mißzuverstehender Deutlichkeit mangelnde Eignung für seinen Posten zum Vorwurf gemacht wurde. Er erhielt ihn am Freitagabend und entschloß sich daraufhin, den letzten Trumpf auszuspielen, den er noch im Spiel hatte.

Der Trumpf – er hieß Mrs. Boyne – war eine mit Geistesgaben nicht besonders gesegnete Witwe in der Mitte der Vierziger und gehörte zu der Besenbrigade, der die allnächtliche Säuberung der Büros in dem Werk der Company oblag.

Bei seiner Wirtin, der gegenüber er sich als Journalist ausgab, hatte Jefferson sie zufällig kennengelernt und aus einer unbestimmten Ahnung heraus, daß sie später einmal nützlich sein könnte, die Bekanntschaft nicht einschlafen lassen. Jetzt griff er darauf zurück. Für offene Spionage wäre die biedere Mrs. Boyne wohl kaum zu haben gewesen. Aber Mr. Jefferson brauchte Stoff als Journalist, irgend etwas Interessantes aus der chemischen Industrie. Vielleicht etwas über die neuen Arbeiten Mr. Slawters bei der Dupont Company. Ob ihm Mrs. Boyne dazu nicht irgendwie behilflich sein könnte, wo sie doch jede Nacht das Zimmer Slawters in Ordnung zu bringen hätte?

Jefferson war sich klar darüber, daß das Ganze ein Versuch mit ziemlich untauglichen Mitteln war, aber der Brief aus Detroit brannte ihm auf den Nägeln, und Mrs. Boyne fühlte sich durch das Vertrauen, das Mr. Jefferson in ihre Fähigkeiten setzte, ungemein geschmeichelt und versprach ihm, ihr Bestes zu tun. Am Sonnabendnachmittag wurde dieses Abkommen getroffen, und Jefferson harrte der Dinge, die da kommen sollten, ohne seine Erwartungen besonders hoch zu spannen.

Am Sonntagmorgen saß er in seinem Zimmer beim Frühstück, als es klingelte. Es war Mrs. Boyne, und sie hatte es sehr wichtig, ihm zu erzählen, was sie heute nacht in Mr. Slawters Laboratorium gesehen hatte. Eine große Wanne … so groß wie eine Badewanne, versicherte die gute Frau verschiedene Male … mit Wasser gefüllt … und das Wasser war kochend heiß. Sie hätte sich fast daran verbrannt.

»Aber, meine liebe Mrs. Boyne, das ist doch nichts Besonderes«, meinte Jefferson enttäuscht. »Da hat eben irgend jemand vergessen, die Heizung abzustellen.«

»Doch, Mr. Jefferson!« verteidigte Mrs. Boyne ihre Entdeckung, »darüber habe ich mich ja gerade gewundert. Es ist gar keine Heizung da, bloß ein Hahn für kaltes Wasser ist über der Wanne. Ich nehme meinen Eimer, stecke ihn in die Wanne, um ihn zu füllen, und hätte mir doch um ein Haar eklig die Finger verbrüht.«

»Hm, hm! Mrs. Boyne«, Jefferson rieb sich nachdenklich das Kinn, »vielleicht hat Mr. Slawter für irgendeinen Versuch kochendes Wasser gebraucht und es nachher in die Wanne geschüttet.«

Mrs. Boyne schüttelte energisch den Kopf.

»Ausgeschlossen, Mr. Jefferson! Denken Sie doch mal nach! Mittags um ein Uhr macht das Werk am Sonnabend Schluß, und ich bin erst zwischen zwei und drei Uhr nachts in Mr. Slawters Zimmer gewesen. Da hätte das Wasser nicht mehr so heiß sein können, es war noch beinahe kochend.«

Jefferson dachte hin und her. Viel ließ sich aus der Mitteilung nicht machen, und wenn er als Quelle für seinen Bericht eine schlichte Reinmachefrau nannte, würde er von Detroit vermutlich ein neues Donnerwetter auf den Hals bekommen. Günstiger stand die Sache, wenn er sich eine Probe von diesem merkwürdigen Wasser verschaffen konnte.

»Hören Sie, liebe Frau«, meinte er nach einigem Überlegen, »was Sie mir erzählen, ist gewiß sehr interessant, aber als Zeitungsmann muß ich mich selber davon überzeugen; das bin ich meinen Lesern schuldig.«

Mrs. Boyne wehrte mit beiden Händen ab.

»Unmöglich, Mr. Jefferson, daß Sie mit mir ins Werk und etwa gar ins Zimmer von Mr. Slawter gehen! Die Kontrolle ist sehr scharf. Ich würde meine Stellung verlieren …«

»Davon ist keine Rede«, unterbrach sie Jefferson, »es würde genügen, wenn Sie mir eine Probe von dem heißen Wasser verschafften.« Er sah sich im Zimmer um und griff nach einer Thermosflasche. »Sehen Sie, das müßte sich doch machen lassen. Das sieht kein Mensch, wenn Sie die Flasche in Ihrem Mantel mitnehmen und mir etwas von dem Wasser darin bringen.«

Mrs. Boyne trug einen Mantel aus flauschigem Wollstoff. Versuchsweise steckte sie die Flasche in eine der weiten Taschen und sah, daß sie sich unauffällig unterbringen ließ.

»Ich will Ihnen den Gefallen tun, Mr. Jefferson«, meinte sie nach kurzem Zögern, »übermorgen will ich Ihnen etwas davon mitbringen.«

»Erst übermorgen, Mrs. Boyne? Ach so, heute ist ja Sonntag, heut nacht haben Sie keinen Dienst. Das ist aber dumm; wer weiß, ob das Wasser übermorgen noch da ist. Könnten Sie nicht jetzt gleich noch einmal ins Werk gehen?«

Mrs. Boyne hatte zuerst wenig Lust dazu, aber es gelang der Überredungskunst Jeffersons, ihre Bedenken zu zerstreuen, und sie machte sich auf, um das Gewünschte zu holen.

Bis zum Werk war es nur ein Weg von etwa zehn Minuten, und zunächst ging alles glatt vonstatten. Auf die Mitteilung hin, daß sie die Wohnungsschlüssel in der Tasche ihrer Arbeitsschürze vergessen habe, ließ der Pförtner sie ohne Schwierigkeiten hinein. Sie eilte in das Laboratorium Slawters und entdeckte unter den Glasgefäßen in einem Regal eine Henkelkanne, mit der sie die Thermosflasche füllen konnte, ohne sich die Finger zu verbrennen. Das Wasser war noch ebenso heiß wie in der verflossenen Nacht. Sie stellte es mit Genugtuung fest, während sie es in die Flasche schüttete. Schleunigst versenkte sie die gefüllte Flasche wieder in ihre Manteltasche und verließ den Raum.

»Na, haben Sie es glücklich gefunden, Missis?« fragte der Pförtner, als sie, vergnügt mit ihrem Schlüsselbund klappernd, an ihm vorbeiging.

»All right, Sir, ist wieder da«, nickte sie ihm zu und machte sich auf den Weg zu Jeffersons Wohnung. Während sie die Straße entlangging, malte sie sich in Gedanken den Empfang bei ihm aus. Der würde sich wohl nicht schlecht wundern, wenn sie ihm die Flasche mit dem sonderbar heißen Wasser auf den Tisch stellte. Würde sich sicher auch erst eine Weile den Kopf zerbrechen und nachher über die merkwürdige Geschichte einen feinen Aufsatz für seine Zeitung schreiben... Halt! Das mußte sie ihm aber auf die Seele binden: unter keinen Umständen durfte er ihren Namen dabei nennen. Sonst könnte sie Unannehmlichkeiten haben...

Mehr als die Hälfte des Weges hatte sie so zurückgelegt, als ihr zum Bewußtsein kam, daß sie ihren Schlüsselbund immer noch in der Hand trug. Mit einer kurzen Bewegung ließ sie ihn in die Manteltasche gleiten, in der sie die Thermosflasche hatte. Jäh zog sie die Hand zurück. An kochend heißem Dampf hatte sie sich die Finger verbrüht, und als sie jetzt hinsah, bemerkte sie zu ihrem Schrecken, daß aus dem Mantelstoff Dampfwolken nach außen drangen.

Was sollte sie tun? Noch einmal in die Tasche greifen und die Flasche herausnehmen? Sie hatte vom ersten Mal genug. Mochte sich Mr. Jefferson daran die Finger verbrennen, der sie zu diesem Abenteuer veranlaßt hatte! Fast laufend legte sie den letzten Rest des Weges zurück und achtete nicht darauf, daß Straßenpassanten stehenblieben und ihr etwas nachriefen. Sie atmete erst wieder auf, als sie ihr Ziel erreicht hatte und zu Jefferson ins Zimmer stürzte.

»Glücklich zurück, Mrs. Boyne?« begrüßte sie Jefferson und hielt dann jäh inne. In dichten Wolken strömte der Dampf jetzt aus dem lockeren Mantelstoff, wie ihn etwa ein Kochkessel aussendet, der über einem starken Feuer steht. Mit einem Sprung war Jefferson neben ihr. »Was ist das? Sie brennen! Sind Sie verletzt?« Überstürzt kamen die Fragen aus seinem Munde, während er ihr den Mantel abriß. Mrs. Boyne strich mit den Händen über ihr Kleid hin und rang nach Fassung.

»Ich glaube nicht, Mr. Jefferson... es ist noch glücklich abgegangen. Die Hand habe ich mir etwas verbrannt, als ich in die Tasche greifen wollte. Aber was ist denn das überhaupt? Wie ist denn so etwas nur möglich?«

Die Frage der guten Mrs. Boyne war nicht unberechtigt, denn immer stärkere Dampfwolken entströmten dem Mantel, den Jefferson jetzt in der Hand hielt.

Wie ist so etwas möglich? – Den Gedanken hatte auch Mr. Jefferson. Aber im Gegensatz zu Mrs. Boyne wußte er auch eine Antwort darauf. Wie dumm von mir, ihr eine Thermosflasche mitzugeben! ging es ihm durch den Kopf, während er den Mantel an einen Haken hängte. Vorsichtig umwickelte er sich seine Rechte mit einem Tuch, zog die Flasche aus dem Mantel und stellte sie auf den Tisch.

Da stand sie nun, wie Mrs. Boyne es sich auf dem Nachhauseweg ausgemalt hatte, und doch wieder ganz anders. Denn das Wasser in ihr war nicht nur heiß, sondern in vollstem Kochen begriffen. Summend und sausend entwich der Dampf unter dem Deckel, der glücklicherweise nur locker auf der Flasche aufsaß.

Jefferson nahm ihn ganz ab und holte sich eine leere Karaffe, in die er das Wasser umgoß. Da hörte das Brodeln und Brausen schnell auf. Nur ein paar leichte Wölkchen noch, dann stand die Flüssigkeit zwar immer noch sehr heiß, aber doch ruhig in dem Gefäß.

Verwundert beobachtete Mrs. Boyne den Vorgang. »Wie ist so etwas nur möglich?« wiederholte sie ihre Frage. Jefferson zuckte die Achseln. Er hielt es im Augenblick nicht für zweckmäßig, sie darüber aufzuklären, und lenkte das Gespräch in eine andere Richtung. Ob der Mantel von Mrs. Boyne bei dieser Sache, die sie doch auf seine Veranlassung und für ihn unternommen hatte, nicht zu Schaden gekommen sei, wollte er wissen, untersuchte das Kleidungsstück mit gut gespielter Sorgfalt und ruhte nicht eher, als bis er ihr fünfzig Dollar für die Wiederinstandsetzung aufgedrängt hatte. Da der Kaufpreis dieses Mantels nur dreißig Dollar betragen hatte, entfernte sich Mrs. Boyne unter lebhaften Dankesworten, und Mr. Jefferson hatte nun endlich Gelegenheit, sich eingehender mit diesem sonderbaren Wasser zu befassen.

In der Wanne in Slawters Laboratorium war es wohl heiß gewesen, hatte aber nicht gekocht. Das hatte ihm Mrs. Boyne klipp und klar gesagt. In der Thermosflasche war es auf dem kurzen Wege vom Werk bis zu ihm in lebhaftes Kochen geraten. Warum? Die Antwort war leicht zu geben. Die Thermosflasche ließ keine Wärme nach außen entweichen. Wärmemengen, die sich aus irgendwelchen Gründen – Jefferson dachte sich sein Teil darüber – in der Flüssigkeit entwickelten, mußten sich in ihr aufstauen und sie zum Kochen bringen. In der Karaffe konnte die Wärme durch die einfache Glaswand nach außen entweichen, und das Kochen hörte natürlich auf.

Waren diese Schlußfolgerungen richtig? Ein einfacher Versuch mußte die Bestätigung geben. Er goß das Wasser aus der Karaffe in die Thermosflasche zurück, blickte auf die Uhr und wartete. Er brauchte nicht allzu lange zu harren. Nach zehn Minuten kräuselte sich bereits ein leichtes Wölkchen über dem Flaschenhals, nach einer Viertelstunde stieß der Dampf in kräftigem Strahl aus dem Gefäßhals.

Während Mr. Jefferson das Wasser wieder in die Karaffe zurückfüllte, erinnerte er sich daran, daß in vierzig Minuten ein Schnellzug nach Detroit ging. Als der Zug den Bahnhof verließ, saß Jefferson in einem Abteil. Viel Gepäck nahm er auf die Reise nicht mit. Er hatte nur ein Handköfferchen bei sich, das außer einigen Wäschestücken eine leere Thermosflasche enthielt, und außerdem eine nur leicht in Papier eingehüllte Karaffe, die er sehr behutsam in dem Netz über seinem Platz unterbrachte.

Während Dr. Wandel in Salisbury mit Slawter zusammen jene Generalprobe veranstaltete, die in Wirklichkeit schon ein erfolgreicher Versuch war, saß bei der United Tom White an seinem Geheimtelephon und hörte eine Besprechung zwischen Chelmesford und Clayton mit an.

»Auch in dieser Woche hat Melton nichts zustande gebracht«, sagte Direktor Clayton, »ich fürchte, wir werden auf den Deutschen zurückgreifen müssen, so wenig erfreulich das auch ist.«

»Bevor ich mich dazu entschließe«, unterbrach ihn Chelmesford, »möchte ich alle andern Möglichkeiten versuchen. Hier ist ein neuer Bericht von Smith. Danach steht es außer Zweifel, daß Doktor Wandel im verflossenen Monat in der Nacht vom vierten auf den fünften zusammen mit zwei anderen Personen heimlich einen Versuch in unserm Werk gemacht und dabei strahlenden Stoff hergestellt hat. Der eine seiner Helfer war, wie wir schon wissen, Joe Schillinger. Wir besitzen genügend Handhaben, um ihn zur Rechenschaft zu ziehen, doch ich glaube, es würde nicht viel Nützliches für uns dabei herauskommen. Der Mensch ist ein besserer Autoschlosser, aber kein Fachmann und Physiker. Anders steht es mit dem zweiten Helfer, dessen Namen Smith leider immer noch nicht herausbekommen hat. Hier müssen wir einhaken. Diesen dritten Mann muß unsere Nachrichtenabteilung unter allen Umständen ermitteln.«

»Erwarten Sie von diesem Unbekannten denn wirklich mehr als von dem Mr. Schillinger?« fragte Clayton.

In seinem Telephon hörte Tom White Papier rascheln und dann wieder die Stimme Chelmesfords.

»Allerdings, Clayton, das tue ich. Hier sind ein paar Bemerkungen in dem Bericht von Smith, aus denen unzweideutig hervorgeht, daß der dritte Mann doch etwas von der Sache verstanden haben muß. Ganz im Gegensatz zu Schillinger, der bei dem nächtlichen Experiment nach den Anweisungen des Doktors nur einige Maschinen bedient hat. Wir wären ein gutes Stück weiter, wenn wir den dritten Mann hätten.«

Schade, mein lieber MacGan, daß du nicht selber hören kannst, was für eine großartige Meinung der oberste Chef von dir hat, dachte Tom White, während er die Telephonmuschel fester ans Ohr preßte, um sich nichts von den folgenden Worten entgehen zu lassen.

»Wenn wir den dritten hätten«, fuhr der Präsident fort, »könnten wir vorläufig auf den Doktor verzichten. Nach den Angaben dieses Mannes müßte Melton den damaligen Versuch wiederholen, und dann sollte es doch mit dem Teufel zugehen, wenn nicht etwas Brauchbares dabei zustande käme.«

»Der Gedanke hat in der Tat manches für sich, Mr. Chelmesford«, stimmte ihm Clayton bei. »Aber ich sehe kaum eine Möglichkeit, wie wir diesen dritten ausfindig machen sollen.«

»Unser Sicherheitsdienst muß es noch einmal versuchen«, erklärte Chelmesford schroff. »Wenn es nicht anders geht, soll er sich einfach an Schillinger halten.«

Vergeblich wartete Tom White am Sonnabend auf Post aus Salisbury, und auch der Sonntagmorgen brachte ihm keine Antwort von Dr. Spinner auf sein letztes Schreiben. Er fand nur *eine* Erklärung dafür; man war eben bei der Company noch nicht soweit, um ihm den erbetenen Stoff schicken zu können. Dabei aber ging ihm die Unterredung zwischen Chelmesford und Clayton nicht aus dem Kopf. Immer klarer wurde es ihm, daß etwas geschehen mußte, um das gefährliche Interesse der United an der Person Dr. Wandels von diesem abzulenken, und am Nachmittag hatte er seinen Entschluß gefaßt.

Für die Ausführung brauchte er nicht viel. Nur einen weißen Bogen, ein paar alte Zeitungen, eine Schere und einen Kleistertopf. Einzelne Worte und Buchstaben schnitt er mit der Schere aus den Zeitungen heraus und klebte sie auf dem Briefbogen zu neuen Sätzen zusammen. Den Bogen steckte er in einen Umschlag, und auf dem Umschlag entstand auf die gleiche Weise aus Zeitungsbuchstaben die Adresse. Sie lautete:

»An Mr. Clayton, United Chemical, Detroit.«

Tom White trug sein Machwerk noch am Sonntagabend zum Postkasten und kehrte danach befriedigt in sein Heim zurück. Der Pfeil war von der Sehne. Schon der nächste Tag mußte zeigen, ob der Schuß ins Schwarze getroffen hatte. –

Am Montag früh kam Clayton zur gewohnten Zeit ins Werk und begab sich in sein Arbeitszimmer. Sein erster Griff galt der Postmappe, die auf dem Schreibtisch lag. Sie enthielt Briefe technischen und wissenschaftlichen Inhalts, die bereits in der Postzentrale des Konzerns geöffnet und ihm zur Bearbeitung zugeschrieben waren. Erst zum Schluß kamen einige an ihn persönlich adressierte Sendungen, die uneröffnet in der Mappe lagen. In der Hauptsache waren es Reklameschreiben, in denen Patentmedizinen, Rasierseifen, schottischer Whisky und anderes mehr angepriesen wurden. Nach flüchtiger Durchsicht versenkte Clayton sie umgehend in den Papierkorb.

Bei dem letzten Brief stutzte er. Die Adresse schien gedruckt zu sein. Erst bei schärferem Hinsehen, erkannte er, daß sie sehr sauber aus einzelnen Buchstaben zusammengesetzt und aufgeklebt war.

Wieder einmal irgendein Anonymus! ging es ihm durch den Kopf, während er den Umschlag aufschnitt, und ein Blick auf das darin befindliche Schriftstück bestätigte ihm die Richtigkeit seiner Vermutung. »Ein Freund der Wahrheit« lautete die Unterschrift, die wie der übrige Inhalt auch aus Druckbuchstaben zusammengesetzt war. Einen Augenblick hatte er Lust, den Brief ungelesen in den Papierkorb zu werfen, doch da hatten seine Augen schon den Sinn der wenigen Zeilen erfaßt. Was hatte dieser Freund der Wahrheit, der sogar seine Handschrift geheimzuhalten wünschte, hier mit Fleiß und Mühe zusammengeklebt? Clayton fuhr sich mit der Hand über die Augen, als wolle er eine Täuschung fortwischen, aber die Lettern blieben unverändert auf dem Papier stehen, und kopfschüttelnd überlas er sie ein zweites und drittes Mal.

»Dr. Wandel hat sich vor seinem Weggang aus Detroit eine Nacht in der Abteilung Melton zu schaffen gemacht. Dabei war ihm der Laboratoriumsdiener MacGan behilflich. Ein Freund der Wahrheit.«

Clayton wußte nicht, ob er laut auflachen oder sich den Kopf halten sollte. Da vermutete der Präsident Chelmesford in dem unbekannten Helfer einen geschickten Physiker, und hier verdächtigte ein Anonymus den simplen Laboratoriumsdiener MacGan der Beihilfe.

Er stützte den Kopf in beide Hände und starrte minutenlang auf das eigenartige Schriftstück. Und je länger er darüber nachdachte, um so mehr wurde er geneigt, den Inhalt wenigstens als nicht ganz unwahrscheinlich anzusehen. Gewiß, der Laboratoriumsdiener war ohne besondere Vorkenntnisse zur United gekommen, aber er hatte sich gut eingearbeitet. Clayton erinnerte sich, daß Melton den Mann öfter wegen seiner Geschicklichkeit und Umsicht gelobt hatte, was aus dem Munde des ewig griesgrämigen Professors schon etwas bedeuten wollte. So völlig undenkbar war es demnach nicht, daß Dr. Wandel sich den Iren bei seinem nächtlichen Experiment zu Hilfe genommen hatte.

Aber handelte es sich denn überhaupt um dies Experiment? Davon stand nichts in dem Brief. Er enthielt auch keine Datumsangabe, und Joe Schillinger, um dessen Anwesenheit bei jenem Versuch man in der United bereits wußte, war überhaupt nicht erwähnt. Das gab wieder neue Rätsel auf und entsprach damit durchaus den Absichten, die der Urheber der anonymen Mitteilung verfolgte.

Lange hatte Tom White hin und her probiert, Entwürfe gemacht und wieder zerrissen, bis er zu der auf den ersten Blick ziemlich läppisch erscheinenden Fassung kam, die Clayton jetzt Kopfzerbrechen verursachte. Peinlich hatte er sich dabei gehütet, seine Mitteilung etwa so zu formulieren, daß sie als eine unmittelbare Antwort auf die von Chelmesford und Clayton in ihren Besprechungen aufgeworfenen Fragen gelten konnte, denn deutlich sah er die Gefahr, die darin für ihn lag.

Ein leiser Verdacht nur, daß irgendein Unbefugter die Gespräche im Zimmer des Präsidenten belauschte, und der Sicherheitsdienst der United wäre sofort in Tätigkeit getreten und hätte wohl recht schnell die geheime Telephonanlage entdeckt. Das durfte aber nicht sein, und deshalb stand nichts von einem nächtlichen Experiment, von Schillinger und von dem dritten Mann in dem Brief. Wie das Machwerk eines mißgünstigen Angestellten las es sich, der dem Laboratoriumsdiener eins auswischen wollte, aber dennoch verfehlte es seinen eigentlichen Zweck nicht, denn Clayton gewann die Überzeugung, daß hier ein brauchbarer Hinweis vorlag, dem man nachgehen mußte.

Noch überlegte er, welche Stelle des Werkes er mit der weiteren Verfolgung der Angelegenheit beauftragen solle, als der Fernsprecher sich meldete. Der Anruf kam aus der Anmeldung. Mr. Jefferson war eben aus Salisbury angekommen und bat um eine Rücksprache.

»Er soll kommen«, rief Clayton in den Apparat und legte den Brief Tom Whites in seinen Schreibtischkasten. Die Unterbrechung war ihm im Augenblick nicht unwillkommen, denn der Fall MacGan mußte noch gründlich überlegt werden.

Wenn die Sache nicht von Anfang an richtig angefaßt wurde, konnte viel dabei verdorben werden. Mit Erwartung sah er dem Besuch Jeffersons entgegen. Vielleicht hatte der gepfefferte Brief, den er ihm hatte schreiben lassen, den Agenten doch zu energischem Tun aufgerüttelt, und er konnte endlich wieder Erfolge melden. Aber war es nötig, daß er deshalb die lange Reise von Salisbury nach Detroit unternahm? Es mußte doch wohl etwas Besonderes sein, das ihn dazu veranlaßte...

Ein Klopfen an der Tür. »Come in!« rief Clayton, und Jefferson trat ins Zimmer. In der Linken trug er einen kleinen Handkoffer, mit der Rechten drückte er einen runden, in Papier gehüllten Gegenstand an die Brust.

»Hallo, Jefferson!« fragte Clayton verwundert. »Sie kommen ja an wie ein Handlungsreisender. Wollen Sie mir was verkaufen oder Bericht erstatten?«

»Bericht erstatten, Herr Direktor«, erwiderte Jefferson, während er den Koffer auf den Fußboden setzte, das in Papier gehüllte runde Etwas auf den Tisch stellte und nun auch endlich Gelegenheit fand, den Hut abzunehmen.

»Ich habe Ihnen etwas aus Salisbury mitgebracht, Mr. Clayton«, fuhr er fort, »ich glaube, es wird Sie interessieren.«

Während er es sagte, entfernte er das Papier, und eine Flasche kam zum Vorschein, die er dem Direktor hinschob.

»Was soll das?« frage Clayton befremdet.

»Wasser aus dem Laboratorium des Doktor Wandel, Mr. Clayton. Ein recht merkwürdiges Wasser.«

Als Jefferson den Namen des Doktors nannte, horchte Clayton auf.

»Von Doktor Wandel? Ah, das ist interessant!« Er griff nach der Flasche, um sie näher zu sich heranzuziehen, zog aber die Hand schnell zurück.

»Pfui Teufel, Jefferson! Das Zeug ist heiß. Beinahe hätte ich mich verbrannt.«

»Das ist ja das Merkwürdige daran, Mr. Clayton, weswegen ich es Ihnen mitgebracht habe. Es entwickelt unablässig ganz hübsche Wärmemengen. In dem Gefäß läßt sich's zur Not noch halten, aber aus Doktor Wandels Laboratorium habe ich es in einer Thermosflasche geholt, das hätte ums Haar ein Malheur und eine Entdeckung gegeben.«

Jefferson hielt es für überflüssig, die Mitwirkung von Mrs. Boyne bei der Beschaffung dieser Probe zu erwähnen, und schilderte Clayton die Dinge, die sich dabei zugetragen hatten, so, als ob sie ihm selber zugestoßen wären, wobei er nicht mit Worten sparte, um sie kräftig auszumalen.

»Das hier ist die Flasche, in die ich es zuerst füllte«, sagte er und holte die Thermosflasche aus seinem Koffer. »Sie werden gleich sehen, Mr. Clayton, wie der Stoff sich darin benimmt.«

Noch während er das sagte, goß er das Wasser in das Thermosgefäß über, und in Kürze wiederholte sich das gleiche, das er bereits in Salisbury erlebt hatte. Dampfwolken stießen aus dem Flaschenhals und zogen in Schwaden durch das Zimmer. Immer stärker kochte und brodelte es in dem Gefäß, immer kräftiger wurde der Dampfausbruch.

Mit zusammengepreßten Lippen saß Clayton da und beobachtete das Schauspiel, bis Jefferson zugriff und das Wasser wieder in das erste Gefäß zurückfüllte. Da hörte das Sieden und Dampfen auf, und Clayton fand die Sprache wieder.

»Großartig, Jefferson! Ein Teufelskerl ist der deutsche Doktor doch. Das muß ihm der Neid lassen. Schade, daß...« er brach plötzlich ab, denn was er sagen wollte, blieb in der Gegenwart des Agenten besser ungesagt. Dafür hatte er nun eine Reihe von Fragen zu stellen. Er wünschte Näheres darüber zu wissen, auf welche Weise der Doktor den Stoff hergestellt hatte, und darauf mußte ihm Jefferson die Antwort leider schuldig bleiben. Nach seiner Darstellung, die nur bedingt der Wahrheit entsprach, hatte der Agent neue Bekanntschaften mit Werkangehörigen der Company gemacht und durch diese erfahren, daß Dr. Wandel die Herstellung einer größeren Menge starkstrahlender Flüssigkeit gelungen sei. Sofort hätte er darauf alle Hebel in Bewegung gesetzt, um in das Laboratorium des Doktors einzudringen und sich eine Probe davon zu verschaffen, und unverzüglich sei er mit der wertvollen Beute nach Detroit geeilt, und hier...ja, hier müßten die Herren nun eben selber sehen, hinter das Geheimnis des Stoffes zu kommen.

Clayton konnte nach diesem Bericht nicht umhin, Jefferson für seinen Eifer zu loben. Er entließ ihn mit der Bitte, den bewußten unangenehmen Brief jetzt als ungeschrieben zu betrachten und im übrigen mit allen Kräften hinter der neuen Spur her zu sein. Ein Scheck, der die Reisekosten Jeffersons sehr reichlich deckte, begleitete diese Erklärung, und in gehobener Stimmung verließ der Agent das Werk, um nach Salisbury zurückzukehren.

Nun war Clayton allein in seinem Zimmer.

Was sollte jetzt geschehen? Der strahlende Stoff, der in der Flasche vor ihm geheimnisvoll glänzte, mußte natürlich analysiert werden. Wer sollte das machen? Auch dabei war er wieder auf den Professor angewiesen, denn nur die Abteilung Melton verfügte über die Spezialeinrichtungen, die für die Untersuchungen strahlender Substanzen erforderlich waren.

Sollte er diesem Mann die kostbare Beute anvertrauen, um vielleicht wieder eine Enttäuschung zu erleben? Wenigstens nicht ganz! Einigermaßen sicher wollte er doch gehen. Die Flasche, die Jefferson ihm mitgebracht hatte, enthielt ein gutes halbes Liter der strahlenden Flüssigkeit. Er kramte in seinen Fächern, bis er eine leere Flasche fand, füllte die Hälfte des

Stoffes in diese ab und stellte sie in den Schrank zurück. Dann erst griff er zum Telephon und bat Melton zu sich.

Als der Professor nach der Besprechung mit Direktor Clayton in seine Abteilung zurückkehrte, war ihm die schlechte Laune schon von weitem anzusehen.

»Da, Wilkin, da haben wir den Salat! Das verdanken wir dem deutschen Querkopf«, rief er ärgerlich und setzte mit kräftigem Ruck eine Flasche auf den Tisch.

Wilkin ließ seine Blicke unsicher zwischen der Flasche und Melton hin und her gehen. Der Assistent hatte in der letzten Zeit viel von seinem früheren Selbstbewußtsein eingebüßt und befand sich in einer ziemlich gedrückten Stimmung. Immer stärkere Zweifel waren ihm gekommen, ob der Professor bei seiner Art zu arbeiten Erfolg haben würde. Wenn aber Melton nichts zustande brachte, dann stand es auch um die Zukunft seines Ersten Assistenten schlecht. Schon begann er mit dem Gedanken zu spielen, wie er sein Schicksal von dem seines Chefs trennen könnte.

»Das hat uns der verdammte Doktor wieder eingebrockt«, polterte Melton weiter, »bei der Konkurrenz in Salisbury hat er das Zeug hergestellt. Direktor Clayton hat sich durch Agenten eine Probe davon verschafft. Wir sollen feststellen, was für ein Stoff es ist, und versuchen, hinter das Geheimnis der Herstellung zu kommen. Lächerliche Zumutung! Als ob wir mit unsern eigenen Arbeiten nicht gerade genug zu tun hätten.«

Während Professor Melton seiner verdrießlichen Stimmung weiter freien Lauf ließ, betastete Wilkin vorsichtig die Flasche. Er überzeugte sich von der starken Wärmeentwicklung, und seine Gedanken begannen zu arbeiten... Mit einem Gefühl des Neides mußte er die außerordentliche Leistung anerkennen... Wieviel klüger hätte er gehandelt, wenn er von Anfang an mit dem Deutschen zusammengegangen wäre, anstatt sich mit dem Professor auf Gedeih und Verderb zu verbinden...

Die Worte Meltons fielen zwischen seine Überlegungen.

»Herauskommen wird natürlich gar nichts dabei, aber wir müssen nun mal den Wünschen Direktor Claytons nachkommen, Mr. Wilkin. Machen Sie sich über das Zeug her und analysieren Sie es. Ich gebe Ihnen acht... meinetwegen auch vierzehn Tage Zeit dafür...«

»Aber unsere eigenen Versuche, Herr Professor? Wir werden dadurch in Rückstand kommen...«

»Ach was!« unterbrach ihn Melton unwirsch. »Das muß für die Zeit auch ohne Sie gehen. Ich werde Mr. White und MacGan dafür zu Hilfe nehmen.«

»Den Laboratoriumsdiener? Ich weiß nicht, Mr. Melton, ob der Mann die nötigen Fähigkeiten dafür besitzt...«

»Lassen Sie das meine Sorge sein, Mr. Wilkin«, schnitt ihm der Professor gereizt das Wort ab. »Was haben Sie an MacGan auszusetzen? Der Mensch ist ganz verständig und anstellig... übrigens – das hätte ich fast vergessen – Direktor Clayton wollte ihn sprechen. Sagen Sie ihm doch, daß er gleich hingeht.«

»Eigentlich recht sonderbar! Möchte wohl wissen, was der Direktor mit unserm Laboratoriumsdiener zu verhandeln hat!« knurrte Melton vor sich hin, während Wilkin den Raum verließ, um die Bestellung auszurichten.

Etwas Ähnliches dachte sich auch der Assistent. Er fand MacGan in der großen Halle, wo er zusammen mit Tom White beschäftigt war, den Autoklav für einen neuen Versuch vorzubereiten, und setzte ihn von dem Wunsche Claytons in Kenntnis.

»Was, Mr. Wilkin? Ich soll zum Direktor kommen?« fragte der Ire verwundert.

»Jawohl, und zwar sofort. Ziehen Sie sich den Kittel aus. Die Hände können Sie sich auch noch waschen, und dann marsch, los! Lassen Sie sich gleich bei Mr. Clayton melden.«

Tom White dachte sich im stillen sein Teil, während er äußerlich seiner Verwunderung Ausdruck gab.

»Na, na! Was bedeutet denn das? MacGan wird zur Direktion befohlen... Sollte der gute Mann irgendwas versiebt haben?... Hoffentlich haben wir nicht die Nackenschläge davon...«

»Mag der Teufel wissen, was dahintersteckt! Mich soll es wenig kümmern«, meinte Wilkin kurz. Er hatte im Augenblick wenig Lust, sich mit White in eine Erörterung über MacGan einzulassen, und kehrte in das Laboratorium Meltons zurück. Tom White kam das sehr gelegen, denn er brannte darauf, die Unterhaltung zwischen Clayton und MacGan mit anzuhören. Kaum hatte Wilkin die Halle verlassen, als White sich auf den Weg zu seinem Zimmer im Verwaltungsgebäude machte. Er hatte den Telephonhörer schon am Ohr, bevor noch MacGan bei Clayton erschien.

Auf dem Wege dorthin überlegte der Ire sich den Fall nach allen Seiten. Sollte er gelobt oder getadelt werden? Nur um eins von beiden konnte es sich handeln. Einer Pflichtwidrigkeit war er sich nicht bewußt, aber eine Leistung, die ein besonderes Lob verdiente, konnte er auf seinem Konto beim besten Willen auch nicht entdecken. Also würde es am Ende wohl auf einen Tadel hinauslaufen. Mit frischem Gleichmut beschloß er, die Dinge an sich herankommen zu lassen und sich nötigenfalls seiner Haut zu wehren. Um so angenehmer war er überrascht, als Clayton ihn höflich bat, Platz zu nehmen, und die Unterredung in einer freundlichen, ja fast freundschaftlichen Tonart begann.

»Mein lieber MacGan«, sagte der Direktor, »Sie können unserm Konzern einen guten Dienst erweisen, wenn Sie alle meine Fragen rückhaltlos und mit größter Offenheit beantworten. Auch wenn dabei Vorgänge zur Sprache kommen sollten, die vielleicht nicht ganz den Paragraphen der Werkdienstordnung entsprechen, brauchen Sie für sich nichts zu fürchten. Im Gegenteil, wir würden Ihnen Ihre Unterstützung bei der Aufklärung dieser Dinge hoch anrechnen.«

Heiliger Patrick, was will denn der Alte von mir? dachte MacGan bei sich. »Ich stehe voll und ganz zu Ihren Diensten, Herr Direktor«, sagte er laut und machte dabei den etwas schwächlichen Versuch einer Verbeugung.

»Soviel mir bekannt ist«, fuhr Clayton fort, »waren Sie mit Doktor Wandel genauer bekannt und haben ihm häufig bei seinen Arbeiten assistiert.«

MacGan vermochte nur zu nicken. Es verschlug ihm die Sprache, denn bei der Nennung des Namens von Dr. Wandel kam ihm das nächtliche Experiment mit allem Drum und Dran, an das er gar nicht mehr gedacht hatte, wieder in die Erinnerung. Wenn der Direktor davon etwas wußte, konnte die Sache ja heiter werden.

Clayton sprach weiter. »Der Doktor hat leider die Protokollbücher über seine Versuche mitgenommen, als er die United verließ. Es ist wichtig für uns, die Bedingungen, unter denen er seine Versuche anstellte, und die Werte, mit denen er dabei arbeitete, zu erfahren… Sie verstehen mich wohl, die genauen Drücke und Temperaturen, mit denen er operierte. Ich frage Sie danach, mein lieber MacGan, weil Professor Melton mir gelegentlich sagte, daß Sie davon mehr verstehen, als es sonst bei Leuten Ihres Standes…«

Clayton verwickelte sich und brachte den Satz nicht richtig zu Ende, aber der Ire hatte auch so schon begriffen, um was es sich handelte.

»So ziemlich, Herr Direktor«, sagte er, »habe ich die Arbeiten, bei denen ich Doktor Wandel behilflich war, noch im Gedächtnis. Es handelte sich um die Analysen eines neuen Stoffes mit dem Atomgewicht zweihundertfünfzig.«

Ein tüchtiger Laboratoriumsdiener, der so mit Atomgewichten um sich wirft; hoffentlich weiß er über die andern Sachen ebensogut Bescheid! dachte Clayton und fuhr fort:

»Das interessiert uns weniger. Diesen Stoff hat Professor Melton auch analysiert. Viel wichtiger sind uns die Bedingungen, unter denen Herr Doktor Wandel ihn hergestellt hat.« Clayton bemerkte die Veränderung, die bei seinen letzten Worten in den Zügen MacGans vorging, und beschloß; alles auf eine Karte zu setzen.

»Ich meine jenen Versuch, mein lieber MacGan, den der Doktor noch in jener Nacht anstellte, bevor er den Autoklav an Professor Melton abgeben mußte. Sie haben ihm doch dabei assistiert…«

Die Hände des Iren umklammerten die Sessellehnen, mit halb geöffnetem Munde starrte er Clayton fassungslos an.

Nun war's also heraus! Mr. Clayton wußte um die ganze Geschichte, auch um die Rolle, die er dabei gespielt hatte. Sollte er's zugeben, sollte er's leugnen? Ach, es war ja doch alles zwecklos. Im Geiste sah er sich bereits im Bogen aus dem Werk hinaus auf die Straße fliegen. So wollte er wenigstens die Haltung bewahren und mit Anstand abgehen... und, wenn es sich machen ließ, dem Direktor Clayton und der ganzen Abteilung Melton noch ein paar ordentliche Nüsse zum Knacken zurücklassen.

So schnell, wie der Entschluß ihm kam, setzte er ihn auch in die Tat um.

»Jawohl, Mr. Clayton«, sagte er, »ich habe dem deutschen Doktor einmal des Nachts bei einem Versuch assistiert, bei dem wir zweihundertdreiundzwanzig Gramm eines strahlenden Stoffes herstellten. Ich weiß noch ganz genau, mit welchen Drücken und Temperaturen wir damals gearbeitet haben. Ich könnte den Versuch jederzeit wiederholen.«

Er schwieg, sah den Direktor an und dachte: Jetzt wird der gleich den Mund auftun und sagen, daß ich mich zum Teufel scheren soll. In der Tat öffnete Clayton auch den Mund, aber der Ausdruck einer angenehmen Überraschung lag dabei auf seinem Gesicht, und er sagte etwas ganz anderes.

»Ah, mein lieber MacGan! Ist das wirklich wahr? Trauen Sie sich zu, den Versuch mit den gleichen Werten zu wiederholen? Ich würde Ihnen gern die Möglichkeit dazu geben. Wenn es glückt, soll es Ihr Schade nicht sein.«

Der Ire wußte nicht mehr, wo ihm der Kopf stand. Er hatte sich auf einen sofortigen Hinauswurf gefaßt gemacht, und statt dessen wollte ihm Direktor Clayton Gelegenheit geben, selbständig einen großen Versuch mit dem Autoklav und der ganzen dazugehörigen Maschinerie zu machen... Wie war so etwas möglich?

Blitzartig erkannte er, daß sich ihm hier die große Chance seines Lebens bot, aber gleichzeitig befiel ihn auch Sorge.

Würde er wirklich imstande sein, das auszuführen, dessen er sich soeben nur gerühmt hatte, um Clayton zu bluffen? Nur dann hatte er einige Aussicht auf Erfolg, wenn er sich peinlich genau an die Bedingungen und Werte des Doktors hielt. Fieberhaft versuchte er, sich alle Einzelheiten jenes nächtlichen Experiments wieder zu vergegenwärtigen, bis die Stimme Claytons ihn in die Gegenwart zurückrief.

»Antworten Sie mir ganz offen: Trauen Sie es sich zu?«

»Ich glaube ja, Mr. Clayton«, antwortete er entschlossen, »aber einen Erfolg kann ich nur versprechen, wenn alle Bedingungen Doktor Wandels genau eingehalten werden.«

»Dafür zu sorgen ist Ihre Sache, Mr. MacGan.«

»Ich werde Hilfe dabei brauchen, Herr Direktor. Damals waren wir zu dritt, und es ging hart auf hart bei dem Versuch...«

Über Claytons Züge glitt ein Lächeln, während er antwortete:

»Mr. Schillinger kann ich Ihnen diesmal nicht zur Verfügung stellen, aber wir haben ja auch ganz tüchtige Kräfte im Werk...«

MacGan bewegte den Mund, als ob er etwas verschlucken müßte. Um die Gegenwart Schillingers bei der Geschichte wußte Clayton also auch. Der schien unheimlich gut unterrichtet zu sein.

»...Sagen Sie mir, was Sie brauchen. Sie sollen alles bekommen«, schloß Clayton seine Rede.

»Ja, Herr Direktor...vor allen Dingen ein anderes Verschlußstück für den Autoklav...so wie es Doktor Wandel benutzte. Die Zeichnung dazu hat Herr Professor Melton noch. Wenn ich das bekomme und dann noch zwei bis drei Leute zur Hilfe, dann müßte es schon gelingen.«

Clayton griff nach einem Block und machte sich ein paar Notizen. Dann ließ er den Bleistift sinken und sah MacGan voll ins Gesicht. Der hielt seinen Blick aus und erwiderte ihn.

»Es ist gut, Mr. MacGan. Wir wollen es zusammen versuchen. Zunächst verlange ich unbedingte Verschwiegenheit von Ihnen. Vorläufig darf kein Wort von dem, was wir hier besprochen haben, bekanntwerden. Ihre Hand darauf!« Er streckte dem Iren seine Rechte hin. Der ergriff sie und drückte sie kräftig. Clayton fuhr fort: »Ich werde das neue Verschlußstück selber in Auftrag geben. Bei größter Beschleunigung wird es doch wenigstens eine Woche dauern, bis wir es hier haben können. Wenn es hier ist, werden wir weiterreden... Bis dahin noch einmal, mein lieber MacGan, unbedingte Verschwiegenheit zu jedermann.«

MacGan wollte gehen, als Clayton ihn noch einmal zurückrief. »Man wird Sie wahrscheinlich fragen, was wir zusammen zu verhandeln hatten. Erzählen Sie den Neugierigen irgendwas von einer Erbschaft. Sagen Sie ihnen, daß ich eine Anfrage unseres Konsuls in Dublin wegen eines Namensvetters von Ihnen bekommen habe, der in Limerick oder in Tipperary verstorben ist, und daß ich Sie deswegen rufen ließ.«

»Sagen wir lieber in Kildare«, verbesserte MacGan den Direktor, »von da her bin ich in die Staaten gekommen.«

»Also gut, meinethalben auch in Kildare«, lachte Clayton, und MacGan empfahl sich.

Auch das Gesicht Tom Whites verzog sich zu einem Lachen. »Alle Wetter!« brummte er vor sich hin. »Man lernt nie aus; wer hätte gedacht, daß Mr. Clayton sich so gut aufs Lügen versteht... Na, neugierig bin ich, was für ein Gesicht der Professor zu der Geschichte machen wird. Ich glaube, den trifft der Schlag, wenn sein Laboratoriumsdiener selbständig an den Autoklav gelassen wird.«

Er wollte schon nach dem Schalter greifen und den Strom zu dem Lauschmikrophon in Claytons Zimmer unterbrechen, als er hörte, wie der Direktor durch sein Tischtelephon mit Melton sprach. Er bat ihn zu sich. Alle Zeichnungen Dr. Wandels solle er mitbringen.

»Bin neugierig, wie er die Sache mit Melton fingern wird«, fuhr Tom White in seinem Selbstgespräch fort und behielt den Hörer am Ohr. Er brauchte nicht lange zu warten; nach wenigen Minuten vernahm er Meltons Stimme. In verdrossenem Ton gab der Professor auf einige Fragen Antwort.

»Die strahlende Flüssigkeit?... Jawohl, Mr. Clayton, wir haben sie uns vorgenommen. Die Untersuchung ist sehr schwierig, sie wird wenigstens acht Tage beanspruchen... Die Zeichnungen von Doktor Wandel?... Ich habe sie hier... Darf ich fragen, Herr Direktor, wofür Sie sie brauchen?«

»Ich möchte sie mir selber noch einmal in Ruhe ansehen«, erwiderte Clayton in gleichgültigem Ton. »Lassen Sie sie mir auf ein paar Tage hier.«

»Aha!« schmunzelte Tom White vor sich hin, »der Direktor geht noch um den heißen Brei herum. Na, einmal wird er ja doch mit der Wahrheit 'rausrücken müssen. Auf die Unterredung bin ich neugierig.«

Gespannt horchte er auf die nächsten Worte Claytons und hörte sie mit wachsendem Unbehagen.

»Wir brauchen unsere Zimmer hier im Verwaltungsgebäude selber. Wann können Sie die Räume in dem Neubau Ihrer Abteilung beziehen?« wünschte der Direktor zu wissen.

»Morgen, spätestens übermorgen, Mr. Clayton«, erwiderte der Professor, und Tom White fluchte allerhand in seinen Kleiderschrank hinein. Spätestens übermorgen hier ausziehen, das bedeutete für ihn ja, von der niedlichen Geheimanlage Abschied nehmen. Er hörte, wie Melton sich von dem Direktor verabschiedete, und hatte eben noch Zeit, den Hörer fortzulegen und die Schranktür zu schließen, als der Professor schon in sein Zimmerchen kam.

Und nun bekam auch Tom White noch etwas von dessen schlechter Laune zu spüren. In deutlicher Weise gab Melton seinem Mißfallen Ausdruck, daß Mr. White hier müßig im Verwaltungsgebäude herumsitze, statt sich drüben in der Halle an dem Autoklav nützlich zu machen.

»Von morgen ab wird das anders werden, Mr. White«, schloß der Professor seine Ausführungen. »Morgen werden Sie in den Neubau einziehen. Bereiten Sie heute schon alles dafür vor.«

Einen Augenblick betrachtete Tom White den Löscher auf seinem Schreibtisch. Brennend gern hätte er ihn dem Professor an den Kopf geworfen, aber er bezwang sich.

»Sehr wohl, Herr Professor, ich werde schon heute alles vorbereiten«, sagte er mit einer leichten Verbeugung, und etwas Unverständliches vor sich hinbrummend zog Melton ab.

Eine große Vorstellung vor geladenem Publikum war von Dr. Wandel für den kommenden Montag in Aussicht gestellt worden, aber zur Verwunderung Slawters und seiner Assistenten kam es vorläufig noch nicht dazu. Der Doktor hatte sich hinter seinen theoretischen Ableitungen und Formeln verbarrikadiert und rechnete tagelang mit einer Verbissenheit, daß Slawter schon vom bloßen Zusehen einen leichten Schüttelfrost bekam. Eine Woche verstrich darüber, und die nächste brach an.

»Um's Himmels willen, Doktor! Was wollen Sie denn nur noch?« fragte ihn Robert Slawter zum zwanzigsten oder zweiundzwanzigsten Male. »Der Erfolg Ihres ersten Versuches war über alle Erwartungen groß. Warum wollen Sie nicht endlich damit herauskommen? Das Experiment wenigstens der Werkleitung vorführen und den neuen Stoff auf den Tisch legen?«

Es dauerte eine Weile, bis der Doktor aus der Welt seiner Ideen und Formeln in die Wirklichkeit des Alltags zurückfand.

»Was ich noch will?« sagte er versonnen. »Noch etwas Besseres schaffen, Slawter. Hier ist es! Hier habe ich's.«

Er deutete auf die mit endlosen Formeln beschriebenen Bogen, die seinen ganzen Schreibtisch bedeckten.

Slawter schüttelte unwillig den Kopf. »Sie sind auch der richtige Erfinder, Doktor! Typisch ist das für Leute Ihrer Sorte. Kaum haben sie glücklich etwas erreicht, dann interessiert sie's schon nicht mehr, und sie laufen gleich wieder andern Zielen nach. Damit kommen wir aber nicht weiter. Die Direktion der Company fängt an ungeduldig zu werden. Wir müssen ihr endlich etwas zeigen. Gott sei Dank können wir's ja auch; für das andere, Bessere, wird's später immer noch früh genug sein.«

Vergeblich brachte Dr. Wandel Einwände vor und bat Slawter, ihm wenigstens bis zum Ende der Woche noch Zeit zu lassen. Vergebens schilderte er ihm die neuen, gewaltigen Möglichkeiten, die nach seinen Berechnungen klar aus der Theorie heraussprangen und zu deren Bestätigung er nur noch einige Versuche machen müsse. Slawter ließ sich nicht von seinem Standpunkt abbringen.

»Alles recht schön und gut, Doktor. Mag auch alles richtig sein.« Er machte eine Handbewegung, als ob er die Berechnungen vom Tisch fegen wollte. »Das alles hat Zeit. Ist großartig, daß Sie noch so viele Eisen im Feuer haben, aber jetzt 'raus mit dem, was fertig ist! Wir schaden uns selber, wenn wir damit zurückhalten. Direktor Alden fragt mich vertraulich jeden Tag, wie weit Sie sind.«

Unaufhaltsam sprach Slawter weiter auf Dr. Wandel ein, bis es ihm gelang, den Deutschen willfährig zu machen.

»Ich sehe, daß ich sonst doch keine Ruhe vor Ihnen habe«, sagte er schließlich resigniert. »Also wollen wir meinetwegen unsern ersten Versuch morgen wiederholen und die Herren der Werkleitung dazu bitten.« –

In wolkenloser Bläue erglänzte am nächsten Morgen der Himmel, in breiten Lichtbalken fiel der Sonnenschein durch das Glasdach der großen Halle und spielte in tausend Reflexen um den gewaltigen Autoklav und die blinkenden Teile der Pumpen und Elektromotoren.

Mr. Lee Dowd, der Chief Manager der Company, war erschienen, Direktor Alden war da und außerdem noch etwa ein halbes Dutzend anderer Herren des Direktoriums. Auch Mr. Spinner, der Leiter der Nachrichtenabteilung, befand sich unter ihnen. Viele andere wollten noch kommen, denn auf irgendwelchen unterirdischen Wegen hatte sich die Kunde von dem bevorstehenden Versuch im Werk herumgesprochen, aber Dr. Wandel machte kurzen Prozeß mit den unerwünschten Neugierigen.

Er ließ die Zugänge zur Halle abschließen, sobald die Herren des Vorstandes zugegen waren, und kümmerte sich wenig darum, daß die Ausgesperrten draußen gegen die Wellblechtore trommelten.

Und dann begann der Versuch. Genau wie in den vergangenen Wochen standen fünf Männer bei den Maschinen auf ihren Posten und führten jedes Kommando mit einer Pünktlichkeit und Genauigkeit aus, als ob sie selber Maschinen wären. Mit einigem Mißbehagen hatte Mr. Dowd zuerst das Schließen der Türen bemerkt, denn allzu deutlich war ihm noch jenes erste, mißglückte Experiment in der Erinnerung, bei dem nur schnellste Flucht die Zuschauer vor dem Tode bewahrt hatte. Doch bald wich seine Besorgnis und ebenso die der übrigen einem Gefühl der Zuversicht und Sicherheit. Was sich hier vor ihren Augen abspielte, schien aller Gefährlichkeit und Romantik bar zu sein und stellte sich so sehr als eine nüchterne, rein technische Angelegenheit dar, daß sie schließlich fast etwas wie Langeweile dabei empfanden. Daran änderte sich auch wenig, als flüssige Luft sich in breiten Kaskaden über den stählernen Leib des Autoklavs ergoß und vorübergehend die ganze Halle vernebelte.

Mit Ungeduld zog der eine oder andere bereits die Uhr. Schon anderthalb Stunden standen sie hier. Das Dröhnen und Brummen der Elektromaschinen, das knatternde Schlagen der Pumpenventile betäubte ihre Ohren; die schneidende Kälte, mit der die vielen Kubikmeter verdampfender flüssiger Luft die Halle erfüllten, drang durch die Kleidung hindurch, und jeder von ihnen wünschte, daß der Versuch endlich vorüber wäre.

Neue Kommandos drangen durch den Maschinenlärm. »Druck wegnehmen! Pumpe eins! Pumpe zwei ... Pumpe fünf!«

Das klingende Spiel der Ventile schwoll ab und verklang. Ein Schaltergriff zuckte in der Hand Dr. Wandels, das Brummen der großen Transformatoren verstummte. Stille herrschte wieder in der weiten Halle. Erst jetzt fand der Doktor Zeit, sich um seine Gäste zu kümmern.

»Der Versuch ist beendet, meine Herren. Eine Stunde müssen wir dem Autoklav Zeit zur Kühlung lassen. Danach können wir ihn öffnen und das Erzeugnis herausnehmen.«

»Was erwarten Sie zu finden?« fragte der Chief Manager.

»Einen Stoff mit dem Atomgewicht fünfhundert und einigen wertvollen Eigenschaften, Mr. Dowd.«

»Sie scheinen Ihrer Sache sehr sicher zu sein, Herr Doktor.«

»Ich hätte die Herren nicht zu diesem Besuch gebeten, wenn ich meiner Sache nicht sicher wäre.«

Mr. Dowd sah auf seine Uhr. »Wann dürfen wir Ihren Bericht über das Ergebnis erwarten, Herr Doktor?«

»Eine Stunde Kühlung ... den Autoklav öffnen ... den Stoff von den Elektroden schneiden ... um halb eins kann ich Ihnen das Erzeugnis bringen, Mr. Dowd.«

Der Chief Manager nickte. »Bis dahin auf Wiedersehen!«

Er verließ die Halle, und die übrigen Herren folgten ihm. Nur Mr. Spinner blieb zurück und wandte sich an Slawter.

»Ich hätte mit Ihnen und Doktor Wandel etwas zu besprechen. Wäre es jetzt möglich?«

Slawter nickte. »Eine Stunde haben wir Zeit. Vorher können wir an den Autoklav nicht heran. Kommen Sie mit in mein Zimmer.« Er winkte dem Doktor, näher zu treten. »Ich möchte Sie mit Mr. Spinner, dem Chef der Nachrichtenabteilung, bekannt machen, Herr Doktor Wandel.«

Während der Doktor Spinners Händedruck erwiderte, umfaßte sein Blick dessen Gestalt. Er schaute in ein Gesicht mit kantig gemeißelten Zügen. Das Haar, leicht ergraut, trat an den Schläfen schon merklich zurück und ließ seine hohe Stirn noch höher erscheinen. Hinter den scharfen Gläsern einer Brille blickten die Augen bald verschleiert, fast interessenlos, bald wieder forschend und durchdringend.

Der Doktor hatte Mr. Spinner bisher noch nie gesehen, aber er wußte um seine Stellung bei der Company. Während ihre Hände wenige Sekunden ineinanderruhten, versuchte er die äußere Erscheinung des Mannes daraufhin zu analysieren. Ein Schachspieler, ein Mathematiker, ein Künstler, ein Kriminalist ... eine Mischung aus alledem, Hirnmensch und Willensmensch in einer Person, ging es ihm durch den Sinn. Grundverschieden war der Eindruck, den Dr. Wandel in diesen kurzen Sekunden erhielt, von jenem andern Bild eines biederen, schon ein wenig täppischen Greises, das sich die Herren Melton und Wilkin nach den Schilderungen Tom Whites von dem guten alten Onkel Joshua in Salisbury machten.

»Womit können wir Ihnen dienen, Mr. Spinner?« eröffnete Slawter die Unterhaltung, als sie zu dritt in dessen Zimmer saßen. Nach kurzem Räuspern sagte Spinner:

»Wir haben Nachrichten aus Detroit bekommen, die gewisse Gegenmaßnahmen von unserer Seite erforderlich machen ...«

Einen kurzen Moment kreuzten sich die Blicke des Doktors und Mr. Spinners.

»Herr Professor Melton ist wohl mit seiner Kunst zu Ende?« fragte Dr. Wandel. Der Nachrichtenchef schüttelte den Kopf.

»Diesmal dreht es sich um einen andern guten Bekannten von Ihnen, um einen gewissen MacGan.«

»MacGan?« Der Doktor konnte sein Erstaunen nicht verbergen. »MacGan, ein ganz tüchtiger Kerl, aber schließlich doch nur ein Laboratoriumsdiener. Was soll sich um den in Detroit drehen?«

»Vieles, im Augenblick fast alles. Gewiß, es klingt unglaublich«, fuhr er fort, als er das Befremden in den Zügen Dr. Wandels bemerkte, »aber wir haben unsere Informationen von einer unbedingt zuverlässigen Stelle. Was sagen Sie dazu, Herr Doktor? Der Laboratoriumsdiener ist der Nachfolger von Professor Melton geworden.«

»Unmöglich, Mr. Spinner! Das ist doch ein Scherz von Ihnen«, fuhr Slawter dazwischen.

»Ich habe keinen Grund zu scherzen, Mr. Slawter. Es ist mein voller Ernst.«

»Dann gibt's nur noch eine Erklärung«, warf Dr. Wandel ein, »Chelmesford und Clayton müssen alle beide verrückt geworden sein.«

Wieder schüttelte Spinner den Kopf. »Sie irren sich, Herr Doktor. Chelmesford und Clayton handeln ganz logisch. Es ist ihr letzter, allerdings verzweifelter Versuch, das Spiel ohne Sie zu gewinnen. Direktor Clayton hat auf eine uns noch unbekannte Weise herausbekommen, daß der Laboratoriumsdiener Ihnen bei einem erfolgreichen Versuch assistiert hat. Er hat ihn daraufhin ins Gebet genommen und ihm Versprechungen gemacht. MacGan hat sich bereit erklärt, Ihren Versuch mit dem Autoklav zu wiederholen.«

»Und Professor Melton?« entfuhr es dem Doktor.

»Vor drei Tagen hat es eine fürchterliche Szene zwischen Clayton und Melton gegeben. Danach hat der Professor das Feld geräumt und sich krank gemeldet. Unsere Stelle berichtet, daß er sogar wirklich krank ist. Durch die Erregung bei der Aussprache mit Direktor Clayton soll sein altes Gallenleiden wieder aufgetreten sein.«

Dr. Wandel blickte nachdenklich vor sich hin. Leise, als spräche er zu sich selber, kamen die Worte von seinen Lippen.

»Ein altes Gallenleiden…das erklärt mir vieles. Es war nicht leicht, mit ihm auszukommen… trotzdem…es tut mir leid um ihn…ich kann es ihm nachfühlen, wie hart diese Wendung der Dinge ihn getroffen haben muß.«

»Melton ist vorläufig ausgeschaltet«, fuhr Mr. Spinner fort. »MacGan ist vor eine Aufgabe gestellt, die er nach menschlicher Voraussicht kaum lösen kann. Etwas Erfolg muß er aber haben. Ich bin zu Ihnen gekommen, Herr Doktor, um Sie um Rat zu fragen.«

Der Doktor zuckte die Achseln. »Ja, du lieber Gott, Mr. Spinner, ich kann doch nicht von hier aus einen Brief schreiben: Mein lieber MacGan, machen Sie das so und so, dann wird die Sache klappen, und Sie werden das und das in dem Autoklav finden.«

»Natürlich nicht, verehrter Herr Doktor. Es genügt, wenn Sie es mir sagen, ich werde es schon an die geeignete Stelle weitergeben.«

»Ich glaube, Mr. Spinner, Sie stellen sich das einfacher vor, als es in Wirklichkeit ist. Wenn es tatsächlich Zweck haben soll, müßte man jemand, der mit dem ganzen Drum und Dran dieser neuen Technik gut Bescheid weiß, genaue Instruktionen geben.«

»Die Person, an die ich Ihre Anweisungen weiterleiten will, entspricht diesen Bedingungen, Herr Doktor Wandel.«

Der Doktor stützte den Kopf in die Hände.

»Es ist und bleibt eine heikle Sache, Mr. Spinner. Ein Mißverständnis, ein einziger falsch verstandener Wert könnte zu einer Katastrophe führen. Ich scheue mich, die Verantwortung dafür zu übernehmen…ich hatte das richtige Gefühl, als ich gleich an MacGan dachte. Solche Anweisungen darf man nur demjenigen geben, der den Versuch selber macht.«

Der Nachrichtenchef strich sich nachdenklich das Kinn. Erst nach einigem Überlegen antwortete er.

»Ich will Ihre Bedenken zerstreuen, obwohl ich zu dem Zweck mehr sagen muß, als mir lieb ist. Die Person, der ich Ihre Anweisungen übermitteln will, wird MacGan bei seinem Versuch assistieren.«

Der Doktor blickte interessiert auf. »Ah, Mr. Spinner, das ist etwas anderes. Dann könnte man's zur Not wagen... Ein tüchtiger Kerl müßte es aber sein... Wenn es etwa Mr. Wilkin wäre, hätte ich immer noch Bedenken.«

Spinner machte eine abwehrende Bewegung.

»Verlangen Sie nicht von mir, daß ich Ihnen Namen nenne. Es würde gegen die Grundregeln meiner Abteilung verstoßen. Zu Ihrer Beruhigung will ich Ihnen nur sagen, Mr. Wilkin Ist es nicht.«

Dr. Wandel lehnte sich in seinen Stuhl zurück. Er schien eine kurze Zeit mit sich selbst zu kämpfen, dann kam er zu einem Entschluß.

»Daraufhin will ich's wagen, Mr. Spinner, aber die Verantwortung müssen Sie auf Ihre eigene Kappe nehmen.«

Spinner fuhr sich mit der Hand durch das Haar.

»Mit dem größten Vergnügen, Herr Doktor. Ich bin es seit langem gewöhnt, Verantwortungen zu übernehmen. Das bringt meine Stellung so mit sich. Am besten wäre es, wenn Sie die Bedingungen, unter denen Sie Ihren Versuch in Detroit machten, schriftlich genau niederlegten. In der Hauptsache handelt es sich wohl nur um das Material der beiden Elektrodenstifte. MacGan kennt es nicht, das ist sein größter Kummer, und mein Gewährsmann kann ihm dabei auch nicht raten.«

Nach einem Blick auf die Uhr mischte sich Slawter in das Gespräch. »Sie müssen uns entschuldigen, Mr. Spinner. Die Zeit ist um, der Autoklav ist jetzt genügend abgekühlt. Wir wollen Mr. Dowd nicht warten lassen.«

»Nun, wie ist's, Herr Doktor?« fragte Spinner, ohne die Unterbrechung durch Slawter zu beachten.

»Ich werde Ihnen nach Tisch eine genaue Anweisung für Ihren Mann aufsetzen, Mr. Spinner. Sie müssen sie in Ihrer Abteilung mit der Maschine abschreiben lassen. Ich bitte Sie, mir danach die Abschrift und meinen eigenen handschriftlichen Entwurf zur Durchsicht zuzusenden. Meinen Entwurf werde ich vernichten, mit der Abschrift können Sie machen, was Sie für richtig halten.«

Leicht nachhallend verklang der Glockenschlag einer großen Standuhr im Vorraum, als Dr. Wandel und Robert Slawter in das Zimmer des Chief Managers eintraten.

»Ah, die Herren sind auf die Sekunde pünktlich«, empfing sie Mr. Dowd. »Nehmen Sie bitte Platz, ich bin gespannt, was Sie mir zu melden haben.«

Bevor der Doktor sich setzte, stellte er eine Aktentasche neben sich auf den Fußboden und tupfte sich die Stirn mit dem Taschentuch.

»Ist Ihnen warm, Herr Doktor?« fragte Dowd.

»Danke, Mr. Dowd, das geht vorüber«, erwiderte der Doktor, »kommen wir zu unserm Bericht. Der Versuch hat genau das ergeben, was er nach der Theorie erbringen mußte. Rund fünfzig Kilogramm eines neuen Stoffes mit dem Atomgewicht fünfhundert...«

»Fünfzig Kilogramm?... Einen Zentner, Herr Doktor? Das muß ein tüchtiger Brocken sein. Haben Sie eine Probe davon mitgebracht?«

Der Doktor bückte sich und griff nach seiner Aktentasche. Der Chief Manager bemerkte, daß es dem Deutschen einige Mühe bereitete, sie mit beiden Armen bis zur Tischhöhe emporzuheben, und die Mahagoniplatte knackte hörbar, als er die Tasche darauf niederlegte.

»Da haben Sie das Objekt«, sagte Dr. Wandel. Dabei zog er eine apfelgroße, schwärzlich glänzende Kugel aus der Tasche und rollte sie über den Tisch zu Mr. Dowd hin. Eine Weile starrte der Chief Manager das merkwürdige Gebilde ratlos an. Dann griff er danach, wollte es aufheben und spürte, daß es mit einer Zentnerlast auf die Tischplatte drückte.

»Eigenartig, Herr Doktor! In der Tat merkwürdig! Man sieht dem Ding sein Gewicht nicht an. Jetzt verstehe ich, warum Ihnen warm war. Aber ...« trotz aller Verwunderung kam der praktische Amerikaner in Mr. Dowd zum Durchbuch »... zu was ist der Stoff denn gut, Doktor?«

»Es ist gespeicherte Energie, Mr. Dowd«, antwortete ihm Dr. Wandel.

»Gespeicherte Energie? Well, Sir! So eine Art von Akkumulator. Schwer genug ist der Brocken dafür. Alle Akkumulatoren sind verdammt schwer, egal, ob's Blei oder Ihr Stoff hier ist. Ich fürchte, das wird der praktischen Verwendbarkeit hinderlich sein.«

»Dieser Energiespeicher ist enorm leicht, Mr. Dowd«, fiel ihm der Doktor ins Wort.

»Leicht, Herr Doktor?« Der Chief Manager schüttelte ungläubig den Kopf. »Merkwürdige Ansicht von Ihnen, einen Zentner nennen Sie leicht. Kann ich beim besten Willen nicht finden. Wie viele Kilowattstunden gibt der Brocken denn her?«

Dr. Wandel öffnete den Mund, um etwas zu sagen, aber Slawter hielt ihn zurück.

»Schätzen Sie mal selbst, Mr. Dowd«, wandte er sich an den Chief Manager. »Ich bin neugierig, um wieviel sie sich dabei verschätzen werden.«

Unschlüssig blickte Dowd auf den Brocken und auf Slawter. Eine Zahl lag ihm auf der Zunge. Er wollte sie nennen und scheute sich doch, sie in Gegenwart der beiden Fachleute auszusprechen, in dem unbestimmten Gefühl, sich zu blamieren.

»Bitte, schätzen Sie nur«, ermunterte ihn Slawter, »ich werde ›Mehr‹ oder ›Weniger‹ sagen, je nachdem Sie vorbeigeschätzt haben.«

Ungefähr erinnerte sich Mr. Dowd noch, daß in den Vorbesprechungen mit Slawter und Dr. Wandel sehr große Zahlen genannt worden waren. Er versuchte es aufs Geratewohl, aber er gebrauchte die Vorsicht, seine Schätzung in eine Frage zu kleiden.

»Sollte etwa eine Million Kilowattstunden in der kleinen Kugel stecken?« sagte er zögernd.

Über die Züge Dr. Wandels ging ein Lächeln. Slawter platzte los:

»Sie unterschätzen den Stoff gewaltig, Mr. Dowd.«

Dowd merkte, daß er sich bedeutend verschätzt haben mußte. »Tausend Millionen!« sagte er, um etwas zu sagen.

»Mehr, viel mehr, Mr. Dowd«, rief Slawter.

»Noch mehr als eine Milliarde Kilowattstunden? Herrgott im Himmel, dann gebe ich's auf! Sagen Sie mir schon, Doktor, wieviel Energie in dem verteufelten Brocken steckt.«

»Etwas mehr als eine Billion Kilowattstunden, Mr. Dowd. Sagen wir rund eine Billion. Die gibt das Stück her, wenn wir es mit Wasser zusammenbringen.«

Dowd sah den Brocken mit einem scheuen Blick an. »Tausend Milliarden Kilowattstunden? Kaum glaublich, Doktor. Es wäre ja schauderhaft, wenn diese Riesenenergie auf einmal frei würde ...«

Dr. Wandel nickte. »Sie haben sehr recht, Mr. Dowd. Es empfiehlt sich dringend, den Stoff trocken aufzubewahren, wenn man nicht unliebsame Überraschungen erleben will. Mit dem Stück hier könnten Sie die Stadt Salisbury ohne Schwierigkeiten in einen Aschenhaufen verwandeln.«

»Hm, hm! Doktor, ein verdammt gefährliches Zeug! Aber ...« Mr. Dowd kam auf seine anfängliche Frage zurück, »wozu kann man es gebrauchen?«

»Das möchte ich Ihnen praktisch vorführen, Mr. Dowd«, entgegnete ihm Dr. Wandel. »Würden Sie die Güte haben, uns zum Kesselhaus zu begleiten.«

»Mit Vergnügen, Herr Doktor.« Dowd stand auf, griff nach seinem Hut und blieb zögernd stehen, als er sah, daß der Doktor die Kugel wieder in seine Aktentasche schob.

»Es wird Ihnen zu schwer werden, Herr Doktor«, meinte er und wollte nach dem Klingelknopf greifen, »ich werde jemand kommen lassen, der Ihnen die Tasche trägt.«

»Ist nicht nötig, Mr. Dowd, wir brauchen sie vorläufig nicht. Am liebsten wäre mir's, wenn Sie sie in Ihren Safe schlössen. Dann sind wir sicher, daß nichts damit passiert.«

»Wie Sie wünschen, Herr Doktor!« Dowd zog einen Schlüsselbund aus der Tasche. Die schwere Stahltür eines in die Wand eingebauten Tresors öffnete sich und schnappte hinter der Tasche wieder ins Schloß.

»Gehen wir, meine Herren«, sagte der Chief Manager.

An der Südwestecke des ausgedehnten Werkgeländes lag das Kraftwerk, welches die Energie für die verschiedenen Abteilungen der Dupont Company lieferte. Ungefähr dreihunderttausend Pferdestärken wurden hier in mächtigen Turbo-Aggregaten erzeugt und in Form hochgespannter Elektrizität den Verbrauchsstellen zugeleitet.

»Es trifft sich günstig, Mr. Dowd«, sagte Dr. Wandel, als sie das Kesselhaus betraten, »daß gerade ein Großleistungskessel für zehntausend Pferde außer Betrieb ist. Er wurde vor drei Tagen entleert. Man hat ihn inzwischen gereinigt und wieder mit Wasser gefüllt. An ihm sollen Sie sehen, was unser Stoff leisten kann.«

Sie waren inzwischen weitergegangen und standen vor einem Riesenkessel, der sich wohl an die dreißig Meter in die Höhe reckte.

»Überzeugen Sie sich bitte, Mr. Dowd«, sagte Slawter und riß mehrere Feuertüren auf, »die Roste sind leer. Es ist kein Feuer unter dem Kessel. Fassen Sie auch an die Wandung, der Kessel ist völlig kalt.«

»All right, Slawter«, nickte Dowd, »geht in Ordnung. Bin verdammt neugierig, was jetzt kommen soll; den Stoff haben Sie doch in meinem Safe gelassen.«

»Nicht alles, Mr. Dowd. Etwas davon ist hier in der Tube.«

Dr. Wandel zog eine Glastube aus der Westentasche, ein winziges, kaum strohhalmdickes Röhrchen. Es war eine Tube des kleinsten Typs, in dem die Company Arzneimittel in Tablettenform auf den Markt brachte. Er hielt dem Chief Manager das Röhrchen hin. Der kniff die Augen zusammen, um besser sehen zu können, und nickte.

»Eine dunkle Pille steckt in dem Röhrchen. Wenn's Ihr Stoff ist, möchte ich sie nicht schlucken.«

Der Doktor konnte ein Lächeln nicht unterdrücken. »Möchte ich Ihnen auch nicht empfehlen, Mr. Dowd. Die Kalorienmenge verträgt der beste Magen nicht. Aber unserm Kessel hier wollen wir die Pille mal eingeben und zusehen, wie sie ihm bekommt. Jetzt müssen wir ein wenig klettern.«

Der Doktor ging auf eine schmale eiserne Leiter neben der Kesselwand zu und begann sie emporzusteigen. Dowd und Slawter folgten ihm.

»Es geht nicht anders, meine Herren«, sagte Dr. Wandel, als er endlich in schwindelnder Höhe haltmachte, »hier haben wir die einzige Möglichkeit, das Stückchen sicher in den Kessel und in das Wasser hineinzupraktizieren.«

Noch während er es sagte, öffnete er einen stehenden Hahn an der Kesseldecke, kippte das Röhrchen in die Hahnöffnung aus und schloß den Hahn wieder.

»Fertig, meine Herren! Wir wollen wieder hinuntersteigen und uns die Sache von unten besehen. Wir werden nicht lange zu warten brauchen.«

Die Anwesenheit Dr. Wandels und seiner Begleiter war nicht unbemerkt geblieben. Einige der Kesselwärter kannten Mr. Dowd vom Ansehen. Sie wußten, daß er der erste Mann in der Company war, und beeilten sich, seine Gegenwart weiterzumelden. Als Mr. Dowd von der letzten Stufe der eisernen Stiege wieder auf den Fußboden trat, stand Ingenieur Fletcher, der Leiter der Kesselanlage, vor ihm und fragte nach seinen Wünschen.

»Nichts von Bedeutung, Mr. Fletcher«, winkte Dowd ab. »Wir wollen hier nur einen Versuch an dem Kessel machen.«

»Der ist aber außer Betrieb, soll ich ihn anheizen lassen?« erkundigte sich der Ingenieur dienstbeflissen.

»Danke, Mr. Fletcher, nicht nötig. Uns ist der Kessel gerade so recht, wie er ist«, erwiderte Dowd.

An der Art, wie er es sagte, merkte Fletcher, daß der Chief Manager auf seine weitere Gegenwart keinen besonderen Wert legte, und zog sich zurück. Aber es interessierte ihn doch brennend, was Dowd und Slawter und der neue Doktor, über den schon allerhand Gerüchte im Werk umliefen, mit seinen Kesseln vorhatten, und von einem versteckten Winkel aus beobachtete er die folgenden Vorgänge.

Er sah, wie Dr. Wandel eine Feuertür öffnete, sah die dunkle Höhlung mit den leeren Rosten, sah, wie Dowd die Hand hineinstreckte und sie schleunigst wieder zurückzog.

»Nonsens«, brummte er vor sich hin, »was macht der Chief Manager da für ein Theater? Der Kessel ist doch kalt…oder…« eine Möglichkeit kam ihm in den Sinn…»sollte vielleicht ein Kesselwärter die Ringleitung geöffnet und von den andern Kesseln her heißen Frischdampf in den kalten Kessel gelassen haben?« Das wurde öfter gemacht, um schneller wieder in Betrieb zu kommen, aber man tat es doch erst, nachdem die Feuer auf den Rosten brannten. Es schien auch nicht der Fall zu sein. Soweit er von seinem Standort erkennen konnte, war das Ventil der Dampfleitung geschlossen.

Während er sich noch den Kopf darüber zerbrach, was das Ganze bedeuten könnte, sah er, wie der deutsche Doktor mit Dowd sprach und gleichzeitig auf die Meßinstrumente an der Kesselwand deutete. Er blickte auch dorthin und glaubte seinen Augen nicht trauen zu sollen. Die Manometerzeiger, die vor kurzem noch auf Null standen, wie es sich für einen kalten Kessel gehört, waren beträchtlich gestiegen. Schon zeigten sie einen Druck von fünf Atmosphären an, und während er sich noch mühte, ihren Stand genau zu erkennen, sah er, daß sie unablässig weiterkletterten…sieben Atmosphären, zehn Atmosphären…also mußte die Ringleitung doch offen sein, eine andere Erklärung für diese Erscheinung gab es nicht.

Auf die Gefahr hin, unangenehm aufzufallen, näherte sich Mr. Fletcher wieder der Gruppe vor dem Kessel. Von seinem Schlupfwinkel aus hatte er nicht hören können, was dort gesprochen wurde und daß das Gespräch sich zuletzt um seine Person drehte.

»Geheimhalten läßt sich die Sache hier im Kesselhaus natürlich nicht, Mr. Dowd. Es bleibt uns nichts anderes übrig, als Fletcher ins Vertrauen zu ziehen«, sagte Dr. Wandel gerade, als der Ingenieur auf der Bildfläche erschien. In diesem Augenblick erreichte der Dampfdruck in dem feuerlosen Kessel mit fünfunddreißig Atmosphären eben den Betriebsdruck der Anlage. Fletcher sah es und rieb sich die Augen. Dowd winkte ihm, nahe heranzukommen, und sagte:

»Wir brauchen Ihre Unterstützung bei der weiteren Durchführung des Versuchs. Bevor wir damit beginnen, verlange ich Ihr Wort darauf, Mr. Fletcher, daß Sie über alles, was Sie dabei sehen, gegen jedermann schweigen. Ein vorzeitiges Bekanntwerden dieser Dinge wäre uns höchst unerwünscht.«

Der Ton, in dem Dowd es sagte, und der Blick, mit dem er Fletcher ansah, bewirkten, daß der Ingenieur sofort das verlangte Versprechen gab.

»Es ist gut, Sir«, nickte Dowd. »Wollen Sie, Herr Doktor«, er wandte sich an Dr. Wandel, »Mr. Fletcher nun erklären, wie Sie den Versuch weiter gestalten wollen.«

»Ich bitte Sie, Mr. Fletcher, den Dampf aus diesem Kessel ohne Benutzung der Ringleitung direkt auf eins der zehntausendpferdigen Turboaggregate zu geben«, sagte der Doktor. »Ich muß Sie auch bitten, die erforderlichen Ventilbewegungen selber zu machen. Ihre Belegschaft soll von diesen Dingen möglichst wenig sehen und hören.«

»Sofort, Herr Doktor«, erwiderte Fletcher und kletterte auf derselben Leiter empor, die vor einiger Zeit Dr. Wandel mit seinen Begleitern benutzt hatte. Er mußte hier ein paar Ventile zu- und ein anderes aufdrehen. Dann kam er wieder herunter, eilte in den neben dem Kesselhaus liegenden Turbinensaal, schaltete auch dort an Ventilen, kehrte zurück und meldete:

»Das Aggregat läuft unter voller Last von diesem Kessel.« Sein Atem ging stoßweise, während er die Worte hervorbrachte. Er wußte selber nicht: kam es von dem eigenen Lauf oder von der Aufregung über das Unerklärliche, Ungeheuerliche, das er soeben miterlebt hatte? Immer wieder kreisten seine Gedanken um den einen Punkt: ein Kessel, unter dem keine Feuer brennen, treibt eine zehntausendpferdige Maschine.

Seine Augen gingen zu den Meßinstrumenten. Der Dampfdruck in diesem verhexten Kessel machte nicht die geringste Miene, zu fallen, im Gegenteil, er stieg immer höher. Schon überschritten die Zeiger die roten Warnungsstriche auf ihren Skalen.

»Schalten Sie noch ein zweites Aggregat von derselben Größe auf den Kessel, Mr. Fletcher!« sagte Dr. Wandel. Ohne Widerspruch führte der Ingenieur den Auftrag aus. Er dachte im Augenblick gar nicht mehr daran, daß dieser Kessel nach seinen Rost- und Heizflächen überhaupt nur für die Speisung eines Aggregates bemessen war. Die für ihn ganz unerklärlichen Vorgänge hatten ihn völlig verwirrt. Dowd aber konnte seine Verwunderung nicht verbergen.

»Wie ist es möglich, Doktor«, fragte er, »daß der Kessel das Doppelte von dem leistet, für das er gebaut ist?«

Der Doktor zog ihn zur Seite und flüsterte ihm zu:

»Er könnte ein Vielfaches leisten. Wir könnten mit dem einen Kessel auch die dreihunderttausend Pferde des ganzen Kraftwerkes leisten. Es wäre dazu nur nötig, ein paar Gramm mehr von dem Stoff in das Wasser zu werfen.«

Einen Augenblick stand Dowd sprachlos, dann flüsterte er zurück: »Wirklich, Herr Doktor? Das ist wunderbar. Warum tun wir's nicht?«

»Weil es vorläufig noch zu gefährlich wäre, Mr. Dowd. Wir stehen erst am Anfang der neuen Technik. Es wird noch viel Entwicklungsarbeit kosten. Sie sehen ja, daß ich mich auch geirrt habe. Ich hatte die Pille für die Leistung von zehntausend Pferden abgewogen, aber der Energiestrom fließt in den ersten Stunden doch stärker ab. Ein Glück, daß wir hier ein zweites Aggregat zur Verfügung haben, um den überschüssigen Dampf loszuwerden. Andernfalls hätte der Kessel böse abgeblasen.«

»Ich glaube, ich werde verrückt«, sagte zur selben Zeit Fletcher zu Robert Slawter und faßte sich verzweifelt an den Kopf. »Um alles in der Welt bitte ich Sie: Wie ist so etwas möglich? Kein Feuer auf den Rosten, und der Kessel liefert Dampf für zwanzigtausend Pferde. Geben Sie mir eine Erklärung dafür!«

»Ich will es versuchen, Mr. Fletcher. Die Sache ist einfach die: Das Feuer liegt nicht auf den Rosten, es steckt im Kesselwasser selber.«

»Mir unverständlich, Mr. Slawter. Da bin ich genau so klug... oder so dumm wie vorher.«

»Haben Sie schon mal etwas von Atomenergie gehört, Mr. Fletcher?«

Der Ingenieur schüttelte den Kopf. »Gehört habe ich allerlei, habe es aber bis jetzt für Schwindel gehalten.«

»War eine falsche Meinung von Ihnen, Sir, lassen Sie sich eines Besseren belehren. Wir haben dem Wasser in diesem Kessel eine Substanz zugefügt, die Atomenergie in Form von Wärme in genügender Menge erzeugt, um den Dampf für zehn- bis zwanzigtausend Pferde zu liefern.«

Fletcher öffnete den Mund und vergaß, ihn wieder zu schließen.

»Fassen Sie sich, Mann, und hören Sie aufmerksam zu«, fuhr Slawter in seiner Erklärung fort, »das Weitere geht Sie persönlich an. Wir haben die Quelle der Atomenergie in dem Kessel da aufgedreht, aber wir können sie nicht nach Belieben wieder abstellen. Sie müssen ihm für die nächste Zeit dauernd so viel Dampf entnehmen, daß der Druck nicht über die zulässige Grenze steigt, sonst können Sie in Ihrem Kesselhaus eine fröhliche Himmelfahrt erleben.«

Dr. Wandel und Dowd hatten inzwischen ihre Unterredung beendet und traten wieder näher heran.

»Ich bin eben dabei, Mr. Fletcher Anweisungen für die nächsten Tage zu geben«, wandte sich Slawter an den Doktor. »Sie müssen also«, fuhr er zu Fletcher fort, »die Manometer dieses Kessels genau so sorgfältig beobachten, als ob starke Feuer unter ihm wären, und den Wasserstand auf der vorgeschriebenen Höhe halten. Für die nächsten zwölf Stunden müssen noch zwanzigtausend Pferde an dem Kessel hängen. Später werden Sie mit der Belastung heruntergehen können.«

»So ist es, Mr. Fletcher«, mischte sich der Doktor ein. »Ich bitte Sie dringend, alles das selbst zu besorgen und Ihre Leute von dem Kessel fernzuhalten. Ich oder Mr. Slawter werden des öfteren hierherkommen und nach dem Rechten sehen.«

»Ich erwarte, Mr. Fletcher, daß die Anweisungen genau ausgeführt werden«, schloß Dowd die Besprechung und verließ mit Slawter und dem Doktor das Kesselhaus.

»Sie sagten, Doktor Wandel, daß man mit dem neuen Stoff von einem einzigen Kessel aus unser ganzes Kraftwerk betreiben könne«, nahm er die Unterhaltung wieder auf, während sie zu dritt über den Werkhof gingen.

»Gewiß, Mr. Dowd«, stimmte der Doktor ihm bei. »Man könnte es. Man braucht dazu nicht einmal einen so großen Kessel, theoretisch wenigstens würde es auch ein viel kleineres Gefäß tun. Aber das Problem birgt große Gefahren in sich. Ich warne dringend davor, mit dem Stoff, wie wir ihn jetzt haben, derartige Versuche anzustellen. Es könnte äußerst unliebsame Überraschungen dabei geben ...«

»Wieso das, Doktor?« warf Dowd ungeduldig ein.

»Lassen Sie mir noch etwas Zeit, Mr. Dowd. In acht, spätestens vierzehn Tagen gedenke ich Ihnen einen andern Stoff zu liefern, der sich besser dazu eignet. Wenn alles so geht, wie ich es erwarte, wird die Company in Zukunft keine Kohlen mehr zu kaufen brauchen.«

Der Chief Manager blieb stehen.

»All right, Doktor! Das soll ein Wort sein. In vierzehn Tagen hängt das ganze Kraftwerk an einem Kessel ...«

Sie hatten inzwischen die Stelle erreicht, an der ihre Wege sich trennten. Dowd ging nach dem Direktionsgebäude hinüber, Slawter und der Doktor wandten sich ihrer Abteilung zu.

»Sie hatten Mr. Spinner einen Bericht versprochen«, erinnerte Slawter seinen Begleiter.

»Nach dem Essen, mein lieber Slawter«, wehrte der Doktor ab. »Unser Besuch im Kesselhaus hat länger gedauert, als ich dachte. Ich habe rechtschaffenen Hunger. Nach Tisch soll Mr. Spinner eine Anweisung erhalten, die dem braven MacGan hoffentlich aus allen seinen Nöten hilft.«

Professor Melton lag krank in seiner Wohnung, und es war zweifelhaft, ob er wieder auf seinen Posten zurückkehren würde. Sein Assistent, Phil Wilkin, lief herum wie ein Hund, der seinen Herrn verloren hat und einen neuen sucht. Diesmal wollte er den richtigen Anschluß nicht verpassen, aber vorläufig war es noch ganz ungewiß, wer der kommende Mann sein würde. Alles war möglich, und die Ungewißheit bereitete dem Assistenten unruhige Tage.

Dazu kam noch, daß seit der Erkrankung Meltons die Verantwortung für die laufenden Arbeiten der Abteilung auf seinen Schultern lag. Fast jeden Tag verlangte Direktor Clayton über die eine oder die andere Angelegenheit Auskunft von ihm, und es war nicht immer angenehm, was Wilkin dabei zu hören bekam. Mit Eifer hatte er sich an die Analyse jener strahlenden Flüssigkeit gemacht, die aus dem Laboratorium Slawters stammte, und hoffte auf ein Wort der Anerkennung, als er Clayton das Ergebnis brachte, aber der Direktor hatte auch daran allerlei auszusetzen.

»Soweit ganz gut und schön, Mr. Wilkin«, sagte er und gab ihm ein Photo zurück, »es ist Ihnen gelungen, das Spektrum des strahlenden Stoffes aufzunehmen, aber das genügt uns nicht. Wir wollen wissen, woraus der Stoff besteht, um ihn dann selbst herzustellen.«

Vergeblich bemühte sich Wilkin, ihm klarzumachen, daß es sich hier um ein neues, bisher unbekanntes Element handle, bei dem man von keiner Zusammensetzung reden könne. Vergeblich schilderte er dem Direktor die tagelangen schwierigen Untersuchungen, in deren Verlauf es ihm endlich gelungen sei, das Spektrum des neuen Stoffes auf die photographische Platte zu bannen. Clayton war nicht zufrieden und machte aus seiner Meinung kein Hehl.

Dabei tat er dem Assistenten in diesem Falle bestimmt Unrecht. In der Flüssigkeitsmenge, die Wilkin zur Untersuchung erhalten hatte, befanden sich ja nur unvorstellbar geringe Mengen jenes neuen strahlenden Stoffes, den Dr. Wandel in Salisbury hergestellt hatte. Nur wenige Millionstel eines Milligramms enthielt die Flüssigkeit, und es war ein chemisches Meisterstück, den neuen Stoff so nachzuweisen, wie Wilkin es getan hatte. Aber Clayton war anderer Meinung, und Clayton war Direktor. Also behielt er recht, und Wilkin kehrte in einer wenig rosigen Laune in sein Zimmer zurück.

Auch die Stimmung MacGans war nicht sehr hoffnungsvoll, obwohl sich Tom White mit Rat und Tat um ihn bemühte. Für den nächsten Tag war der Versuch angesetzt, der über so vieles entscheiden sollte. MacGan hatte den Autoklav aus der Dammgrube herausheben und wieder frei aufstellen lassen, wie es bei dem Experiment Dr. Wandels gewesen war. Er hatte ferner versucht, die einzelnen Phasen des Experiments mit den dazugehörigen Werten schriftlich niederzulegen, und dabei eine Unterstützung durch Tom White gefunden, die ihm bisweilen an das Wunderbare zu grenzen schien. Wo sein eigenes Gedächtnis versagte und er unsicher wurde, sprang White mit Zahlen und Werten ein, als ob er bei dem damaligen nächtlichen Versuch selber mitgeholfen hätte, und er nahm dem Iren dadurch manche Sorge von der Seele.

Blieb nur noch die schwierige Frage der Elektrodenstifte. MacGan wußte nur, daß sie damals aus einem dunkel schimmernden Metall bestanden. Tom White hatte aus Salisbury außer einer schriftlichen Anweisung, aus der er seine Weisheit schöpfte und an MacGan weitergab, auch noch ein paar solcher Stifte erhalten, aber er war vorläufig noch unschlüssig, wie er damit operieren sollte. Er konnte einfach so tun, als ob er sie nachträglich beim Kramen in dem Zimmer des deutschen Doktors gefunden hätte, aber nach reichlicher Überlegung sah er davon ab, denn die Möglichkeit, sich dadurch verdächtig zu machen, lag zu nahe.

»Wenn ich nur wüßte, was für Elektroden Doktor Wandel benutzt hat!« stöhnte MacGan verzweifelt.

»Ich hörte ihn gelegentlich von Wolfram-Elektroden sprechen«, sagte White, und begierig griff der Ire diese Möglichkeit auf. Metallisches Wolfram war in dem Werk der United leicht zu beschaffen, und eine Stunde später steckten ein paar Wolfram-Elektroden in den Stromzuführungen des Autoklavdeckels.

Für MacGan war damit auch diese Sorge erledigt, doch für Tom White noch nicht. Er mußte ja die Elektroden durch jene anderen Metallstifte aus Salisbury ersetzen, ein Geschäft, bei dem Zuschauer durchaus unerwünscht waren. Er beschloß, den Austausch während der Mittagspause vorzunehmen, und blieb zu dem Zweck unauffällig in der großen Halle zurück, wie er das in den letzten Tagen aus andern Gründen schon des öfteren getan hatte.

Kaum war er allein, als er die Schrauben an dem Autoklav löste, den Deckel mit Hilfe des Kranes heraushob und mit der Geschwindigkeit eines Taschenspielers die Stifte auswechselte. Das war glücklich gelungen, und eben wollte er den Kran mit dem schweren Deckel am Haken wieder in Bewegung setzen, als er Schritte vom andern Ende der Halle her vernahm.

Ein heftiger Schreck fuhr ihm in die Glieder. Während er den Kranhaken niedergehen ließ, spähte er angestrengt nach der Seite hin, von der das Geräusch kam, und übersah dabei, daß die Elektrodenhalter beim Absenken des Deckels an den Autoklavkörper aneckten und stark verbogen wurden.

Allmählich verhallten die Schritte. An dem Klappen einer Tür merkte er, daß der Störenfried die Halle verlassen hatte, und er konnte sich wieder mit ungeteilter Aufmerksamkeit seiner Arbeit widmen. Der Deckel lag bereits auf der Autoklavöffnung auf. Er brauchte nur noch die schweren Schraubenmuttern aufzusetzen und fest anzuziehen. Nach kurzer Zeit war das erledigt, und aufatmend kehrte er in sein Zimmer zurück, um sich von dem ausgestandenen Schreck zu erholen... und danach noch etwas anderes vorzunehmen.

Sein Zimmerchen im Verwaltungsgebäude hatte er ja vor einer Woche räumen müssen, und damit war sein Geheimtelephon, dem er so wertvolle Informationen verdankte, hinfällig geworden. Aber Tom White war ein rühriger Kopf und nicht gewillt, ohne weiteres auf ein so leistungsfähiges Hilfsmittel zu verzichten.

Freilich konnte er nicht daran denken, den Draht von dem Lauschmikrophon im Raum des Präsidenten Chelmesford einfach bis zu seinem jetzigen Zimmer zu verlängern, denn die Gefahr einer baldigen Entdeckung wäre allzu groß gewesen. Aber seit Tagen benutzte er die Mittagsstunden dazu, die Lichtleitungen des Werkes zu untersuchen, und hatte schließlich ein Kabel entdeckt, dessen Mantel eine zusammenhängende metallische Verbindung zwischen dem Verwaltungsgebäude und der Abteilung Melton bildete. Der Rest war für einen Mann wie Tom White eine Kleinigkeit. In Chelmesfords Zimmer hatte er schon gestern das Lauschmikrophon an das Lichtkabel angeschlossen, jetzt brauchte er nur noch einige Verbindungen in seinem eigenen Raum herzustellen. Kaum hatte er die Batterie angeschlossen, als ein Rauschen im Telephonhörer ihm auch schon zu seiner Befriedigung verriet, daß das Mikrophon arbeitete. Die Anlage war in Ordnung, die einseitige Verbindung zwischen Tom White und Mr. Chelmesford wiederhergestellt.

Schon im Laufe des Nachmittags fand er Gelegenheit, sie zu benutzen und beachtenswerte Neuigkeiten zu erfahren. Er hörte, wie bei Chelmesford der Tischapparat klingelte, und hörte den Präsidenten gleich darauf sagen:

»Nicht durchs Telephon, Clayton. Die Sache ist zu wichtig, kommen Sie bitte zu mir herüber.«

»Ist mir auch lieber so«, lachte White vor sich hin, »da kann ich euch alle beide hören.«

Kurz darauf trat Clayton in Chelmesfords Zimmer.

»Wir wollen die Angelegenheit lieber von Mund zu Munde besprechen«, empfing ihn der Präsident. »Ich weiß nicht, Clayton ich habe in letzter Zeit ein unbestimmtes Gefühl, als ob mit unserm Haustelephon nicht alles in Ordnung ist.«

»An meinem Apparat habe ich nichts gemerkt. Haben Sie Störungen oder Nebengeräusche in Ihrer Leitung?«

»Das nicht gerade, Clayton, aber manchmal werden die ankommenden Gespräche bei mir plötzlich schwächer, als ob noch jemand mithörte.«

»Das könnte die Hauszentrale sein, Mr. Chelmesford«, meinte Clayton. »Die Beamten schalten sich gelegentlich ein, um die Verbindung zu kontrollieren.«

»Vielleicht, vielleicht auch nicht, Clayton. Auf jeden Fall will ich unsere Leitungen in den nächsten Tagen durch einen erfahrenen Mann genau untersuchen lassen...«

Tom White überkam bei den Worten des Präsidenten ein unbehagliches Gefühl. Wenn ein Fachmann die Telephonleitungen in den Direktionsräumen auf etwaige Anzapfungen untersuchte, konnte er auch leicht Whites Mikrophonanlage entdecken, und dann war Holland in Not. Während er noch überlegte, wie er sich davor schützen könne, gaben die Worte Claytons seinen Gedanken eine andere Richtung.

»Wir haben die Nachricht aus zuverlässiger Quelle«, sagte der Direktor. »Es ist Miller gelungen, im Kraftwerk als Kesselwärter anzukommen. Ingenieur Fletcher versucht die Sache geheimzuhalten, aber das läßt sich natürlich nicht machen. Die Tatsache steht fest, daß ein Kessel ohne Feuerung seit mehreren Tagen Dampf für fünfzigtausend Pferde liefert.«

»Zum Teufel, Clayton, wie ist das möglich!« Chelmesford ließ seine Faust krachend auf den Tisch fallen.

»Darüber konnte unser Mann nichts in Erfahrung bringen, Mr. Chelmesford«, antwortete Clayton. »Aber nach unsern eigenen Erfahrungen mit den strahlenden Stoffen Doktor Wandels gibt es nur eine Erklärung dafür: der Doktor muß in das Kesselwasser eine tüchtige Dosis von diesem Stoff getan haben.«

»Sie haben recht«, fuhr Chelmesford auf. »Aber dann, Clayton...ja dann...«

»...betreibt die Konkurrenz in Salisbury ihre Maschinen bereits mit Atomenergie«, vollendete Clayton den Satz.

Zum zweitenmal schlug Chelmesford in hellem Ärger auf den Tisch, während die Worte von seinen Lippen sprudelten. »Und wir sitzen hier und haben noch gar nichts, Clayton! Das ist ja zum Haareausraufen! Bei uns wurde der erste strahlende Stoff hergestellt, und jetzt haben wir das Nachsehen. Die Company hat sich den deutschen Doktor gelangt, nimmt uns den Wind aus den Segeln, und wir sind glücklich so weit gekommen, daß wir auf einen lächerlichen Laboratoriumsdiener zurückgreifen müssen, um überhaupt etwas zustande zu bringen. Eine unhaltbare Situation, Clayton! Das muß von Grund auf geändert werden. Der Doktor muß wieder her, und wenn ich ihn nachts aus seinem Bett hole.«

Clayton hielt es für zwecklos, dem Präsidenten ins Wort zu fallen, und wartete geduldig, bis dessen Redefluß allmählich versiegte.

»Wir wollen den morgigen Tag noch abwarten, Mr. Chelmesford«, schlug er dann vor. »Morgen wird MacGan den Versuch Doktor Wandels wiederholen. Wir wollen sehen, was dabei zustande kommt, und danach unsere weiteren Entschlüsse fassen.«

»Einen Tag können wir in Teufels Namen noch zugeben, Clayton, obwohl ich mir wenig davon verspreche.« Während Chelmesford antwortete, redete er sich in eine neue Erregung hinein. »Was soll dabei herauskommen? Im günstigsten Falle dasselbe gefährliche Zeug, das uns hier die halbe Bude abgebrannt hat. Was anderes kann doch dabei nicht herauskommen... Nein, Clayton, ich bleibe dabei, wir müssen den Doktor wieder nach Detroit holen.«

»Leicht gesagt, aber schwer getan«, murmelte Tom White vor sich hin. »So leicht gibt Mr. Dowd den Deutschen nicht wieder heraus.«

»Gutwillig oder böswillig, mir egal, auf welche Weise es geschieht, Clayton«, polterte Chelmesford weiter.

Tom White pfiff durch die Zähne vor sich hin. »Gutwillig kommt der Doktor nicht. Hat von euch genug. Böswillig? Wir wollen doch ein Briefchen schreiben, auf daß Onkel Joshua seine Augen offenhält.«

»Doktor Wandel hat einen festen Vertrag mit der Company, den er nicht einseitig lösen kann, das erschwert die Sache gewaltig«, sagte Clayton.

»Ach was! Verträge«, knurrte Chelmesford. »Mit uns hatte er ja auch einen Vertrag...«

»Gehabt, Mr. Chelmesford, wir haben ihn leider freigegeben. Die Company wird sich hüten, dieselbe Dummheit zu machen.«

»Bestimmt nicht, verehrter Herr Präsident!« lachte Tom White vor sich hin. Das Lächeln verschwand aus seinem Gesicht, als er die nächsten Worte Chelmesfords hörte.

»Ich glaube daher, Clayton, daß der Mann gutwillig nicht zu uns zurückkommt. Überlegen Sie sich den anderen Weg. Wir wollen morgen nachmittag weiter darüber sprechen.«

Tom White hörte, wie Clayton das Zimmer des Präsidenten verließ, und blieb nachdenklich an seinem Tisch sitzen. Was sollte er jetzt tun? Die von Chelmesford für morgen angesetzte Besprechung war von größter Wichtigkeit. Unbedingt mußte er sie mit anhören, um entsprechende Warnungen nach Salisbury geben zu können. Aber dazu brauchte er seine Geheimverbindung und riskierte Kopf und Kragen, wenn Chelmesford etwa schon morgen vormittag die Telephonleitungen untersuchen ließ. Während er noch darüber grübelte, meldete sich sein Tischtelephon. Er wurde in der großen Halle verlangt, um bei den Vorbereitungen für den morgigen Versuch mitzuhelfen.

Der nächste Morgen kam und mit ihm jener Versuch, von dessen Verlauf für die United sehr viel, für MacGan alles abhing. Der Ire, der noch vor kurzem von all den andern hin und her kommandiert wurde, hatte heute das Oberkommando in der Halle. Wilkin, Tom White und noch zwei andere Leute der Abteilung standen an den Maschinen bereit, jeden seiner Befehle auszuführen. Mit belegter Stimme gab er die ersten Kommandos. Pumpen sprangen an, Gas wurde in den Autoklav gepreßt. Er selber bewegte den elektrischen Schalter, die Zeiger der Strommesser wanderten über ihre Skalen, der Lichtbogen in der Stahlkugel hatte gezündet. Fast wie im Traum las er die nächsten Pumpenkommandos von der Niederschrift ab, die er mit Hilfe von Tom White verfaßt hatte.

»Jetzt brennt im Mittelpunkt der Kugel eine elektrische Sonne mit zehntausend Pferdestärken« – jene Worte, die Dr. Wandel damals in der Nacht sprach, kamen ihm wieder in die Erinnerung.

Weiter ging das Spiel der Maschinen, mit immer stärkerem Druck preßten die Pumpen Heliumgas in den stählernen Kerker, und immer heißer wurden dessen Wände durch die Strahlung des mächtigen elektrischen Flammenbogens. Schon wurde es nötig, flüssige Luft über die Kugel strömen zu lassen.

Verwirrt blickte MacGan auf die beschriebenen Blätter in seiner Hand. Jetzt schon flüssige Luft? Nach seinen Aufzeichnungen war es noch zu früh dafür, aber die starke Erhitzung der mächtigen Stahlkugel erforderte jetzt schon gebieterisch die Kühlung. Was ging in dem Autoklav vor? Welche Ursachen hatte diese bedrohliche Erwärmung?

MacGan wußte es nicht. Die stählerne Wand der Kugel verhüllte das, was sich in ihr abspielte, seinen Blicken. Er vermochte nur zu sehen, was die Thermometer anzeigten, und das zwang ihn, die flüssige Luft in immer stärkerem Schwall über den massigen Stahlkörper fließen zu lassen.

Weltraumkälte von außen, Sonnenglut von innen kämpften gegeneinander. Für eine kurze Weile blieb die Kälte Sieger in diesem Spiel der Kräfte, aber viele Kubikmeter flüssiger Luft mußten darüber verströmt werden. Schwächer floß es nun aus den Riesenrohren und Brausen.

Jetzt nur noch ein Tröpfeln, ein letztes Verhauen, die Tanks waren leer. Und in dem Augenblick, in dem die Kühlung aussetzte, kletterten die Zeiger der Thermometer auch wieder sprunghaft empor. Ratlos, unfähig, etwas zu tun, sah es MacGan. Hätte er den Grund dafür gekannt, er wäre wohl auf den Tod erschrocken.

Das aber war die Ursache der rätselhaften Erscheinung: die elektrische Sonne brannte nicht im Mittelpunkt der Kugel. Bei dem überhasteten Einsetzen des Autoklavdeckels hatte Tom White das Gestänge so stark verbogen, daß die Elektroden dicht neben der stählernen Wand standen. Auf die Stahlwand sprang die elektrische Energie über, und dort tobte sie sich bereits während der ganzen Zeit aus, Brand und Zerstörung um sich verbreitend. Immer tiefer fraß der Lichtbogen sich in den massiven Stahl ein, erst in Tropfen und nun schon in Rinnsalen floß das geschmolzene Metall von dieser Stelle fort, wurde die starke Wand hier schwächer und immer schwächer.

MacGan und seine Gehilfen konnten nichts davon bemerken, denn die Stelle, an der der Lichtbogen die Wand zernagte, lag auf der abgewendeten Seite des Autoklavs. Sie sahen auch nicht, wie diese Stelle nach dem Versiegen der flüssigen Luft rot aufglühte und sich nach außen wölbte.

Ihre Sinne erstarrten, als die ganze große Halle plötzlich von einem unbeschreiblichen Dröhnen und Donnern erfüllt war. Mit elementarer Gewalt schaffte das gepreßte Gas sich an der geschwächten Stelle freien Weg. Mit einem Überdruck von hunderttausend Atmosphären brach es heraus. Wie die Welle einer ungeheueren Explosion jagte es durch die Halle, alles vernebelnd, alles mit sich reißend.

Alle anderen Geräusche gingen in dem Höllenlärm unter, den das entfesselte Gas verursachte. MacGan hörte nichts von splitterndem Glas und brechenden Eisenteilen. Er sah nur, wie die hohen Fenster an den beiden Längsseiten der Halle, wie von einer unsichtbaren Riesenhand getroffen, nach außen geschleudert wurden. Dann traf der Luftdruck auch ihn und seine Gehilfen und warf sie zu Boden, wo sie gerade standen. – –

Die Zeit ging weiter. Ein leichter Wind strich durch die Halle und trieb die Nebelschwaden vor sich her ins Freie. Schwerfällig raffte sich der Ire auf. Noch benommen von der Katastrophe, machte er taumelnd ein paar Schritte, sah, daß der elektrische Strom noch auf den Autoklav geschaltet war, und riß instinktmäßig den Hebel heraus.

Nur allmählich wurden seine Bewegungen sicherer. Er sah sich nach seinen Gehilfen um, rüttelte sie, half ihnen auf die Füße und konnte bald feststellen, daß das Unglück noch glücklich verlaufen war. Von etlichen Beulen und blauen Flecken abgesehen, war niemand ernsthaft verletzt. Es war dem Umstand zuzuschreiben, daß der Gasausbruch aus der schmelzenden Autoklavwand nach der andern Seite hin gegangen war und die Explosionswelle infolgedessen den Maschinenstand und die Menschen bei ihm nicht unmittelbar zu treffen vermocht hatte.

Aber sie erblaßten noch nachträglich, als sie die Verwüstungen sahen, die das entfesselte Gas nach der andern Seite hin angerichtet hatte. Wie Kinderspielzeug waren die beiden schweren Krane zur Seite geschleudert und zertrümmert worden. Eine weite Lücke klaffte, wo noch vor kurzem eine massive Querwand die Halle abschloß. Splitterwerk lag an den Stellen, wo eben noch hohe Regale mit vielen hundert Gläsern und Retorten gestanden hatten.

Haarscharf war der Tod an MacGan und seinen Leuten vorbeigegangen. Nur einem glücklichen Zufall verdankten sie ihre Rettung aus der Katastrophe. Noch standen sie da und starrten auf die Verwüstung rings umher, als eine Tür aufgerissen wurde. Clayton stürzte in die Halle. Sanitätsmannschaften des Werkes kamen hinter ihm herein. Mit einem Blick überzeugte der Direktor sich, daß niemand zu Schaden gekommen war, und schickte die Sanitäter wieder fort.

Dann schritt er langsam auf MacGan zu. Eier Ire wollte etwas sagen, hielt Claytons Blick nicht aus, schlug die Augen nieder und schwieg.

»Der Versuch ist mißlungen?« – Langsam und schwer kamen die Worte von Claytons Lippen. MacGan blieb stumm, an seiner Stelle antwortete Wilkin.

»Der Autoklav ist geborsten, Herr Direktor. Es war ein Fehler, daß er aus der Dammgrube genommen wurde. Ich habe dringend davon abgeraten. Aber...«

Clayton schnitt ihm mit einer kurzen Bewegung das Wort ab.

»Lassen Sie das jetzt, Wilkin! Es ist nebensächlich. Ich will wissen, ob der Versuch mißlungen ist?«

Wilkin war davon überzeugt, daß MacGan bei der United verspielt hatte, und hielt es nicht mehr für nötig, aus seiner Abneigung gegen den Iren ein Hehl zu machen.

»Natürlich ist der Versuch mißlungen«, platzte er heraus.

Eine andere Stimme klang dazwischen. »Ich glaube, Herr Direktor, das läßt sich erst entscheiden, wenn wir den Autoklav geöffnet und untersucht haben.«

Es war Tom White, der es sagte, und Clayton nickte zustimmend.

»Sie haben recht, Mr. White. Das ist das Nächstliegende. Können wir es sofort machen, oder wird der Stahl noch zu heiß sein?«

Es war schneller möglich, als sie erwarteten und als es unter normalen Verhältnissen der Fall gewesen wäre, denn die jähe Druckverminderung, welche die Katastrophe mit sich brachte, hatte die Kugel stark gekühlt. Schon war Tom White mit einem Gehilfen dabei, die Schrauben herauszudrehen. Dann gab es eine Stockung, denn es fehlten die Krane, um den schweren Deckel von dem Autoklav abzuheben. Aus einer andern Abteilung mußte erst ein Flaschenzug geholt werden.

Er wurde angesetzt. Tom White griff zu und ließ die Kette rasselnd über das Kettenrad laufen. Langsam stieg der schwere Haken empor, und die Drahtseile des Flaschenzuges strafften sich. Dann gab es einen Widerstand, den White allein nicht zu überwinden vermochte. Er rief die andern zur Unterstützung herbei.

Zu dritt, zu viert und schließlich zu fünft zerrten sie mit aller Kraft an der Zugkette. Da, plötzlich ein Geräusch. Wie Knistern, Knirschen und Brechen klang es aus dem Autoklav. Das Hindernis war überwunden, der Flaschenzug kam in Bewegung und nahm den schweren Deckel an seinem Haken mit empor.

Kopfschüttelnd betrachtete Clayton das Elektrodengestänge unter dem Deckel. Es war verbogen, geknickt und stark verändert. Traubenförmig hingen dunkle kristallinische Gebilde an den beiden Elektrodenstiften. Metallisch schimmerten die frischen Bruchstellen der Masse dort, wo sie eben durch den Flaschenzug mit grober Gewalt von der Autoklavwand losgerissen worden war.

Auf einen Blick erkannte Clayton, daß sich hier ein Stoff gebildet hatte, der jedenfalls einer genauen Untersuchung wert war, aber gleichzeitig sprang ihn ein anderer Gedanke an. Nur durch eine Einwirkung von außen konnte die Verbiegung des Elektrodengestänges zustande gekommen sein, die in ihren weiteren Auswirkungen zwangsläufig zu der Zerstörung des Autoklavs geführt hatte.

Wer hatte das getan?... Sabotage?... Wer hatte ein Interesse daran, den Versuch zu vereiteln? Wilkin vielleicht? Daß er dem Iren nicht grün war, hatte er ja erst wieder vor kurzem gezeigt.

Wer konnte es sonst etwa noch sein? Clayton ließ in Gedanken Namen und Menschen vorüberziehen und konnte zu keinem Schluß kommen. Auch seine Fragen führten zu keinem Ergebnis. Gestern vormittag hatten MacGan und Tom White zusammen die Elektroden in das Gestänge eingefügt und den Autoklav geschlossen. Damals war alles in bester Ordnung, und danach war niemand mehr an den Apparat herangekommen.

Das war der Tatbestand, wie er sich übereinstimmend aus den Aussagen von MacGan und Tom White ergab. Clayton stand vor einem Rätsel und sah wenigstens im Augenblick keine Möglichkeit, es zu lösen. So wandte er sich der andern Aufgabe zu. Ein neuer, unbekannter Stoff hatte sich zweifellos in dem Autoklav gebildet und mußte untersucht werden. Wer sollte die Analyse machen?... Wilkin?... Aus einem unbestimmbaren Gefühl heraus trug Clayton Bedenken, den alten Assistenten Meltons damit zu betrauen. MacGan?... Clayton verwarf die Idee ebenso schnell, wie sie ihm kam. Für derartige sorgfältige Untersuchungen fehlten dem Iren doch wohl die Kenntnisse. Blieb noch Tom White. Aus den Personalakten wußte Clayton, daß er wissenschaftlich gut vorgebildet war, und nach kurzem Überlegen beauftragte er ihn damit, den neuen Stoff zu untersuchen und baldmöglichst Bericht zu erstatten.

Mit einer leichten Verbeugung quittierte White den Auftrag und versprach, sein Bestes zu tun. Die Art und Weise, in der er den Auftrag erledigen würde, konnte Clayton freilich nicht ahnen. Tom White überlegte bereits, während er noch Höflichkeitsphrasen drechselte: Mit dem Mittagsflugzeug eine Probe von dem Stoff an Dr. Wandel. Bis morgen früh kann der Doktor mit der Analyse fertig sein. Morgen nachmittag soll der Direktor seinen Bericht haben.

»Ich danke Ihnen, Mr. White«, erwiderte Clayton auf die Worte, die Tom White zu ihm sagte. »Rufen Sie mich an, sobald Sie etwas haben.«

Damit verließ der Direktor die Halle und kehrte in das Verwaltungsgebäude zurück, wo bereits andere Arbeit auf ihn wartete.

Tom White machte sich, unterstützt von MacGan, daran, die Kristalltrauben von den Elektroden abzuschneiden.

»Warten Sie nur ab, mein lieber MacGan«, versuchte er den Iren zu trösten, während sie zusammen die Säge durch die harte Kristallmasse zogen. »Wer weiß, was die Analyse ergeben wird? Vielleicht haben Sie doch noch eine große Entdeckung gemacht, und die Dinge stehen viel besser, als Sie jetzt glauben.«

MacGan schöpfte neue Hoffnung aus diesen Worten und hätte am liebsten sofort mit der Untersuchung des Stoffes begonnen, aber Tom White zog es vor, die Angelegenheit auf den Nachmittag zu verschieben.

»Jetzt lohnt es sich nicht mehr, damit anzufangen, Mr. MacGan. In einer Viertelstunde wird es zu Mittag pfeifen«, meinte er und komplimentierte den Iren, der ihm die Kristallkörper in sein Arbeitszimmer getragen hatte, zur Tür hinaus. Dann hatte Mr. White dringend einen Brief zu schreiben. In höchster Eile glitt seine Feder über das Papier, während er ab und zu einen Blick auf die Wanduhr warf. Ein Hammer in seiner Rechten krachte auf einen der Kristallkörper nieder, daß ein gehöriger Zacken davon abbrach. In fliegender Hast machte er ein Päckchen, das den Brief und die Kristallprobe enthielt. Noch bevor die Sirenen die Mittagspause verkündeten, verließ er das Werk, bestieg an der nächsten Straßenecke ein Auto und versprach dem Chauffeur ein Extratrinkgeld für schnellste Fahrt zum Flugplatz.

Das Geräusch der Propeller verklang in der Ferne. Eine Weile noch schaute Tom White dem Flugzeug nach, bis es an dem dunstigen Südosthorizont verschwand. Dann schlug er gemächlich den Rückweg zur Stadt ein. Es hatte eben noch auf die letzte Sekunde geklappt. Seine Sendung war auf dem Wege nach Salisbury, und alles andere würde sich programmgemäß abwickeln.

Die Untersuchung des neuen Stoffes, die er MacGan für heute nachmittag in Aussicht gestellt hatte? Viel Lust hatte er nicht dazu…Der deutsche Doktor würde das viel schneller und besser erledigen. Und außerdem…sicherlich gab es heute nachmittag wieder wichtige Besprechungen zwischen Chelmesford und Clayton. Aber wenn er die abhören wollte, mußte er allein in seinem Zimmer sein und konnte nicht draußen im Laboratorium arbeiten.

Er überlegte hin und her, wie er es machen könne, und hatte darüber bereits die Warren Avenue erreicht, in deren Nähe die Werke der United lagen, als er seinen Namen hörte. Er blieb stehen und sah Phil Wilkin auf sich zukommen.

Das Verhältnis der beiden hatte in der letzten Zeit eine Wandlung erfahren. White war es gelungen, sich durch seine Leistungen eine derartige Stellung bei der United zu schaffen, daß er die Gönnerschaft von Wilkin nicht mehr unbedingt nötig hatte. Andererseits war Wilkins Stellung durch den Fortgang von Professor Melton etwas unsicher geworden. Zwar hütete sich White, offen mit Wilkin zu brechen, denn die gefährliche Doppelrolle, die er in der United spielte, nötigte ihn zu größter Vorsicht, aber die Art und Weise, in der er jetzt den Gruß des andern erwiderte, stach merklich von seiner früheren Unterwürfigkeit ab.

»Ein schöner Tag heute, White. Ich sehe, Sie haben die Mittagspause auch zu einem Spaziergang benutzt«, eröffnete Wilkin die Unterhaltung.

»Stimmt, Wilkin. Ich habe einen Bummel durch den River Park gemacht«, erwiderte White gleichmütig, während sein Hirn die Frage wälzte: Hat er mich auf dem Flugplatz gesehen oder nicht?

»Ein angenehmer Ort, der Park. Eine grüne Oase in unserm Steinmeer, mein lieber White. Aber auch der Weg nach der andern Seite zum Flugplatz hin ist recht hübsch«, meinte Wilkin und vermehrte durch seine Bemerkung die innere Unsicherheit des andern. Verstohlen betrachtete Tom White den Assistenten von der Seite, während er sich dessen letzte Worte durch den Sinn gehen ließ.

Die nächste Bemerkung von Wilkin warf ihn in neue Unruhe.

»Sagen Sie mal, White«, begann er unvermittelt, »bei der Geschichte mit dem Autoklav stimmt doch etwas nicht.«

Unwillkürlich verhielt White seinen Schritt.

»Wie meinen Sie das, Mr. Wilkin?« fragte er. Auch Wilkin blieb stehen und blickte ihm, während er die Frage beantwortete, voll ins Gesicht.

»Sie sagten zu Direktor Clayton, daß seit gestern vormittag niemand an den Apparat gekommen wäre, aber Sie selbst haben ihn ja gestern über Mittag noch einmal geöffnet.«

White fühlte seinen Herzschlag stocken. »Ich…ich…Mr. Wilkin? Das ist wohl ein Irrtum.«

Wilkin schüttelte den Kopf. »Ich würde es nicht sagen, White, wenn ich es nicht selbst gesehen hätte. Ich kam während der Mittagspause durch die hintere Halle, als Sie eben dabei waren, den Deckel wieder einzuhängen. An sich ist es bedeutungslos. Ich wundere mich nur, daß Sie es Clayton gegenüber verschwiegen haben.«

Tom White sah ein, daß jedes Leugnen zwecklos war. »Den Letzten beißen die Hunde«, sagte er mit einem gezwungenen Lachen. »Hätte ich Clayton gesagt, daß ich zuletzt an dem Autoklav war, dann hätte er mir sicher die Schuld an dem Unfall in die Schuhe geschoben.«

Wilkin nickte. »Das kann ich begreifen, Mr. White. Aber ich verstehe nicht, was Sie überhaupt noch an dem Apparat zu schaffen hatten.«

»Geben Sie mir Ihr Wort, daß die Sache unter uns bleibt, dann will ich es Ihnen sagen. Ihre Hand darauf, Wilkin!«

Wilkin schlug in die Rechte von Tom White ein. »Sie haben mein Wort. Ich glaube, mein lieber White, es ist für uns beide vorteilhafter, wenn wir keine Heimlichkeiten voreinander haben, sondern wieder wie früher Hand in Hand zusammenarbeiten. Alles, was Sie mir sagen, ist sicher bei mir verwahrt.«

Während Wilkin sprach, fand Tom White Zeit, sich eine Ausrede zurechtzulegen.

»Sie wissen, Mr. Wilkin«, begann er seine Erklärung, »daß wir über das Elektromaterial im Zweifel waren. Wir hatten den Autoklav schon gestern geschlossen, als ich in dem alten Zimmer Doktor Wandels ein paar Elektrostifte entdeckte, die von seinen früheren Versuchen übriggeblieben sein mußten. Sie werden verstehen, daß ich mir diesen Glücksfund nicht entgehen ließ, sondern die Stifte sofort einsetzte. Das ist alles.«

Sie waren während des Gesprächs weitergegangen und näherten sich bereits dem Werktor.

»Ich glaube es Ihnen, White«, sagte Wilkin, während sie an dem Pförtner vorbeigingen. »Aber dann muß sich nach Ihnen noch jemand anders an dem Autoklav zu schaffen gemacht haben. Jemand, der ein Interesse daran hat, das Gelingen des Versuchs zu vereiteln. Wer ihn ausfindig macht, würde bei Direktor Clayton und auch beim Präsidenten gut angeschrieben sein. Man müßte es versuchen, White«, beendete er seine Auseinandersetzung, als sie sich auf dem Flur in der Abteilung Melton trennten.

In seinem Zimmer ließ sich Wilkin in einen Sessel fallen. Seine Augen waren geschlossen, während seine Lippen sich im Selbstgespräch bewegten.

»Der Mensch lügt, wenn er den Mund auftut. Auf dem Flugplatz ist er heute gewesen und nicht im Park…Die Geschichte von den gefundenen Stiften…für wie dumm muß er mich halten, daß er mir solche Märchen erzählt…« Ein säuerliches Lächeln umspielte Wilkins Lippen bei dem Gedanken daran. Sofort nach dem Weggang des Doktors hatte er selber jeden Winkel in dessen Räumen durchstöbert, in der Hoffnung, irgend etwas für ihn Nützliches zu entdecken, und nicht das geringste gefunden. Dr. Wandel hatte gründlich reinen Tisch gemacht, bevor er die United verließ.

Er hat mich auch noch belogen, als ich ihm Vertrauen gegen Vertrauen anbot, gingen die Gedanken Wilkins weiter. Was für ein törichter Schwindel war das mit den Stiften! Mit Leichtigkeit ist ihm die Unwahrheit nachzuweisen, aber…das genügt nicht, man müßte ihn überführen können, daß er das Gestänge absichtlich verbogen…den Versuch wirklich sabotiert hat…

Länger als eine Stunde brütete Wilkin vor sich hin und suchte nach Möglichkeiten. Gelang es ihm, Tom White der Sabotage und…ein neuer Gedanke kam ihm dabei…vielleicht sogar der Werkspionage zu überführen, dann war seine eigene Stellung wieder für lange Zeit gefestigt. Doch wie konnte das geschehen? Was er bis jetzt vorbringen konnte, waren Verdachtsgründe, vielleicht schwerwiegende Verdachtsgründe, aber keine Beweise.

Er kam in seinen Überlegungen zu dem Entschluß, Tom White während der nächsten Zeit scharf zu beobachten und weiter Material gegen ihn zu sammeln. – –

»Mein lieber MacGan«, sagte ungefähr zur selben Zeit Tom White zu dem Iren, »ich habe Ihnen hier den Gang der Untersuchungen aufgeschrieben, die für die Feststellung des Atomgewichts erforderlich sind. Es wäre mir lieb, wenn Sie das ohne meine Hilfe machen könnten. Ich habe noch ein paar dringende Sachen in meinem Zimmer zu erledigen.«

»Gewiß, Mr. White«, beeilte sich MacGan zu erwidern, »ich weiß Bescheid damit. Ich habe ja schon mit Doktor Wandel Atomgewichte bestimmt.«

»Um so besser, mein Lieber«, White schob ihm ein paar beschriebene Seiten hin, »halten Sie sich an den Arbeitsgang, wie ich ihn hier aufgestellt habe, dann ist die Sache ziemlich einfach. In zwei bis drei Stunden können Sie damit fertig sein. Dann wollen wir zusammen weitersehen.«

White ließ den Iren zwischen seinen Retorten und Gläsern zurück. Mit dem angenehmen Gefühl, die nächsten Stunden ungestört für sich zu haben, kehrte er in sein Zimmer zurück und schaltete die Geheimanlage ein.

Chelmesford war in seinem Raum. White konnte es aus dem Umblättern von Aktenseiten und gelegentlichen anderen Wahrnehmungen feststellen, aber der Präsident war vorläufig noch allein. Nachdem Tom White einige Minuten vergeblich gelauscht hatte, schaltete er die Anlage wieder aus, ließ den Kopfhörer im Tischkasten verschwinden und nahm sich ein Protokollbuch vor. Vorläufig hieß es sich gedulden. Ab und zu würde er die Anlage wieder einschalten, denn daß es heute nachmittag noch eine Besprechung zwischen Chelmesford und Clayton geben würde, davon war White überzeugt, und auf keinen Fall wollte er sie sich entgehen lassen. – –

Mr. Stackpool, dem die elektrischen Anlagen des Werkes unterstanden, machte sich mit zweien seiner Leute im Verwaltungsgebäude zu schaffen.

»Das waren die Meßpriester«, raunte es hinter ihnen her, wenn sie einen Raum wieder verließen, nachdem sie mit allerlei elektrischen Meßinstrumenten an den Leitungen herumgewirtschaftet hatten. Die Bezeichnung war nicht ganz unberechtigt, denn ihre langen weißen Kittel und die Art und Weise, wie sie bisweilen bedeutungsvolle Blicke tauschten, Zahlen flüsterten und unter gelegentlichem Kopfschütteln in ihre Bücher einschrieben, verlieh ihrem Auftreten etwas Eigenartiges und Würdevolles.

Im Auftrage des Präsidenten waren sie dabei, die Telephonleitungen des Werkes auf etwaige Nebenanschlüsse, Zapfstellen und ähnliche Unregelmäßigkeiten nachzuprüfen, aber bisher war die Untersuchung negativ ausgefallen. Zu jeder andern Zeit hätte sich Mr. Stackpool darüber gefreut, daß die Leitungen so tadellos in Ordnung waren, doch heute bereitete es ihm ein leises Unbehagen. Es wäre ihm lieber gewesen, er hätte Chelmesford melden können: »Sie hatten recht, Herr Präsident, Ihr Verdacht war begründet. Wir haben dies und jenes entdeckt.« Auf dem Flur vor Claytons Zimmer ließ er die Kästen mit den Meßinstrumenten absetzen, um mit seinen beiden Gehilfen den weiteren Gang der Untersuchung zu besprechen. – –

Tom White hielt es an der Zeit, seine Anlage wieder einmal einzuschalten, lauschte und preßte den Hörer fester. Seine Vermutung war richtig, zwei verschiedene Stimmen drangen jetzt an sein Ohr. Clayton war beim Präsidenten; er hörte, wie sie zusammen die Ereignisse des Vormittags besprachen, und griff zu Block und Bleistift, um sich alles Wichtige zu notieren. – –

»Bis jetzt haben wir nicht das geringste entdecken können. Ich glaube, daß wir auch weiterhin nichts finden werden«, sagte Stackpool mißmutig zu seinen beiden Gehilfen, Hamilton und Brookman. Hamilton nickte zustimmend, Brookman hörte ihm nur zerstreut zu. Dessen Blick haftete an einer Lichtleitung, die unmittelbar über der Scheuerleiste lag. Das Kabel war offensichtlich erst nachträglich verlegt worden und daher nicht wie die anderen Leitungen unter den Wandverputz gekommen. Der Anblick des blanken Bleimantels schien den Gedanken Brookmans eine bestimmte Richtung zu geben.

»Entschuldigen Sie einen Augenblick«, unterbrach er die Ausführungen Stackpools, beugte sich nieder und schob einen der Instrumentenkästen dicht an die Leitung heran. Mit schnellem Griff zog er zwei Leitungsschnüre aus dem Kasten und klemmte sie in einiger Entfernung an das Kabel, neigte sich noch tiefer über das Meßinstrument, sah den Zeiger zucken und um ein geringes ausschlagen.

»Was wollen Sie denn da, Brookman« fragte Stackpool ungeduldig, »das ist doch eine Lichtleitung.«

»Weiß ich, aber der Kabelmantel führt Strom.«

Stackpool zuckte die Achseln. »Soll natürlich nicht sein, kann aber vorkommen, Brookman. Irgendein kleiner Isolationsfehler, eine schadhafte Lampenfassung irgendwo kann die Ursache dafür sein. Heute kümmern uns nur die Telephonleitungen.«

Brookman ließ sich durch die Worte Stackpools nicht stören. Er zerrte einen andern, größeren Kasten heran und brachte ihn durch zwei Leitungsschnüre mit zwei Punkten des Kabelmantels in Verbindung, bewegte ein paar Schalterhebel ... und dann standen alle drei, lauschten und starrten, als ob sie ein Wunder erlebten.

Deutlich erklangen aus dem Kasten Stimmen auf. Eben deutlich und unverkennbar die Stimme Chelmesfords und dann wieder die Claytons, die auf Fragen und Einwände des Präsidenten antwortete.

Rein technisch betrachtet war es gar kein Wunder, denn der Kasten enthielt einen kräftigen Verstärker und außerdem einen Lautsprecher, der zu dem Zweck gebaut war, die Ströme des Verstärkers hörbar wiederzugeben. Wunderbar war es nur, daß die Stimmen Chelmesfords und Claytons in den Strömen steckten, die in dem Kabelmantel vagabundierten.

Mr. Stackpool und seine Leute hörten die Worte des Präsidenten und des Direktors und faßten kaum ihren Sinn, denn alle drei bewegte ausschließlich der eine Gedanke: Wie kommt der Sprechstrom in den Kabelmantel? Als erster brach Stackpool das Schweigen.

»Aus der Telephonleitung kann es nicht kommen«, sagte er. »Wir haben eben erst alles nachgemessen. Es ist keine Verbindung zwischen Sprechnetz und Lichtnetz vorhanden.«

Kurzentschlossen klopfte er an Claytons Tür, öffnete sie und wunderte sich von neuem. Das Zimmer war leer. Das Telephon stand unbenutzt auf dem Schreibtisch, während aus dem Lautsprecher vom Flur her nach wie vor die Stimme des Direktors ertönte.

Stackpool winkte seine Gehilfen heran, und ein eifriger Austausch von Meinungen über das wunderliche Vorkommnis hub an, bis Brookman eine Erklärung vorbrachte, die Stackpool wie ein Keulenschlag traf.

»Die Herren benutzen das Telephon gar nicht«, sagte Brookman mit Entschiedenheit, »sie sind im Zimmer des Präsidenten und sprechen da miteinander. Also gibt es nur eine Möglichkeit: im Zimmer von Mr. Chelmesford muß ein Lauschmikrophon vorhanden sein.«

»Ein Lauschmikrophon, Brookman?« Heiser vor Erregung stieß Stackpool die Worte heraus.

»Ein Lauschmikrophon, Mr. Stackpool. Der Mann, der es dort hingebracht hat, sitzt an irgendeiner andern Stelle der Lichtleitung und hört jedes Wort mit, das die Herren sprechen.«

»Sie haben recht, Brookman.« Stackpool raffte sich aus seiner Erstarrung auf. »Ich muß es dem Präsidenten sofort melden, es darf dort nicht weitergesprochen werden. Wer weiß, was für ein Schaden dem Konzern dadurch entsteht!«

Er wollte zu Chelmesfords Tür eilen, Brookman hielt ihn zurück.

»Wäre es nicht richtiger, Mr. Stackpool, wenn wir der Lichtleitung nachgingen, den Mann zu finden versuchten, der mithört?«

Stackpool blieb stehen, zögerte und fragte:

»Wie wollen Sie das machen? Sie müßten die ganze Lichtleitung absuchen. Es ist unmöglich. Es würde tagelang dauern.«

Er ging auf die Tür von Chelmesford zu und klopfte.

»Jetzt hat er alles verdorben!« Brookman flüsterte es Hamilton zu, während Stackpool in das Zimmer des Präsidenten eintrat. »Jetzt ist der fremde Vogel gewarnt.« –

Tom White war eifrig dabei, mitzuschreiben, was Präsident Chelmesford und Clayton sich zu sagen hatten. Öfter als einmal war in der Unterhaltung der beiden bereits der Name des deutschen Doktors gefallen. Immer klarer leuchtete aus den Worten des Präsidenten die Absicht heraus, einen Husarenstreich zu wagen und sich der Person des Doktors mit Gewalt zu versichern, obwohl er es bisher noch nicht unzweideutig ausgesprochen hatte. Jetzt schien das aber zu kommen.

»Es bleibt die einzige Möglichkeit«, meinte er zu Clayton. »Ich werde übermorgen Smith mit vier Mann und dem großen Wagen unserer Sicherheitsabteilung nach Salisbury schicken.« Chelmesford schwieg plötzlich. In seinem Telephon vernahm Tom White, daß an die Tür geklopft wurde, und er hörte den Präsidenten sagen.-

»Sehen Sie mal nach, Clayton, wer draußen ist. Wir wollen jetzt nicht gestört werden.«

Er hörte danach Clayton fragen: »Was wünschen Sie, Mr. Stackpool? Wir haben jetzt keine Zeit für Sie.«

Dann kam die Stimme des Präsidenten wieder. »Ach so, Stackpool ist da. Na, haben Sie an den Leitungen etwas gefunden?... Was fehlt Ihnen, Mann? Sind Sie übergeschnappt?« – –

Als er den Namen »Stackpool« hörte, zuckte Tom White zusammen, und die nächsten Worte Chelmesfords bestätigten seine Vermutung. Stackpool war also dabei, die Leitungen zu untersuchen. Die Gefahr, daß die Geheimanlage entdeckt würde, war in unmittelbare Nähe gerückt.

Aber warum hatte Chelmesford Mr. Stackpool gefragt, ob er übergeschnappt sei, und warum richtete er jetzt die gleiche Frage an Clayton? Tom White wußte es nicht, denn er konnte ja nicht sehen, was auf der Schwelle von Claytons Zimmer vor sich ging. Da stand Stackpool, hielt zwei Finger seiner Rechten an die Lippen und winkte mit der Linken dem Präsidenten, herauszukommen, und Clayton, dem Stackpool die Worte ins Ohr geflüstert hatte: »Es ist ein Lauschmikrophon im Zimmer!« stand neben ihm und vollführte die gleichen Gesten!

»Dummheiten! Ist mir unverständlich, was Sie wollen«, hörte Tom White den Präsidenten sagen, hörte ihn seinen Stuhl rücken und Schritte im Raum, und dann wurde es still. Offenbar war das Zimmer leer. – –

»Zum Teufel, was soll das bedeuten?« brummte Tom White vor sich hin. Je länger er sich die Sache überlegte, desto verdächtiger kam sie ihm vor. Sollten die drei Leutchen da drüben im Verwaltungsgebäude seine Geheimanlage schon entdeckt haben, und gingen sie jetzt etwa der Spur nach? Stackpool brauchte mit seinen Instrumenten ja nur dem Mikrophonstrom im Kabelmantel zu folgen, dann mußte er über kurz oder lang bei ihm landen.

Ein einfaches Mittel gab es dagegen: White brauchte nur seine Anlage auszuschalten. Dadurch wurde der Kabelmantel stromlos, und die Spur war verwischt. Schon wollte er nach dem Schalter greifen, als er wieder Schritte vernahm. Chelmesford und Clayton kehrten ins Zimmer zurück. Daß auch Stackpool und Brookman geräuschlos auf Zehenspitzen mitkamen, konnte er nicht sehen und auch nicht wahrnehmen, was diese beiden im Zimmer trieben, während der Präsident mit Clayton ein belangloses Gespräch über die Prüfung der Telephonleitungen führte. Hätte er es sehen können, er hätte wohl weniger ruhig auf seinem Stuhl gesessen und weiter gelauscht.

»Es freut mich doch, Clayton, daß ich die Anlage nachsehen ließ«, sagte Chelmesford, »jetzt sind wir sicher, daß unsere Gespräche nicht mitgehört werden können...«

»Bildest du dir ein, mein Lieber!« flüsterte Tom White vor sich hin.

»Besser zuviel Vorsicht als zuwenig«, antwortete Clayton auf die Ausführung Chelmesfords, »jetzt wissen wir, daß die Sache in Ordnung ist.«

Während die beiden so hin und her redeten, verfolgten sie mit Aufmerksamkeit die Arbeiten von Stackpool und Brookman.

Die hatten einen feinen Kupferdraht entdeckt, der von dem Lichtkabel abzweigte und hinter der Scheuerleiste nach einem Bücherregal hin verlief. Schon kniete Brookman vor dem Regal. Während er noch einmal den Finger warnend auf die Lippen legte, begann er vorsichtig die einzelnen Bücher herauszuräumen, und dann...die Überraschung war zu groß...dann beging er selbst eine Unvorsichtigkeit. – –

Tom White vernahm in seinem Telephon plötzlich ein starkes Rascheln und Rauschen und dann so laut, daß es ihn fast schmerzte, die Worte: »Da ist es!« Er wußte genug. Sie hatten das Mikrophon hinter den Büchern entdeckt. Jetzt hieß es für ihn schleunigst handeln. Er riß die Schubladen seines Schreibtisches auf und drehte an einem kleinen Schalter, der frei darin lag.

So, das wäre getan! Der Strom zu dem Lauschmikrophon, über das die da drüben sich die Köpfe zerbrachen, war unterbrochen.

Jetzt konnten sie erst mal lange suchen, bis sie das zu dem Mikrophon gehörige Telephon fanden...aber trotzdem...die Sache war und blieb höchst brenzlig. Wenn sie der Lichtleitung nachgingen, mußten sie schließlich einmal auch zu ihm kommen, und wenn sie hier den Anschluß entdeckten, war er geliefert.

Er griff nach einer Schere. Ein feiner Draht, den er vor Tagen einmal mit dem Mantel der Lichtleitung verbunden hatte, wurde abgeschnitten und ebenso ein zweiter, den er damals an ein Wasserleitungsrohr gelötet hatte. Sorgfältig bearbeitete er die Schnittstellen mit seinem Taschenmesser und schwärzte sie mit Tinte, bis sie nicht mehr zu erkennen waren.

Die beiden Drähte liefen unter dem Teppich zu seinem Schreibtisch. Er zog sie hervor, rollte sie zusammen und kam danach zu der Einsicht, daß die Lage für ihn nach wie vor bedenklich war.

Auch so, wie diese Dinge...der Kopfhörer, der Schalter und die Trockenbatterie...jetzt friedlich in seinem Tischkasten lagen, würden sie ihn doch schwer belasten, wenn man sie bei ihm entdeckte. Aber wohin damit? Ins Feuer? Dazu hätte er erst in eins der Laboratorien gehen und ein Feuer anzünden müssen...Die Sachen nach Werkschluß mit in seine Wohnung nehmen? Auch dort konnten sie noch gefährlich werden, wenn Direktor Clayton etwa auf die Idee kam, bei ihm Haussuchung halten zu lassen. Sie auf dem Wege zu seiner Wohnung verlieren, irgendwo fortwerfen? Auch das konnte bemerkt werden. Tom White mußte die Entdeckung machen, daß es unter Umständen recht schwierig ist, sich unbequemer Dinge zu entledigen.

Während er noch überlegte, wie er es anstellen könnte, hörte er eine Tür klappen und Schritte auf dem Flur. Mit einem Ruck schloß er seinen Tischkasten und schaute in das Protokollbuch, bis die Schritte draußen schwächer wurden. Vorsichtig öffnete er seine Zimmertür, stellte fest, daß es Wilkin war, der nach der großen Halle ging, und sah im gleichen Moment auch einen Ausweg aus seinen Schwierigkeiten.

Kurzentschlossen raffte er die Sachen aus seinem Schreibtischkasten zusammen und eilte damit nach Wilkins Zimmer. Die Tür war verschlossen. Desto besser! Um so weniger würde man auf die Vermutung kommen, daß er etwa darin gewesen wäre. Ein oft erprobter Sperrhaken öffnete sie in einer Sekunde.

Du bist ein Narr, mein lieber Wilkin, dachte White, als er auch den Kleiderschrank verschlossen fand. Auch hier war es nur Augenblickssache, die Tür zu öffnen. Ein paar Laboratoriumskittel hingen in dem Schrank, allerhand Kram stand auf dem oberen, eigentlich für die Aufbewahrung von Hüten bestimmten Schrankbrett. »Ist ja einfach großartig«, lachte White vor sich hin, als er zwischen den Sachen auf dem Brett auch ein paar ausgediente elektrische Instrumente entdeckte. Hier fällt das Zeug bestimmt nicht auf! Schnell schob er die Teile seiner Geheimanlage zwischen die andern Geräte, verschloß die Türen hinter sich und machte, daß er wieder in sein Zimmer kam. Jetzt konnte ihm kein Teufel mehr etwas nachweisen.

»Hallo, Jimmy! Du sollst in die Office kommen, der Boß will dich sprechen«, sagte im Kraftwerk der Dupont Company Kesselwärter Bullet zum Kesselwärter Miller und gab ihm einen freundlichen Rippenstoß.

»Zu Mr. Fletcher, Dicky?« fragte Miller. »Was will der Alte von mir?«

Bullet zuckte die Achseln. »Mußt selber wissen, Jimmy, was du ausgefressen hast. Mach man fix, brauchst dich nicht erst schönzumachen. Sollst so kommen, wie du bist.«

Trotz der Ermahnung Bullets nahm sich Miller Zeit, erst seine rußigen Hände zu waschen, und überlegte dabei, was er tun solle. Entweder zu Mr. Fletcher gehen oder sofort spurlos aus dem Werk und aus Salisbury verschwinden? Während er sich die Hände abtrocknete, kam er zu dem Entschluß, es zu riskieren und beim Boß anzutreten.

Fletcher war nicht allein in seiner Office. Ein älterer Herr war noch zugegen und musterte den eintretenden Kesselwärter durch die scharfen Gläser seiner Brille in einer Weise, die diesem ganz und gar nicht gefiel.

»Nehmen Sie Platz, Miller, Mr. Spinner hat ein paar Fragen an Sie zu stellen«, sagte Fletcher.

Spinner... Spinner?... Miller glaubte den Namen schon einmal gehört zu haben, aber er wußte nicht, wo er den Namen unterbringen sollte, unter dessen forschenden Blicken ihm von Sekunde zu Sekunde unbehaglicher wurde.

»Ja, Mr. Miller oder... Mr. Rider, oder wie Sie sonst heißen mögen...«

Als der Kesselwärter sich bei seinem richtigen Namen Rider nennen hörte, wäre er am liebsten aus der Office gestürmt, aber fatalerweise hatte sich Spinner so gesetzt, daß er ihm den Weg zur Tür versperrte.

»... wenn Sie damit kein Geschäftsgeheimnis preisgeben«, fuhr Spinner fort, »bitte ich Sie, mir zu sagen, wieviel Ihnen Herr Direktor Clayton für Ihre Berichte bezahlt?«

Der Schlag kam unvermutet und hatte volle Wirkung. Miller schnappte nach Luft und starrte den Nachrichtenchef fassungslos an.

»Ich... ich weiß nicht, was Sie meinen, Sir«, brachte er schließlich stockend heraus.

»Stellen Sie sich nicht dümmer, als Sie sind«, schnitt ihm Spinner scharf das Wort ab. »Beantworten Sie lieber meine Frage. Es interessiert mich, wie die Konkurrenz Leute Ihres Schlages honoriert.«

Der Nachrichtenchef blätterte in seinem Notizbuch und sprach weiter. »Sie sind ja ganz tüchtig gewesen, Rider. Am vierzehnten haben Sie einen Bericht geschickt. Den nächsten am sechzehnten...« Er las noch ein paar weitere Daten vor. »Alles in allem sieben lange Berichte über einen alten Dampfkessel. Hat sich das Geschäft wenigstens gelohnt?«

Miller wußte nicht, was er antworten sollte. Er wollte weiterleugnen und fand unter den kühlen Blicken Spinners nicht die Kraft dazu.

»Na lassen Sie es gut sein, Rider«, sagte der Nachrichtenchef nach einer drückenden Pause. »Wenn Sie Ihre Geheimnisse nicht verraten wollen, kann ich Sie auch nicht dazu zwingen. Aber eins merken Sie sich bitte. Ihre Geschäfte hier im Werk sind zu Ende. Der nächste Zug nach dem Westen geht um elf Uhr zwanzig. Wenn Sie um elf Uhr einundzwanzig noch in Salisbury sind, lasse ich Sie verhaften. Was Ihnen dann blüht, wissen Sie wohl selber. Glückliche Reise, Mr. Rider! Grüßen Sie Direktor Clayton von mir.«

Mr. Miller alias Mr. Rider wußte später selber nicht, wie er aus der Office herausgekommen war. Er war noch benommen, als er das Werk verließ. Auch auf der Straße glaubte er immer noch den halb verschleierten und doch so zwingenden Blick Spinners zu spüren. Wie unter einem Zwang schlug er den nächsten Weg zum Bahnhof ein und kam rechtzeitig zu dem Zuge, der um elf Uhr zwanzig die Halle verließ. – –

»Warum haben Sie den Kerl laufen lassen?« fragte Fletcher, als der Kesselwärter draußen war. Spinner wischte mit der Hand über den Tisch.

»Es hätte wenig Zweck, den Menschen einzusperren, Fletcher, wesentlichen Schaden konnte er noch nicht anrichten. Ein paar andere Herrschaften von der Zunft machen mir größere Sorgen. Achten Sie bei etwaigen Neueinstellungen auf die Namen Jefferson und Brown.«

»Hübsche Sammelnamen, Mr. Spinner«, lachte Fletcher. »Im Telephonbuch von Salisbury nimmt der Name Brown ungefähr zehn Seiten in Anspruch, und Jefferson ist auch nicht gerade selten.«

»Hilft nichts, Fletcher! Gott sei Dank wissen wir, daß die Kerle unter diesen Namen segeln, und wollen uns danach richten. Stellen Sie keinen ein, der sich so nennt. Es ist der einfachste Weg, sich die Gesellschaft vom Halse zu halten.«

Fletcher nickte. »Gut, Mr. Spinner! Ich werde mich danach richten.«

Spinner griff nach dem Tischtelephon. »Gestatten Sie, Fletcher?«

Er nahm den Hörer ab und ließ sich mit Dr. Wandel verbinden. »Sie sind's, Slawter«, hörte ihn Fletcher in den Apparat sprechen. »Ist der Doktor nicht da?« und dann nach einer längeren Pause: »Gut, gut! Ich komme gleich zu Ihnen…Großer Gott, was regt sich der gute Slawter so auf!« sagte er zu Fletcher, als er den Hörer wieder auflegte. »Dessen Sorgen möchte ich haben und das Einkommen von Mr. Dowd. Auf Wiedersehen, Fletcher! Vergessen Sie die Namen Brown und Jefferson nicht.«

Im Schein der hellen Vormittagssonne wanderte der Nachrichtenchef über verschiedene Werkhöfe bis zur Abteilung Slawters und betrat das Zimmer Dr. Wandels.

Der Doktor saß mit Slawter zusammen über allerlei Papieren. Er war dabei, ihm eine langwierige Formel zu erklären, und gegen seine sonstige Gewohnheit hörte Slawter aufmerksam zu.

Spinner stutzte, als er die erregten Mienen der beiden bemerkte. Etwas Derartiges war er bisher weder von dem meist etwas phlegmatischen Slawter noch von Dr. Wandel gewöhnt.

»Sie suchten nach mir«, sagte er nach einer kurzen Begrüßung. »Ich wäre sowieso zu Ihnen gekommen, Herr Doktor. Es sind Nachrichten aus Detroit da, die Sie stark angehen.«

»Wir haben Neuigkeiten, die Detroit noch viel stärker angehen«, platzte Slawter dazwischen. »Ein schönes Basiliskenei hat der Esel von einem Laboratoriumsdiener der United ins Nest gelegt. Wenn nicht schleunigst etwas dagegen geschieht, kann ganz Detroit in die Luft fliegen.«

»Na, na, lieber Slawter!« versuchte Spinner den Aufgeregten zu beschwichtigen. »Sie übertreiben wohl ein bißchen. Eine Stadt von zwei Millionen Einwohnern geht nicht so ohne weiteres in die Luft. Was meinen Sie dazu, Herr Doktor?«

»Es ist leider so, Mr. Spinner«, bestätigte der Doktor die Worte Slawters. »Der unerwartete Zwischenfall…Ihr Gewährsmann deutete die Möglichkeit einer Sabotage an – hat die physikalischen Bedingungen bei dem Versuch von MacGan auf eine unglückselige Weise verändert. Es hat sich infolgedessen in dem Autoklav ein Stoff gebildet, der…« Dr. Wandel zögerte, suchte nach Worten, um treffend auszudrücken, was er sagen wollte, und fuhr dann fort: »Ein atomarer Explosivstoff, Mr. Spinner, der ebenso heimtückisch wie gefrorenes Dynamit, aber billionenfach stärker ist.«

Mr. Spinner war in der Lage, die Bedeutung dieser Worte voll zu erfassen, denn aus einer früheren Tätigkeit her, die nun schon viele Jahre zurücklag, wußte er, was es mit gefrorenem Dynamit auf sich hat. Er wußte, daß es aus den geringfügigsten Ursachen, oft überhaupt ohne jede erkennbare Ursache, plötzlich detoniert, daß es gleichbedeutend mit lauerndem Tod ist.

»Um's Himmels willen, Herr Doktor, wie ist das möglich?« fragte er, als er den Eindruck der Mitteilung etwas verwunden hatte.

»Ich weiß nicht, wie ich's Ihnen erklären soll, Mr. Spinner«, erwiderte der Doktor. »Es hängt natürlich mit dem Aufbau der Atome zusammen. Stellen Sie sich vor, daß Sie etwa neben einem mächtigen Turm stehen, der jeden Augenblick zusammenstürzen und Sie unter seinen Trümmern begraben kann, dann haben Sie eine ungefähre Vorstellung von den Verhältnissen. Sie können sich wohl denken, wie es Slawter und mir zumute war, als wir diese Gefahr erkannten.«

Blässe und Röte wechselten in den Zügen Spinners. Erst jetzt kam ihm zum Bewußtsein, daß eine nicht unbeträchtliche Menge des verderbenschwangeren Stoffes sich auch im Laboratorium des Doktors befand. Er blickte sich scheu um, als erwarte er jeden Augenblick eine Explosionskatastrophe. Slawter sah es und kam ihm zu Hilfe.

»Hier haben Sie nichts zu befürchten, Spinner. Der Stoff, den wir hier haben, ist nicht mehr gefährlich.«

»Nicht mehr gefährlich?« kam es wie ein Echo von den Lippen Spinners. »Wie soll ich mir das erklären?«

Slawter machte eine Handbewegung zu dem Doktor hin. »Lassen Sie sich's von dem hier sagen, der hat das Kunststück fertiggebracht.«

Dr. Wandel versuchte theoretische Erklärungen zu vermeiden, die der Nachrichtenchef doch wohl kaum begriffen hätte.

»Gefrorenes Dynamit muß man vorsichtig auftauen, dann wird es wieder friedlich«, antwortete er auf die Frage Spinners. »Und wacklige Atome lötet man im Autoklav wieder zusammen, dann vergeht ihnen die Lust, zu explodieren.«

»Das sagt der Doktor so, als ob's die einfachste Sache von der Welt wäre«, fuhr Slawter dazwischen. »Aber ich kann Ihnen sagen, Spinner, es war verdammt nicht einfach, als wir beide, der Doktor und ich, gestern nach Werkschluß das verdammte Zeug in den Autoklav packten... Geben Sie's doch zu, Doktor, die erste Viertelstunde war Ihnen auch nicht wohl dabei.«

»Lassen Sie nur, Slawter«, wehrte Dr. Wandel ab. »Wir mußten es eben wagen. Es gab keine andere Möglichkeit, die Gefahr zu beseitigen. Wir haben genau nach meiner Formel gearbeitet. Da konnte theoretisch überhaupt nichts passieren... Na, und praktisch ist ja auch nichts passiert, mein lieber Slawter. Das Schlimme ist nur, daß die United eine viel größere Menge von dem explosiven Zeug liegen hat und im Augenblick gar nicht in der Lage ist, es unschädlich zu machen. MacGan hat den Autoklav in Detroit ja kurz und klein geschmort.

Aber da muß sofort etwas geschehen«, fuhr er, lebhafter werdend, fort. »Wir müssen eingreifen, und wenn ich selber deswegen nach Detroit fahren müßte. Die Leute haben ja keine Ahnung von der Gefahr, in der sie sich befinden.«

»Es handelt sich dabei nicht nur um die United allein, bei einer Explosion würden umfangreiche Teile der Stadt in Mitleidenschaft gezogen werden. Es könnte eine Katastrophe geben, schlimmer noch als das große Erdbeben von Frisco. Mein Gott, Spinner, was soll man tun? Sie werden in Detroit natürlich mit dem Stoff experimentieren. Sie werden versuchen, ihn zu analysieren... und dabei wird er ihnen unter den Fingern losgehen. Man muß warnen, Spinner... Verhaltungsmaßregeln senden.«

Dr. Wandel fuhr sich mit einer müden Gebärde über die Stirn. »Viel nützen kann das auch nicht, der Stoff ist zu heimtückisch. Während wir hier sitzen und reden, kann das Unglück jeden Augenblick geschehen – kann vielleicht schon geschehen sein.«

»Das ist nicht meine Sache«, sagte Spinner mit unerschütterlicher Ruhe. »Wenn Sie es für angebracht halten, so geben Sie in Gottes Namen eine Warnung nach Detroit, ich habe andere Sorgen.«

»Viel Neues und wenig Gutes dabei«, meinte Slawter, als Spinner fortgegangen war. »Es scheint, Doktor, daß wir nicht zur Ruhe kommen sollen.«

Dr. Wandel hantierte mit seinen Papieren. Während er die beschriebenen Seiten zusammenlegte, blieb sein Blick an einer der langen Formeln haften. Er griff zum Bleistift, verfolgte die einzelnen Glieder der mathematischen Entwicklung und vergaß darüber seine ganze Umgebung. Eine Weile sah ihm Slawter zu, dann rief er ungeduldig:

»Sie schweigen sich in allen Tonarten aus, Doktor. Reden Sie doch auch ein Wort! Was sagen Sie zu den Neuigkeiten, die uns Spinner eben aufgetischt hat?«

Dr. Wandel ließ den Bleistift sinken. »Es ist störend, Slawter, es wirft alle meine Dispositionen über den Haufen. Sehen Sie hier!«

Er schob Slawter das Blatt mit der Formel hin, die er eben nachgeprüft hatte. Mit stillem Schauder betrachtete Slawter die endlose Reihe mathematischer Symbole, während der Doktor fortfuhr:

»Sehen Sie, Slawter, das ist das Richtige, jetzt habe ich's endlich. Noch zwei bis drei Experimente mit dem Autoklav, und wir werden den Stoff haben, nach dem ich so lange suchte. Den idealen Stoff, Slawter, bei dem wir die Abgabe der Energie ebenso einfach und bequem regeln können wie bei einer Kesselfeuerung. Aber Zeit brauche ich dazu. Wenigstens eine Woche ungestörter Arbeit wird dafür noch notwendig sein. Zum Teufel, warum läßt mich die United nicht in Frieden!«

Er schlug erregt mit der Faust auf den Tisch. Erstaunt sah Slawter ihn an. So aufgebracht hatte er den ruhigen Deutschen noch nicht gesehen.

»Es ist eine bodenlose Gemeinheit von Chelmesford und seinen seinen Leuten!« schrie Dr. Wandel mit einem zweiten Faustschlag auf den Tisch. »In Detroit haben Sie mir die Arbeit unmöglich gemacht, und jetzt stören sie mir hier meine Kreise.« Der Doktor sank wieder in sich zusammen. Alle Erregung war von ihm abgefallen.

»Unsinn, Doktor!« unterbrach ihn Slawter, »hier ist der richtige Platz für Sie. Hier bei uns werden Sie Ihre Arbeit zu Ende bringen. Die Company wird schon für die nötige Ruhe sorgen.«

MacGan machte sich an die Untersuchung des neuen Stoffes, nachdem Tom White zu seiner Geheimanlage zurückgekehrt war. Die Aufzeichnungen, die White ihm dagelassen hatte, benötigte er dazu kaum, denn von seinen früheren Arbeiten mit Dr. Wandel wußte er recht genau, wie bei solchen Bestimmungen neuer Elemente vorzugehen war.

Erst einmal gewisse maßgebende Verbindungen des neuen Stoffes herstellen, etwa die Chloride, Bromide und Sulfide, und diese Verbindungen hinterher wieder zerlegen, dann war das Atomgewicht bald gefunden. In der Theorie war die Sache reichlich einfach, bei der praktischen Durchführung erforderte sie freilich eine peinlich genaue Feststellung der Gewichtsmengen, die den verschiedenen chemischen Reaktionen unterworfen werden sollten.

Nach kurzem Überlegen entschloß sich MacGan, für alle Untersuchungen ein Zehntelgramm des unbekannten Stoffes als Normalmenge zu nehmen. Er warf zunächst ein paar Kristalle davon in eine Kugelmühle, um sie in feines Pulver zu verwandeln. Nur so hatte er ja die Möglichkeit, die angenommene Normalmenge auf Bruchteile eines Milligramms genau abzuwägen, und außerdem würde der pulverisierte Stoff auch leichter und williger die beabsichtigten chemischen Verbindungen eingehen.

Während die Kugelmühle, von einem Elektromotor getrieben, schnurrend lief, bereitete er schon immer die Gefäße für die Analysen vor und ging daran, die verschiedenen Reaktionsflüssigkeiten in Mensuren abzufüllen. Das alles nahm geraume Zeit in Anspruch. Aber als er damit fertig war, mußte er feststellen, daß die Kugelmühle erst eine geringe Menge Pulver gemacht hatte. Der neue Stoff schien außergewöhnlich hart zu sein und leistete der Zerkleinerung durch die Stahlkugeln der Mühle einen unerwartet starken Widerstand.

Mit irischer Geduld fügte MacGan sich in das Unvermeidliche und stopfte sich eine Pfeife. Nachdenklich blickte er auf die blauen Wolken und begann zu sinnieren.

Was mochte das für ein Stoff sein, der sich bei dem verunglückten Versuch gebildet hatte? Daß es eine andere Substanz war als jene leuchtenden Kristalle, die der deutsche Doktor in Detroit hergestellt hatte, war offensichtlich. Diese Masse, die jetzt in der Kugelmühle zerpulvert wurde, verhielt sich ganz anders. Sie strahlte nicht, sie teilte bei der Berührung keine elektrischen Schläge aus, und so, wie es sich vorläufig anließ, war sie kein radioaktiver Stoff. Vielleicht nur eine einfache Legierung des Wolframmetalls der Elektrodenstifte mit dem Stahl der zerschmolzenen Autoklavwand...

War es aber so – und das mußte die Analyse ja schnell ergeben –, dann konnte er alle seine Träume und Hoffnungen auf eine Karriere bei der United begraben. Dann mußte er froh sein, wenn man ihn weiter als Laboratoriumsdiener beschäftigte und nicht glatt auf die Straße setzte.

Auf die Analyse kam es an. Ihr Ergebnis mußte über seine Zukunft entscheiden. Von Minute zu Minute wurde ihm das tatenlose Warten unerträglicher. Mit einer Gebärde der Ungeduld stand er auf und gab stärkeren Strom auf den Elektromotor. Schneller lief danach die Mühle, kräftiger zelmalmten die Kugeln in ihr den neuen Stoff. – –

Eine Viertelstunde nach der Entdeckung des Lauschmikrophons war Mr. Stackpool wieder bei Chelmesford und Clayton.

»Der Kabelmantel führt keinen Strom mehr«, berichtete er dem Präsidenten, »die Stelle, wo das Telephon angeschlossen war, läßt sich deshalb nicht mehr genau ermitteln. Aber das Kabel verläuft von hier direkt zur Abteilung Melton, es ist daher mit Sicherheit anzunehmen, daß die Anschlußstelle sich in einem der Räume dieser Abteilung befunden hat.«

»Gut, Mr. Stackpool, damit ist die Angelegenheit für Sie erledigt«, sagte der Präsident.

»...aber für uns noch nicht«, fuhr er fort, als Stackpool draußen war. »Der Spion sitzt in der Abteilung Melton. Wir müssen ihn ausfindig machen, Clayton.«

Der Direktor ging in Gedanken die Angestellten der Abteilung der Reihe nach durch und ließ dabei hin und wieder halblaut einen Namen fallen.

»So kommen wir nicht weiter«, unterbrach ihn Chelmesford ungeduldig, »alle Angehörigen der Abteilung sind in gleichem Maße verdächtig oder unverdächtig. Wir müssen systematisch vorgehen. Ich halte es für das Richtigste, daß wir von oben anfangen. Seit der Erkrankung Meltons führt Wilkin die Abteilung...«

»Ich bitte Sie, Chelmesford«, unterbrach ihn Clayton, »...Wilkin! Einer unserer ältesten Angestellten, die rechte Hand von Melton...er kann es unmöglich gewesen sein.«

»Bei solchen Sachen ist nichts unmöglich, merken Sie sich das, mein lieber Clayton. Wir müssen uns davon überzeugen, daß Wilkin wirklich nichts mit der Geschichte zu tun hat. Sobald das festgestellt ist, können wir ihn einweihen und für die weitere Untersuchung zu Hilfe nehmen. Aber erst muß es einmal sicher festgestellt sein.«

»Wie wollen Sie das machen?« fragte Clayton unschlüssig. »Er wird entrüstet sein, wenn wir ihn verdächtigen.«

»Ist richtig, Clayton, doch das läßt sich vermeiden. Er braucht gar nichts davon zu merken. Schicken Sie ihn mit irgendeinem Auftrag zu unserem Tochterwerk am River. Während er fort ist, werden wir beide uns sein Zimmer etwas genauer ansehen.«

So kam es, daß Wilkin zu Direktor Clayton gerufen wurde und Tom White Gelegenheit fand, das leere Zimmer zu betreten und dort unbequeme Dinge abzulegen. Eine kurze Weile später standen Chelmesford und Clayton vor der Tür desselben Zimmers, und was Tom White mit seinem Sperrhaken erzielt hatte, erreichte Direktor Clayton ebenso leicht und glatt mit dem Universalschlüssel, den er als Werkdirektor an seinem Schlüsselbund führte.

»Hm!« sagte Chelmesford, als sie in dem Raum standen, und deutete auf ein Kabel an der Wand. »Gelegenheit hätte er ebensogut wie alle andern gehabt, aber zu sehen ist natürlich nichts mehr. Es war dumm, daß Brookman nicht den Mund halten konnte, als er das Mikrophon fand. Wer auch immer am Telephon saß, er wurde dadurch gewarnt und hatte genügend Zeit, die Spur zu verwischen.«

Chelmesford ließ sich in dem Schreibtischsessel von Wilkin nieder und sprach weiter:

»Versuchen wir, uns die Vorgänge zu rekonstruieren, Clayton, wie sie sich logischerweise zugetragen haben müssen. Ter Spion merkt, daß sein Mikrophon entdeckt ist. Erste Folge: er schaltet sofort den Strom aus. Zweite Folge: er trennt seine Anlage von dem Kabel und... natürlich auch von der Erdleitung. Das gibt frische Trennstellen, die man bei gehörigem Suchen finden müßte. Dritte Folge: er versteckt die abgeschalteten Teile...«

Während Chelmesford wie ein berufener Kriminalist dozierte, trat Clayton an den Kleiderschrank, suchte unter den Schlüsseln an seinem Bund und steckte einen davon ins Schloß.

»Wenn er unvorsichtig ist, behält er seine Teile in seinem Zimmer«, sprach Chelmesford weiter, »ist er schlau, bringt er sie woanders...«

Das Knarren der Schranktür übertönte seine letzten Worte. Clayton hatte sie geöffnet und griff zwischen die Sachen auf dem oberen Brett.

»Unglaublich, Chelmesford! Im ganzen Leben hätte ich das nicht geglaubt«, sagte er und stellte der Reihe nach eine Batterie, einen Schalter und ein Kopftelephon vor den Präsidenten auf den Tisch.

»Hm! Clayton, was sagen Sie jetzt?«

»Nichts, Chelmesford, ich weiß nicht, was ich dazu sagen soll.«

Mit einer pedantischen Langsamkeit nahm Chelmesford eins nach dem andern von den Geräten, die Clayton vor ihm aufgebaut hatte, in die Hand, betrachtete es und stellte es wieder auf den Tisch.

»In der Tat, Clayton«, sagte er, als er damit fertig war, »das belastet Wilkin schwer...aber es überführt ihn noch nicht.«

»Was verlangen Sie noch mehr, Chelmesford? Einen stärkeren Beweis als das Zeug da gibt es nicht.«

»Doch, Clayton! Die Anschlußstellen. Wenn wir die auch noch finden, ist er wirklich überführt. Wir haben Zeit. Vor anderthalb Stunden kann Wilkin nicht zurück sein. Wir wollen nach diesen Stellen suchen.«

Und nun hielt es Präsident Chelmesford nicht für unter seiner Würde, sich der Länge nach auf den nicht ganz staubfreien Fußboden zu legen und das Lichtkabel Zoll für Zoll sorgfältig abzutasten.

»Untersuchen Sie die Wasserleitung«, rief er dabei Clayton zu, »an der müßte die Anschlußstelle sein.«

Wohl oder übel mußte Clayton dieser Aufforderung Folge leisten, und so bot sich das groteske Bild, daß Präsident Chelmesford und Direktor Clayton auf dem Bauch in Wilkins Zimmer umherkrochen. Hätte Tom White es sehen können, er hätte sicher seine Freude daran gehabt.

Leider entsprach der Erfolg nicht der aufgewandten Mühe. Zwar entdeckte Clayton an dem Wasserleitungsrohr einen angelöteten Draht, aber seine Freude darüber war verfrüht, denn es stellte sich schnell heraus, daß es die Erdleitung für einen Rundfunkempfänger war. An dem Kabel aber vermochte Chelmesford auch nicht die geringste Spur einer Anschlußstelle zu finden.

Nach einer Stunde gaben sie das Suchen als zwecklos auf und verließen den Raum, nachdem sie alles wieder in den alten Zustand gebracht hatten.

»Was jetzt?« fragte der Direktor, durch den Mißerfolg enttäuscht.

Chelmesford klopfte sich den Staub vom Rock.

»Stackpool soll mit seinen Leuten weitersuchen, Clayton. Er kann es bei Nacht machen, da ist er ungestört. Die Anschlußstellen müssen wir finden. Wo die Anschlußstellen sind, da sitzt der Spion.«

»Widerlich, Chelmesford!« Clayton schüttelte sich. »Ein scheußlicher Gedanke, so einen Kerl im Werk zu wissen, der uns auf Schritt und Tritt belauscht. Ein ekelhaftes Gefühl…der arbeitet doch sicher für die Company.«

»Meinetwegen, Clayton, aber dann jedenfalls sehr geschickt. Ich wollte, die Leute, die wir der Company auf den Hals geschickt haben, wären ebenso tüchtig. Leider lassen die Leistungen der Herren Miller, Brown und Jefferson viel zu wünschen übrig.«

Auf ihrem Wege zum Verwaltungsgebäude kamen sie dicht an der großen Halle vorbei. Chelmesford blieb stehen und sah sich die Verwüstungen an, die der verunglückte Versuch am Vormittag angerichtet hatte.

»Bodenlose Schweinerei!« knurrte er ingrimmig vor sich hin. »Na, das wird ja nun auch sein Ende haben, Clayton. Auf die Leute, die wir jetzt nach Salisbury schicken, kann ich mich verlassen. Die schaffen den deutschen Doktor her, und wenn sie ihn aus der Hölle holen müßten.«

Clayton schüttelte den Kopf. »Ich fürchte, Chelmesford, es wird Ihnen nicht viel nützen. Ich habe Ihnen schon einmal gesagt, wenn der Doktor nicht will, können Sie ihn auch nicht zwingen.«

Der Präsident pfiff durch die Zähne. »Das wird sich finden…lassen Sie ihn nur erst hier sein.«

Clayton hielt es für zwecklos, noch weiter zu widersprechen. Schweigend gingen sie neben der Halle weiter. –

Tom White war es nicht entgangen, daß Chelmesford und Clayton das Zimmer Wilkins betraten. Was sie dort vorhatten, konnte er zu seinem Bedauern nicht feststellen, aber er dachte sich sein Teil und wünschte im Augenblick eine Begegnung zu vermeiden. Schleunigst verließ er seinen Raum und eilte geräuschlos über den Flur in das Laboratorium zu MacGan. Der Ire war eben im Begriff, die Kugelmühle zu öffnen, als er hineinkam.

»Wie weit sind Sie? Haben Sie schon etwas feststellen können?« fragte White ihn geschäftig.

»Noch nicht, Mr. White. Niederträchtig hart ist das Zeug; ich habe fast zwei Stunden mahlen müssen, jetzt ist endlich Pulver genug da. Ich will gerade die Mengen für die einzelnen Analysen abwiegen.«

Während White sich neben MacGan an der chemischen Waage zu schaffen machte, raunte er ihm zu:

»Der Präsident und Direktor Clayton sind in der Nähe. Eben waren sie im Zimmer von Mr. Wilkin.«

»Aber Mr. Wilkin ist doch gar nicht hier? Ich sah ihn vor kurzem über den Hof zum Portal gehen«, sagte MacGan verblüfft.

Tom White legte den Finger an die Lippen. »Pst! Nicht so laut! Ich habe den Eindruck, die beiden suchen was in unserer Abteilung. Wir wollen machen, daß wir mit unsern Arbeiten vorankommen, sie können auch hier jeden Moment auftauchen.«

Als White diese Vermutung aussprach, krochen Präsident Chelmesford und Direktor Clayton auf dem Fußboden in Wilkins Zimmer herum und dachten vorläufig nicht daran, in das Laboratorium zu kommen. In aller Ruhe konnten White und MacGan Einsätze für die Analysen abwiegen und auf die Reagenzgläser verteilen.

»Ich fürchte, Mr. MacGan«, sagte White, als sie damit fertig waren, »wir werden nicht viel Freude an dem Stoff erleben. Keine Spur von Radioaktivität ist zu merken. Das war doch ein anderes Zeug, das der Professor und Wilkin zusammen hergestellt haben. Na, es hilft nichts. Wir müssen die Untersuchung fortführen, Direktor Clayton will es haben...«

Er sah zu, wie MacGan Salpetersäure in eine Mensur abfüllte, und sprach weiter:

»Ach so, Sie wollen zuerst ein Nitrat herstellen. Auch gut! Wäre es nicht besser, das Reagenzglas in ein Eisbad zu setzen? Es könnte doch sein, daß bei der Herstellung der Verbindung größere Wärmemengen frei...« Während er es noch sagte, goß MacGan bereits die Säure aus der Mensur auf die geringfügige Menge des schwarzen Pulvers in dem Reagenzglas. Im nächsten Augenblick begann die Säure schon zu wirken. Gelbe Nebel stiegen in dem Glas auf. Mißbilligend schüttelte Tom White den Kopf.

»Es wird zu heiß werden, MacGan. Sie hätten es doch lieber in Eis...« Er brachte den Satz nicht mehr zu Ende. Nur den Bruchteil einer Sekunde starrte er auf das Glas, in dem es rot und dann in unerträglich blendendem Glanz weiß aufglühte. Mit einem Ruck packte er den Iren und riß ihn mit sich hinaus in die große Halle. Krachend fiel die eiserne Tür hinter ihnen zu, als würde sie von einer Riesenfaust ins Schloß geschmettert. In jäher Flucht jagten sie quer durch die Halle. – –

»Zum Donnerwetter! Wer schmeißt so unverschämt die Tür zu!« sagte Chelmesford zu Clayton und blieb stehen. Er wollte noch etwas über die zunehmende Verlotterung in der Abteilung Melton hinzufügen, kam aber nicht dazu. Dicht vor ihm sprang mit einem Riesensatz jemand aus einer der Fensteröffnungen der Hallenwand und jagte in rasendem Lauf weiter.

»Das war doch White«, sagte Clayton. »Und der da MacGan«, fuhr er fort, als gleich hinter dem ersten noch ein zweiter aus dem Hallenfenster sprang.

Die Laune des Präsidenten war durch die sich überstürzenden unangenehmen Vorfälle dieses ereignisreichen Tages bereits mehr als schlecht. Zu einer andern Zeit hätte er vielleicht über den grotesken Anblick gelacht, den Tom White und der Ire bei ihrer Flucht durch das Hallenfenster darboten. Bei seiner augenblicklichen Stimmung aber schlug der Vorfall dem Faß sozusagen den Boden aus.

In heller Wut stürmte er den Fliehenden nach. Clayton sah das zornverzerrte Gesicht Chelmesfords, sah, wie er mit geballten Fäusten hinter White und MacGan her drohte, und zweifelte nicht, daß es zu Tätlichkeiten kommen würde, wenn der Präsident sie zu fassen bekam. Um weiteres Unheil zu verhüten, setzte er sich ebenfalls in Bewegung und lief den andern so schnell nach, wie seine Füße ihn trugen.

Quer über den weiten Werkhof ging die wilde Jagd. Etwa zweihundert Meter mochten sie bereits von der Halle entfernt sein, als Tom White der Atem knapp wurde. Er mußte langsamer laufen und blieb endlich stehen, weil die keuchenden Lungen den Dienst versagten.

Da fegte ein Stoß über den Hof. Wie ein Erdbeben war es oder wie eine Explosionswelle. Wie ein flackriges, zerfahrenes Blitzen kam es aus den zerbrochenen Fenstern der Hallenwand, warf im nächsten Augenblick Clayton hin, wirbelte Chelmesford und White umeinander, schleuderte sie zu Boden und packte auch MacGan.

Über die Gestürzten brauste ein heißer Orkan hin, brandete gegen die Werkbauten auf der anderen Seite des Hofes, drückte Fenster ein, nahm die Schindeln der Dachverkleidung mit und wirbelte sie in die Luft, und dann war alles ebenso plötzlich vorbei, wie es gekommen war.

Clayton raffte sich zuerst wieder empor, stand schwankend auf seinen Füßen und schaute sich um. Wie einen Taubenschwarm sah er es hoch am Himmel in der Richtung nach dem River hin über die Stadt ziehen. Das waren die hölzernen Schindeln vom Dach des Verwaltungsgebäudes, die von der jähen Bö mitgenommen und weithin getragen wurden. Er ließ den Blick zur andern Seite nach der Halle hin gehen und sah ein neues Bild der Verwüstung. Eine schwere Explosion mußte im Innern der großen Halle stattgefunden haben. Die lange Wellblechwand war nach außen gewölbt. An mehreren Stellen hatte die Explosionswelle das Blech aufgerissen, verbogen, zerfetzt und zerknüllt. Was bei dem Unfall am Vormittag dem Verderben noch entgangen war, hatte die zweite Katastrophe gründlich zerstört. Nur noch Schrott und Abfall, reif für den Schmelzofen, war die ganze große Halle jetzt. Noch etwas anderes sah Clayton, das ihn erschrecken ließ. Eigenartig dunstig, wie ein leichter weißlicher Nebel fast, lag die Luft über den Ruinen der Halle und flimmerte im Sonnenschein, wie man sie wohl auch über einem Kessel mit heißem Teer oder einem offenen Feuer erzittern sieht.

Noch hingen seine Blicke wie gebannt an dem fremdartigen Schauspiel, als er Chelmesfords Stimme hörte. Heiser, rauh, wie zerhackt kamen die Worte aus dem Munde des Präsidenten.

»Was haben Sie gemacht, White?«

Tom Whites Atem ging noch in wilden Stößen. Mit Gewalt riß er sich zusammen, rief sich die letzten Augenblicke vor der Katastrophe ins Gedächtnis und versuchte zu antworten.

»Eine Analyse, Mr. Chelmesford… mit MacGan zusammen… der neue Stoff… nur ein Zehntelgramm. Wir wollten Nitrat machen. MacGan goß Salpetersäure auf den Stoff… da glühte es… wir sind geflohen…«

»War das so?« Die Frage Chelmesford galt dem Iren. Der war noch benommener als White. Er vermochte nur zu nicken, ein kurzes Ja herauszubringen.

»Ein Zehntelgramm des Stoffes hatten Sie im Glas?« wandte sich Chelmesford wieder an White.

»Ein Zehntelgramm, Mr. Chelmesford.«

»Aber das übrige? Es war doch viel mehr von dem Stoff da. Wo war das?«

»Im Nebenraum, Herr Präsident«, antwortete MacGan, der sich inzwischen ein wenig gesammelt hatte. »In dem Raum, in dem die Kugelmühlen stehen. Im Laboratorium hatte ich nur das Reagenzglas mit dem Zehntelgramm…«

»Ich habe ihn gewarnt«, fiel Tom White dazwischen, »ich habe ihm gesagt, daß er kühlen soll.«

»Ich habe nicht gedacht, daß das bißchen Stoff so gefährlich wäre«, versuchte MacGan sich zu entschuldigen.

Chelmesford winkte ab. »Genug, MacGan! Gehen Sie nach Hause und Sie auch, White. Erholen Sie sich mal erst von Ihrem Schrecken. Morgen wollen wir weitersehen.«

Schweigend ging der Präsident zusammen mit Clayton nach seinem Zimmer im Verwaltungsgebäude. Erst dort fand er die Sprache wieder.

»Haben Sie es gehört, Clayton? Ein Zehntelgramm richtet solche Verwüstungen an! Halten Sie das für möglich? Überhaupt für denkbar?« Der Direktor griff nach einem Block, warf eine Formel hin und rechnete ein wenig.

»Ist es denn überhaupt denkbar, Clayton?« wiederholte Chelmesford seine Frage.

»Nach dem energetischen Äquivalent ist es möglich, Chelmesford«, sagte Clayton und schob ihm das Blatt mit der Berechnung darauf hin. Chelmesford blickte auf die Zahl unter dem Schlußstrich.

»Zweihundertfünfunddreißig Tonnen Steinkohle? Was soll das bedeuten, Clayton?«

»Es soll heißen, Chelmesford, daß die Masse eines Zehntelgramms Materie bei ihrem plötzlichen Zerfall dieselbe Wärme entwickelt wie zweihundertfünfunddreißig Tonnen Steinkohle bei ihrer Verbrennung.«

»Sie halten es also für denkbar, Clayton? Sie halten es wirklich für möglich, daß eine winzige Prise dieses neuen Stoffes die Verwüstungen angerichtet hat?«

Clayton nickte. »Ich sage es Ihnen ja. Es ist möglich.«

Chelmesford stützte den Kopf in die Hand und schloß die Augen. Eine geraume Weile ließ Clayton ihn gewähren. Auch er fühlte sich elend und zerschlagen.

»Ich fürchte, Clayton«, sagte der Präsident nach langem Schweigen, »die United hat sich mit diesen Arbeiten an ein Problem gewagt, an dem sie vielleicht zugrunde gehen kann.«

»Lassen Sie es für heute genug sein«, wehrte Clayton ab. »Morgen werden die Dinge wieder anders aussehen. Wir wollen nach Hause gehen und uns von dem Schreck erholen.«

Tom White war bei seiner Meldung ein kleiner Irrtum unterlaufen, der sich in den Maßnahmen Mr. Spinners weiter auswirkte. Eine hundertpferdige braune Limousine kam einige Minuten vor acht auf der Landstraße von Clarksville nach Salisbury, und obwohl die Herren Lawrence und Gordon als vorsichtige Leute die Straße schon bald nach acht mit ihrem Wagen beobachteten, kamen sie doch zu spät und warteten lange Zeit vergeblich.

Am Abend dieses Tages, an dem sich bei der Company in Salisbury mancherlei und bei der United in Detroit noch viel mehr ereignet hatte, ging Dr. Wandel nach Werkschluß zunächst in ein Restaurant in der Washington Avenue, um dort zu Abend zu essen. Schneller als sonst wurde er heute mit seiner Mahlzeit fertig; zu sehr beschäftigte ihn die Gefahr, die der United von dem unglückseligen Erzeugnis MacGans drohte, und verdarb ihm die Lust an Speise und Trank.

Mit einer unruhigen Bewegung schob er den erst halb geleerten Teller zur Seite, zahlte seine Zeche und machte sich auf den Weg zu seiner Wohnung.

In seine Gedanken vertieft, achtete er nicht auf die Straßenpassanten und am allerwenigsten auf einen Mann, der ihm bereits vom Werk bis zu der Wirtschaft gefolgt war und sich auch jetzt ziemlich dicht hinter ihm hielt. Nach zehn Minuten etwa erreichte Dr. Wandel sein Haus und zog einen Schlüsselbund aus der Tasche. Auch der andere machte im Schatten eines Baumes halt. Es war Mr. Smith aus Detroit. Eben derselbe Smith, der unter anderem auch am Saint-Clair-See die Rolle eines Briefträgers der USA-Post mit so gutem Erfolg gespielt hatte.

Die Gedanken, die den Doktor während des ganzen Tages im Werk verfolgt hatten, ließen ihn auch in seiner Wohnung nicht los. Wie konnte man die schwere Gefahr, von der die United bedroht war, beseitigen? Das war das Problem, das er seit langen Stunden hin und her wälzte, ohne eine Lösung finden zu können.

Der Autoklav in Detroit war zerstört, sonst hätte er's dort ebenso machen können wie in Salisbury. Ein anderer Ausweg kam ihm in den Sinn. Den gefährlichen Stoff in ein Motorboot packen, damit weit auf den Eriesee hinausfahren und ihn dort an der tiefsten Stelle versenken. Gewiß, es war eine Möglichkeit, wenn das Teufelszeug nicht etwa schon im Motorboot losging. Aber befriedigend war diese Lösung nicht.

Der Stoff würde danach auf dem Seegrunde liegen... vielleicht nur zehn Minuten, vielleicht aber auch hundert Jahre unverändert. Doch zu irgendeiner Zeit würden seine labilen Atome bestimmt einmal einstürzen, und unbedenklich war die riesenhafte Wärmemenge nicht, die dabei frei werden mußte. Der fast unvermeidliche Dampfausbruch konnte einem Schiff, das die Stelle passierte, verhängnisvoll werden.

Eine andere Lösung mußte sich finden lassen. Entweder die Atome wieder festschmieden, wie er's in Salisbury getan hatte, oder sie an einem Ort, wo sie keinen Schaden anrichten konnten, sofort zur Explosion bringen. Eine Möglichkeit, die dem Doktor im Werk schon ein paarmal traumhaft durch den Kopf gegangen war, kam ihm wieder in den Sinn, doch jetzt sah er sie viel klarer und greifbarer. Eilig brachte er den Ideengang zu Papier, rechnete, entwickelte neue Formeln, rechnete weiter und hatte die Lösung plötzlich in unwiderlegbaren Zahlen vor sich stehen.

So mußte es gehen, das war der richtige Ausweg. Befriedigt zog er den Schlußstrich unter das Ergebnis, als es klingelte.

Dr. Wandel sah auf die Uhr. Schon halb neun. Wer wollte ihn zu dieser späten Stunde noch besuchen? Als es zum zweiten Male klingelte, erinnerte er sich, daß seine Bedienung heute ihren freien Abend hatte, und die Warnungen Spinners gingen ihm durch den Sinn. Er steckte eine schußfertige Waffe in seine linke Rocktasche und behielt die Hand am Abzug, um sofort aus der Tasche schießen zu können. Dann ging er hinaus und öffnete.

Ein jüngerer Mann stand vor der Tür, mittelgroß, eher schmächtig als stark. Jedenfalls keine Persönlichkeit, von der er einen großen Überfall zu befürchten brauchte.

Als Mr. Smith aus Detroit stellte der Fremde sich vor, und Dr. Wandel nahm die Hand aus der linken Tasche, als er hörte, daß der Besucher gekommen sei, um ihm Grüße von Joe Schillinger zu überbringen. Er bat ihn einzutreten, stellte Soda und Whisky auf den Tisch, und schnell war ein Gespräch im Gange.

Zweifellos mußte Mr. Smith mit Schillinger gut bekannt sein, obwohl sich Dr. Wandel nicht erinnern konnte, daß Schillinger einmal seinen Namen erwähnt hätte. Doch das mochte wohl Zufall sein, war ihm vielleicht auch entfallen. Viel Interessantes wußte der späte Gast zu berichten. Nach seiner Erzählung war er gerade zusammen mit Schillinger an dem Stichkanal, als dort der große Dampfausbruch erfolgte.

In drolliger Weise gab er die verschiedenen Deutungen der unerklärlichen Erscheinung zum besten, die er mit seinem Freund Schillinger ausgeklügelt hatte. Dr. Wandel warf ein paar Bemerkungen dazwischen, und unwillkürlich kam man dadurch auf die United zu sprechen.

Der Doktor wollte hören, wie es dort stand; Mr. Smith wußte nichts Besonderes zu berichten. Ob es seit dem letzten großen Brand im Detroit-Werk noch Unfälle ähnlicher Art gegeben hätte, fragte der Doktor bestimmter. Smith schüttelte den Kopf.

»Bis heute morgen jedenfalls nicht, Herr Doktor. Ich bin vormittags um elf Uhr von Detroit fortgefahren.«

»Erst um elf Uhr, Mr. Smith? Sind Sie mit einem Flugzeug hierhergekommen?«

Smith lächelte. »Ich verstehe, Herr Doktor, Sie wundern sich über die kurze Fahrzeit. Nein! Ein Flugzeug habe ich nicht benutzt. Meine hundertpferdige Limousine hat den Weg von Detroit nach Salisbury in weniger als sechs Stunden geschafft.«

»Meine Hochachtung, Mr. Smith, das muß ein brillanter Wagen sein; von hier bis Detroit sind es zwölfhundert Kilometer. Alle Wetter noch mal! Da sind Sie ja mit einem Stundendurchschnitt von zweihundert Kilometern... hm!... das wäre...«

Dr. Wandel brach ab, irgendeine Idee schien ihn plötzlich zu beschäftigen.

»Stimmt, Herr Doktor. Genau gerechnet zweihundert Kilometer Stundendurchschnitt. Die vielen Städte kosten natürlich Zeit. Auf freier Strecke macht mein Wagen 250 Kilometer«, sagte Smith und schwieg dann, weil auch ihm ein besonderer Gedanke gekommen war.

Der Doktor scheint sich für Kraftwagen zu interessieren. Vielleicht kann ich die Geschichte so drehen, daß ich ihm unsern Wagen auf der Straße zeige... dann 'rein mit ihm und ab nach Detroit, dachte Smith bei sich.

»Haben Sie Lust, Herr Doktor, sich meinen Wagen mal anzusehen?« fragte er laut.

»Gewiß, Mr. Smith, recht gern. Noch lieber möchte ich eigentlich darin fahren.«

Smith hatte Mühe, seine Freude zu verbergen.

»Aber mit dem größten Vergnügen, Herr Doktor«, beeilte er sich zu antworten. »Wenn es Ihnen recht ist, können wir auch ein Stückchen auf die Landstraße hinausfahren. Da sollen Sie mal sehen, was der Hundertpferdige leistet.«

»Sehr liebenswürdig von Ihnen, Mr. Smith, aber... hm! Sagen Sie, wann gedenken Sie nach Detroit zurückzufahren?«

Smith stutzte. Durchschaute ihn der Doktor etwa? War alles, was er bisher gesagt hatte, mit wohlberechneter Absicht gesprochen? Nach dem, was er in Detroit über den Deutschen gehört hatte, war ihm allerlei zuzutrauen und Vorsicht am Platze.

»Ich denke, sehr bald, Herr Doktor«, sagte er nach kurzem Überlegen, »vielleicht schon morgen früh.«

»Schade!«

Das Wort war dem Doktor entfahren, ohne daß er's wollte. »Wie meinen Sie, Herr Doktor?« fragte Smith verwundert.

»Ich dachte, daß Sie noch heute nacht fahren wollten.«

Smith hatte ein unangenehmes Gefühl, als ob der Doktor mit ihm spiele wie die Katze mit der Maus. Er glaubte zu träumen, als er den Doktor weitersprechen hörte.

»Es ist schade, Mr. Smith. Wenn Sie noch heute nacht gefahren wären, hätte ich Sie gebeten, mich in Ihrem Wagen mitzunehmen. So muß ich das Frühflugzeug benutzen.«

Mit Mühe bewahrte Smith seine Haltung. »Sie wollen nach Detroit?« fragte er, »heute nacht noch, Herr Doktor?«

»So schnell wie möglich, Mr. Smith.« Dr. Wandel wurde sichtlich ernst, während er weitersprach. »Ich habe dringend mit Direktor Clayton zu sprechen.«

»Mit Direktor Clayton von der United?« entfuhr es Smith.

»Mit Direktor Clayton. Es handelt sich um Dinge von größter Wichtigkeit. Ich kann Ihnen das im einzelnen jetzt nicht erklären, Mr. Smith. Ich muß den Direktor schleunigst sprechen und warnen.«

Smith wußte nicht mehr, wo ihm der Kopf stand. Er war hierhergekommen, um den Doktor gewaltsam auszuheben und zur United zu schaffen, und nun erklärte ihm der, daß er von sich aus größte Eile hätte, zur United zu kommen ... zu Direktor Clayton noch zu allem Überfluß, von dem er, Smith, seinen Auftrag bekommen hatte. Steckte da am Ende auch wieder ein Trick dahinter? Smith entschloß sich, auf den Busch zu klopfen.

»Ich bin erstaunt, Herr Doktor, daß Sie Direktor Clayton aufsuchen wollen«, sagte er nach kurzem Zögern. »Schillinger deutete einmal an, daß Sie in Unfrieden von Clayton geschieden wären.«

Dr. Wandel konnte trotz allem Ernst ein Lächeln nicht unterdrücken. »In Unfrieden, Mr. Smith? Da sind Sie nicht ganz unterrichtet. Einen Mordskrach hat's zwischen der United und mir gegeben. Ich habe damals Clayton und seinen Leuten den ganzen Krempel vor die Füße geworfen und bin zur Konkurrenz gegangen. So ist die Geschichte gewesen, damit Sie's richtig wissen.«

»Ja, aber ... aber ich verstehe nicht« – Smith kam ins Stottern –, »ich begreife nicht, daß Sie danach Direktor Clayton aufsuchen wollen. Er wird Sie vielleicht unfreundlich empfangen ... vielleicht gar nicht empfangen wollen ...«

»Lassen Sie das meine Sorge sein, Mr. Smith. Er wird mich empfangen, sobald er die drei oder vier Worte gelesen hat, die ich ihm in sein Büro schicken will. Es geht um das Sein oder Nichtsein der United, Mr. Smith. Davor müssen alle Meinungsverschiedenheiten verstummen. Ich habe jetzt die Pflicht, Clayton und seinen Leuten zu helfen, und bald muß es geschehen; die Stunden sind kostbar.«

»Wenn es Ihr ausdrücklicher Wunsch ist ...« – Smith wiederholte die Worte noch einmal –, »Ihr ausdrücklicher Wunsch, Herr Doktor Wandel, dann können wir sofort fahren. Mein Wagen steht bei der Tankstelle an der übernächsten Straßenecke. Ich werde neuen Treibstoff nehmen und hier vorfahren.«

Dr. Wandel ergriff Smiths Rechte und drückte sie.

»Ich danke Ihnen für Ihre Bereitwilligkeit, Mr. Smith. Sie ahnen nicht, welchen Dienst Sie der United dadurch erweisen. Kommen Sie recht schnell zurück. Ich mache mich inzwischen für die Fahrt bereit.« – –

»Hallo, Boß, wie steht's?« wurde Smith vierstimmig empfangen, als er zur Tankstelle kam.

»Großartig, Gentlemen! Braucht den Doktor nicht zu holen. Er kommt von selber.«

»Aha, verstehe! Sie haben ihn mit dem Wagen verleckert. Kleine Probefahrt auf der Landstraße und so weiter. Was?« grinste einer von den vieren.

»Falsch geraten, Johnson! Der Doktor will mit mir nach Detroit fahren. Hat dringend mit Direktor Clayton zu sprechen.«

»Wa ... was, Sir?« Johnson riß den Mund vor Staunen auf, und seine drei Kumpane taten das gleiche.

»Sie werden fahren, Johnson. Sie setzen sich als Reservefahrer neben ihn, Baldwin. Ihr beiden andern verdrückt euch. Nehmt das Frühflugzeug nach Detroit. Los, los, Leute! Wir haben keine Zeit zu verlieren.« – –

Fünf Minuten später ließ sich Dr. Wandel neben Smith in das weiche Polster der Limousine sinken. Die Tür fiel ins Schloß und gab einen dumpfen Klang. Der Doktor klopfte mit dem Fingerknöchel dagegen.

»Was ist das, Mr. Smith?«

»Stahl, Herr Doktor. Für alle Fälle gut, wenn man über Land fährt. Die Straßen sind draußen nicht so sicher ...« Während Smith noch nach einem Ende für seinen Satz suchte, setzte sich der Wagen bereits in Bewegung, rollte durch Salisbury und erreichte die große Autostraße nach Clarksville. Mit einer Geschwindigkeit von mehr als zweihundertfünfzig Stundenkilometer schoß das Gefährt auf ihr dahin. Smith hatte eher zuwenig als zuviel über seinen Wagen gesagt.

Die Straße war zu dieser Stunde fast leer. Selten nur begegnete ihnen ein Fahrzeug, noch seltener hatten sie Gelegenheit, eins zu überholen. Die Lichter von Clarksville waren bereits in Sicht, als die Limousine an einem blauen Tourenwagen vorbeiflitzte, der langsam dahinfuhr. Wenige Minuten später erreichten sie Clarksville, und Johnson sah sich genötigt, das Tempo vorübergehend zu verlangsamen. Kaum hatten sie den Ort hinter sich, als er wieder Vollgas gab und sich nach Kräften bemühte, die verlorenen Minuten einzuholen.

»Ihr Wagen fährt wirklich vorzüglich, Mr. Smith«, sagte Dr. Wandel mit einem Blick auf das Tachometer, dessen Zeiger um die Zahl zweihundertfünfzig herum zitterte. – –

»Gordon! Die Limousine!« schrie Lawrence, als Johnson kurz vor Clarksville an dem blauen Tourenwagen vorbeischoß. Im nächsten Augenblick heulte der Hundertvierzigpferdige mit allen seinen Pferdestärken auf und jagte mit Vollgas auf Clarksville zu. Aber auch Gordon mußte in den engen Straßen des Ortes langsam fahren, und als er die große Straße wieder erreichte, war von der Limousine weit und breit nichts mehr zu sehen.

»Sie muß vor uns sein, Gordon«, feuerte ihn Lawrence an. »Geben Sie Vollgas! Holen Sie aus dem Wagen ’raus, was drin ist.« Gordon tat sein möglichstes, und vor Greenwood sah er das Schlußlicht der braunen Limousine in der Ferne wieder vor sich. Dann kam die Fahrt durch das Städtchen. Als Gordon zur anderen Seite wieder hinausfuhr, hingen Trümmer eines Fahrrades und die wenig ansehnlichen Überreste einer toten Ziege an der Stoßstange seines Wagens. Er hatte wirklich getan, was er konnte, aber zum zweitenmal war ihm der andere Wagen außer Sicht gekommen. Eine mörderisches Tempo legte das braune Auto vor, und gerade dieses Tempo bestärkte Lawrence in der Überzeugung, daß der Streich gelungen, der deutsche Doktor bereits in den Händen der United-Leute sei.

»Geben Sie Gas, Gordon! Fahren Sie doch zu, Mensch!« Wutentbrannt brüllte er es dem andern in die Ohren und schickte eine Kette von Flüchen hinterher, bis seine Stimme sich überschlug. Bis zur nächsten Stadt waren es reichlich hundertundfünfzig Kilometer, weil die Autostraße die kleineren dazwischenliegenden Ortschaften umging, und hier, auf der langen freien Strecke, zeigte es sich, daß hundertvierzig Pferde doch schneller sind als hundert. Das Schlußlicht des braunen Wagens wurde wieder sichtbar, und immer näher rückte der blaue auf. Jetzt betrug der Abstand noch zweihundert Meter. Jetzt nur noch hundert.

Dr. Wandel zog seine Uhr aus der Tasche und versuchte die Zahl auf einem der vorüberfliegenden Meilensteine abzulesen. Als es ihm bei dem Höllentempo nicht gelang, steckte er sie wieder fort. Smith sah es.

»Ich denke, Herr Doktor, in sieben Stunden werden wir es schaffen«, sagte er.

»Verdammt!« fluchte Smith.

»Was gibt's?« fragte Dr. Wandel.

»Vorsicht!« schrie Smith dem Fahrer zu.

Im nächsten Augenblick hielt der blaue Wagen neben der Limousine. Seine Seitentür sprang auf. Lawrence machte Anstalten, aus dem Wagen zu steigen.

»Bleiben Sie drin, lassen Sie die andern zuerst kommen!« warnte Gordon.

»Ah, bah, Jungens! Ihr wißt, was ihr zu tun habt«, sagte Lawrence und setzte den Fuß auf den Wagentritt, als auch die Tür der Limousine sich öffnete.

»Hallo, da ist er ja! Hierher zu uns, Doktor!« schrie Lawrence, als Dr. Wandel aus dem braunen Wagen auf die Straße trat. »Hatte ich doch recht, Gordon. Na, Mr. Spinner wird sich freuen, wenn wir ihm seinen Mann gesund wiederbringen.«

Der Doktor war inzwischen dicht an ihn herangetreten. Lawrence wollte nach ihm greifen, um ihn in seinen Wagen zu ziehen. Er erwartete, das verstörte Opfer eines Überfalles zu finden, und fuhr verblüfft zurück, als Dr. Wandel ihn schneidend anherrschte.

»Sind Sie toll geworden, Mann? Einen friedlichen Wagen auf der Landstraße zu überfallen? Wissen Sie, daß Kidnappers in den Staaten gehängt werden?«

Lawrence brauchte Zeit, sich zu fassen.

»Herr Doktor Wandel... Sie sind Herr Doktor Wandel, ich kenne Sie doch. Wir sind zu Ihrer Befreiung gekommen... im Auftrage von Mr. Spinner...«

Der Doktor machte eine unmutige Bewegung. »Übertriebene Vorsicht von Mr. Spinner. Ich bin mit einem Bekannten auf der Fahrt nach Detroit, habe große Eile, hinzukommen, und Sie überfallen uns. Natürlich im Auftrage von Mr. Spinner, Herr... Herr... Wer sind Sie denn?«

»Lawrence ist mein Name. Von der Abteilung Spinner.«

»Ist alles kein Grund, Sir, Mr. Smith die Reifen zu verderben und mich aufzuhalten.«

Während die Rede zwischen Lawrence und Dr. Wandel hin und her ging, steckte Smith den Kopf vorsichtig aus der Wagentür. Schnell zog er ihn wieder zurück, aber doch nicht schnell genug, als daß ihn Lawrence nicht erkannt hätte.

»Aha! Mr. Smith! Da steckt er ja. Ein guter Bekannter von Ihnen, Herr Doktor? Wissen Sie auch, daß er zur Sicherheitsabteilung der United gehört und von Direktor Clayton nach Salisbury geschickt wurde, um Sie auszuheben?«

Der Doktor wandte sich nach der Limousine um. »Sie haben es gehört, Mr. Smith. Was sagen Sie dazu?«

Smith lehnte sich so weit wie möglich in das Polster zurück und antwortete nicht.

»Reden Sie doch, Mann«, fuhr ihn Dr. Wandel an, »wollen Sie das auf sich sitzen lassen?«

»Es wird ihm kaum was anderes übrigbleiben, Herr Doktor«, sagte Lawrence, der inzwischen auch an den braunen Wagen herangetreten war.

Smith hatte sich inzwischen wieder gefaßt. »Ich verstehe nicht, was Sie zusammenreden«, sagte er mit gut gespielter Entrüstung. »Herr Doktor Wandel hat mich gebeten, ihn so schnell wie möglich nach Detroit zu bringen. Ich war dabei, ihm den Gefallen zu tun, da kommen Sie und überfallen uns auf offener Landstraße.«

Lawrence lachte. »Das glauben Sie ja selber nicht, Smith.«

»Doch, Mr. Lawrence, das ist richtig«, mischte sich nun Dr. Wandel ein. »Ich bin auf dem Wege zu Direktor Clayton... Zum Teufel, jetzt sitzen wir hier fest und vertrödeln die Zeit! Ich muß weiter! Was soll jetzt geschehen?«

Lawrence sah ihn zweifelnd an.

»Ich weiß nicht ob Mr. Spinner mit Ihrer Fahrt nach Detroit einverstanden sein wird. Sie setzen dabei Ihre Freiheit aufs Spiel, Herr Doktor...«

»Das geht weder Mr. Spinner noch Sie etwas an«, fuhr ihm der Doktor in seine Rede, »ich muß nach Detroit, ich will nach Detroit, und so oder so werde ich hinkommen.«

Lawrence sah ein, daß es nur mit Gewalt möglich gewesen wäre, den Doktor an der Fahrt zu hindern, und das wollte er nicht auf seine Kappe nehmen.

»Ich habe Sie gewarnt, Herr Doktor«, begann er vorsichtig.

»Ihre Warnungen sind überflüssig«, unterbrach ihn Dr. Wandel ungeduldig, »ich habe dringend mit Clayton zu sprechen, ich muß nach Detroit.«

»Dann aber nicht mit Smith, Herr Doktor, sondern mit uns und unter unserm Schutz.«

»Wie ich hinkomme, ist mir egal, Mr. Lawrence. Nur endlich vorwärts! Während wir hier sprechen, vergeht eine Viertelstunde nach der anderen.«

»Los, Jungens! Mal schleunigst das Reserverad aufgesetzt. Könntet schon längst dabeisein.« Willig gehorchten sie seinen Anordnungen, ohne sich weiter um Smith zu kümmern. Witterten sie doch die Möglichkeit, mit guter Art aus der üblen Sache herauszukommen. In wenigen Minuten war das beschädigte Rad ausgewechselt.

»Nun mal die Leine her«, kommandierte Lawrence weiter. »Ihr werdet uns nach Irontown einschleppen. Gleich rechts an der Hauptstraße liegt die Werkstatt von Patterson, dahin bringt ihr uns. Bitte, Herr Doktor«, er deutete auf den zweiten Rücksitz, »wollen Sie neben mir Platz nehmen.«

Vor der Werkstatt in Irontown warf Gordon das Schleppkabel los, und die braune Limousine rollte allein weiter.

Lawrence hatte mit dem Inhaber der Werkstatt zu verhandeln. Der Kühler des Hundertvierzigpferdigen war hoffnungslos zerstört, eine Reparatur ausgeschlossen. Aber die Werkstatt hatte ein reichhaltiges Lager von Ersatzteilen, und glücklicherweise fand sich auch ein passender Kühler darunter. Schon zischten die Flammen der Blaubrenner, um die Lötungen zu lösen. Der alte Kühler flog in die Ecke, der neue kam an seine Stelle. Schrauben wurden festgezogen, noch einmal traten die Lötflammen in Tätigkeit, und dann – nicht länger als fünf Minuten hatte das Ganze gedauert – war die Reparatur vollendet. Während einer der Werkleute Wasser in den neuen Kühler füllte, drückte Lawrence dem Meister eine Banknote in die Hand. Ein kurzes Winken noch. Schon sprang der Motor an, und weiter ging die Fahrt, reichlich schnell schon in den Straßen von Irontown, in einem Höllentempo, sobald sie die Stadt hinter sich hatten.

»Fabelhaft, Mr. Lawrence!« sagte Dr. Wandel mit einem Blick auf den Geschwindigkeitsmesser.

»Hundertvierzig Pferde laufen schneller als hundert, Herr Doktor«, wehrte Lawrence das Lob Dr. Wandels ab.

Die braune Limousine bog kurz hinter der Werkstatt in eine Seitengasse ein und erreichte auf Umwegen wieder die von Irontown nach Salisbury führende Landstraße. Dort machten sie halt. Johnson ließ die Hände vom Steuer sinken und drehte sich um.

»Was jetzt?« fragte er.

»Mit Detroit funken!« antwortete Smith lakonisch. Johnson und Baldwin stiegen aus und machten sich an dem Wagen zu schaffen. Eine Kurbel wurde gedreht, ein Funkmast wuchs neben der Motorhaube in die Höhe, und es zeigte sich, daß die braune Limousine außer manchen andern Dingen auch eine vollständige Kurzwellenstation an Bord hatte. Baldwin schaltete und stöpselte, Smith schob sich die Kopfhörer über die Ohren, und dann begann die Morsetaste unter seinen Fingern zu klappern.

Dreimal jagte der mit dem Nachtdienst der Sicherheitsabteilung verabredete Anruf aus der Wagenantenne. Ein schnelles Umschalten danach auf Empfang. Ein Lauschen am Telephon. Die Abteilung meldete sich, die Verbindung war hergestellt. Rastlos ließ Smith die Taste weiterklappern, und eine lange Geschichte trugen die kurzen Wellen durch den Äther.

Mechanisch las der Telegraphist die Buchstaben und Worte ab, ohne ihren Sinn zu begreifen. Was sollte das heißen? Dr. Wandel nicht nach Salisbury zurückgekehrt? Mit dem Wagen und den Leuten der Company nach Nordwesten weitergefahren? Auf dem Wege zu Direktor Clayton...

»Gegen vier Uhr kann der Wagen in Detroit sein«, endete der Funkspruch. Bis dahin waren es noch drei Stunden, Zeit genug, um zu handeln und alle Vorbereitungen zu treffen. –

Clayton war nach den Aufregungen des Tages erst spät zur Ruhe gekommen. Er lag im ersten Schlaf, aber sein Hirn arbeitete weiter und verflocht die letzten Ereignisse zu wirren Traumbildern. Eben noch sah er MacGan am Autoklav stehen. Dann war es plötzlich wieder Chelmesford, und dann verschwamm die gewaltige Stahlkugel in fließenden. Nebelschwaden und wurde ein Lauschmikrophon, das Stackpool in seinen Händen hielt.

Wieder wandelte sich danach das Bild. Die andere Seite der Geheimanlage tauchte auf. Da saß MacGan und drückte einen Hörer ans Ohr. War plötzlich nicht mehr MacGan, sondern Wilkin, und auch der einfache Kopfhörer verschwand. Ein vollständiger Telephonapparat stand dafür auf einem Tisch, an dem jetzt nicht mehr Wilkin, sondern White saß. Traumhaft wirbelte alles durcheinander, aber eins blieb: das Telephon auf dem Tisch, und das meldete sich.

Erst undeutlich, dann immer lauter tönte seine Glocke und schrillte schließlich so kräftig durch den Raum, daß Clayton es unangenehm empfand. Warum nimmt denn White den Hörer nicht ab, damit der Lärm endlich ein Ende hat? dachte Clayton unwillig, aber da waren auf einmal auch nur ziehende Nebel, wo eben noch White gesessen hatte. Nur das Telephon stand noch da und klingelte unermüdlich weiter, bis Clayton mit Anstrengung die Augen aufriß. Da verschwanden auch Tisch und Telephon, und er wurde sich bewußt, daß er zu Hause in seinem Bett lag, aber das Klingeln hörte immer noch nicht auf.

Halbwach griff er nach dem Lampenschalter, und das Licht ermunterte ihn weiter. Das Klingeln kam von dem Fernsprecher, der auf seinem Nachttisch stand. Er fuhr sich mit der Hand über die Augen, um den letzten Schlaf zu verscheuchen, richtete sich auf und warf einen Blick auf die Uhr. Halb zwei... Warum störte man ihn mitten in der Nacht?... Vom Werk mußte der Anruf kommen, der Apparat hatte direkte Leitung zur Werkzentrale... Er raffte sich vollends auf und griff nach dem Hörer.

Der Nachtdienst der Sicherheitsabteilung meldete sich. Clayton wollte etwas gegen die nächtliche Störung sagen, aber er verstummte, als er hörte, was am anderen Ende des Drahtes in das Mikrophon gesprochen wurde, und hatte in der ersten Minute das gleiche Gefühl wie der Mann am Empfänger, als er die Funksprüche aufnahm, den Gedanken: Smith ist verrückt geworden. Aber je länger er anhörte, was ihm von der andern Seite gemeldet wurde, um so mehr änderte sich seine Ansicht.

Unmöglich war es ja schließlich nicht, was Smith funkte. Der deutsche Doktor war bisweilen unberechenbar, das hatte Clayton selber öfter als einmal erfahren. Aber schwerwiegende Gründe mußte er haben, wenn er aus freien Stücken nach Detroit zurückkehrte. Clayton ließ sich den letzten Teil der Funksprüche noch einmal vorlesen und stutzte, als er die Worte hörte: »Ich muß Direktor Clayton schnellstens sprechen. Es geht um das Sein oder Nichtsein der United.«

Wenn ein Mann wie Dr. Wandel so starke Worte brauchte, dann waren sie nicht unbegründet... Sein oder Nichtsein?... Mit unangenehmer Deutlichkeit erinnerte sich Clayton der letzten Katastrophe des vergangenen Tages und spürte bei der Erinnerung ein kaltes Gefühl im Rücken. Ein Zehntelgramm – nur eine winzige Prise des neuen Stoffes – war da explosiv geworden und hatte schwere Verwüstungen angerichtet. Er erblaßte bei dem Gedanken, was geschehen wäre, wenn die ganze Stoffmenge explodiert wäre. War solche Gefahr vorhanden? War das der Grund für die sonst unerklärliche Fahrt des Doktors nach Detroit?

Das Telephongespräch ging weiter. Bei der Wichtigkeit der Nachrichten hatte man inzwischen auch den Chef der Sicherheitsabteilung geholt, und Clayton konnte mit ihm sprechen. Von seinem Standpunkt aus sah der die Angelegenheit ganz anders an. Er befürchtete einen Handstreich auf Clayton, eine gewaltsame Entführung des Direktors, und schlug Gegenmaßnahmen vor. Clayton winkte energisch ab. Nur widerstrebend ließ er es schließlich zu, daß man ihm drei auserlesene Leute der Abteilung zu seinem persönlichen Schutz in die Wohnung schickte. – –

Der Hundertvierzigpferdige hatte hergegeben, was er vermochte, und die neue Autostraße nach Detroit weidlich ausgenutzt. Es war erst wenige Minuten nach halb vier, als seine Hupe vor dem Hause Claytons bellend aufschrie, während gleichzeitig die Wohnungsklingel schrillte. Clayton öffnete selbst, Dr. Wandel stand allein vor der Tür.

»Guten Morgen, Mr. Clayton! Sie werden sich vielleicht wundern...«

»Ich habe Sie erwartet, Herr Doktor. Treten Sie bitte näher.«

»Mich erwartet, Mr. Clayton? Wie konnten Sie wissen?«

»Mr. Smith funkte uns, daß Sie auf dem Wege hierher wären.«

Er nötigte Dr. Wandel trotz seines Sträubens; einzutreten und in der Empfangsdiele Platz zu nehmen. »Ich glaube auch zu wissen, weshalb Sie kommen, Herr Doktor«, führte er die Unterhaltung fort.

»Sie wissen es nicht, Clayton«, unterbrach ihn der Doktor schroff. »Wenn Sie eine Ahnung hätten, um was es geht, würden Sie mich hier keine Minute unnütz verlieren lassen.«

»Es handelt sich um den neuen Stoff, Herr Doktor, er ist in der Tat sehr gefährlich. Aber... aber...« Clayton fuhr sich nachdenklich über die Stirn. »Wie ist es möglich, daß Sie etwas davon wissen können, Herr Doktor... Das kann es ja doch nur sein. Anders wüßte ich mir Ihr Kommen nicht zu erklären.«

»Sie haben an die zwanzig Pfund von dem Satanszeug in Ihrem Werk, Clayton«, platzte der Doktor heraus. Unwillkürlich nickte Clayton.

»Das ist richtig. Wie ist es möglich, daß Sie auch das wissen, Doktor Wandel?«

»Sie sitzen auf einem Vulkan, Clayton! In jedem Moment kann es eine atomare Explosion geben. Es wäre der Untergang der United, noch mehr, Clayton: die Vernichtung von ganz Detroit.«

»Ich hoffe, Sie übertreiben, Herr Doktor Wandel«, versuchte Clayton einzuwenden, dem die letzten Worte seines nächtlichen Besuchers einen gewaltigen Schreck in die Glieder jagten. Der Doktor riß ein Heft aus der Tasche und schlug eine mit Zahlen bedeckte Seite auf.

»Hier ist die Berechnung, Clayton. Ich übertreibe nicht. Zweihundert Billionen Kalorien werden in wenigen Sekunden frei, wenn der Stoff explodiert. Es genügt, um Detroit mit allen seinen Vorstädten einzuäschern... und jeden Augenblick kann es geschehen, das ist das Furchtbare.«

Clayton blickte auf das Heft in der Hand Dr. Wandels. Die Zahlen verschwammen vor seinen Augen.

»Kommen Sie mit zum Werk, Clayton!« Wie aus weiter Ferne hörte er die Stimme des Doktors. Willenlos, wie hypnotisiert, folgte er dessen Weisung und stieg mit in den blauen Wagen.

Auf einen Wink Claytons riß der Pförtner das Gittertor auf und ließ das Fahrzeug passieren. Es rollte über den weiten Werkhof, an der zerstörten Halle vorbei und hielt vor dem seitlichen Anbau. Und dann standen sie in dem Laboratorium Meltons. Dr. Wandel und Direktor Clayton.

»Da liegt es, Doktor«, sagte Clayton und deutete auf ein größeres Glasgefäß, das bis zum Rand mit dunklen, kristallinisch zackigen Bruchstücken gefüllt war. Er wich einen Schritt zurück, als der Doktor auf das Gefäß zuschritt. Der sah es und lächelte. »Es ist gleichgültig, Clayton, ob wir danebenstehen oder einen Kilometer davon abbleiben. Wenn es losgeht, sind wir in beiden Fällen verloren.« Er ergriff das Gefäß und stellte es auf einen Tisch.

»Ist das alles, Clayton, oder haben Sie noch mehr davon im Werk?« Er mußte seine Frage wiederholen, bevor er Antwort bekam.

»Nebenan, Doktor, in der Kugelmühle muß noch etwas sein, aber... wollen Sie wirklich...«

Dr. Wandel nickte. »Es ist notwendig, Clayton. Wir müssen reinen Tisch machen. Mit Gottes Hilfe werden wir es überstehen.«

Während er es sagte, musterte er die Regale an den Wänden, bis er entdeckte, was er suchte. Da lag zwischen Wischtüchern und Leinenlappen ein gefiederter Gänseflügel, wie man ihn in Laboratorien häufig benutzt, um Staub und Abfall von den Tischen zu fegen.

»Der wird's tun«, sagte Dr. Wandel vor sich hin, griff nach dem Flügel und einem Glasgefäß und ging damit in den Nebenraum. Gleichzeitig, als ob es sich um eine alltägliche Sache handelte, öffnete er die Mühle, nahm, was von dem Stoff noch unvermahlen darin lag, sorgsam Stück um Stück heraus und legte es in das Glasgefäß. Bewegungslos stand Clayton und sah ihm zu. Er fühlte sein Herz bis an den Hals schlagen, fühlte kalten Schweiß auf seiner Stirn.

»Das hier würde auch genügen, um das Werk zu zerstören«, sagte der Doktor, als er den letzten Brocken aus der Mühle nahm.

»Kommen Sie, Doktor Wandel!« Clayton brachte es heiser heraus, seine Kehle war wie ausgedörrt.

»Noch nicht, Clayton! Das muß hier auch noch fort«, gab der Doktor gelassen zur Antwort, und Claytons Haare sträubten sich, als er dessen weiteres Tun sah. Mit einer pedantischen Sorgfalt nahm der Doktor eine der Stahlkugeln nach der anderen aus der Mühle, stäubte sie mit dem Gänseflügel sorgsam über dem Gefäß ab und legte sie beiseite.

»Doktor Wandel! Sie versuchen Gott!« stöhnte Clayton.

»Es muß sein, Clayton.« Während der Doktor es sagte, fegte er die letzten Staubreste aus der Mühle auf einen Bogen Papier, faltete ihn zusammen und steckte ihn zu dem übrigen in das Glas.

»Und das muß auch noch mit«, murmelte er vor sich hin und tat auch den Flügel hinein. »So, Clayton, jetzt wären wir wohl fertig... Halt, was ist das da? Oh, hier ist ja auch noch etwas Verdächtiges.« Er griff nach den Mensuren, in die sich MacGan Proben für weitere Versuche abgewogen hatte, und packte sie in das Gefäß.

»Jetzt sind wir fertig, Clayton, kommen Sie!«

Clayton hätte im Werk zurückbleiben und den Doktor mit seiner Brand und Tod bedeutenden Last allein wegfahren lassen können.

War es ein Versagen seiner Nerven nach Minuten höchster Erregung, eine bis zur Willenlosigkeit gehende Erschlaffung, die ihn im gegebenen Moment hinderte, das Nächstliegende zu tun? Oder war es das in seinem Unterbewußtsein wirkende Verlangen, zu erfahren, was weiter geschehen würde? Wie unter einem fremden, ihm selber unerklärlichen Zwang folgte er dem Doktor in den Wagen und nahm neben ihm Platz. Wie gebannt blickte er auf die beiden unheilschwangeren Gläser, die Dr. Wandel vorsichtig auf seinem Schoß hielt, während der Wagen sich in Bewegung setzte und aus Detroit hinausrollte.

Auf der offenen Landstraße wollte Gordon das Tempo steigern.

»Fahren Sie vorsichtig! Wir haben Dynamit an Bord«, rief ihm Dr. Wandel zu. Die Worte rissen Clayton aus seiner Versunkenheit.

»Was wollen Sie tun, Doktor? Wo fahren wir hin?« Es waren die ersten Worte, die er seit dem Verlassen des Werkes sprach.

»Wir fahren zu einem Mann, Clayton, der Ihnen wahrscheinlich nicht unbekannt ist, Ihr Mr. Smith kennt ihn jedenfalls recht gut. Wir sind auf dem Wege zu Joe Schillinger am Saint-Clair-See.«

Clayton zuckte zusammen, als er den Namen Schillinger hörte. »Was wollen Sie dort tun?« wiederholte er seine Frage.

»Sie werden es sehen, Clayton, wenn wir dort sind und alles so vorfinden, wie ich es erwarte.«

Während der Wagen weiterrollte, begann sich der Horizont im Osten aufzuhellen. Ein lichter Streif kündete den nahenden Morgen an, färbte sich und schimmerte schon leicht rosig, als der Wagen die Brücke über den Stichkanal erreichte und auf das weite ebene Feld neben Schillingers Fabrik fuhr.

In einem leichten Frühnebel verschwammen die Umrisse der Werkgebäude, in tausend Perlen schimmerte der Morgentau auf der Wiese. Silhouettenhaft hob sich, noch ein paar hundert Meter entfernt, die Form eines Flugzeuges von dem dunklen Westhimmel ab.

»Was wollen Sie tun, Doktor Wandel?« fragte Clayton zum drittenmal, als der Wagen neben dem Eindecker hielt.

»Sie müssen mitkommen, wenn Sie es sehen wollen, Clayton«, sagte der Doktor und winkte Joe Schillinger zu, der neben dem Flugzeug stand.

»Hallo, Schillinger, meinen Funkspruch richtig bekommen? Startbereit?« rief er Schillinger zu und verließ den Wagen so vorsichtig, als ob er nicht ein paar Glasgefäße, sondern ein krankes Kind in seinen Armen trüge.

Clayton fühlte sich von einem Wirbel widerstrebender Empfindungen hin und her gerissen. Sollte er hierbleiben, sollte er den Flug mitmachen? Gefahr war dort, aber Gefahr war auch hier. Wieder tat er, was er vor einer Minute noch von sich gewiesen hätte. Ohne sein Zutun, fast gegen seinen Willen noch formten seine Lippen die Worte: »Ich will mit Ihnen fliegen.«

Was ist denn mit mir? Bin ich hypnotisiert? dachte er im nächsten Augenblick. Aber da war es zu spät, er hatte zugesagt, und die Antwort Dr. Wandels klang ihm entgegen.

»Das freut mich, Mr. Clayton, daß Sie mitkommen. Sie werden es nicht bereuen.«

Und ebenso wie Direktor Clayton vor kurzem in den blauen Wagen gestiegen war, kletterte er jetzt in das Flugzeug und setzte sich auf den Sessel neben den Doktor. Dann knatterte der Motor, der Propeller wirbelte. Schneller und immer schneller lief das Flugzeug über das grüne Gras. Sanfter wurde plötzlich sein Lauf, seine Räder hoben sich von dem Rasen ab, und es stieg in die Luft.

»Das Schlimmste haben wir hinter uns, Clayton«, sagte Dr. Wandel, als das Flugzeug erschütterungsfrei dahinschwebte. »Jetzt hoffe ich, daß wir's schaffen werden.«

In weiten Spiralen schraubte es sich empor...dreihundert Meter...fünfhundert Meter wies der Höhenzeiger...dann stürmte es auf reinem Ostkurs vorwärts und stieg dabei unaufhörlich weiter. Clayton schaute nach unten und sah in der Tiefe den Saint-Clair-See dahinziehen, zurückbleiben und verschwinden. Er blickte nach vorn und sah einen kupferroten Ball über die Kimme im Osten heraufkommen. Die Sonne ging auf. In ihren Strahlen schimmerte es tiefblau wie ein weites Meer vor den Fliegern. Sie hatten den Eriesee erreicht.

»Wohin fliegen wir, Doktor Wandel?« fragte Clayton.

»Nicht mehr weit, Clayton. Bald werden wir am Ziel sein. Wollen Sie das bitte nehmen?«

Der Doktor schob Clayton das eine Gefäß zu, bekam dadurch eine Hand frei und setzte das andere behutsam vor sich auf den Boden. Er warf einen schnellen Seitenblick auf Clayton.

Der saß jetzt wirklich wie hypnotisiert da. Mechanisch umklammerten seine Hände das Gefäß, mit weit geöffneten Augen starrte er geradeaus in die Sonne.

Ich halte den Tod im Arm – hart und zwangsläufig hämmerte der Rhythmus der sechs Worte in seinem Gehirn und bannte alle andern Gedanken. Vorsichtig nahm ihm der Doktor das Gefäß aus den Händen und stellte es neben das andere.

»Noch höher!« rief er Schillinger zu. »Viertausend Meter müssen wir haben.« Sein Auge folgte dem Blick des Zeigers, bis dieser die Zahl viertausend erreicht hatte.

»Hier kreisen, Schillinger!«

Der Pilot befolgte das Kommando. Während das Flugzeug über dem meeresgleichen See in Alpenhöhe einen Kreis beschrieb, griff Dr. Wandel in seine Taschen. Ein Etui brachte er zum Vorschein; in dem, auf weiche Watte gebettet, Ampullen aus hauchfeinem Glas lagen, die mit einer beweglichen, silbrig schimmernden Flüssigkeit gefüllt waren.

Er nahm die Deckel von den beiden mit dem gefährlichen Stoff gefüllten Gefäßen. Mit größter Behutsamkeit, als fürchte er jeden Augenblick die feine Glashaut zu zerdrücken, tat er in jedes eine dieser Ampullen und legte die Deckel wieder auf.

»Was wird das, Doktor Wandel?« fragte Clayton.

»Zünder für den Sprengstoff, Clayton. Jetzt ist der Tod sehr nahe. Berührt die Flüssigkeit den Stoff, dann explodiert er.« Wieder griff Dr. Wandel in seine Taschen und holte Schnurenden heraus, beugte sich nieder und band die Deckel auf den Gefäßen fest. Richtete sich wieder empor und riß das Fenster an seiner Seite auf.

»So, Clayton, jetzt sind wir soweit. Ein Sturz aus dieser Höhe...beim Aufschlag aufs Wasser müssen die Ampullen splittern.«

Noch während er es sagte, ergriff er das eine Gefäß, schleuderte es zum Fenster hinaus und ließ ihm das andere folgen. Die Uhr in der Hand beugte er sich vor, um den Absturz beobachten zu können, und zählte laut, während der Zeiger von Sekunde zu Sekunde sprang. Eine Ewigkeit schien es Clayton zu währen und dauerte doch nicht viel länger als eine Minute.

»Zweiundsiebzig...dreiundsiebzig...es ist geschehen, es hat gezündet«, sagte Dr. Wandel und steckte seine Uhr wieder ein. »Jetzt explodiert's da unten...sehen Sie, Clayton.«

Er zog den andern zu sich hin. Der blickte in die Richtung, die er ihm wies, und sah tief unten weiße Nebel über dem Wasser wallen. Eben noch klein und unscheinbar, jetzt schon viel größer und mächtiger. Mit Windeseile lief es nach allen Richtungen hin über das Wasser und lag bald wie eine schwere Wolkenbank darüber. Auch aus der Höhe, in der das Flugzeug kreiste, waren die Ufer des riesigen Sees nur an wenigen Stellen sichtbar. Dort wurde jetzt schon das Gestade vernebelt, und über die Ufer hinaus krochen die Dampfmassen landeinwärts weiter.

»Was haben Sie getan, Doktor Wandel? Der ganze See kocht«, rief Clayton. Der Doktor lächelte.

»Eine Täuschung, Clayton. Er kocht nur an der Stelle, an der der Stoff explodierte. Die frei gewordene Wärme braucht Zeit, sich über die Wassermasse zu verteilen.«

»Aber die Dampfmassen, Doktor! Sehen Sie doch hier unter uns, da steigt es ja immer höher.«

»Da kocht es auch mächtig, Clayton. Bedenken Sie, zweihundert Billionen Kalorien! Das muß schon einigen Dampf geben, solange die Energie noch geballt ist. Aber es wird nicht lange so bleiben. Es wird sich bald über die ganze Wassermasse verteilen.«

»Und dann, Doktor Wandel, was wird die Folge sein?«

»Nichts von Bedeutung, Mr. Clayton. Die Rechnung geht gut auf.«

»Was für eine Rechnung, Doktor Wandel?«

»Eine sehr einfache, mein lieber Clayton. Zweihundert Billionen Kalorien wurden durch die Explosion dort unten frei, zwölfhundert Billionen Liter enthält der Eriesee. Auf sechs Liter Wasser kommt nur eine Kalorie. Sie sehen, die Sache ist nicht der Rede wert.«

»Ich weiß doch nicht, Doktor...« Clayton blickte nachdenklich nach unten. In Riesenschwaden stieg es da hoch und immer höher. Vielleicht noch tausend, vielleicht nur noch fünfhundert Meter mochten die strudelnden Dampfwolken jetzt unter dem Flugzeug sein und drängten noch immer weiter nach oben.

»Kein Grund zur Aufregung, Mr. Clayton«, beruhigte ihn der Doktor. »Über eine Quadratmeile hin, vielleicht auch über zwei und drei mag der See jetzt in vollem Kochen sein. Aber was will das gegen die fünfhundert Quadratmeilen bedeuten, die er groß ist? Ein heißer Punkt auf einer weiten kalten Fläche, nichts weiter.«

Noch während der Doktor sprach, erreichten die Dampfmassen das Flugzeug und hüllten es ein. Dicker, undurchdringlicher Nebel raubte jegliche Sicht. Nur noch ein Blindflug nach Kompaß und Höhenmesser war möglich.

»Kurs Südost«, rief Dr. Wandel Schillinger zu und ließ sich in seinen Sessel zurücksinken.

»Es hat wirklich nichts auf sich«, sprach er zu Clayton weiter, während das Flugzeug in der neuen Richtung durch eine Atmosphäre dahintrieb, die eher Watte oder Mehlsuppe als Luft zu sein schien. »Morgen wird davon nichts mehr zu merken sein.«

»Doch, Doktor!« widersprach Clayton. Seitdem der verderbenschwangere Stoff nicht mehr an Bord war, fühlte er sich von dem schweren Druck befreit, der ihn vorher körperlich und geistig gelähmt hatte. »Doch, Doktor Wandel, der ganze Eriesee wird morgen früh um ein sechstel Grad wärmer sein.«

Es klang wie ein Scherz, und es war auch ein Scherz, durch den er Entspannung suchte. Der Doktor ging darauf ein.

»Richtig gerechnet, mein lieber Clayton, aber das Ergebnis stimmt trotzdem nicht.«

»Wieso?« wollte der andere wissen.

»Sie haben den Niagarafall vergessen, mein Lieber«, lachte der Doktor, »durch den allerhand Wasser aus dem Eriesee hinausfließt. Schätzungsweise eine halbe Milliarde Liter in der Minute. Die Leute am Ontariosee bekommen auch etwas von den Kalorien ab. Das hätten Sie mit in Ihre Rechnung setzen müssen.«

»Sie sind und bleiben unverbesserlich, Doktor Wandel«, sagte Clayton kopfschüttelnd. »Nur Ihre Berechnungen«, er stieß einen leichten Seufzer aus, »die stimmen immer genau. Wir haben es leider erfahren müssen.«

Es wurde wieder lichter um das Flugzeug. Schon schimmerte es hin und wieder bläulich hindurch. Jetzt nur noch einzelne ziehende Wolken, welche die Maschine durchschnitt, und dann lag die Nebelbank hinter ihnen. Klar fielen die Strahlen der Morgensonne in den Raum.

»Streiten wir uns nicht länger um Berechnungen, Mr. Clayton«, sagte der Doktor, »hier war es nur wichtig, daß kein Schiff in Sicht war, als wir den Stoff abwarfen. Auch dem größten Seedampfer wäre es übel bekommen.«

»Mir war es noch wichtiger, daß der Stoff nicht losging, solange wir ihn an Bord hatten«, meinte Clayton.

Nach der Spannung der vorhergehenden Stunden setzte der unvermeidliche Rückschlag ein. Eine Müdigkeit überkam ihn, deren er nicht Herr zu werden vermochte. Sein Kopf sank gegen die gepolsterte Lehne des Sessels, die Augen fielen ihm zu, er schlief ein.

»Weiter Südostkurs!« rief Dr. Wandel Schillinger zu und machte es sich ebenfalls auf seinem Platz bequem.

Präsident Chelmesford war nicht gerade rosiger Laune, als er am Morgen ins Werk kam. Die Ereignisse des gestrigen Tages gingen ihm noch stark durch den Kopf. Er hatte kaum einen Blick auf die Post geworfen, als Stackpool gemeldet wurde.

»Soll 'reinkommen und berichten!« befahl er kurz.

Mr. Stackpool erschien und trug vor, was er gestern in den Stunden nach Werkschluß entdeckt hatte. In dem Zimmer von Wilkin hatte sich trotz sorgfältigster Untersuchung nichts gefunden, in dem Raum von Tom White aber war er auf zwei verdächtige Stellen an dem Mantel des Lichtkabels und einem Wasserleitungsrohr gestoßen. Zweifellos war da früher einmal etwas angelötet. Es war entfernt worden, und der, der es entfernte, hatte sich die Mühe gemacht, die Stellen mit Zigarrenasche, Tinte und ähnlichem mehr so zu vertuschen, daß ihre Entdeckung nicht leicht war.

»Hm!« sagte Chelmesford, als Stackpool mit seinem Bericht zu Ende war, »das ist in der Tat verdächtig... trotzdem... es genügt nicht, Mr. Stackpool, um sofort scharf gegen White vorzugehen. Verhaften lassen kann ich ihn daraufhin nicht, aber scharf im Auge behalten wollen wir den Burschen. Ich werde mit der Sicherheitsabteilung sprechen. Wilkin scheint mir danach kaum noch verdächtig zu sein.« – –

Kurz nachdem Stackpool gegangen war, meldete sich Wilkin am Telephon. Seine Stimme klang lauter als gewöhnlich. Er wollte den Präsidenten in einer dringenden Angelegenheit sprechen.

»Gehen Sie zu Direktor Clayton«, wies Chelmesford ihn ab und stutzte, als er die Antwort hörte. »Was sagen Sie, Wilkin? Direktor Clayton ist noch nicht im Werk?« Er warf einen Blick auf die Uhr an der Wand. »Jetzt noch nicht hier? Merkwürdig! Da kommen Sie in Gottes Namen zu mir.«

»Machen Sie's kurz, Wilkin«, empfing ihn Chelmesford, als er das erregte Gesicht des Assistenten sah, »was haben Sie?«

»Heute nacht sind fremde Leute in unserer Abteilung gewesen, Herr Präsident. Mein Zimmer ist durchwühlt worden, die andern Räume auch...«

»Nicht durchwühlt, Mr. Wilkin, sondern durchsucht«, unterbrach ihn Chelmesford. »Unsere Sicherheitsabteilung hatte leider Veranlassung dazu.«

»Die Sicherheitsabteilung, Mr. Chelmesford?« Wilkin sah den Präsidenten so verdutzt an, daß dessen Laune sich ein wenig besserte.

»Sie haben richtig gehört, Wilkin. Die Sicherheitsabteilung.«

»Ja... aber... ich begreife nicht...«

»Ist auch nicht nötig«, fiel ihm Chelmesford ins Wort.

»...warum mir die Sicherheitsabteilung elektrisches Gerät in meinen Schrank packt. Ein Mikrophon, Telephone...«

»Das ist die Sicherheitsabteilung nicht gewesen«, sagte Chelmesford und sah ihm scharf in die Augen, »die wollte nur in Erfahrung bringen, wie diese Dinge in Ihren Schrank kommen.«

Wilkin hielt den Blick Chelmesfords aus und sprach weiter.

»Dann möchte ich fragen, Herr Präsident, wer den neuen Stoff von dem letzten Autoklavversuch mitgenommen hat? War das der Sicherheitsdienst oder auch jemand anders?«

Jetzt kam die Reihe sich zu wundern an Chelmesford.

»Was sagen Sie? Der neue Stoff ist verschwunden? Wenn ich nicht irre, wurde er im Laboratorium Professor Meltons aufbewahrt.«

Wilkin machte eine zustimmende Bewegung. »Jawohl, Herr Präsident. Der größte Teil war dort. Eine geringere Menge befand sich im großen Laboratorium in einer Kugelmühle. Es ist alles restlos verschwunden, aus der Mühle ist jedes Stäubchen ausgewischt.«

Chelmesford saß sprachlos da; er wußte nicht, was er dazu sagen sollte. In erster Linie ging die Sache Clayton an. Sie fiel in dessen Ressort. Warum war Clayton nicht da? Warum schickte er keine Nachricht, wenn er verhindert war, ins Werk zu kommen? Während er sich vergeblich mühte, Antwort auf die Fragen zu finden, meldete sich der Fernsprecher auf seinem Tisch von neuem. Die Sicherheitsabteilung war am anderen Ende der Leitung und fragte nach Direktor Clayton.

»Ich weiß nicht, wo er steckt«, rief Chelmesford ärgerlich in sein Mikrophon, »ich wollte deswegen eben bei Ihnen anrufen…Es ist gut, Wilkin, Sie können gehen«, wandte er sich zwischendurch an Wilkin, »wenn ich Sie noch brauche, werde ich Sie rufen lassen.«

Das Gespräch ging weiter, und Chelmesford erfuhr die neuesten Ereignisse. Vor fünf Minuten waren die drei Leute, welche die Abteilung dem Direktor zum Schutze in die Wohnung geschickt hatte, in das Werk zurückgekommen, nachdem sie bis jetzt vergeblich auf seine Rückkehr gewartet hatten. Stückweise holte Chelmesford das übrige heraus. Morgens gegen halb vier Uhr war ein Wagen vorgefahren. Clayton hatte sich jede Begleitung durch die Leute vom Sicherheitsdienst energisch verbeten, im Vorraum eine kurze Zeit mit einem Insassen des Wagens verhandelt und war dann mit ihm zusammen fortgefahren.

Wer der Mann gewesen wäre, wollte Chelmesford wissen. Man konnte es nicht mit Bestimmtheit sagen, doch wollte einer der drei Leute gehört haben, daß Clayton den Fremden als Dr. Wandel angeredet hatte.

Chelmesford griff sich an den Kopf. Dr. Wandel hier in Detroit bei Clayton? Wenn er die Maßnahmen des Direktors richtig verstanden hatte, mußte Dr. Wandel zwar auf dem Wege nach Detroit sein, aber nicht in seinem eigenen Wagen, sondern in der sicheren Obhut von Smith und dessen Leuten. Er glaubte nicht recht zu hören, als man ihm von der braunen Limousine berichtete; aber als er es endlich begriffen hatte, schien ihm die Sache ziemlich klar zu sein. Zweifellos hatten die Dupont-Leute den Spieß umgedreht. Der Direktor befand sich jetzt in der Gewalt der Company, und das erklärte sein Fernbleiben vom Werk zur Genüge.

Doch was für einen Grund hatten sie, sich gerade Clayton zu greifen? Irgendwelcher technischen Geheimnisse wegen? Chelmesford konnte bei dem Gedanken ein bitteres Lächeln nicht unterdrücken. Technische Geheimnisse waren im Augenblick bei der United nicht zu holen.

Schon wollte er das Gespräch beendigen, als eine neue Nachricht ihn veranlaßte, weiterzuhören. Man hatte in der Sicherheitsabteilung inzwischen den Nachtrapport des Werkes durchgesehen und war dabei auf eine Meldung des Pförtners gestoßen, die wichtig genug schien, um an den Präsidenten weitergegeben zu werden. Gegen vier Uhr morgens war Direktor Clayton in Begleitung Dr. Wandels im Werk erschienen, hatte sich etwa eine halbe Stunde darin aufgehalten und war dann weitergefahren.

Chelmesford ließ den Nachtpförtner aus dem Bett holen, um ihn selber zu vernehmen. Er stellte ein regelrechtes Kreuzverhör mit ihm an, aber der Mann blieb bei seiner ersten Aussage. Die beiden Herren waren im besten Einvernehmen angekommen und auch ebenso wieder weggefahren. Das sah nicht nach einer Entführung aus, und weniger denn je wußte der Präsident jetzt, was er aus der ganzen Sache machen sollte.

Im Augenblick blieb nichts anderes übrig als abzuwarten. Wenn Clayton in seiner Bewegungsfreiheit nicht beschränkt war – nach den Aussagen des Pförtners mußte der Präsident das annehmen –, dann würde er wohl sicherlich im Laufe des Tages in das Werk kommen oder zum mindesten ein Lebenszeichen von sich geben. Vorläufig mußte man mit der Tatsache rechnen, daß er nicht da war, und das bedeutete für Chelmesford, daß er sich nicht nur mit seiner eigenen, sondern auch noch mit der Post Claytons befassen und wenigstens die wichtigsten Stücke daraus erledigen mußte.

Etwa eine halbe Stunde hindurch arbeitete er an den Postmappen und schrieb seine Entscheidungen und Anweisungen in Form kurzer Randnotizen auf die einzelnen Briefe. Endlich war er damit durch und schob die letzte Mappe beiseite. Doch sobald ihn nun die Arbeit nicht mehr ablenkte, kehrten seine Gedanken zwangsläufig zu dem Fall Clayton zurück. Grübelnd saß er eine Weile da, dann griff er zum Telephon und rief wieder den Sicherheitsdienst an. Er wünschte genau zu wissen, was Smith in der vergangenen Nacht gefunkt hatte, und ließ sich die Depeschen in sein Zimmer kommen.

Langsam ließ er die Blätter durch seine Finger gleiten, las sorgsam Wort für Wort und stutzte, als er auf eine besondere Stelle stieß. Smith hatte ja in seiner Erregung die Sätze so in die Morsetaste gehauen, wie sie ihm in den Sinn kamen. Man konnte es deutlich an der Ausdrucksweise merken.

»Unser Unternehmen ist an die Company verpfiffen worden. Sie wußten, daß wir kommen. Lawrence von der Company hat uns als alte Bekannte begrüßt und Krach gemacht, weil wir zu früh gekommen wären...«

Chelmesford las die Zeilen ein paarmal. Die braune Limousine... die Leute darin... Wie er sich's so überlegte, kam ihm die Szene deutlich in die Erinnerung... Über alles das hatte Clayton hier in dem Zimmer mit ihm gesprochen. Damals, als noch das Lauschmikrophon hier lag. Da mochte der Verdächtige, der an dem dazugehörigen Telephon saß, es wohl mitgehört und an die Company weitergegeben haben. Eine andere Möglichkeit war kaum denkbar, denn der Sicherheitsdienst arbeitete zuverlässig und verschwiegen. Noch niemals war etwas von dessen Absichten und Maßnahmen verpfiffen worden, wie Smith es in seinem Funkspruch nannte.

Ein Spion der Company also war der Verdächtige, ein gefährlicher Spion der Konkurrenzgesellschaft, der die geheimsten Dinge der United aushorchte und nach Salisbury meldete. Wer war verdächtig? Nach allem, was Stackpool festgestellt hatte, nur Mr. White. Gleichgültig jetzt, ob die Verdachtsgründe für einen Prozeß ausreichten oder nicht, sofort mußte etwas dagegen geschehen.

Zum drittenmal an diesem Vormittag ließ sich Präsident Chelmesford mit dem Sicherheitsdienst verbinden. Er gab nunmehr den Auftrag, Mr. White durch die Werkwache sofort wegen dringenden Spionageverdachtes festnehmen zu lassen und sich danach mit der Kriminalpolizei von Detroit in Verbindung zu setzen. — —

Wilkin war nach der Unterredung mit Chelmesford in die Abteilung Melton zurückgekehrt. Im Grunde war er mit dem Ausgang der Besprechungen nicht unzufrieden. Der Präsident hatte ihm zu verstehen gegeben, daß gegen seine Person kein Verdacht vorlag. Die Untersuchung durch den Sicherheitsdienst richtete sich offenkundig gegen andere. Wer die sein mochten und weswegen man sie verdächtigte, darüber machte er sich im Augenblick wenig Gedanken.

Von dem Telephongespräch, das Chelmesford mit der Sicherheitsabteilung führte, hatte er immerhin noch mancherlei aufgeschnappt und kam sich als Mitwisser der Sorgen und Geheimnisse des Präsidenten einigermaßen wichtig vor. In dieser gehobenen Stimmung ließ er die Vorsicht außer acht, die ihm sonst eigen war, und gab dem Drange nach, über die Dinge, die er gehört hatte, mit einem andern zu sprechen. Tom White, der ihm als erster über den Weg lief, schien ihm ein geeignetes Objekt dafür zu sein.

»Tolle Neuigkeiten, Mr. White, die ich eben von Chelmesford erfuhr«, sagte er herablassend.

Die muß ich auch hören, dachte White bei sich. »Oh, Sie waren beim Präsidenten, Mr. Wilkin«, sagte er laut, »darf man etwas von dem erfahren, was er Ihnen mitgeteilt hat?«

»Ich will es Ihnen im Vertrauen sagen, White, weil wir alte Bekannte sind; aber Ihr Wort darauf, daß Sie zu niemand darüber sprechen.«

Tom White beeilte sich, Wilkin seiner unbedingten Verschwiegenheit zu versichern.

»Denken Sie sich nur, White«, kam der Assistent danach mit seiner großen Neuigkeit heraus, »Direktor Clayton ist heute nacht entführt worden. Ein Kraftwagen der Dupont Company soll dabei im Spiel gewesen sein.«

Das war ungefähr alles, was Wilkin noch gehört hatte, bevor er auf einen Wink Chelmesfords das Zimmer verlassen hatte. Aber White bestürmte ihn derartig mit weiteren Fragen, daß

Wilkin aus eigenem noch etwas dazuerfinden mußte, und als der andere immer weiter fragte und bohrte, kam er schließlich auch noch mit der Sache heraus, um derentwillen er ursprünglich zu Chelmesford gegangen war. Er erzählte White von der nächtlichen Durchsuchung der Abteilung durch den Sicherheitsdienst.

Da wurde nun die Neugierde Whites womöglich noch größer als vorher; er ruhte nicht, bevor er Wilkin restlos ausgequetscht hatte. Als er sich endlich unter einem Vorwand empfahl, wußte Tom White jedes Wort, das zwischen Chelmesford und Wilkin gewechselt worden war, und das war genug, um ihn sehr nachdenklich zu stimmen.

Kaum war er in seinem eigenen Zimmer, als er die Bilanz der Unterredung zog. Man hatte die Einzelteile der Geheimanlage in dem Kleiderschrank von Wilkin gefunden. Gut! Das war so beabsichtigt. Man hatte Wilkins Zimmer nach den Anschlußstellen durchsucht und nichts gefunden... White schlug sich vor die Stirn. Hier hatte er einen Fehler begangen. Es wäre Zeit und Gelegenheit genug gewesen, dort auch noch ein paar Anschlußstellen vorzutäuschen. Nun ließ sich nichts mehr daran ändern. Der Sicherheitsdienst hatte danach die andern Räume untersucht. Zweifellos war er auch in seinem, Whites, Zimmer gewesen...

Als Tom White mit seinen Überlegungen so weit gekommen war, sprang er auf, lief zur Wand und warf sich dort zu Boden, wo sich der Anschluß seiner Anlage befunden hatte. Ein Blick überzeugte ihn, daß sich hier fremde Hände betätigt hatten. Die Anschlußstellen, von ihm sorgfältig vertuscht, waren zum Teil wieder blankgekratzt.

Als er sich wieder erhob, war sein Gesicht um eine Spur blasser als sonst. Er ging zu seinem Schreibtisch zurück, nahm einen Briefumschlag, versah ihn mit einer Adresse und klebte eine größere Anzahl von Marken darauf. »Durch Eilboten zu bestellen!« schrieb er noch mit Rotstift auf das Kuvert, dann verließ er, ohne Hut und Mantel mitzunehmen, das Zimmer und ging über den Werkhof auf das Portal zu; den Brief trug er offen in der linken Hand.

Wenn er mich durchläßt, ist's gut; sonst... er ließ die Muskeln seines rechten Armes im Rockärmel spielen und überzeugte sich durch einen schnellen Blick, daß der Hof menschenleer war... Sonst muß ich ihn niederschlagen.

»Hallo, Mr. White, wohin wollen Sie?« rief der Pförtner ihm zu, als er durch das Tor schritt.

»Zum Postkasten, Sir. Expreßbrief. Höchste Zeit«, sagte Tom White, sein Kuvert schwenkend. Dann war er draußen. Mit Gewalt zwang er sich, langsam zu gehen, obwohl er am liebsten davongestürmt wäre. Erst hinter der nächsten Ecke beschleunigte er seine Schritte. — —

Phil Wilkin hatte sich das Protokollbuch Meltons vorgenommen und war damit beschäftigt, die letzten Versuchsreihen des Professors statistisch auszuwerten, als an die Tür geklopft wurde. Er rief »Herein!«, ohne seine Arbeit zu unterbrechen, und schaute erst auf, als er eine fremde Stimme fragen hörte:

»Ist Mr. White nicht bei Ihnen?«

»Wie Sie sehen, nicht, Sir. Er wird in seinem Zimmer sein.«

Der andere schüttelte den Kopf. »Nein, Mr. Wilkin. Da bin ich schon gewesen. Sein Zimmer ist leer.«

Wilkin ärgerte sich über die Störung. Er hatte Eile, wieder an seine Arbeit zu kommen, und antwortete ungeduldig: »Ich weiß nicht, wo Mr. White steckt. Sie müssen ihn schon selber suchen, wenn Sie ihn haben wollen.«

Während er es sagte, öffnete sich die Tür. MacGan kam mit einer Postmappe herein und hörte noch die letzten Worte von Wilkins Antwort.

»Wen suchen Sie, Mr. Bowser?« fragte er und sah den Fremden merkwürdig zweifelnd an.

»Ich suche Mr. White«, beantwortete Mr. Bowser die Frage MacGans. »Haben Sie ihn vielleicht gesehen?«

Einen kurzen Augenblick zögerte MacGan mit der Antwort. Sollte er sagen, was er wußte, oder sollte er's verschweigen? Der gerade Weg blieb immer der beste.

»Ich sah Mr. White vor etwa zwölf Minuten über den Hof gehen. Er hatte einen Brief in der Hand, den er zum Kasten bringen wollte. Ich wunderte mich, daß er ohne Hut und Mantel ging. Es ist doch heute ziemlich frisch...«

Bowser wartete das Ende von MacGans Antwort nicht mehr ab. Mit einer erheblichen Geschwindigkeit schoß er aus dem Zimmer und vergaß die Tür hinter sich zu schließen.

»Wer war denn der ungehobelte Kerl?« fragte Wilkin verdrießlich. MacGan legte den Finger auf den Mund, obwohl Bowser längst außer Hörweite war.

»Pst! Mr. Wilkin, das war der Chef der Wache. Für einen Werkangehörigen hat es selten etwas Gutes zu bedeuten, wenn Mr. Bowser sich nach ihm erkundigt. Ich möchte jetzt nicht in der Haut von Tom White stecken. Wenn Bowser ihn noch zu fassen kriegt, hat er nichts zu lachen.«

»Hm! Das ist ja interessant.« Wilkin warf den Bleistift hin, den er bisher, wie um gegen die Störung zu protestieren, immer noch in der Hand gehalten hatte, und ließ sich mit MacGan in ein längeres Gespräch über die Person Bowsers und seine Stellung im Werk ein.

Inzwischen fegte Bowser in langen Sprungschritten über den Hof bis zum Portal hin.

»Ist Mr. White hier bei Ihnen durchgekommen?« Der Pförtner wußte, was Bowser im Werk zu bedeuten hatte, und raffte sich zu einer Antwort auf.

»Jawohl, Sir, vor einer Viertelstunde etwa, er hatte einen Brief in der Hand und ...«

»... und keinen Hut auf, weiß ich schon. Nach welcher Seite ist er auf der Straße entlanggegangen? Reden Sie doch!«

Der Pförtner wußte es nicht und mußte dafür von Bowser ein paar Grobheiten einstecken. Doch weiter kam der Chef der Werkwache dadurch auch nicht. Eine Viertelstunde Vorsprung ... die Richtung unbekannt ... der saubere Vogel war ihm entwischt.

»Er muß doch gleich zurückkommen, er ging ja ohne Hut«, bemerkte der Pförtner schüchtern.

»Sie sind der größte Büffel in den Staaten«, stellte Bowser sachlich fest und kehrte in das Verwaltungsgebäude zurück. Es blieb ihm nur noch die Möglichkeit, den Flugplatz und den Bahnhof telephonisch zu benachrichtigen und seine Leute dorthin zu schicken. Eigentlich konnte er's nur durch die Kriminalpolizei machen, doch das hätte viel zuviel Zeit gekostet. Er eilte zum nächsten Telephon und sprach mit seinen Freunden.

Während in Detroit Präsident Chelmesford zu der Ansicht neigte, daß die Company ihm seinen Direktor entführt hätte, waren in Salisbury Mr. Dowd und Robert Slawter umgekehrt der Meinung, daß Dr. Wandel durch die United verschleppt worden sei. Unberechtigt war diese Vermutung nicht, denn was Mr. Spinner im Laufe des Vormittags ermitteln konnte, klang ziemlich verdächtig.

Die braune Limousine war früher als erwartet gekommen. Sie hatte kurze Zeit vor dem Hause des Doktors gehalten und war dann wieder fortgefahren. Zu jener Zeit befand sich Wandel, wie aus den Aussagen des Hauspersonals hervorging, allein in der Wohnung.

Fest stand jedenfalls, daß der Doktor ebenso spurlos verschwunden war wie die Limousine. Außerdem aber – und dieser Umstand bereitete Mr. Spinner besonders Kopfzerbrechen – fehlte auch jede Spur von dem Wagen der Company. Weder Lawrence noch Gordon hatten seit zwölf Stunden ein Lebenszeichen von sich gegeben.

»Geben Sie mir doch eine Erklärung für das unbegreifliche Schweigen Ihrer Leute«, sagte Mr. Dowd während der Besprechung, die er mit Spinner am Vormittag hatte, zum vierten oder fünften Male. Doch ebenso wie früher blieb der Nachrichtenchef die Antwort schuldig, denn er scheute sich, Dowd gegenüber die schlimme Möglichkeit auszusprechen, um die seine Gedanken sich schon seit Stunden drehten.

Im Geiste sah er den blauen Wagen irgendwo an der Landstraße zwischen Salisbury und Detroit als Wrack im Graben liegen und seine Leute verwundet in einem Hospital. Nur das konnte seiner innersten Überzeugung nach der Grund sein, der so bewährte Leute wie Lawrence und Gordon davon abhielt, sich zu melden und Bericht zu geben.

Dowd merkte, daß Spinner mit etwas zurückhielt. Er hatte Gedanken, die von denen des Nachrichtenchefs nicht allzu verschieden waren, und sprach sie aus.

»Ihren Leuten muß etwas Ernstliches zugestoßen sein, Spinner.«

Spinner zuckte die Achseln. »Vielleicht haben Sie recht, Mr. Dowd … obwohl ich's mir nicht denken kann.«

Dowd machte eine Bewegung, als ob er die Einwände Spinners vom Tisch fegen wollte.

»Redensarten, Spinner! Damit kommen wir nicht weiter; an die Tatsachen müssen wir uns halten. Ach was, das hat ja alles keinen Zweck! Ich werde den Stier bei den Hörnern packen.«

Er griff zum Telephon und verlangte eine Fernverbindung mit Detroit und der United. Spinner machte Miene zu gehen, doch Dowd hielt ihn zurück.

»Bleiben Sie hier, Mr. Spinner. Es ist gut, wenn Sie mithören, was die United zu sagen hat.«

Für derartige Fälle war der Apparat des Chief Manager mit einem zweiten Hörer ausgerüstet. Er schob ihn Spinner hin und wartete auf die Verbindung.

Auf Chelmesfords Tisch meldete sich das Telephon. »Eine Verbindung mit Salisbury«, wurde von der Hauszentrale durchgesagt; eine Flut von Gedanken wirbelte durch den Kopf des Präsidenten, als er es hörte. Verbindung mit Salisbury? … Das konnte nur die Company sein. Wollten die Banditen mit ihm über die Freilassung Claytons verhandeln? Zuzutrauen wäre denen die Unverschämtheit schon. Chelmesford hatte keine gute Meinung von der Konkurrenz und hielt sie jeder Schandtat für fähig. Er war entschlossen, eine Antwort zu geben, die Hörner und Klauen hatte.

Fester preßte er den Hörer ans Ohr, als die ihm bekannte Stimme des Chief Manager der Company in dem Apparat ertönte. Nur wenige Sekunden hörte Chelmesford zu, dann brüllte er wütend in sein Mikrophon:

»Sind Sie toll geworden, Dowd? Wir haben Ihnen den Doktor nicht gestohlen! Wir denken nicht daran. Im Gegenteil! Heute nacht haben Sie unsern Direktor Clayton ausgehoben …«

In Salisbury sah Dowd verblüfft Spinner an, der ein nicht minder verdutztes Gesicht machte. War das ein dreister Bluff von Chelmesford, oder was hatte es sonst zu bedeuten? Ein paar hundert Meilen von ihnen entfernt polterte Chelmesford weiter.

»Es soll der Company verdammt schlecht bekommen, Mr. Dowd. Die Polizei ist dem blauen Wagen auf der Spur. Man hat Ihre Leute beobachtet.«

In Salisbury deckte Dowd sein Mikrophon mit der Hand ab.

»Was halten Sie davon?« raunte er Spinner zu.

»Denen drüben scheint auch einer abhanden gekommen zu sein«, flüsterte der Nachrichtenchef zurück.

»Hängen lasse ich die Kerle!« brüllte Chelmesford in seinen Apparat und machte eine kurze Pause, um Atem zu schöpfen. Dowd benutzte sie, um zu antworten.

»Vergessen Sie nicht, Chelmesford, die Leute aus einer braunen Limousine daneben hängen zu lassen. Die haben's zum mindesten ebenso …«

Chelmesford ließ ihn nicht ausreden.

»Die braune Limousine?« fuhr er dazwischen. »Was haben Sie damit gemacht? Unser Wagen ist verschwunden.«

»Vielleicht geben Sie uns eine Spur, wo wir unsern Wagen zu suchen haben.«

»Ich will Ihnen einen Tip geben, Dowd«, erboste sich Chelmesford von neuem, »Ihre Leute sind heute nacht in Detroit bei Direktor Clayton vorgefahren und haben ihn mitgenommen. Wohin, das werden Sie wohl besser wissen als ich.«

»Unmöglich! Kann ja nicht sein …« Dowd konnte seine Verwunderung über die unerwartete Mitteilung nicht unterdrücken. Chelmesford hielt es für Verstellung. Er kam dadurch noch stärker in Harnisch und sprudelte etwas heraus, das er eigentlich nicht sagen wollte.

»Alles ist möglich, Dowd. Ich will Ihnen noch etwas anderes erzählen. Sie haben sogar die Frechheit gehabt, des Nachts in unser Werk zu gehen und allerlei zu stehlen unter Führung dieses deutschen Doktors, den wir Ihnen gestohlen haben sollen. Umgekehrt wird ein Schuh draus, Mr. Dowd. Der Doktor karriolt in den Staaten umher und führt unsern Direktor Clayton als Gefangenen mit sich.«

Dowd ließ den Präsidenten noch eine Weile weiterreden und beriet sich bei abgedecktem Mikrophon eilig mit Spinner.

»Ich rate Ihnen dringend, Direktor Clayton schleunigst freizulassen. Es ist für alle Teile besser, Mr. Dowd, wenn die Sache ohne die Hilfe der Polizei geregelt wird«, beendete Chelmesford seinen langen Erguß.

»Richtig, Mr. Chelmesford! Das ist das erste vernünftige Wort von Ihnen. Nun hören Sie mich mal eine Minute ruhig an. Ich gebe Ihnen mein Wort darauf, Chelmesford, daß die Company niemals daran gedacht hat, sich der Person Claytons zu bemächtigen. Wenn er tatsächlich mit Doktor Wandel zusammen ist...«

»Das ist er sicher«, fuhr Chelmesford dazwischen.

»Ich glaube Ihren Worten, Mr. Chelmesford. Wenn Clayton also mit dem Doktor zusammen ist, dann ist er aus freien Stücken bei ihm und nicht als Gefangener.«

»Aber, zum Teufel, Dowd!« Chelmesford mußte sich die Stirn mit seinem Taschentuch trocknen, »warum meldet sich keiner von den beiden? Wir wissen nicht, wo Clayton steckt, Sie scheinen auch nicht zu wissen, wo der Doktor ist, die Geschichte ist ganz unerklärlich.«

»Deswegen habe ich Sie ja angerufen, Mr. Chelmesford.«

»Jawohl, Dowd, weil Sie uns in dem unberechtigten Verdacht hatten, daß wir...«

»Na, mein lieber Chelmesford, so ganz unbegründet war der Verdacht nicht.«

»Ein Irrtum von Ihnen, Chelmesford. Wir haben unsern Wagen nicht nach Detroit geschickt. Es ist uns rätselhaft, was der da zu suchen hatte.«

»Für uns aber nicht, Dowd. Ihre Leute haben hier in unserm Werk ganz gehörig gestohlen...«

»Begreife ich nicht, Chelmesford, dazu hatten sie von uns keinen Auftrag.«

»Ist mir egal, Dowd. Viel Freude werden Ihre Banditen an der Beute nicht haben, das Zeug ist höllisch explosiv. Vielleicht sind sie damit schon irgendwo unterwegs in die Luft geflogen; nur um Clayton würde es mir leid tun, wenn er die Himmelfahrt mitgemacht hat.«

Wieder ging in Salisbury ein Raunen zwischen Spinner und Dowd hin und her. Der Nachrichtenchef wußte etwas von den Absichten Dr. Wandels, den gefährlichen Stoff in Detroit unschädlich zu machen.

»Hören Sie noch, Dowd?« fragte Chelmesford ungeduldig.

»Jawohl, Mr. Chelmesford. Ich glaube jetzt eine Erklärung zu haben. Doktor Wandel ist in Ihr Werk gekommen, um Sie von dem Explosivstoff zu befreien...«

Chelmesford griff sich an den Kopf. Dunkel kam ihm die Erinnerung, daß ja Smith etwas Ähnliches gefunkt hatte. Um Sein oder Nichtsein der United sollte es gehen. Damals hatte er das Blatt achtlos beiseitegeschoben, jetzt kam ihm der Satz wieder ins Gedächtnis.

»Ihre Erklärung ist vielleicht richtig, Mr. Dowd«, antwortete er in einem Ton, der sich erheblich von seiner früheren Schroffheit unterschied. »Scheußlich, wenn sie dabei verunglückt wären.«

»Wir wollen's nicht hoffen, Chelmesford. Im Augenblick können wir nichts anderes tun als auf ein Lebenszeichen warten.«

»Es bleibt uns nichts anderes übrig«, bestätigte Chelmesford die Meinung des Chief Manager der Company.

»Ich werde Sie wieder anrufen, Mr. Chelmesford, sowie ich etwas höre; ich bitte um Ihren Anruf, sobald Sie etwas erfahren«, beendete Dowd das lange Gespräch.

»Nicht mehr viel Treibstoff im Tank, Doktor«, sagte Schillinger nach einem Blick auf die Benzinuhr.

»Reicht's noch bis Danville, Schillinger?«

»Bis dahin kommen wir bequem. Sind ja höchstens noch zehn Minuten, Doktor.«

»Gut, dann wollen wir auf dem Flugplatz von Danville landen. Sie können da Treibstoff nehmen und zum Saint-Clair-See zurückfliegen.«

»Ich denke, Sie wollen nach Salisbury?« sagte Schillinger etwas verwundert. »Ich bin gern bereit, Sie dorthin zu bringen.«

»Nicht nötig, mein lieber Schillinger, ich will Ihre Gefälligkeit nicht zu sehr in Anspruch nehmen. Fliegen Sie nur ruhig zurück. Ich habe in Danville eine andere Gelegenheit weiterzukommen. Übrigens...« er sah zur Seite nach dem andern Sessel, in dem Clayton schlummerte,

»ich bitte Sie, über das, was wir heute früh über dem Eriesee erlebt haben, nicht weiter zu reden. Je weniger davon gesprochen wird, um so besser ist es.«

»Schade, Doktor!« Schillinger lachte und ließ seine Zähne blitzen. »Mit Ihnen ist es immer die alte Sache. Man erlebt interessante Abenteuer in Ihrer Gesellschaft und soll nachher den Mund halten. So war's bei dem nächtlichen Versuch in der United, und jetzt wird's wieder so.«

»Hilft nichts, mein lieber Schillinger. Es ist auch zu Ihrem eigenen Besten, wenn Sie schweigen.«

Schillinger kam nicht zum Antworten, denn es war inzwischen Zeit geworden, die Landung vorzubereiten. Er stellte den Motor ab, und im Gleitflug ging die Maschine nach unten. Angenehm beruhigend war die plötzliche Stille nach dem Motorlärm, aber auf Clayton hatte sie eine andere Wirkung. Sein Atem wurde unregelmäßig, er machte ein paar Bewegungen und öffnete schließlich die Augen.

»Was ist? Wo sind wir?« brachte er noch schlaftrunken hervor, als das Flugzeug auf dem Boden aufsetzte und ausrollte.

»Sie haben einen gesunden Schlaf, Mr. Clayton. Wir sind in Danville.«

»Danville?...« Clayton rieb sich die Augen. »Wie kommen wir nach Danville, Doktor Wandel?«

»Es liegt mir bequem auf dem Wege nach Salisbury. Ich will von hier aus nach Südosten weiterfahren. Freund Schillinger wird tanken und zum Saint-Clair-See zurückfliegen. Wenn Sie es wünschen, nimmt er Sie mit.«

»Aber mit größtem Vergnügen, Mr. Clayton«, versicherte Schillinger. »In gut zwei Stunden sind wir da. Ich lasse Sie dann in meinem Wagen gleich zum Werk bringen. Das ist wohl das einfachste und nächstliegende.«

»Doch nicht ganz, Mr. Schillinger. Das Nächstliegende ist, daß wir alle drei hier mal erst ordentlich frühstücken. Ich habe mir die Nacht um die Ohren geschlagen und habe gehörigen Appetit.«

Noch während er sprach, öffnete der Doktor die Tür und kletterte über die Schwinge auf den Boden. Die beiden andern folgten ihm und reckten und dehnten ihre vom langen Sitzen steif gewordenen Glieder.

»Ich gehe mit Mr. Clayton immer voraus ins Restaurant«, sagte der Doktor. »Besorgen Sie Ihre Tankerei und kommen Sie dann nach.«

Damit griff er Clayton unter den Arm und zog ihn mit sich fort.

»All right, Doktor! Bestellen Sie ein ordentliches Steak für mich«, rief ihm Schillinger nach und ging auf die Suche nach einem Tankwagen.

In den frühen Morgenstunden war das Flugplatzrestaurant noch fast unbesucht, und Dr. Wandel fand ohne Mühe einen Tisch, an dem er ungestört mit dem Direktor plaudern konnte.

»Hören Sie, Mr. Clayton«, sagte er, nachdem die Bestellungen erledigt waren, »es trifft sich gut, daß wir ein Viertelstündchen für uns haben. Wir wollen die Zeit benutzen, um die Bilanz in Sachen United contra Company zu ziehen.«

Ich habe sie bereits gezogen, Herr Doktor Wandel«, erwiderte Clayton. »Einen schweren Fehler haben wir begangen, als wir auf Professor Melton hörten und Sie gehen ließen. Auch Mr. Chelmesford sieht das heute ein. Sie müssen wieder zu uns kommen, Doktor...Ich bin bevollmächtigt, Ihnen jeden Vertrag zu bieten, den Sie wünschen. Die United garantiert Ihnen ein völlig ungehindertes Arbeiten und stellt Ihnen die Mittel dafür in unbegrenzter Höhe zur Verfügung...«

Eine Weile hörte der Doktor ruhig mit an, wie sich Clayton in verlockenden Vorschlägen überbot, dann stellte er unvermittelt eine Frage, die gar keinen Zusammenhang mit dem Gesprächsthema zu haben schien.

»Wissen Sie, Mr. Clayton, wie die Alten die Fortuna, die Göttin der glücklichen Gelegenheit, darzustellen pflegten?«

»Keine Ahnung, Doktor«, sagte Clayton, zu dessen starken Seiten antike Kunstgeschichte nicht gehörte.

»Ich will es Ihnen sagen, Clayton. Nach vorn hin trug diese Göttin volles Lockenhaar, aber ihr Hinterkopf war ratzekahl geschoren.«

»Muß riesig komisch ausgesehen haben«, warf Clayton ein, der nicht merkte, wohinaus der Doktor wollte.

»Mag schon sein, Mr. Clayton, aber es liegt ein tiefer Sinn in dieser Darstellung. In dem Augenblick, in dem einem die glückliche Gelegenheit begegnete, mußte man sie bei der Stirnlocke packen und festhalten. Im nächsten Moment war es schon zu spät. Da bot das kahle Hinterhaupt der greifenden Hand keinen Halt mehr. Haben Sie mich verstanden, Mr. Clayton?«

»Ich will nicht hoffen, Herr Doktor«, begann Clayton stockend, »daß Sie damit auf Ihre Stellung zur United anspielen. Fehler kommen überall vor, aber die meisten lassen sich wiedergutmachen.«

»Die meisten?... Vielleicht, Clayton. Aber doch nicht alle. In unserm Falle ist es zu spät dafür. Die Aufgaben, die ich in Ihrem Auftrage und für Sie lösen wollte, habe ich nun für die Company gelöst.«

»Sagen Sie das nicht, Doktor Wandel, lassen Sie diese Worte ungesprochen sein, ich bitte Sie darum«, Clayton stieß die Sätze erregt heraus. »Die United braucht Sie, Doktor. Die United rechnet auf Sie. Die United verspricht, jeden Ihrer Wünsche zu erfüllen. Bei uns und für uns müssen Sie das große Problem lösen, für das ich Sie schon einmal gewonnen hatte.«

»Es ist zu spät, Clayton. Diesmal hat die United das Spiel verloren. Das ist die Bilanz, die gezogen werden muß. Mit ihr müssen Sie rechnen, wenn Sie nun Entschlüsse fassen und mit Salisbury verhandeln wollen.«

»Wir werden nicht verhandeln, Doktor.«

Dr. Wandel blieb unbewegt. »Ich mache Ihnen einen Vorschlag«, meinte er gelassen. »Kommen Sie jetzt mit mir nach Salisbury. Ich will Ihnen rückhaltlos alles zeigen, was dort während der letzten Wochen geschaffen wurde. Es wird Sie am ehesten davon überzeugen, daß ein Kampf zwecklos ist.«

Clayton sah ihn ungläubig an. »Sie wollen die Geheimnisse der Company der Konkurrenz zeigen?« fragte er zweifelnd. »Ich fürchte, Doktor Wandel, die Herren Dowd und Alden werden damit wenig einverstanden sein.«

»Es sind keine Geheimnisse mehr, Mr. Clayton. Die Schutzansprüche der Company sind in Washington angemeldet. Sie können nicht nur unsere Anlagen, sondern auch unsere Patentschriften sehen.«

Clayton schwieg und überlegte. Sollte er die Einladung des Doktors annehmen? War es nicht sogar seine Pflicht, sich von dem Stand der Dinge bei der Konkurrenz zu unterrichten, wenn sich die Gelegenheit so günstig bot?

»Angenommen, Herr Doktor«, Clayton warf die letzten Bedenken über Bord. »Ich werde Sie begleiten. Wenn Sie Nackenschläge davon haben, ist es Ihre eigene Schuld.«

»Darum keine Sorgen, Mr. Clayton. Dowd und Alden sind mit allem einverstanden, was ich für richtig halte. Das ist der Unterschied zwischen Detroit und Salisbury.«

Clayton machte ein Gesicht, als ob er etwas Bitteres verschluckt hätte; er suchte noch nach einer Entgegnung, als Schillinger in den Raum kam.

»Ihr Steak ist bestellt, es kann gleich serviert werden«, empfing ihn Dr. Wandel. »Mr. Clayton hat sich übrigens anders besonnen, er wird nicht mit Ihnen zurückfliegen, sondern mit mir weiterfahren.«

»Vermutlich in dem blauen Rennwagen, in dem Sie zum Saint-Clair-See kamen?« meinte Schillinger. »Vor fünf Minuten ist er angekommen. Eine tüchtige Leistung. Nur eine Stunde mehr als das Flugzeug hat er gebraucht. Meine Hochachtung, die Kerls können fahren.«

»Hundertvierzig Pferde sind hundertvierzig Pferde, mein lieber Schillinger, die schaffen schon etwas. Aber wir haben noch einen weiten Weg vor uns, entschuldigen Sie, wenn wir Sie allein frühstücken lassen. Die Zeit drängt.«

Zusammen mit Clayton verließ Dr. Wandel den Raum. Kopfschüttelnd sah Schillinger ihnen nach. – –

In der zweiten Post fand Chelmesford einen Brief, der aus New Haven datiert war. Das Schreiben kam von Professor Melton. Er teilte darin mit, daß er es nach den bedauerlichen Vorfällen der letzten Wochen ablehnen müsse, seine Stellung bei der United weiter zu versehen.

»Es hat ihn noch niemand darum gebeten«, knurrte Chelmesford vor sich hin. Verdrießlich las er den Brief weiter.

»Ich habe es vorgezogen«, schrieb Melton, »eine Professur für angewandte Chemie an der Yale-Universität anzunehmen, die meine Leistungen besser zu schätzen weiß als die United...

Die Lizenzen für die Ausbeutung meiner Erfindungen durch Ihren Konzern wollen Sie von jetzt an auf mein Konto bei der Saving Bank in New Haven überweisen...«

Der Präsident versah den Brief mit einer Randbemerkung für die Finanzabteilung und legte ihn in die Postmappe. Dann griff er wieder zum Telephon und fragte bei der Sicherheitsabteilung an, ob White festgenommen worden sei. Wütend knallte er den Hörer auf den Apparat, als er das negative Ergebnis erfuhr. – –

Bowser hatte mit seinen Freunden auf dem Flugplatz und dem Bahnhof gesprochen, und sie hatten ihm zugesagt, den Verdächtigen festzunehmen. Aber Tom White ließ sich weder auf dem Flugplatz noch auf dem Bahnhof sehen. Nicht ohne Grund hielt er beide Orte für Gefahrenpunkte erster Ordnung und hielt es für klüger, sie zu meiden.

Als er den Pförtner glücklich passiert hatte und das Werk ein Stück hinter ihm lag, war es das erste, daß er sich einen Hut und Mantel kaufte. Die Stücke, die er erstand, waren keineswegs neu. Obwohl seine Brieftasche gut gefüllt war, suchte er für seinen Kauf einen Second-hand Shop, einen besseren Trödelladen, auf.

Der Mann, der aus dem Laden nach einiger Zeit wieder auf die Straße trat, erinnerte in keiner Weise mehr an einen besseren Angestellten der United Chemical. Viel eher konnte man ihn seinem abgerissenen Äußeren nach für einen der Allzuvielen halten, die sich in den amerikanischen Millionenstädten umhertreiben, bis sie enttäuscht und zermürbt der Stadt den Rücken kehren und wieder aufs Land hinauswandern.

Tom White in seiner neuen Aufmachung schien dies Stadium erreicht zu haben. Gemächlich schlenderte er durch weniger belebte Seitenstraßen in südlicher Richtung weiter, machte bei jedem Polizeiposten ein geschicktes Umgehungsmanöver und kam schließlich auf die große Landstraße, die von Detroit über Toledo nach Cincinnati führt. Ein paar Kilometer marschierte er auf ihr noch weiter, dann machte er sich's nach Landstreicherart im Chausseegraben bequem und harrte der Dinge, die da kommen sollten.

Der Platz war nicht ungeschickt gewählt. Nach beiden Richtungen konnte White die Straße weithin überblicken, und wenn etwas Unerwünschtes daherkam, war's für ihn ein leichtes, sich hinter einer dichten Feldhecke unsichtbar zu machen. Etwa ein Stündchen mochte er da gelegen haben, als im Norden auf der Straße eine Staubwolke sichtbar wurde.

Für White war sie Veranlassung, nach seiner Brieftasche zu greifen, eine Zehndollarnote herauszuziehen und zwischen zwei Finger zu nehmen.

Ein paar Minuten noch, dann kam es herangeprasselt. Ein mammuthafter Lastkraftwagen mit einem kaum minder gewaltigen Anhänger. White sprang aus dem Graben. Auf die Gefahr hin, unter die Räder zu kommen, stellte er sich mitten auf die Straße, schwenkte seine Banknote und brüllte dem Chauffeur etwas zu. Ob der ihn bei dem Lärm verstanden hatte, war fraglich, den Zehndollarschein aber bemerkte er und zog die Bremsen. Nur wenige Worte wurden gewechselt. Der Geldschein wanderte in die Tasche des Fahrers, Tom White kletterte auf den Anhänger und kroch unter die Plane. Schon ratterte der Lastzug in Richtung auf Cincinnati weiter. Zur selben Zeit etwa, zu der in Detroit Leute von der Werkwache der United sorgsam jeden Reisenden musterten, der einen Eisenbahnwagen oder ein Flugzeug besteigen wollte. – –

Die Sirenen der United heulten zu Mittag. Chelmesford blieb im Werk und nahm dort einen kurzen Imbiß, um möglichst bald wieder an seine Arbeit zu kommen. Direktor Clayton fehlte ihm an allen Ecken und Enden. Wohl oder übel mußte er heute dessen Arbeit mit übernehmen, und seine Laune war alles andere eher als gut, als gegen drei Uhr nachmittags sein Fernsprecher sich meldete.

»Ferngespräch aus Salisbury«, meldete die Zentrale.

Ah! Das konnte nur Dowd sein. Hatte er endlich etwas über den Verbleib Claytons erfahren, und rief er deswegen an? Da war auch schon die Stimme von Dowd im Apparat.

»Hallo, Chelmesford! Ihr vermißter Direktor hat sich glücklich wieder angefunden...«

»Wo steckt er? Wo haben Sie ihn entdeckt?« fragte Chelmesford atemlos.

»Einen Augenblick, Mr. Chelmesford. Sie können ihn gleich selber sprechen. Er sitzt hier neben mir.«

Hätte der Blitz neben dem Präsidenten der United eingeschlagen, so wäre die Wirkung kaum größer gewesen.

»Was? Wie...Clayton bei Ihnen?« Den Hörer in der Hand, war Chelmesford unwillkürlich aufgesprungen. Mit einer matten Gebärde ließ er sich wieder in den Sessel fallen, als er die Stimme Claytons im Apparat vernahm.

»Hallo, Chelmesford! Hier Clayton...Ja, Sie haben recht gehört. Ich bin hier bei Mr. Dowd in Salisbury...Wie ich dahin gekommen bin?...Was ich da zu suchen habe?...Ja, das ist eine lange Geschichte, Mr. Chelmesford, viel zu lang, um sie Ihnen durchs Telephon zu erzählen. Das müssen wir von Mund zu Mund durchsprechen. Jetzt kann ich Ihnen nur sagen, daß es sich um Dinge handelt, die für die United von größter Wichtigkeit sind. Ich habe mir ein gutes Flugzeug bestellt. Wenn es klappt, kann ich noch vor Werkschluß bei Ihnen sein.«

Chelmesford wollte noch etwas wissen, wollte fragen, Clayton wehrte ab.

»Keine Zeit jetzt mehr, Mr. Chelmesford. Ich muß zum Flugplatz, der Pilot wartet. Heute abend wollen wir in Detroit alles besprechen.«

Als der blaue Wagen vor dem Portal der Company in Salisbury hielt, zeigte die Werkuhr zehn Minuten vor zwölf.

»Gerade die richtige Zeit, Mr. Clayton. Da können Sie gleich etwas Wichtiges beobachten«, sagte Dr. Wandel und gab Gordon Weisung, über den Fabrikhof bis zum Kraftwerk weiterzufahren.

»Wäre es nicht besser, erst Mr. Dowd von meiner Gegenwart zu benachrichtigen?« meinte Clayton zweifelnd.

»Später Mr. Clayton. Dowd läuft uns nicht fort.«

Dr. Wandel zog den Direktor der United mit sich ins Maschinenhaus und deutete auf die mächtigen Turboaggregate.

»Sehen Sie, Mr. Clayton, jetzt laufen die Maschinen mit einer Leistung von dreihunderttausend Pferdestärken.« Er deutete auf die Meßinstrumente der Hauptschalttafel. »Dort können Sie die augenblickliche Belastung ablesen. In sieben Minuten wird es zu Mittag pfeifen, und schlagartig wird die Belastung des Kraftwerkes auf die Hälfte absinken.«

»Hm! Doktor. Das ist mir nichts Neues. Bei uns in Detroit ist's ungefähr ebenso. Da müssen die Maschinenwärter den Dampfzufluß drosseln, im Kesselhaus haben die Heizer alle Hände voll zu tun, um die Feuer zu dämpfen.«

»Nein, mein lieber Clayton, Sie irren. Bei uns ist das eben nicht mehr der Fall.«

Es klang wie verhaltener Triumph in den Worten Dr. Wandels. »Feuer haben wir überhaupt nicht mehr unter den Kesseln, und das Wasser kocht zu jeder Zeit von selbst so stark, wie wir's brauchen. Deswegen braucht kein Heizer die Hände aus den Taschen zu nehmen.«

Clayton war unfähig, etwas zu erwidern. Wortlos folgte er dem Doktor in das Kesselhaus und staunte vor dem Unbegreiflichen, das er hier erblickte. Die Feuertüren sämtlicher Kessel standen offen, schwarz und kalt lagen die Roste da.

Wie ein Schlafwandler näherte sich Clayton einem der Kessel und brachte die Hand an dessen Wandung. Das Stahlblech war kalt.

Dr. Wandel sah seine Verwunderung und nickte. »Es ist so, Clayton, von all den Kesseln hier ist nur noch ein einziger in Betrieb. Er genügt, um den Dampf für dreihunderttausend Pferde zu liefern, und er würde auch Dampf für eine Million Pferdestärken hergeben können, wenn wir soviel brauchen. Hier steht der Kessel. Das ist er, Clayton. Sehen Sie das Manometer.

Fünfunddreißig Atmosphären. Der Betriebsdruck unseres Kraftwerkes. Der Druck, auf den ich den neuen Stoff abgestimmt habe.«

»Den neuen Stoff, Doktor Wandel?« Es waren die ersten Worte, die Clayton nach langer Zeit sprach. »Sie haben den neuen Stoff, Doktor Wandel? Er arbeitet hier in diesem Kessel?«

Wieder nickte der Doktor. »Ihre Vermutung ist richtig, Mr. Clayton. Eine Messerspitze davon habe ich dem Kesselwasser hier zugesetzt. Das reicht, um das Kraftwerk einen Monat in Betrieb zu halten.«

In seine letzten Worte klang das Heulen der Sirenen. Sie kündeten die Mittagspause; an hundert Stellen im Werk wurden Motoren stillgesetzt, die Belastung des Kraftwerks sank schnell.

»Beobachten Sie das Manometer, Mr. Clayton.«

Clayton tat es. Sein Blick hing an dem Zeiger des Druckmessers.

»Was ist das, Doktor Wandel? Der Druck steigt ja! Eben noch waren es fünfunddreißig Atmosphären. Jetzt ist eine halbe dazugekommen.«

»Richtig gesehen, mein lieber Clayton, und er wird auch noch weitersteigen…«

»Und der Kessel wird platzen!«

Dr. Wandel schüttelte den Kopf. »Nein, Mr. Clayton. So ist das nicht. Das geht ganz anders. Bei sechsunddreißig Atmosphären ist das Spiel zu Ende. Die geringe Drucksteigerung von einer Atmosphäre genügt, um… ich will es einmal bildlich sagen… um den Hahn der atomaren Energiequelle zuzudrehen. Wir sind soweit, Clayton! Wir haben es erreicht!« Lebhafter wurden die Rede und die Miene Dr. Wandels, während er weitersprach. »Wir beherrschen die Atomenergie. Aus dem neuen Stoff kann ich sie nach meinem Willen strömen und wieder versiegen lassen. Das war's, was ich Ihnen hier zeigen wollte. Jetzt können wir zu Mr. Dowd gehen.«

Claytons Miene war bedrückt, als sie das Verwaltungsgebäude der Company betraten.

»Ich wollte, Sie hätten mir das alles nicht hier, sondern in Detroit gezeigt«, sagte er und konnte einen Seufzer nicht unterdrücken.

»Geschehene Dinge lassen sich nicht ändern, Mr. Clayton. Es hat keinen Zweck, jetzt noch darüber zu reden.«

Während sie einen Flur entlanggingen, begegnete ihnen Slawter. Verblüfft blieb er stehen, als er Dr. Wandel sah.

»Hallo, Doktor! Mann, sind Sie's wirklich oder ist's Ihr Geist? Wo haben Sie so lange gesteckt? Spinner ist in heller Verzweiflung, und Dowd hat Ihretwegen mit Chelmesford hin und her telephoniert.«

»Ist Mr. Dowd in seinem Zimmer?« unterbrach der Doktor Slawters Redefluß.

»Im Augenblick nicht, Doktor. Er ist über Mittag aus dem Werk gegangen. Aber sprechen Sie doch! Was für Abenteuer haben Sie erlebt? Etwas davon haben wir ja schon gehört. Den blauen Wagen vermißt Spinner auch schmerzlich. Wo steckt er?«

»Er hält draußen vor der Tür, Slawter. Gestatten Sie, daß ich die Herren bekanntmache. Herr Direktor Clayton von der United, Mr. Slawter von der Company.«

Trotz seiner gedrückten Stimmung mußte Clayton über das verdutzte Gesicht lächeln, das Slawter bei der Nennung seines Namens machte. Während er Slawters Hand schüttelte, sagte er:

»Ja, ich bin es wirklich, Sir. Herr Doktor Wandel hat nicht Ruhe gegeben, bis er mich hier in Salisbury hatte.«

»Also doch eine Art von Entführung, aber mit vertauschten Rollen«, meinte Slawter, dem ein Verständnis zu dämmern begann. »Ich hoffe, Doktor, daß Sie dabei keine Gewaltmittel benutzt haben.«

Der Doktor lachte. »Durchaus nicht, mein lieber Slawter. Aber Sie werde ich jetzt mit sanfter Gewalt von Ihrem Mittagessen abhalten. Wenn Mr. Dowd nicht da ist, wollen wir uns inzwischen bei Ihnen die neuen Patente ansehen.«

Slawter zögerte. »Ich weiß nicht, Herr Doktor… ist das ratsam? Die United arbeitet auf demselben Gebiet. Es könnte unseren Interessen…«

»Natürlich nicht alle, Mr. Slawter. Nur die sechs Grundpatente, für die das Amt in Washington die Auslegung angeordnet hat. Die übrigen siebenundzwanzig können Sie in Ihrem Tresor behalten.«

»Sie sind wirklich ein Gewaltmensch«, sagte Slawter mit einem komischen Seufzer. »Einen Direktor der United nach Salisbury zu verschleppen und mich um mein Mittagessen zu bringen... Nun, dann kommen Sie schon in Gottes Namen.«

Grübelnd folgte Clayton dem Voranschreitenden. Wie erfolgreich und wie schnell mußte der Doktor hier gearbeitet haben, um das zu erreichen! Sechs Patente bereits reif für die öffentliche Auslegung. An denen war kaum noch zu rütteln. Sie waren damit schon so gut wie erteilt, und Dr. Wandel lief wirklich keine Gefahr mehr, wenn er sie der Konkurrenz zeigte. Außerdem siebenundzwanzig andere Patente angemeldet.

Damit hatte die Company dies Gebiet derartig für sich geschützt, daß es für die United auf ihm nicht mehr viel zu holen gab.

»Nehmen Sie bitte Platz«, sagte Slawter, als sie in seinem Zimmer waren, und schloß den Safe auf. »Auf Ihre Verantwortung, Doktor«, fuhr er fort und legte sechs mit Schriftstücken gefüllte Mappen auf den Tisch.

»Bitte, Mr. Clayton, sehen Sie sich die Sachen in aller Ruhe durch«, sagte Dr. Wandel und schob die Mappen vor Clayton hin. »Vor einer Stunde kommt Dowd doch nicht zurück.« — —

Die Stunde verfloß und die nächste halbe auch. Längst hatte sich Slawter mit einer Entschuldigung empfohlen, um doch noch zu seinem Lunch zu kommen. Dr. Wandel hatte sich einen Schreibblock gegriffen und bedeckte dessen Blätter mit endlosen mathematischen Ableitungen von jener Art, die Slawter lieber aus der Ferne als aus der Nähe bewunderte.

Clayton aber saß, den Kopf in die Hände gestützt, und studierte die Patentschriften. Langsam wandte er Seite um Seite um, und je weiter er kam, desto tiefer sank seine Hoffnung.

Schon die Ansprüche, die in diesen Anmeldungen festgelegt waren, sicherten der Company die unbedingte Vorherrschaft auf dem neuerschlossenen Gebiet der künstlichen Sonnenstoffe. Jeder andere, der in derselben Richtung arbeiten wollte, würde sich notgedrungen mit Salisbury stellen und Lizenzen auf diese Grundpatente nehmen müssen. Darüber war sich Clayton klar, als er die letzte Anmeldung zuklappte.

»Herr Doktor Wandel!« Clayton mußte den Namen zum zweiten und dritten Mal rufen, bevor Dr. Wandel darauf hörte, und auch dann waren seine Gedanken noch immer bei den Problemen der neuen Technik.

»Ich warne Sie, Clayton«, begann er unvermittelt, »in Detroit Versuche auf eigene Faust anzustellen. Die neuen Stoffe bergen schwere Gefahren für den, der ihr Wesen nicht kennt, in sich. Einmal ist Ihr Werk in Detroit wie durch ein Wunder der Vernichtung entgangen, das zweite Mal könnte es anders kommen.«

»Ich denke auch nicht daran, Doktor Wandel«, wehrte Clayton ab. »Wir werden mit der Company über Lizenzen verhandeln. Heute noch will ich mit Dowd darüber sprechen.«

»Es ist das Beste, das Sie tun können, Mr. Clayton. Und vor allem, vergessen Sie eins nicht. Halten Sie sich später genau an die Vorschriften, die ich Slawter gegeben habe. Man wird sie Ihnen zur Verfügung stellen, sobald die United mit der Company einig ist. Sichern Sie sich die Unterstützung Slawters für die erste Einrichtung Ihres Betriebes. Wenn Sie sich an seine Anweisungen halten, brauchen Sie keine Katastrophen zu fürchten.«

Schon ein paarmal hatte Clayton versucht, ihn zu unterbrechen, jetzt kam er zu Wort.

»Nicht Mr. Slawter, Sie wollen wir haben, Herr Doktor, wenn wir den neuen Betrieb aufbauen. Ich hoffe, es wird mir gelingen, das bei Dowd zu erreichen.«

Der Doktor wiegte den Kopf hin und her. »Dowd kann auch nicht mehr geben, als er selber hat, Clayton, und mich hat er nicht mehr. Ich habe der Company geleistet, was ich ihr versprach. Meine Arbeit in den Staaten ist getan.«

»Was soll das heißen, Doktor?«

»Daß ich in die Heimat zurückkehre, Clayton. Die deutschen Patente gehören mir. In Deutschland will ich mit ihnen arbeiten...«

Dr. Wandel schaute in die Ferne, als ob er eine Vision hätte.

»Ich sehe ein neues, glücklicheres Zeitalter heraufziehen, Clayton. An vielen tausend Stellen wird das neue Element arbeiten. Aus vielen tausend Quellen wird sich die neue Energie über das Land ergießen ... die Ernte vervielfachen, Ödland befruchten, neue Lebensmöglichkeiten bringen ...«

Wie aus einem Traum erwachend, fuhr er sich über die Augen.

»Aber viel Arbeit wird es noch kosten, Clayton. Für Sie in den Staaten, für mich in der Heimat. Je eher wir damit beginnen, um so besser wird es sein. Kommen Sie, wir wollen zu Dowd gehen.«

Die Besprechung zwischen dem Chief Manager der Company und dem Direktor der United zog sich in die Länge. Öfter als einmal war Clayton bereit, die Verhandlungen abzubrechen, und sie wären auch gescheitert, wenn Dr. Wandel nicht jedesmal eingegriffen hätte.

Sehr schnell mußte Dowd erkennen, daß der Doktor diesem Spiel der Kräfte nicht als müßiger Zuschauer beiwohnte, sondern eingriff, sobald es ihm nötig erschien, und es zeigte sich weiter, daß der Deutsche noch ein paar hohe Trümpfe in der Hand hielt und sich nicht scheute, den Chief Manager damit zu überstechen, sobald dessen Ansprüche und Forderungen für Clayton untragbar wurden. Wenn die Company späterhin an den weiteren Arbeiten und Entdeckungen des Doktors zu billigen Bedingungen Anteil haben wollte, dann mußte sie jetzt auch ihrerseits der United billige Bedingungen gewähren. Auf diese Formel brachte Dr. Wandel dem widerstrebenden Dowd zum Trotz endlich die Verhandlungen, und auf dieser Grundlage kam ein vorläufiges Abkommen zustande.

Und dann war es soweit, daß Dowd zum Telephon greifen konnte und Chelmesford die erfreuliche Mitteilung machte, daß sein verlorener Direktor sich wieder angefunden habe, und dann jagte Clayton in dem blauen Hundertundvierzigpferdigen zum Flugplatz von Salisbury, um Chelmesford noch vor Werkschluß zu erreichen.

Das Ende der Geschichte ist schnell erzählt. In Salisbury und in Detroit wuchsen die Anlagen für die Erzeugung des neuen Kraftstoffes, des Sonnenstoffes, aus dem Boden. In Tag- und Nachtschichten wurde gebaut, bis sie fertig dastanden, und einen nicht unbeträchtlichen Teil dieser Zeit verbrachte Robert Slawter im Flugzeug zwischen den beiden Städten.

Bald mußte er hier, bald wieder dort sein, um einzugreifen, wenn sich Abweichungen von den Plänen und Vorschriften zeigten. Und fast noch mehr mußte er sich zerteilen, als die Anlagen dann in Betrieb kamen, als in den beiden großen Werken die ersten Chargen des neuen Strahlstoffes erstellt wurden, um dann ins Land hinauszugehen und die Energiewirtschaft in neue Bahnen zu leiten.

Um diese Zeit hatte Dr. Wandel die Fahrt über den Ozean schon längst hinter sich. In der alten Heimat stand er auf einer Baustelle und sah, wie sich Steine und Balken fügten. Er sah, wie keuchende Traktoren Panzerkugeln herbeischleppten, gewaltiger und größer noch als jener letzte Autoklav, den er in Salisbury zurückgelassen hatte. Tanks und Pumpenanlagen entstanden. Unaufhaltsam rückte der Tag heran, da auch hier hinter schweren Stahlwänden elektrische Sonnen aufbrennen und in ihren Gluten unter Riesendrücken irdische Materie sich wandeln würde zu dem neuen, segenbringenden Kraftstoff. Für unsere Geschichte mag dieser Tag das Ende bedeuten; doch nimmt man es recht, so beginnt an ihm schon wieder eine andere, die von vielen glücklichen, friedlichen Tagen und Jahren zu erzählen weiß.